Sophie Kinsella

Née à Londres en 1969, Sophie Kinsella est une véritable star. Elle est reconnue dans le monde entier pour sa série culte des aventures de Becky : *Confessions d'une accro du shopping* (2002), *L'accro du shopping à Manhattan* (2003), *L'accro du shopping dit oui* (2004), *L'accro du shopping a une sœur* (2006), *L'accro du shopping attend un bébé* (2008), *Mini-accro du shopping* (2011), *L'accro du shopping à Hollywood* (2015), *L'accro du shopping à la rescousse* (2016) et *L'accro du shopping fête Noël* (2020). Les deux premiers volets de la série ont été adaptés au cinéma. Elle est également l'auteure des *Petits Secrets d'Emma* (2005), *Samantha, bonne à rien faire* (2007), *Lexi Smart a la mémoire qui flanche* (2009), *Très chère Sadie* (2010), *Poppy Wyatt est un sacré numéro* (2013), *Nuit de noces à Ikonos* (2014), *Ma vie (pas si) parfaite* (2017), *Surprends-moi !* (2019) et *À charge de revanche !* (2020). Tous ses romans sont publiés chez Belfond et repris chez Pocket. Sophie Kinsella écrit aussi des romans pour la jeunesse, notamment *Audrey retrouvée* (PKJ, 2016).

L'ACCRO DU SHOPPING FÊTE NOËL

ÉGALEMENT CHEZ POCKET

CONFESSIONS D'UNE ACCRO DU SHOPPING
L'ACCRO DU SHOPPING À MANHATTAN
L'ACCRO DU SHOPPING DIT OUI
L'ACCRO DU SHOPPING A UNE SŒUR
L'ACCRO DU SHOPPING ATTEND UN BÉBÉ
MINI-ACCRO DU SHOPPING
L'ACCRO DU SHOPPING À HOLLYWOOD
L'ACCRO DU SHOPPING À LA RESCOUSSE
L'ACCRO DU SHOPPING FÊTE NOËL

LES PETITS SECRETS D'EMMA
SAMANTHA, BONNE À RIEN FAIRE
LEXI SMART A LA MÉMOIRE QUI FLANCHE
TRÈS CHÈRE SADIE
POPPY WYATT EST UN SACRÉ NUMÉRO
NUIT DE NOCES À IKONOS
MA VIE (PAS SI) PARFAITE
SURPRENDS-MOI !
À CHARGE DE REVANCHE !

CONFESSIONS D'UNE ACCRO DU SHOPPING / L'ACCRO DU SHOPPING À MANHATTAN (en un seul volume)

LOVE AND THE CITY (en collaboration avec Lauren WEISBERGER)

MADELEINE WICKHAM *ALIAS* SOPHIE KINSELLA

UN WEEK-END ENTRE AMIS
UNE MAISON DE RÊVE
LA MADONE DES ENTERREMENTS
DRÔLE DE MARIAGE
DES VACANCES INOUBLIABLES
COCKTAIL CLUB
UN DIMANCHE AU BORD DE LA PISCINE

SOPHIE KINSELLA

L'ACCRO DU SHOPPING FÊTE NOËL

Traduit de l'anglais
par Daphné Bernard

belfond

Titre original :
CHRISTMAS SHOPAHOLIC
publié par Bantam Press,
une marque de Transworld Publisher, Londres

MIXTE
Papier issu de sources responsables
FSC® C003309
FSC www.fsc.org

L'éditeur de cet ouvrage s'engage dans une démarche de certification FSC® qui contribue à la préservation des forêts pour les générations futures.

Pour en savoir plus :
www.editis.com/engagement-rse/

ISBN 978-2-266-31629-3
Dépôt légal : octobre 2021

À Kim Witherspoon

Hector Goode
Tailleur pour hommes
561 New Regent Street
Londres W1

De : Directeur de la boutique
À : Becky Brandon
Objet : votre demande

Chère madame Brandon,

Merci pour votre mail.

Je suis heureux d'apprendre que vous avez l'intention de faire « une foule » d'achats de Noël dans notre boutique.

Je suis tout aussi heureux de voir que vous souhaitez acheter le manteau modèle « Campbell » pour Luke, votre mari.

Il m'est cependant impossible de vous dire si ce vêtement sera soldé avant Noël.

Mes meilleurs vœux pour les fêtes.

Bien à vous,

Matthew Hicks
Directeur de la boutique

Hector Goode
Tailleur pour hommes
561 New Regent Street
Londres W1

De : Directeur de la boutique
À : Becky Brandon
Objet : Re : Re : Re : Re : votre demande

Chère madame Brandon,

Merci pour votre mail.

Je comprends tout à fait qu'il serait « vraiment ennuyeux » que le prix du manteau « Campbell » soit réduit de moitié après votre achat.

J'admets volontiers que, d'un autre côté, vous ne vouliez pas trop retarder votre achat de peur de vous retrouver « le bec dans l'eau » à la veille de Noël parce que tous les modèles auraient été vendus.

Hélas, une fois encore, ce n'est pas une information que je suis en mesure de vous fournir.

Mes meilleurs vœux pour de joyeuses fêtes.

Bien à vous,

Matthew Hicks
Directeur de la boutique

Hector Goode
Tailleur pour hommes
561 New Regent Street
Londres W1

De : Directeur de la boutique
À : Becky Brandon
Objet : Re : Re : Re : Re : Re : Re : votre demande

Chère madame Brandon,

Merci pour votre mail.

Il m'est malheureusement impossible de vous fournir « le moindre indice ».

Croyez bien que je regrette que vous trouviez que les courses de Noël soient devenues une « chasse au trésor ».

Et je suis d'accord avec vous : « on savait où on en était » quand les soldes ne débutaient que le 2 janvier.

Je vous souhaite néanmoins de joyeuses fêtes.

Bien à vous,

Matthew Hicks
Directeur de la boutique

1

Bon. Pas de panique. *Pas* de panique. Il me reste 5 minutes et 52 secondes avant l'échéance. Une éternité, en fait. Tout ce que j'ai à faire, c'est choisir sans traîner un article de plus pour atteindre une somme totale de 75 livres et bénéficier ainsi de la livraison gratuite.

Vas-y, Becky ! Tu peux le faire !

Sur l'écran de mon ordinateur, je fais défiler les pages du site BargainFamily, tel un ingénieur de la NASA sommé de garder son calme dans une situation de stress épouvantable. Du coin de l'œil, j'aperçois le minuteur de l'écran égrener inexorablement les secondes sous l'avertissement : *Votre délai touche bientôt à sa fin !* Il ne faut surtout pas succomber à la peur du compte à rebours quand on fait ses achats sur des sites discount. Non ! On doit résister. Se montrer aussi solide que du tungstène.

Ma conception du shopping a évolué au fil des années. Ou peut-être est-ce moi qui ai changé. Lorsque j'étais célibataire et que je vivais à Fulham avec Suze, je faisais le tour des boutiques tous les jours. Cela me semble terriblement loin maintenant. Oui, je dépensais trop. Je l'admets volontiers. J'ai fait des erreurs. Mais comme le chantait Frank Sinatra, *I did it my way*. À ma façon.

(Sauf que *my way* consistait à fourrer les factures de ma carte Visa sous mon lit, ce que Frank le crooner n'a sûrement jamais fait.)

Mais de cette expérience, j'ai tiré quelques leçons qui ont radicalement transformé ma vision des choses. Des exemples ?

1. Je n'utilise plus de sacs de boutique. Et pourtant ils constituaient le plus grand plaisir de mon existence. Je me souviens ! Un sac tout neuf… les poignées en cordelière… le froissement du papier de soie… (De temps en temps, je regarde avec bonheur la collection de sacs de marque que je garde au fond de ma penderie.) Mais désormais je ne me sers plus que d'un tote bag réutilisable. Au nom de la sauvegarde de la planète et de l'écologie.

2. Je suis à fond dans le shopping attentif et proactif. Avantageux sur tous les fronts. J'achète des trucs cool *et* je me sens vertueuse.

3. Je ne dépense plus d'argent. J'en épargne.

Bon, d'accord, ce n'est pas complètement évident. Mais je m'explique : je cherche toujours la bonne affaire. En tant que mère de famille responsable, je veux me procurer les articles nécessaires à mon foyer aux prix les plus avantageux. Pour cette raison, je trouve le BargainFamily *idéal*. Il propose uniquement des réductions. Sur les grandes marques et tout et tout.

Seul défaut ? Il faut se dépêcher sinon le panier se vide et on doit recommencer à zéro. Récapitulons ! J'en suis à 62,97 livres. J'ai besoin d'un autre article dans les 12 livres. Allez, Becky, mets le turbo ! Il doit *forcément* y avoir un truc dont tu as besoin. Je clique sur un cardigan orange à 13,99 livres (au lieu de 45) mais en zoomant dessus, je remarque un bord en dentelle. Rédhibitoire !

Une chemise blanche ?

Non ! J'en ai acheté une la semaine dernière (100 % lin, 29,99 livres au lieu de 99,99 ; au fait, il faut que je pense à la porter un de ces jours).

Quand je clique sur mon panier pour vérifier son contenu, une annonce s'affiche : *Aujourd'hui, Becky, vous avez épargné 284 livres !*

Joie ! Allégresse ! Un rabais de 284 livres. Je ne suis pas peu fière. Tout en économisant, je me suis procuré une adorable robe de chambre avec des lapins pour Minnie et une fantastique veste DKNY soldée à 39,99 livres (prix de départ : 299 livres), sans oublier une grande bouée en forme de flamant rose que j'emporterai lors de nos prochaines vacances.

Bon. D'accord. Théoriquement, je pourrais payer tout de suite en m'acquittant d'un supplément de 5,95 livres pour les frais de livraison. Mais ce n'est pas malin. Je n'ai pas été journaliste financière pour des prunes. Les histoires d'argent, je connais. Il est bien plus intéressant pour mon porte-monnaie de dénicher quelque chose dont j'ai besoin que de payer la livraison.

Allez, Becky ! Il y a certainement une bonne affaire à faire. Pourquoi pas des collants ? On en a toujours besoin.

Oui, mais je finis toujours par commander des collants. À ce train-là, ma provision de collants noirs opaques va durer jusqu'à mon 105e anniversaire.

Quant à ces collants à motifs écossais achetés la semaine dernière ? Une grave erreur.

Voyons la section Déco ! Tiens ! Une sculpture argentée représentant une antilope est passée de 79,99 livres à 12,99. Ouais, mais pas vraiment mon style. Une autre bougie parfumée ? Pas question. À force de les multiplier, notre maison est envahie par une fragrance entêtante. « Et si la prochaine fois tu te procurais unc bougie parfumée à l'air frais ? » a suggéré Luke l'autre jour.

J'examine une boîte à pain en forme de Big Ben quand une nouvelle notification surgit : *Il ne vous reste que 1 minute, Becky !* Alerte rouge ! Franchement, quelle est l'utilité de ce genre d'avertissement ? Je le sais bien, que l'horloge tourne.

— Je suis au courant ! je lance à voix haute. Pas la peine de me stresser.

Juste pour me rassurer, je clique à nouveau sur mon panier. Et là, mon cœur s'arrête. La bouée en forme de flamant rose n'est plus disponible.

Plus disponible !

Naaan ! J'ai été trop lente. Le problème avec ces sites discount, c'est qu'on ne voit pas les autres clients manœuvrer pour vous piquer les bonnes occases. Mon cœur s'emballe. Je ne veux perdre *ni* ma veste *ni* la robe de chambre de Minnie. Je dois remplir ce panier et payer. Prestissimo.

— Mamaaan !

La voix de Minnie provenant du palier. Suivie de celle de Luke.

— Poupette, laisse maman tranquille quand elle fait ses exercices de méditation. Excuse-nous, Becky, on ne voulait pas te déranger.

— C'est pas grave, je réponds en éprouvant un petit pincement de culpabilité.

Luke croit que je suis tranquillement occupée à suivre mon programme de méditation et relaxation. Et d'une certaine façon, c'est vrai. Car mon appli en ligne s'affiche dans un coin de l'écran. Évidemment, j'ai baissé le son afin de me concentrer sur mes achats.

Mes séances de « pleine conscience » sont devenues une sorte de routine. Je vais dans le bureau et ouvre la session appropriée : excellent pour mon équilibre psychologique. Et à l'occasion, seulement à l'occasion, je me connecte à un site de shopping.

À vrai dire, le stock de BargainFamily n'arrête pas de changer. Il est donc logique de vérifier les occasions du jour. Il faut à Minnie une nouvelle robe de chambre. Ma première commande. Ensuite ? Comment résister à une veste DKNY à 39,99 livres ? Ce prix défie toute concurrence. Et puis, je vais la garder jusqu'à la fin de mes jours. D'où l'obligation absolue d'ajouter d'autres articles pour obtenir la livraison gratuite. C'est à ce moment que j'ai baissé le volume du programme de méditation. Le coach est sympa mais un peu trop sérieux : il m'empêche de me concentrer sur mes achats.

De toute manière, si vous voulez mon avis, le shopping exige aussi « la pleine conscience du moment présent ». Par exemple, à cet instant précis, j'ai oublié tous mes autres soucis. Je suis dans le moment présent. J'y suis à fond.

Un coup d'œil au minuteur. Palpitations. Plus que 34 secondes avant expiration. Vas-y, Becky…

Je me précipite sur la section Accessoires. Voilà la réponse. On n'a jamais assez d'accessoires dans ses placards. Et c'est un cadeau parfait.

J'expédie les pages dédiées aux pochettes sans intérêt, aux chapeaux dingos, à d'affreux colliers dorés. À chaque nouvelle page, mon optimisme grimpe pour retomber instantanément. Rien ne me tente. Que se passe-t-il ? Suis-je devenue si difficile ?

Je vais sans doute devoir admettre ma défaite et m'acquitter des frais de livraison pour la première fois de ma vie. Tout à coup, le choc. Ma gorge se noue. Impensable…

Mes yeux me joueraient-ils des tours ?

Une écharpe imprimée en gaze de soie turquoise. Non, impossible…

Denny and George ? Sur BargainFamily ? *Vraiment* ?

Incrédule, je lis la description. *Écharpe en soie. Prix boutique : 239 livres. Notre prix : 30 livres.*

Trente livres pour une écharpe signée Denny and George ? *Trente livres ?*

Je consulte les informations. Cent pour cent soie. Occasion étonnante. Stock limité. Merde alors ! Plus une seconde à perdre.

Dans la foulée, je clique. *Ajouter au panier. Vérifier. Payer*. J'ai l'impression d'être une virtuose du piano au sommet de son art. Et j'ai encore 20 secondes à mon crédit. Mon panier est plein. Mes coordonnées de carte bancaire sont enregistrées. La transaction devrait s'effectuer en un clin d'œil…

Votre mot de passe n'est pas sécurisé.

Encore un obstacle ? Le souffle coupé, je contemple le message qui vient de me sauter au nez.

Allons bon ! C'est quoi, ce problème ? Je lis la fin de l'avertissement.

Voulez-vous changer votre mot de passe ? Nous suggérons C?/x887dau.

Ils peuvent toujours suggérer ! Qu'ils aillent voir ailleurs ! Mon mot de passe me plaît comme il est. Je tape avec précaution *Ermintrude2* et termine la transaction.

Tout essoufflée, je me cale contre le dossier de mon fauteuil. Et voici qu'un nouveau message apparaît. *Félicitations ! Aujourd'hui vous avez épargné 879 livres.*

La preuve de ma démonstration. Comme dit un proverbe bien de chez nous, un penny sauvé est un penny gagné. J'ai donc réalisé une économie de 879 livres. En une seule séance de shopping en ligne. À raison d'une session tous les jours, ça ferait… Je ferme les yeux en essayant de calculer. Approximativement, une somme à six chiffres. Et pourtant, j'ai l'impression que Luke n'apprécie pas à sa juste valeur le fait que je nous fasse gagner mine de rien plusieurs milliers de livres.

Désormais, je dois avoir un comportement éthique et durable. Ma sœur Jess (ma demi-sœur, en fait) m'a initiée au mode de consommation green. Elle est très à cheval sur la question, très spartiate aussi. Un jour, nous avons eu une discussion animée – pour ne pas dire enflammée – à propos du shopping. Je disais que cela soutenait l'économie et elle prétendait, elle, que l'économie n'avait nul besoin d'être soutenue. Avant d'ajouter : « Becky, si pour une fois tu te montrais attentive et proactive dans tes achats… »

Et cette remarque m'a touchée. En fait, je me suis sentie coupable. Je dois faire preuve de responsabilité écologique. Nous le devons tous et toutes. Quand la fièvre acheteuse me prend, j'essaye de choisir aussi un truc éthique. Comme ces gens qui achètent des arbres pour compenser le fait qu'ils prennent l'avion.

Je me connecte au site Ethical Consumer Today et m'attarde sur leur page d'accueil. Un seul bémol : je me suis déjà procuré quasiment tout ce que ce site propose. Les bougies en cire d'abeille, le café bio et tous leurs bracelets de yoga…

Ah non ! Il y a un nouvel article. Un mélange bio pour confectionner des falafels aux épices. On n'a jamais assez de ce genre de produit dans ses placards. Je commande en vitesse huit paquets (livraison gratuite), termine mon achat et soupire d'aise. Je vais annoncer à Luke que tous les mardis soir nous aurons un dîner spécial falafel. Une bonne résolution : c'est super sain et végétarien !

En pensant à Luke, je remonte le volume de mon programme de méditation. Juste à temps. La porte s'ouvre au moment où le coach conseille : « Ne pensez plus à vos soucis. »

J'adresse à Luke un sourire empli de sérénité sereine.

— Coucou !

— Je voulais te prévenir que nous partons pour le restaurant dans un quart d'heure. Ça se passe bien ?

— Parfaitement.

— Tu as l'air radieux, me lance-t-il, le regard admiratif. Comme quelqu'un de… Je ne sais pas… Tu sembles calme, satisfaite.

— Je me sens au comble de la satisfaction, je lui réponds avec un grand sourire.

Trois écharpes Denny and George à 30 livres chacune ! Comment pourrais-je cacher ma joie devant pareille aubaine ? J'en donnerai une à Suze pour son anniversaire et j'en garderai une pour quand Minnie sera grande…

Luke me pose un petit bisou sur la tête.

— Je suis vraiment content que tu aies trouvé cette application. Au début, je ne croyais pas à cette histoire de méditation, mais tu m'as convaincu.

— Il suffit de se concentrer sur ce qui compte vraiment dans la vie, j'énonce doctement.

On sonne à la porte. Luke va ouvrir. J'entends une série de bruits sourds provenant de l'entrée. Un moment plus tard, la tête de Luke apparaît.

— Des colis pour toi, annonce-t-il.

— Des colis ! Waouh !

J'adore la manière dont les achats en ligne parviennent à leur destinataire. Je me rue dans l'entrée pour découvrir trois cartons et un emballage plastique estampillé ASOS. Formidable ! J'espérais bien que ma livraison ASOS arriverait à temps pour ce soir. J'ouvre le paquet avec les ciseaux que je garde dans l'entrée spécialement pour cet usage et je sors quatre combinaisons-pantalons en satin bleu foncé.

Luke contemple avec stupéfaction cet océan de tissu marine.

— Eh bien, il y en a beaucoup, de ces… C'est quoi d'ailleurs ? Tu as besoin d'autant de ce genre de trucs ?

— Je ne vais pas *tout* garder, je rétorque comme si j'expliquais les bases de l'algèbre à un élève moyennement prometteur. Je les essaye, j'en conserve une et renvoie le reste. Et elles étaient à moitié prix, j'ajoute pour faire bonne mesure. Une occasion unique.

Sur ce, je déplie la combi en taille 12 et la tiens en l'air.

— Une occasion unique, j'insiste.

Luke a toujours l'air perplexe.

— Mais il fallait vraiment que tu en commandes quatre ?

— Je ne savais pas quelle taille m'irait. Longueur de jambes extra ou standard. Luke, je ne suis pas responsable. Critique plutôt l'industrie de la mode qui pénalise l'innocente consommatrice avec sa mauvaise évaluation des tailles.

Il jette un coup d'œil aux livraisons de la veille empilées le long du mur.

— Hum ! Et ces huit coussins ? Également des problèmes de taille ?

— Je ne pouvais pas vraiment voir les couleurs, je rétorque. J'ai été obligée de commander toutes les teintes pour faire un choix. J'en garde seulement deux et réexpédie le reste demain. Le retour est gratuit. Et tu sais combien j'ai économisé sur cet achat ? 52 livres.

— Becky, je dépenserais volontiers 52 livres pour que notre maison ne ressemble pas à un putain d'entrepôt, commente-t-il en examinant tous les cartons et paquets qui encombrent l'entrée. Tu sais ce dont nous avons vraiment besoin ? D'un gars en bleu de travail avec un chariot élévateur.

— Ah ! Ah ! Ce que tu es drôle !

— Et ces œuvres d'art ? Tu vas les rendre quand ? demande Luke en indiquant deux statues d'Aphrodite et d'Hermès grandeur nature posées au bas de l'escalier et toujours enveloppées de papier kraft. Non seulement elles gênent le passage depuis une semaine, mais elles sont ridicules.

— Pas du tout ! Elles sont avant-gardistes ! Et impossible de les retourner car elles sont éthiques.

Sidération de Luke.

— *Éthiques* ?

— Oui, c'est un groupe de jeunes défavorisés qui les a conçues. Une installation à base d'éléments recyclés de vélos et de frigos.

Je dois admettre qu'elles sont résolument horribles. En plus, je ne m'étais pas rendu compte qu'elles occuperaient autant d'espace. Mais si je les renvoie, ces jeunes seront anéantis. Leur amour-propre en prendra un sacré coup. Et ce sera notre faute. Délit d'étroitesse d'esprit.

Luke continue sa plaidoirie :

— En plus, elles donnent des cauchemars à Minnie. J'ai dû cacher la tête d'Aphrodite sous un sac.

— À mon avis, elle est encore plus sinistre avec ce sac sur la tête. Elle fait peur. On dirait un otage.

— C'était pire quand elle nous regardait avec ses yeux de métal.

Il hausse les épaules et ajoute :

— On n'aurait pas pu juste envoyer un peu d'argent à ce groupe de jeunes ?

À moi d'entamer un petit sermon.

— Luke, le shopping éthique ne fonctionne pas de cette manière. On doit acheter leurs créations. Bon, laisse-moi essayer les combinaisons. On part quand ?

— Dans huit minutes. Pas une de plus.

Je me rue à l'étage et passe la première. Bof ! Trop longue. J'enfile le modèle standard et m'examine dans la glace. Enfin !

La semaine dernière, en regardant une émission télé, j'ai repéré cette combinaison vraiment cool. J'ai illico googlé les modèles similaires. En trouver une, disponible et abordable, m'a pris des heures. Mais nous y voilà !

Je m'inspecte sous toutes les coutures en essayant d'être objective. Le tissu est superbe. Le bleu marine, élégant. Et le pantalon large totalement flatteur. Par contre, le haut me laisse perplexe. Son échancrure semble beaucoup plus plongeante qu'à la télé.

Question : puis-je sortir avec une combinaison-pantalon ouverte jusqu'au nombril ?

Je peux ou non ?

Je ne suis pas trop vieille ?

Naaan ! La mode n'a rien à voir avec l'âge. On doit pouvoir porter ce qu'il nous plaît, quand cela nous plaît. Les règles d'autrefois n'existent plus.

Sur les tapis rouges, les célébrités arborent tout le temps des tenues comme celle-là. Oui, pas de complexes à avoir. Et puis, la cage thoracique à découvert, c'est le nouveau décolleté – comme le beige est le nouveau noir. En plus, ce n'est pas indécent. Enfin, pas à proprement parler puisqu'on ne voit pas mes bouts de sein.

Rectification : on ne les voit pas complètement.

Et puis, bon, je ne vais pas arpenter le tapis rouge. Je vais seulement dîner avec maman et papa chez Luigi's, à Oxshott. Ce qui ne m'empêche pas de porter une fringue à la pointe de la mode. En me voyant, les autres filles parleront de moi en m'appelant « la nana à l'emblématique combinaison-pantalon ». Elles admireront mon culot et à leur tour voudront arborer un vêtement audacieux.

Exactement.

D'un air provocant, j'applique sur mes lèvres un trait rouge vif. Histoire d'ajouter une touche classy à l'ensemble. C'est parti, Becky !

2

Dehors, l'air de novembre est frisquet. On sent l'odeur du feu de bois. De l'autre côté de la rue, les illuminations sont déjà accrochées. Noël va arriver en moins de temps qu'il ne faut pour le dire. Cette pensée me remplit de joie. Noël, c'est tellement… dans l'esprit de Noël. Le sapin. Les cadeaux. La même crèche depuis la nuit des temps (mais comme nous avons perdu le petit Jésus, nous l'avons remplacé par une pince à linge). Les cantiques. Le pudding que maman prétend avoir confectionné elle-même. La flambée qu'allume papa. Janice et Martin arrivant pour boire un verre de sherry vêtus d'abominables pulls festifs.

Dans notre famille, la fête de Noël se déroule toujours de la même façon. Et c'est bien comme ça. Maman fait toujours les mêmes emplettes, des crackers jusqu'au roulé au chocolat du supermarché Waitrose. Maintenant qu'il y a Minnie, nous sommes encore plus excités que d'habitude – et cette année, elle sera assez grande pour comprendre. Je lui ai acheté un pyjama tout mignon décoré de rennes et de traîneaux. Nous allons guetter le papa Noël dans le ciel et lui laisser un biscuit... Bref, je suis folle d'impatience.

Le père et la sœur de Luke vont passer les fêtes en Floride. Ils nous ont gentiment proposé de les rejoindre. Sa mère, Elinor, sera dans les Hamptons, aux États-Unis. Elle aussi nous a conviés. Mais nous avons refusé les deux invitations. Nous voulons un Noël tranquille, familial, normal.

En attachant Minnie dans son siège, je jette un coup d'œil à notre maison. C'est fou ce que notre vie a changé en une année. Auparavant, nous vivions au centre de Londres et je travaillais pour le grand magasin The Look. Nous savions où nous allions, l'avenir paraissait tout tracé.

Ensuite, nous sommes partis pour la Californie : une aventure qui a transformé radicalement nos existences. Pendant notre absence, The Look a fait faillite. Et les occasions de trouver un job de conseillère de mode personnelle sont devenues rares. À la même époque, Suze, ma meilleure amie, a décidé de transformer le minuscule magasin de souvenirs – taille placard – de son château en une véritable boutique de cadeaux. Un soir, on s'est toutes les deux lamentées en buvant un verre : je râlais de ne pas dégotter de boulot tandis qu'elle se plaignait de ne pas trouver de responsable pour son nouvel espace. Quand elle m'a demandé mon avis sur le sujet, la solution s'est imposée à nous. D'un coup, d'un seul.

Je travaille donc maintenant pour la boutique de Letherby Hall. Et ce n'est pas tout ! Avec Luke, nous avons quitté Londres pour nous installer dans le village de Letherby. À trois minutes de chez Suze, dans une maison appartenant à des gens qui sont à Dubaï pour deux ans. Nous avons mis notre maison de Londres en location. Luke fait des allers et retours tous les jours et Minnie est inscrite à l'école du village où vont les enfants de Suze. Parfaite organisation ! Évidemment, le shopping local est assez *limité* – mais on peut tout commander en ligne avec livraison express. Par conséquent, tout va bien.

Maman et papa sont enchantés. D'abord parce que Letherby n'est pas loin d'Oxshott où ils habitent. Ensuite, parce qu'ils peuvent se garer devant la maison. Pour eux, une place de parking réservée est objet de vénération. Comme le double vitrage et les rideaux « de bonne qualité ».

À ce propos, un détail en passant : maman et moi sommes en désaccord sur la signification de l'expression « de bonne qualité ». Elle m'a traînée un jour dans un dépôt-vente pour me forcer à acheter des rideaux d'occase, bleus à fleurs, sous prétexte qu'ils étaient *beaucoup* (« vraiment *beaucoup*, ma puce ! ») moins chers que des neufs. Elle a insisté jusqu'au moment où j'ai dit que je préférais les stores.

Désolation maternelle.

« Mais ils sont de si bonne qualité, répétait-elle.

— Mais ils sont tellement moches », je répondais.

Une remarque dont j'aurais dû m'abstenir.

Tout s'est finalement arrangé. Elle n'a fait la tête que pendant une demi-heure. Et chaque fois que je lui rends visite, je me fends d'un compliment. « Ces rideaux sont *ravissants* dans la chambre d'amis. Et la couette assortie est *divine.* »

Quand on s'arrête devant la massive porte d'entrée du château, Minnie se tortille de bonheur. Elle adore passer la nuit avec les enfants de Suze. Pour un peu, j'en prendrais ombrage. Non mais franchement, qu'est-ce qui cloche à la maison ?

— Wilfie ! se met-elle à crier quand le petit garçon sort. Wilfie, je suis là ! On va jouer à monte tuc.

Elle veut parler des « Monster Trucks », ces véhicules miniatures aux roues énormes conçus pour braver tous les obstacles. Minnie, Wilfie et sa jumelle Clemmie passent des heures à faire rouler leurs Monster Trucks dans les immenses couloirs du château. Minnie a même son propre camion qui reste à Letherby Hall.

J'ai fait part de cette information à ma sœur Jess, qui vit au Chili en ce moment. Elle et Tom, son mari, ont fait une demande d'adoption. Ils préfèrent adopter un enfant plutôt que d'aggraver les problèmes de surpopulation de la planète. En attendant, Jess ne cesse de me faire la morale sur l'éducation de Minnie. Selon elle, je dois lui donner une éducation non genrée. Elle m'offre des livres avec des titres du style *L'Enfant zéro carbone*.

Alors, la semaine dernière, je lui ai envoyé un mail (J'encourage vraiment Minnie à s'amuser avec des jouets non sexistes) en joignant une photo de ma fille qui serrait contre elle un camion et portait un jean appartenant à Wilfie (à la vérité, j'avais dû lui enlever sa robe à volants parce qu'elle était tombée dans la boue). Commentaire de Jess :

Bonne initiative, Becky ! Nous devons combattre les stéréotypes sexistes. Mais pourrais-tu lui trouver un camion en bois ?

Je n'ai pas encore répondu (quand j'ai demandé son avis à Luke, il m'a regardée avec un drôle d'air). Je n'ai pas non plus parlé à Jess de la gigantesque collection de poupées de Minnie, de ses ailes de fée scintillantes ou de son goût immodéré pour les robes roses. Car en vérité, je vous le demande, a-t-on vraiment besoin de tout confier à sa sœur ? Et qui plus est, une sœur vegan pure et dure, adepte du recyclage et des grands principes verts ?

J'arrive à peine à embrasser Minnie avant qu'elle s'engouffre dans la maison avec Wilfie, munie de son petit sac à dos rempli de ses affaires de nuit. Sur ces entrefaites, Suze apparaît à la porte, en pantalon de yoga et sweat, ses cheveux blonds maintenus en chignon par une pince à papier.

— Je vais juste vérifier que poupette est OK, annonce Luke en entrant dans la maison.

— Suze, tu es un chou de prendre Minnie pour la nuit, je dis en embrassant ma copine.

— Ça me fait plaisir. Transmets mes amitiés à tes parents.

— Sans faute.

Et, après une pause, j'ajoute l'air de rien :

— Au fait, tu sais, ton espace sculpture dans le parc…

Je me suis soudain souvenue de la grande pelouse orientée au nord dans la propriété, jonchée de globes en métal, de morceaux de pierre sculptés et d'autres créations de cet acabit. Un immense espace ouvert au public. Et la solution parfaite à mon problème.

— Oui ? s'étonne Suze. Et alors ?

— Je me demandais si tu apprécierais une donation artistique.

— Une donation ?

— Oui, deux statues. Complètement contemporaines. Si tu m'envoies des transporteurs, je te les offre.

— Des statues ? Tu ne parles pas de ces monstruosités qui campent dans ton entrée, j'espère ?

Merdum ! Je ne savais pas qu'elle les avait repérées.

— Là, tu exagères, Suze ! C'est de l'art avec un grand A. Mais tu les as vues quand ?

— Quand j'ai déposé Minnie l'autre jour. Bex, elles sont abominables. Comment tu as pu les acheter ?

— Parce qu'elles ont été créées par un groupe de jeunes défavorisés. Et qu'elles ont *indéniablement* une valeur artistique.

— Bravo ! J'espère que tu en profites. Mais dis-moi, si elles sont si géniales que ça, pourquoi avoir collé un sac sur la tête de l'une ?

Impossible de faire semblant plus longtemps !

— Suze, *je t'en prie*, prends-les. Tu as tellement d'espace. Tu peux les dissimuler derrière des arbres. Personne ne les verra.

— Hors de question ! s'écrie Suze en croisant les bras. Retourne ces horreurs à l'envoyeur !

Franchement ! Elle n'a rien compris, ou quoi ?

— Je ne peux pas. Ce sont les œuvres d'un groupe de jeunes.

— Eh bien, refile-les à quelqu'un d'autre.

— Mais à qui ?

— Aucune idée ! Pas à moi, en tout cas.

Au moment où je m'apprête à plaider la cause d'Aphrodite et d'Hermès, Luke sort de la maison.

— Prête ? demande-t-il.

— Au fait, tu portes quoi ? s'enquiert Suze en contemplant mes jambes en satin marine. Un nouveau pantalon ?

— Une combinaison-pantalon, je précise.

— Oh, je veux la même ! Montre-moi !

Je commence à déboutonner machinalement mon manteau et m'arrête brusquement.

— C'est un peu… audacieux.

— Cool !

Elle m'encourage à défaire les derniers boutons mais mes doigts sont comme paralysés. Bizarre ! Pour je ne sais quelle raison, ça m'inquiète de dévoiler ma tenue.

— Et même très coquin, j'ajoute, histoire de gagner du temps.

— Encore mieux ! Allez, Bex, je veux voir.

Tout d'un coup, Luke a l'air très intéressé lui aussi.

La cage thoracique, c'est le nouveau décolleté, je me dis. Sur ce, d'un mouvement presque provocateur, j'ouvre mon manteau.

— Voilà !

L'air frais de ce soir de novembre me tombe dessus. Je remercie en silence le silicone de mon soutien-gorge adhésif sans bande dans le dos ni bretelles. Sauf que si l'un des deux patchs tombe, je *meurs* de honte.

Luke et Suze restent muets de stupéfaction. Mon mari a la bouche ouverte tandis que ma copine recule d'un pas en clignant des yeux nerveusement.

— Waouh ! C'est… euh…

— Il manque un morceau de tissu devant, non ? ironise Luke.

— Pas du tout ! C'est le style du modèle.

Suze prend tout de suite mon parti :
— Ça te va super bien, ma Bex !
— Merci, tu es un ange ! Tu disais quoi, Luke ?
— Rien du tout. Bon, on y va. Je parie que tes parents vont être estomaqués.

Luigi's est un de ces restaurants chaleureux et sympas qui embaument l'ail et la sauce au vin. Nous sommes les premiers. Dès que j'enlève mon manteau, je me sens incroyablement cool. Cette combi-pantalon est *fantastique*. Il faut que je me la procure dans toutes les couleurs. En allant m'asseoir, j'aperçois mon reflet dans les vitres. Et me voici, tel un mannequin sur un podium, faisant onduler et chatoyer le satin.

Selon ma bonne vieille habitude, je récapitule dans ma tête la provenance de mes vêtements comme si je récitais le contenu d'une légende d'un magazine de mode. Manteau : Topshop. Combinaison-pantalon : ASOS. Escarpins : See by Chloé. Bracelet : le mien (impossible de me rappeler l'endroit où je l'ai acheté).

Une ado attablée avec ses parents me regarde, bouche bée. Je lui souris gentiment. Car moi aussi, j'ai été une gamine fascinée par les femmes bien habillées. Un vieux mec crache presque sa soupe quand je passe devant lui, mais comme il n'a probablement jamais entendu parler du top model Miranda Kerr, ça ne compte pas vraiment.

Des morceaux de ruban adhésif double face maintiennent l'échancrure du haut de la combi contre ma peau. Je suis donc tranquille : rien ne va jaillir à l'improviste. Je peux profiter de mon moment « tendance » en toute tranquillité. Un serveur tire une chaise. Je lui adresse un de mes sourires gracieux avant de m'asseoir et…

Merde !

Catastrophe !

Quand on s'assied, le décolleté s'ouvre. Il bâille méchamment.

Mon sang se glace. Explication : dès que je me suis assise, le satin s'est détaché de mon ruban adhésif double face (qui, contrairement à ce que prétend la notice super mensongère, n'est *pas* « résistant en toutes circonstances »). Du coup, l'encolure s'est repliée en une sorte d'accordéon horizontal qui révèle…

Et merde !

Instinctivement, j'ai remis l'encolure à sa place. Problème : j'ai seulement dix doigts. Et il y a beaucoup de surface de peau, de ruban adhésif et de silicone à camoufler. Le serveur, après un coup d'œil interloqué vers mon buste, a laissé tomber à la hâte les menus reliés de cuir sur la table avant de foutre le camp. Je me fige. De stress et de panique. Qui a vu l'incident ? Tous les clients du restaurant ? Un seul ? Et maintenant je fais quoi, moi ?

Désespérée, je lève les yeux et rencontre le regard narquois de Luke.

— Excuse-moi de ne pas être dans le coup mais j'ai une question à poser : c'est vraiment le style du modèle ?

— Ah ! Ah ! Hilarant, je marmonne, furieuse.

En fait, cette combinaison-pantalon est faite pour les réceptions où on reste debout. Pas pour les dîners assis. Ils auraient dû être plus explicites sur le site. Et ajouter une légende : *Recommandée seulement pour la position debout/épaules en arrière/lèvres étirées dans un rire spirituel.*

— Luke, passe-moi ta veste, je murmure. Vite !

— J'en ai pas, désolé, fait-il en haussant les épaules.

Quoi ?

— Comment ça se fait ? Tu en portes toujours une.

— Simplement parce que tu m'as demandé de ne pas en mettre.

— Qu'est-ce que tu racontes ? Moi ? Jamais.

— Mais si ! La dernière fois qu'on est sortis dîner, tu m'as dit, je cite : « Pourquoi tu portes toujours une veste ? C'est d'un ennui ! Tu devrais varier ! »

Ah oui. Ça me rappelle vaguement quelque chose. J'ai peut-être dit une chose pareille.

— Eh bien, par la présente, je retire ce que j'ai dit. Tu devrais *toujours* porter une veste, au cas où un incident technique surviendrait.

— Toujours porter une veste, dit Luke en faisant semblant de noter sur son téléphone. Autre chose ?

— Oui ! File-moi ta serviette. En vitesse.

Heureusement, les serviettes sont grandes et taillées dans un beau tissu damassé rouge. J'en attache trois ensemble pour créer un genre de haut de bikini, noue le tout bien serré autour de moi et inspecte le travail. Au moins, je suis décente. Oui, mais de quoi ai-je l'air ?

— Super sexy, constate Luke comme s'il lisait dans mes pensées.

— Ferme-la !

— Je suis sérieux. Tu es très sexy, chérie. Félicitations.

— Becky, ma puce, tu es déjà là ?

Ça, c'est papa. Il porte une veste en lin agrémentée d'une pochette à imprimé cachemire. Maman, un ensemble à fleurs rose qui, je crois, appartient à sa voisine Janice.

Maman et Janice n'arrêtent pas de s'échanger des vêtements pour « rafraîchir » leurs garde-robes, comme elles disent. Janice fait deux tailles de moins que maman mais ça ne les dérange pas. Maman ne boutonne pas les vestes et Janice ceinture tout.

— Becky, ma chérie, comment ça va ? Et Minnie ?

Après m'avoir embrassée, maman me contemple.

— Quelle drôle de tenue ! C'est ce qu'on appelle le look foulard ?

— Euh, oui ! On peut dire ça !

J'évite le regard de Luke et ajoute prestement :

— On se commande un verre ?

Un serveur d'un certain âge apporte tout de suite un verre de sherry à maman et un gin-tonic pour papa. Mes parents sont des habitués de longue date. Ils se sont installés à Oxshott avant ma naissance et vont chez Luigi's environ deux fois par mois. C'est dire. Maman choisit immanquablement le plat du jour alors que papa examine le menu pendant des heures, comme s'il espérait trouver une nouveauté, et finit toujours par demander le veau marsala.

— Content de te voir, Luke, lance papa en serrant la main de mon mari avant de m'embrasser.

— On a plein de choses à se raconter, dit maman. Vous buvez quoi, au fait ?

Nous commandons nos boissons. Pendant que le serveur verse de l'eau dans nos verres, maman se tortille sur sa chaise. Elle brûle d'impatience de parler mais elle a pour règle de ne jamais ouvrir la bouche devant les serveurs, même chez Luigi's. Pourquoi ? A-t-elle peur qu'ils envoient immédiatement un texto à la *Gazette d'Oxshott* pour la rubrique des potins locaux ? *M. et Mme Bloomwood ont l'intention d'acheter une nouvelle tondeuse à gazon mais hésitent sur la marque.*

Dès que le serveur a tourné les talons, maman démarre :

— Ah, je ne sais pas par où commencer !

— Noël, dit papa.

— Noël, je renchéris. J'apporte les papillotes. On prend lesquelles cette année ? Celles avec les coupe-ongles et petits outils pratiques ? Ou les autres avec les pingouins mécaniques ?

À mon avis, papa va opter pour la seconde catégorie, parce que l'an dernier il a gagné la course des pingouins mécaniques. Il exultait comme un enfant. Curieusement, il ne répond pas tout de suite. Il jette un regard à maman. Un drôle de regard en coin.

Pour ce qui concerne mes parents, je suis équipée d'un radar particulièrement sensible. Quand il y a un truc dans l'air, je le sens. Je devine donc presque immédiatement de quoi il retourne. Ils s'en vont pour Noël. En croisière. Forcément. Je parie que Janice et Martin les ont enrôlés et qu'ils ont déjà acheté toutes sortes de fringues adéquates dans des couleurs pastel.

— Vous allez faire une croisière ?

Maman semble surprise.

— Non, ma chérie ! Qu'est-ce qui te fait croire ça ?

Au temps pour moi ! Mon radar n'est pas aussi sensible que je le croyais. Mais pourquoi ce regard furtif ?

— Il y a un truc, j'en suis sûre.

— Oui, acquiesce papa avec un nouveau regard en coin vers maman.

— Un truc qui concerne Noël, j'assène en me sentant aussi fine que Sherlock Holmes en pleine enquête.

— Disons que Noël est un des éléments.

Un élément ?

— Maman, pas de mauvaises nouvelles au moins ?

Ma mère rit.

— Mais non, ma chérie. Simplement, Jess va s'installer à la maison. Avec Tom, bien sûr. Tous les deux.

Tom est le fils de Janice et Martin. Il est aussi le mari de Jess – nous formons donc une sorte de famille élargie.

— Mais ils vivent au Chili, non ?

— Ils reviennent en Angleterre pour quelques mois, intervient papa.

— Jess ne m'a pas mise au courant !

— Oh ! tu sais comme elle est prudente. Elle n'annonce une nouvelle que lorsqu'elle en est à cent pour cent certaine. Voilà vos boissons !

Pendant qu'on dispose nos verres sur la table, je ne peux pas m'empêcher de cogiter. Les mails de Jess vont à l'essentiel. Maman a raison : ma sœur est du genre à faire de la rétention d'information. Même quand l'info est palpitante. Exemple : elle a oublié de me dire qu'elle avait obtenu un prix de géologie hyper important. « Je pensais que ça ne t'intéresserait pas », m'a-t-elle dit pour expliquer son omission.

Donc, réfléchissons. Ce silence s'expliquerait-il par… *Oh, my God !* À peine le serveur s'est-il éloigné que je demande :

— Ça y est ? Ils ont adopté un enfant ?

À la tête de maman, je vois bien que j'ai encore raté ma cible.

— Pas encore, chérie, dit-elle.

Papa fait une petite grimace.

— Pas encore, ma puce. C'est compliqué là-bas. La bureaucratie, la paperasserie sans fin. Janice a renoncé à poser des questions.

— Oh, je croyais que peut-être… Ça prend des siècles, on dirait.

Quand Jess m'a montré une photo, il y a au moins cent ans, d'un adorable petit garçon, j'ai eu l'impression qu'on allait faire sa connaissance très vite. Mais l'adoption n'a pas abouti. Et nous avons été horriblement déçus. Depuis, Jess et Tom se montrent réservés sur le sujet.

— Ils vont y arriver ! s'écrie papa d'un ton résolument optimiste. Il faut garder espoir.

Vision soudaine : Jess et Tom, au Chili, attendant indéfiniment des nouvelles d'un bébé à adopter. Mon cœur se serre. Je suis désolée pour Jess. Elle serait une mère formidable (dans le genre vegan stricte, adepte des layettes en chanvre recyclé). C'est vraiment injuste que l'adoption prenne si longtemps.

Ensuite je pense à Suze. Et mon cœur se serre à nouveau. Après notre retour des États-Unis, elle a fait une fausse couche. Un choc pour nous tous. Et bien qu'elle n'ait cessé de proclamer : « Je suis déjà tellement gâtée… C'est le destin… », je sais qu'elle était effondrée.

Quant à moi, j'adorerais avoir un autre enfant, mais voilà, je ne tombe pas enceinte.

Autre serrement de cœur. La vie est tout de même bizarre. J'ai beau *savoir* que je suis la personne la plus chanceuse au monde, j'ai beau *savoir* que je n'ai aucune raison de me plaindre, il n'en reste pas moins que ne pas agrandir ma famille me rend triste.

— À votre santé ! lance Luke en levant son verre.

Je me dépêche de sourire.

— Et à… À quoi en fait ? ajoute-t-il en hésitant.

— C'est justement ce que je voulais vous dire, reprend papa après une ou deux gorgées. Jess et Tom reviennent en Angleterre pour un moment. Janice avait peur de ne pas avoir assez de place pour les accueillir… Alors nous avons décidé de leur offrir l'hospitalité pour quelques mois.

— Ils seront à côté de Janice mais pas dans ses pattes, intervient maman. Et elle n'aura pas à faire tremper des pois chiches tous les soirs. La pauvre cocotte se fait un sang d'encre. Elle est aussi vegan que n'importe qui, tu sais, mais elle aime bien déguster un œuf à la coque au petit déjeuner.

— Ils vont rester combien de temps ? s'enquiert Luke avant que j'aie l'occasion de demander à maman sa définition exacte du mot « vegan ».

— C'est justement la question, répond maman. Au moins jusqu'à fin janvier. Donc la fête de Noël n'aura pas lieu chez nous.

Avec un grand sourire, elle ajoute :

— Je pensais, Becky, que… maintenant que vous habitez un endroit ravissant, ce serait ton tour de nous recevoir.

— *Moi*, organiser la fête de Noël ? Mais…

Tout d'un coup, le ravissant « Chant des anges » de Mendelssohn qu'il me semblait entendre en fond musical a l'air de dérailler. Comme si quelqu'un poussait brusquement l'aiguille sur un vieux disque vinyle.

Je ne suis pas la reine de Noël. C'est *maman* qui l'est. Elle sait comment s'y prendre. Comment placer le roulé au chocolat sur un napperon et le saupoudrer de sucre glace.

— D'accord ! Waouh ! Organiser la fête de Noël à la maison : c'est super intimidant.

Je rigole pour montrer que je plaisante, mais d'un rire jaune.

— Mais non, ma chérie, fait maman en me tapotant la main. Avec une bonne dinde, la réussite est pratiquement assurée. J'ai invité Janice et Martin ainsi que Jess et Tom, bien sûr, puisqu'ils font partie de notre tribu.

— Oui, oui.

Une lampée de gin-tonic m'aide à digérer toutes ces informations. Jess et Tom rentrent, nous recevons la famille pour Noël et…

Je sursaute.

— Attends une seconde ! Quand tu dis que vous offrez l'hospitalité à Jess et son mari, ça veut dire que vous leur cédez la maison ?

— Nous habiterons ailleurs pendant qu'ils sont là, précise papa, l'œil brillant d'excitation. Une nouvelle aventure, Becky.

— Une nouvelle aventure ?

Je croise le regard de Luke. Après notre expédition aux États-Unis, je pensais que mes parents avaient eu leur content d'aventures.

— Un nouveau décor, acquiesce maman. Notre séjour en Amérique nous a donné l'occasion de faire le point. Nous avons habité la même maison pendant des années, sans tenter le moindre changement. Et puis ton père a toujours voulu avoir des abeilles.

— Oui, c'est un de mes rêves, confirme papa, un peu gêné.

— C'est maintenant ou jamais, continue maman.

Ça alors ! Quelle surprise ! Au fond, c'est vrai. Jusqu'à aujourd'hui, mes parents ont vécu dans un aimable train-train. Changer de vie ne peut que leur être bénéfique. J'imagine papa dans un petit cottage flanqué d'une ruche et d'un verger. Nous viendrons leur rendre visite, Minnie ramassera des pommes, j'achèterai un tablier spécial sur le site de Toast dédié aux vêtements « nature » fabriqués dans une ferme du pays de Galles…

En fait, cette perspective me plaît.

— Vous cherchez dans quel coin ? À Letherby, il y a des cottages à louer. Oui, j'y pense ! Dans la propriété de Suze, il y en a un qui est disponible, avec un toit de chaume. Absolument adorable. Installez-vous là !

Maman échange un regard avec papa.

— À vrai dire, ma chérie, ce n'est pas ce que nous avons en tête.

— Letherby est parfait pour toi et Suze, explique calmement papa. Mais nous voulons un environnement avec plus de piquant. Et pas seulement à cause des abeilles.

Ah ! Ah ! Sa plaisanterie l'amuse énormément.

Je rêve !

— Où allez-vous ? je demande. En rase campagne ?

— Oh ! s'esclaffe ma mère. Tu entends ça, Graham ? Non, Becky, pas en rase campagne. À Londres. Au centre de Londres.

— Pas au centre. Dans l'Est londonien, corrige papa.

— N'importe quoi, Graham ! De nos jours, l'est de Londres est assimilé au centre. N'est-ce pas, Becky ?

— Je ne sais pas. D'ailleurs, de quoi parlez-vous exactement ?

— D'un petit quartier super sympa. Très préservé. On est tombés dessus quand ton père m'a montré l'emplacement de son ancien bureau. Ça s'appelle… (pause un tantinet théâtrale) Shoreditch.

J'en ai le souffle coupé. Ai-je bien entendu ? Shoreditch comme… *Shoreditch* ?

— C'est sur une ligne de métro, renchérit maman. Tout près de Liverpool Street. Très pratique pour venir nous voir, ma chérie.

— Je sais où ça se trouve. Mais vous ne pouvez pas vous installer à Shoreditch.

— Et pourquoi, je te prie ?

— Parce que c'est un quartier pour les jeunes. Le coin de prédilection des hipsters. Le genre bière artisanale, pain bio et compagnie. Pas pour vous du tout.

— C'est toi qui le dis, Becky. Nous allons nous adapter parfaitement. D'ailleurs, ton père adore la bière.

Comment me faire comprendre ? Je lance :

— Il y a une ambiance spéciale à Shoreditch. Branchée, quoi !

— N'importe quoi !

Ma mère lève les yeux au ciel avant d'enchaîner à l'adresse du serveur :

— Excusez-nous, Carlo, on a besoin d'un peu plus de temps pour choisir. Ensuite vous nous raconterez ce que votre fille va faire pendant son année sabbatique.

Sourire au dénommé Carlo. Gorgée de sherry. Et, à mon intention, la tête des mauvais jours.

— Écoute, maman, vous pouvez vivre où vous voulez. Mais pourquoi quitter un endroit où vous avez vos habitudes ? Dans ce restaurant, par exemple, vous connaissez tous les serveurs. Vous connaissez leurs familles. Vous connaissez le veau marsala. Alors que Shoreditch, c'est… Shoreditch.

— Et si j'en avais assez du veau marsala ? dit papa. Et si je préférais… l'écrasé d'avocat ?

— Je note, fait Carlo consciencieusement. Avocat et crevettes pour commencer, suivis du veau marsala.

Luke réprime un gloussement. Bien que je sois proche du fou rire, je lui lance un regard de réprimande.

— De toute façon, nous avons trouvé un appartement, annonce maman. Libre tout de suite. Des stores sur mesure ravissants, Becky. Tout est compris.

Papa :

— Et une vue sur la ville.

Maman :

— Et une salle de douche, si pratique quand on vieillit.

Papa :

— Et une ruche coopérative sur le toit. Ainsi qu'un jacuzzi.

Je ne peux pas résister :

— Y a-t-il une place de parking devant l'entrée ?

Maman, d'un air condescendant :

— Ce que tu peux être banlieusarde ! Nous utiliserons Uber.

Cette fois, ils m'ont cloué le bec. Mes parents vont déménager à Shoreditch. En fait, je suis un peu jalouse.

Je ne détesterais pas habiter un appartement avec jacuzzi et vue imprenable sur Londres.

Je lève mon verre.

— Félicitations. Buvons à votre nouvelle existence !

— Bravo, Graham et Jane ! s'enthousiasme Luke. On peut venir vous voir dans votre nouveau nid ?

— Évidemment, répond maman dont la mauvaise humeur s'est déjà dissipée. Nous allons organiser une pendaison de crémaillère avec des petites choses à grignoter. Ce sera super.

Elle nous gratifie d'un regard ravi, s'attarde quelques secondes sur mon arrangement damassé, puis lève la tête d'un air incrédule.

— Becky, ma chérie ! Je viens de remarquer que ton top est assorti aux serviettes.

De : Jess Bertram
À : Becky
Objet : Noël

Coucou, Becky,

Il paraît que tu es au courant de notre retour en Angleterre. Nous sommes ravis de retrouver le pays et la famille. Comme tu le sais, les parents ont généreusement offert de nous héberger.

Merci de nous recevoir pour Noël. Nous nous en réjouissons par avance. Bien entendu, j'espère que cette fête sera en accord avec nos valeurs anticonsuméristes et pro-développement durable. On va bien s'amuser.

Jess

De : Jess Bertram
À : Becky
Objet : Re : Re : Noël

Coucou, Becky,

Oui, je suis toujours vegan. Tom aussi.

Jess

De : Jess Bertram
À : Becky
Objet : Re : Re : Re : Re : Noël

Coucou, Becky,

Non, pas d'exception au régime vegan même comme « petite récompense » le jour de Noël.

En ce qui concerne les cadeaux, je ne « désire » rien de particulier. Tom et moi allons échanger des présents virtuels avec l'idée de réduire notre empreinte carbone sur notre planète en danger.

Si, uniquement pour suivre la « tradition », tu ne peux pas résister à la tentation d'acheter des cadeaux inutiles, puis-je te rappeler l'existence d'objets durables, fabriqués localement à partir de matériaux écologiques et qui reflètent l'esprit associatif plutôt que les plaisirs futiles du shopping ?

À très vite pour faire la fête.

Jess

3

En accompagnant Minnie à l'école le lendemain matin, je ne sais plus trop où j'en suis. Quelle est ma préoccupation numéro 1 ? Est-ce le déménagement des parents à Shoreditch ? Ou l'organisation de la fête de Noël pour la première fois de ma vie ? Question sans réponse.

Je n'arrête pas de me seriner : Noël, c'est juste l'affaire d'une journée. Pas la mer à boire, quand même. Et franchement, je ne vois pas quel désastre pourrait se produire. (Non, non, Becky ! Ne pense pas aux scénarios catastrophes !)

Quoi qu'il en soit, tout va bien. J'ai déjà commencé les préparatifs. Sur Pinterest, j'ai trouvé quantité de listes sur le thème « Comment recevoir à Noël ? ». J'ai commandé en ligne deux billets d'entrée pour la Christmas Style Fair, une foire entièrement consacrée à Noël qui se tient au palais des expositions Olympia à Londres. J'irai avec maman, histoire de trouver de l'inspiration. Et puis, je vais commencer à acheter des cadeaux. Nous sommes en novembre. J'ai plein de temps devant moi.

J'emmène Minnie dans le vestiaire et l'aide à accrocher son manteau avant d'entrer dans la salle de classe. Et là, tout de suite, nous tombons sur Eva, la copine de Minnie, accompagnée de sa mère Petra. Zut et zut !

— Regarde ! s'écrie Minnie avec admiration. Un tam-tam ! Sssuper beau !

Petra tient à bout de bras un énorme tambour tribal fabriqué avec des branches et de la toile et décoré de rubans. Sous le regard radieux de sa mère, Eva commence à taper dessus. Minnie est bouche bée. Et moi, je m'interroge : elles ont *fabriqué* ça ?

Je ferme les yeux un quart de seconde. J'adore l'école du village et la maîtresse de Minnie, Miss Lucas. Mais c'est une dingue de travaux manuels. Elle n'arrête pas de proposer des activités ludiques et facultatives qui, soit dit en passant, n'ont rien de facultatif dans la mesure où tous les élèves s'y mettent. Ce week-end, il fallait créer un instrument de musique à partir d'objets usuels trouvés dans la maison. *Franchement !*

Avec Minnie, nous avons mis des haricots secs dans un pot de verre vide. Une bonne idée. Mais évidemment, rien à voir avec ce tambour.

— *Tellement* amusant à faire, fayote Petra devant Miss Lucas. Toute la famille s'en est mêlée.

La maîtresse rayonne.

— J'en suis ravie ! La créativité est *si* importante. Et toi, Minnie, tu as fait un instrument de musique ?

— Un maraca, j'annonce d'un ton que j'espère triomphant.

— Formidable ! Je peux le voir ?

Aïe ! Aïe ! Aïe !

Sans enthousiasme, j'extirpe le maraca du cartable de Minnie. J'avais l'intention de le peindre mais j'ai oublié. Résultat : ce que je produis ressemble purement et simplement à un pot de crème Clarins. Surprise de Petra, ébahissement de Miss Lucas. Mais pas question de me dégonfler. Après tout, elle a parlé d'objets usuels – ou je me trompe ?

— Magnifique ! s'exclame-t-elle au bout d'un moment. Nous allons le placer à côté de l'instrument d'Eva.

Parfait ! Eva va exposer un tambour tribal et Minnie, un pot de crème Clarins. Heureusement, ma fille ne semble pas faire la différence. C'est moi qui suis gênée. La prochaine fois, je réussirai le plus fantastique instrument de toute la classe. Même si ça me prend tout le week-end. Promis, juré !

— À tout à l'heure, ma poupinette.

J'embrasse Minnie qui se rue immédiatement dans sa classe.

— Tarkie ! Fais attention, c'est fragile !

La voix perçante de Suze vient de retentir. Nous nous retournons. Qu'est-ce qu'elle a encore inventé, ma copine ? Un montage compliqué de tubes, d'entonnoirs et de ruban adhésif qu'elle et son mari transportent avec précaution tandis que les enfants les suivent.

— Bonté divine, madame Cleath-Stuart ! s'exclame Miss Lucas.

— C'est un euphonium, explique Suze tout essoufflée. On peut jouer trois notes dessus.

Non seulement Suze aime tout ce qui est artisanal, mais elle est très habile de ses mains. Elle apprend à ses enfants à confectionner des personnages en papier mâché et des collages à base de pâtes alimentaires qu'elle fait sécher sur tous les plans de travail de la cuisine. Qu'elle puisse imaginer un euphonium à partir de quelques trucs basiques n'a rien d'étonnant.

— Félicitations, Suze !

— Oh, ce n'est pas grand-chose ! On l'emporte dans la classe, Tarkie ? Prudence en tournant !

— Merde ! Merde ! Et merde !

Le chapelet de jurons attire mon attention. Postée à la fenêtre, Steph Richards, la mère d'un autre élève, observe avec inquiétude ce qui se passe dans la rue.

— Ces satanés flics rappliquent ! Et la seule place que j'ai trouvée est complètement interdite. Harvey, chéri, dépêchons-nous d'entrer dans ta classe.

Sa voix est fatiguée, son visage marqué. Je ne la connais pas bien mais je sais qu'elle avait quarante ans à la naissance de son fils (elle nous l'a confié pendant une réunion de parents). Elle a un très gros poste dans les ressources humaines, fait bouillir la marmite pratiquement à elle seule et plisse en permanence le front. Comme son accent du Yorkshire l'indique, elle a grandi à Leeds avant d'en partir définitivement pour aller à l'université.

Sans réfléchir, je propose :

— Ne vous en faites pas ! Prenez votre temps avec Harvey. Pendant ce temps-là, je vais aller distraire l'agent de police.

Je sors de l'école en vitesse et pique un sprint dans la rue, toujours encombrée de véhicules à l'arrêt quand il est l'heure de déposer les enfants. Devant moi, un policier s'avance en direction de la voiture mal garée de Steph.

Elle n'aura pas de contravention. Je vais faire mon possible pour que ça n'arrive pas.

Le souffle court, j'arrive à la hauteur du policier, à trois voitures de celle de Steph.

— Bonjour, monsieur l'agent. Je suis vraiment contente de vous trouver.

— Oui ?

Il me lance un regard peu amène. Il en faut plus pour me décourager.

— Je voulais vous demander des renseignements concernant le stationnement dans Cedar Road, je dis aimablement. S'il y a une interdiction de stationner doublée d'un panneau précisant qu'il est interdit de s'arrêter entre 6 et 8 heures, et *aussi* une ligne blanche, que doit faire un motard selon le code de la route ?

— Hein ? fait le policier sidéré.

— Et quand je lis « chargement », ça implique quoi, en fait ? j'ajoute en battant des cils avec innocence. Imaginons que j'emménage, que j'aie six canapés à transporter et d'énormes plantes en pot – de vrais arbres, à vrai dire… Je fais quoi ?

— Si vous emménagez, vous avez besoin d'une autorisation spéciale, dit le policier sans se démonter.

Du coin de l'œil, j'aperçois Steph qui trotte sur ses hauts talons de business woman. Je ne bronche pas quand elle me dépasse.

— Une autorisation, vous dites ? Et où dois-je me la procurer ?

Elle parvient à sa voiture. Actionne le bip d'ouverture. Sauvée !

— En fait, vous savez quoi ? Je vais aller voir en ligne. Merci mille fois, j'ajoute avec un grand sourire.

Steph manœuvre pour sortir de sa place, parcourt quelques mètres puis s'arrête à ma hauteur devant un emplacement libre.

— Merci, lance-t-elle par la fenêtre avec une petite grimace.

Elle est très mince, Steph, avec des cheveux bruns et un teint pâle qui perd de son éclat à la moindre fatigue. Et, vu ses cernes, je devine qu'elle est épuisée. Et puis son fond de teint ne couvre pas la ligne de ses mâchoires. Mais pas question de le lui faire remarquer.

— Avec plaisir, je réponds.

— Les matins sont cauchemardesques. Pire encore aujourd'hui avec la moitié des mères qui se prennent pour les instrumentistes de l'orchestre symphonique de Londres. Suze Cleath-Stuart est une amie à vous, je sais, mais vraiment… Fabriquer un *euphonium* ?

Malgré moi, je ris – tout en me sentant déloyale vis-à-vis de Suze.

— Vous savez quel « instrument » j'ai fait avec Harvey ? Une boîte de margarine avec une cuillère en bois pour taper dessus.

— Et nous, un pot en verre avec des haricots secs. Même pas décoré.

On se regarde et un courant de sympathie passe entre nous. Soudainement, à ma grande consternation, ses yeux se remplissent de larmes.

— Steph ! Ça n'a aucune importance ! Ce sont juste des travaux manuels. Rien de plus.

— Ce n'est pas ça.

Elle hésite. Sur son visage se lit une détresse qui ne demande qu'à jaillir. Son regard papillonne sans se fixer.

— Harvey ne le sait pas, poursuit-elle d'une voix basse et tremblante, mais son père nous a quittés. Il y a trois jours. Sans prévenir. Harvey croit qu'il est en vacances.

— *Non*, pas possible !

Pour avoir rencontré Damien, son mari, deux fois en compagnie d'Harvey, je visualise à peu près sa dégaine : plus âgé qu'elle, avec une bedaine, des yeux rapprochés et une barbe grisonnante.

— Désolée ! Je ne voulais pas vous embêter avec mes problèmes. On ne s'attend pas à ce genre de confidences quand on emmène ses enfants à l'école.

Que dire ? Je patauge un maximum.

— Non, ne vous en faites pas… Vous voulez en parler ? Prendre un café ? Je peux vous aider ?

Mais Steph secoue la tête.

— Je dois filer. Une réunion importante. Et vous m'avez déjà aidée, Becky. Encore merci.

Avec un sourire triste, elle s'apprête à démarrer.

— Attendez !

J'attrape un mouchoir en papier dans mon sac, me penche vers elle et estompe son fond de teint vers le cou.

— Voilà ! Désolée mais ça me turlupinait !

— Merci à vous ! dit-elle en se regardant dans le rétroviseur avec un léger sourire. En ce moment, le maquillage n'est pas au top de mes priorités. Oh ! Pouvez-vous garder le secret au sujet de Damien ? Les mères bavardent tellement à l'école…

— Comptez sur moi. Je suis une vraie tombe.

— Merci. À bientôt, Becky !

Je la regarde s'éloigner tout en pensant que j'assommerais volontiers son mari. Un ou deux coups bien sentis sur son crâne. Je sais même quelle arme j'utiliserais : mon nouveau sac Zara. Avec ses coins renforcés hyper costauds.

Quand j'arrive au boulot, je meurs d'envie de mettre Suze au courant du départ de Damien Richards, mais j'ai promis de tenir ma langue. De toute façon, elle n'est pas encore là. Alors, je passe en revue mes mails. Un poil méfiante quand je vois celui de Jess intitulé : *Quelques détails supplémentaires au sujet de Noël.*

Pourquoi méfiante ? C'est difficile à expliquer. Nous avons échangé plusieurs mails sur le mode amical. Elle m'a dit qu'elle comprenait que nous ne soyons pas vegan et que nous voulions manger de la dinde le jour de Noël (même si, d'un autre côté, elle ne comprenait pas du tout).

Il est cependant devenu très clair qu'elle considère les guirlandes, les lumières et tout ce qui brille comme des émanations diaboliques et monstrueuses. Alors comment faire pour décorer le sapin ? Sans parler du renne en plastique clignotant de maman.

Ma sœur Jess, je l'aime et je l'admire de tout mon cœur. Elle est résolue, honnête et ne cherche qu'à améliorer le monde. Quand elle n'étudie pas les roches du Chili, elle se porte toujours volontaire pour accomplir bénévolement les tâches les plus ingrates. (Exemple ? Elle a passé une semaine complète à creuser des latrines. Quand j'ai exprimé mon dégoût, elle a eu l'air perplexe et a émis ce simple commentaire : « Il fallait bien que quelqu'un le fasse. »)

Elle est du genre sérieux mais, quand elle se fend d'un sourire, vous avez l'impression d'être au paradis. En résumé, c'est une personne formidable, avec juste quelques principes qu'il me semble difficile d'observer à la lettre.

Enfin, ça va aller, je me dis une fois de plus. C'est Noël. La situation s'arrangera d'elle-même.

Je range mon téléphone et me dirige vers la boutique du château. Un coup d'œil pour m'assurer que tout est en place. Nous vendons des vêtements, des coussins, des cartes de vœux, des boîtes de caramels, un peu de tout. Notre sélection est établie en fonction de nos coups de cœur mais j'ai essayé de présenter nos articles par thèmes. Notre table *hygge* me remplit de fierté. On y trouve des couvertures, des bougies parfumées, des boîtes de cacao, des pyjamas Letherby en coton biologique et des pulls à capuche en alpaga d'un joli gris très doux. Bref, tout ce qu'il faut pour conjuguer le bonheur d'être chez soi à la danoise.

Je m'arrête et j'admire ma composition avant de lever le nez pour accueillir Suze, superbe dans sa minijupe en tweed Letherby bleu pâle. (Porter les vêtements Letherby, c'est mon idée. Parce que si quelqu'un peut rendre sexy une jupe en tweed, c'est bien Suze.)

— Coucou ! Ton euphonium est une sacrée trouvaille !

— Merci, dit Suze, ravie. Elle est géniale, cette Miss Lucas, avec toutes ses idées de do-it-yourself. Tu ne trouves pas ?

— Ouais. Mais, en ce qui me concerne, c'est parfois un peu too much.

— Mais c'est cool ! Au fond, j'aurais dû être maîtresse d'école. J'adore ces travaux manuels.

Elle ouvre la caisse, rectifie une pile de brochures présentant les promenades de la région. Et s'éclaircit nerveusement la gorge. Ses longues jambes sont comme encastrées l'une dans l'autre. Bizarre, bizarre. Qu'est-ce qu'elle mijote ?

— Au fait, Bcx, fait-elle d'une voix super décontractée. Finalement, je prends tes statues.

— Quoi ?

— Je prends tes statues. On va les installer quelque part.

— Tu les prends. Pouf ! Tout d'un coup ! Comme ça !

— Oui, oui. Pourquoi pas ? C'est pas la fin du monde !

— Suze ! Tu veux quoi en échange ?

— Pourquoi tu demandes ça ? rétorque-t-elle. Tu es tellement soupçonneuse, Bex. J'accepte de récupérer tes statues. Je suis allée leur jeter un nouveau coup d'œil. Et tu sais quoi ? Elles sont assez impressionnantes.

— N'importe quoi ! Tu fais ta gentille pour me demander un service.

Suze rougit.

— Pas du tout.

— Mais si !

— D'accord ! Tu as raison. Bex, il faut que tu nous invites pour Noël. Oncle Rufus nous a demandé de venir passer les fêtes dans son château en Écosse. Mais pas question. Plutôt mourir !

Elle semble au comble du désespoir.

— Quel est le problème avec l'oncle de Tarkie ? C'est aussi horrible que tu le dis ?

— Absolument atroce. Il ne croit pas aux vertus du chauffage central. L'eau du bain est toujours glacée. Au petit déjeuner, on nous sert du haggis à la place de céréales. Et les enfants sont de corvée de pluches de patates.

— Les *enfants* ?

— Il trouve que c'est instructif. Il achète spécialement des sacs de pommes de terre à peler. Et malheur à eux s'ils ne s'y prennent pas correctement.

— Eh ben !

— Tu peux le dire ! Il a téléphoné hier soir pour nous inviter. Mes parents vont en Namibie. Il savait que nous ne passions pas Noël avec eux. Je lui ai dit : « Merci, Oncle Rufus, nous aurions été enchantés mais la mère de ma grande amie Becky nous a déjà demandé de nous joindre à eux. » Tu n'es pas obligée de nous avoir, bien sûr. Tu es notre excuse. Et, pour me faire pardonner, je prends les statues.

— Pour ton information, maman ne reçoit pas cette année.

Tête effondrée de Suze.

— Ne me dis *pas* que vous partez en voyage ! De toute façon, je vais continuer à prétendre que nous passerons le 25 décembre avec vous.

— Et ce ne sera pas un mensonge. Car imagine-toi que cette année, Noël se tient chez moi.

— Chez *toi* ? s'écrie Suze en grimaçant.

— Cache ta joie ! Ça sera très réussi.

Suze se reprend immédiatement.

— Excuse-moi, Bex. C'est juste que je ne m'y attendais pas. Parce que tu n'es pas particulièrement…

Pourquoi dit-elle ça ? J'ai déjà organisé des réceptions. Et elles étaient plutôt réussies.

En fait, maintenant que j'y pense, la plupart ont tourné au fiasco. Mais bon, ce n'est pas une raison pour que Suze me regarde de cette manière.

D'ailleurs, elle se rétracte.

— Ta fête va être formidable ! Mais pourquoi chez toi au lieu de chez tes parents ?

Enfin ! Depuis le temps que j'avais envie de lui raconter toute l'histoire.

— Jess et Tom vont venir habiter en Angleterre pour quelque temps.

— Ah ! Ça veut dire que les formalités d'adoption ont abouti ?

— Pas encore. Mais ça ne devrait pas tarder, je dis, déterminée à me montrer positive. Quoi qu'il en soit, ils vont vivre dans la maison de papa et maman qui, eux, vont déménager dans un appartement de Shoreditch.

— Shoreditch ? Tes parents ? s'étonne Suze.

— Quand je leur ai demandé la raison, papa m'a dit qu'il voulait manger de l'écrasé d'avocat.

— *De l'écrasé d'avocat* ?

Sa mine sidérée me fait éclater de rire.

— Il ne sait pas qu'on peut trouver des avocats au supermarché du coin ? continue-t-elle.

Nouvel éclat de rire.

— Bonjour, les filles, lance Irene, notre vendeuse adjointe qui déboule dans la boutique habillée d'un pantalon en tweed Letherby et d'un chandail en laine mérinos.

Elle a dans les soixante ans et travaille à la boutique cadeaux depuis l'époque où ce n'était qu'un placard proposant quelques boîtes de bonbons. Elle se souvient encore de l'arrière grand-oncle de Tarkie, un lord Cleath-Stuart un peu toqué qui avait fait peindre des fresques érotiques sur les murs d'un des halls d'entrée du château. Détail dont personne ne parle plus.

— Bonjour, Irene, répond Suze. Ça a marché comment hier ?

— Très bien. Rien de spécial à signaler. Ah si ! Becky, un client m'a priée de vous saluer de sa part.

— Me saluer, *moi* ?

Généralement, ce sont des vieux amis de Suze qui entrent pour dire bonjour. Des gens un peu snobs qui portent des noms genre Huffy Thistleton-Pitt.

— Il a eu l'air très déçu de ne pas vous trouver. Et m'a demandé de vous transmettre ses amitiés. Comment s'appelle-t-il, bon sang ? Arnold ? Je l'ai inscrit quelque part. Mais où… ?

— Arnold ? Je ne connais aucun Arnold.

— Arnold comme *nom de famille*. Ou alors Irving.

— Irving ? Ça ne me dit rien du tout.

— Jeune. Votre âge, je dirais. Physique remarquable.

Elle me regarde, pleine d'espoir, comme si j'allais m'exclamer : « Un garçon au physique remarquable ? Ben voyons ! Je ne connais que lui ! »

— Ne vous en faites pas, Irene. Vous me le direz quand vous vous rappellerez.

Dès qu'elle a tourné les talons, Suze se met à rire.

— Un jeune avec un physique remarquable ? Tiens, tiens, Bex !

— Peut-on se fier au goût d'Irene ? À mon avis, il s'agit de mon vieux prof de géographie.

— Il avait un physique remarquable ?

— En tout cas, il était remarquablement couvert de pellicules.

Nouvelle crise de rire.

— Or donc…, fait Suze qui reprend son sérieux. Nous étions en train de parler de Noël. Tu as besoin d'un coup de main ? Dis-moi ce que tu as programmé. Nous sommes *obligés* d'assister à la messe de St. Christopher. Le vicaire a composé un arrangement spécial de cantiques de Noël dont il est super fier. Ça ne dérange pas tes plans, j'espère.

— Bien sûr que non. D'ailleurs, honnêtement, je n'ai encore aucun plan précis. Mais nous avons le temps.

— Absolument. Du moment que tu prévois une bonne réserve d'alcool. C'est la chose la plus importante pour la fête du 25 décembre.

— Pour maman, la clé de la réussite, c'est la dinde, je réplique avec un brin d'inquiétude.

— Oh ! la *dinde*. Évidemment. Attends ! Mais… si Jess est présente, le déjeuner ne doit pas être vegan ?

— Non ! Nous pourrons déguster notre dinde traditionnelle et pour Jess et Tom, j'achèterai de la dinde vegan.

Grands yeux perplexes de Suze.

— Ça existe, ce truc ?

— Sûr et certain. Tout se fait en version vegan. Au fait, Jess aimerait que nos cadeaux, issus du développement durable, conçus localement et conformes à l'esprit non consumériste, reflètent l'engagement écologique plutôt que les plaisirs futiles du shopping.

— D'accord ! Oui, enfin… c'est vrai ! Incontestablement incontestable. Rien d'autre que des achats effectués localement. C'est – comment dire ? – vital pour l'avenir de la planète.

— Complètement.

— Totalement.

Silence. J'ai la nette impression que nous révisons dans notre tête nos listes de shopping.

— Comparé à d'autres endroits, le grand magasin de Londres Harvey Nichols, c'est local, non ? demande Suze après un instant.

— Comparé à quoi ? À un magasin en Australie ?

— Tu as tout compris ! Quand je pense qu'il y a des gens qui partent loin pour faire des courses ! Ridicule ! Une année, ma cousine Fenella a fait ses achats de Noël à New York.

— Tellement contraire à la mouvance écologique, je m'empresse d'asséner. Mettons-nous d'accord : nous n'irons que dans des endroits locaux. Selfridges, Liberty et d'autres enseignes typiquement londoniennes.

— OK, acquiesce Suze avec vigueur. Que du local ! À propos, tu offres quoi à Luke ? Tu as une idée ?

— C'est réglé, je déclare avec suffisance.

— *Déjà* ?

— Bon, je ne l'ai pas encore acheté. Mais je sais exactement ce que je lui offre. On était chez Hector Goode l'autre jour. Luke a vu une belle veste qui lui plaisait. « Peut-être qu'un petit lutin va la glisser dans la hotte du père Noël », je lui ai soufflé.

— Veinarde ! Je ne sais vraiment pas quoi choisir pour Tarkie. Au fait, pourquoi tu ne l'as pas achetée, cette veste ?

— Je voulais voir si le prix allait baisser. Mais les gens du magasin n'ont rien voulu lâcher. Vraiment pas commerçants, je trouve.

— Tu as raison, Bex ! Pourquoi tu n'attends pas le Black Friday pour la payer moins cher ?

— Elle sera peut-être déjà vendue. Donc j'ai décidé de la commander ce soir…

Je m'arrête soudain : deux femmes en doudoune viennent d'entrer. Je m'approche, tout sourire.

— Bonjour ! Bienvenue à la boutique de Letherby Hall. Puis-je vous aider ? Ou préférez-vous jeter un coup d'œil à notre sélection ?

Elles m'ignorent complètement. Comme beaucoup de visiteurs, ai-je remarqué. Tant pis ! Je me fends d'un sourire encore plus large. Et prête l'oreille à leur babillage.

— *Hygge* ? C'est quoi, d'après toi ? demande l'une.

— Ça me dit quelque chose. Un peu du n'importe quoi, si tu veux mon avis.

Je la fixe en me sentant insultée. Comment ose-t-elle qualifier mon présentoir de « n'importe quoi » ?

Je m'approche, aussi aimable que possible.

— *Hygge* est un mot scandinave qui désigne une ambiance chaleureuse et confortable dans son intérieur… une atmosphère que l'on partage avec des amis pendant les froids mois d'hiver… Allumer des bougies et faire en sorte de se sentir bien. Comme Noël, j'ajoute, résolue tout d'un coup à faire de mon 25 décembre une journée totalement *hygge*.

Oui ! C'est ça ! J'ai des tonnes de bougies, de plaids, de verres pour servir le *glögg* (ou est-ce du *glug* ? Ou du *glygge* ?).

Tandis que les deux femmes s'éloignent, je commence à prendre mentalement quelques notes – bougies, plaids, *glögg* – avant de me rendre compte qu'il sera plus utile d'établir ma liste par écrit. Je vais acheter un carnet comportant un planning de Noël. Puis un nouveau stylo tout beau et festif. Parfait. *Ensuite*, tout va s'organiser facilement.

4

Le soir venu, je m'assieds sur le canapé avec mon carnet de Noël tout neuf et un stylo (tous les deux provenant du rayon cuir de la boutique où le personnel bénéficie de 15 % de réduction). Avant d'aller se coucher, Minnie joue tranquillement avec ses poupées. Un moment de paix pour commencer ma liste.

J'inscris *Noël* sur la première page que je contemple avec satisfaction. Un bon début. Je ne comprends pas pourquoi les gens en font toute une histoire. Il suffit de détailler et d'identifier les tâches, de s'en acquitter sereinement et finalement de les cocher. Facile. Dans la foulée, j'écris : *Acheter une dinde vegan.* Puis je fixe la page. Où vais-je trouver une dinde vegan ?

Mauvaise technique. Mieux vaut sans doute noter une tâche que je peux accomplir sur-le-champ. Je note donc : *Acheter le cadeau de Luke*, et ouvre mon ordinateur. En deux minutes, ça sera fait, et je passerai à autre chose.

Je trouve la page en ligne, examine les photos. Épatant. Elle existe en bleu marine et en gris. Quelle couleur Luke préférerait-il ? J'essaye de l'imaginer en veste bleue… puis en… veste grise… et je reviens à la bleue…

— Salut, Bex chérie !

Luke ! Je cache les images avec mon bras, lève le nez et me fige. Mon mari se tient en face de moi, vêtu de la même veste bleue qui figure sur mon écran. Comment est-ce possible ? Est-ce moi qui d'une façon ou d'une autre l'ai fait apparaître ? Suis-je douée de pouvoirs de *télépathie* ? J'ai soudain l'impression de me trouver dans un de ces films où il se passe des trucs étranges sur fond de carillons éoliens.

Il me dévisage avec curiosité.

— Tout va bien, Becky ?

— Luke, je demande d'une voix faiblarde, où tu as pris cette veste ?

S'il répond d'une voix monocorde : « Mais, ma chérie, je l'ai depuis longtemps », je vais sérieusement paniquer.

— Je l'ai achetée *aujourd'hui*, fait-il en tournant sur lui-même comme un mannequin de podium. Jolie, hein ? Je l'emporterai à Madrid après-demain.

— Tu l'as achetée aujourd'hui ? Mais…

Après la stupeur, l'indignation. Luke se l'est *offerte* ? Comment ça ? Personne n'est censé s'acheter un cadeau en novembre ou décembre. Au cas où.

— Qu'est-ce qu'il y a, Becky ?

— Ça devait être ton cadeau de Noël. Tu le savais.

— Mais non !

— Mais si ! On a repéré cette veste chez Hector Goode il y a un mois, tu te souviens ?

Il me regarde comme si j'avais perdu la tête.

— Bien sûr, je m'en souviens. C'est même pour cette raison que j'y suis retourné pour l'acheter.

Exaspérée, j'explose.

— Je t'avais dit que tu l'aurais pour Noël. Tu aurais pu attendre, quand même !

— Becky, je me souviens de notre conversation mot pour mot. Tu n'as jamais évoqué cette veste comme cadeau.

Franchement, Luke prend tellement les choses au pied de la lettre. Un de ses principaux défauts, en fait. Je le lui répète souvent.

— J'ai dit : « Peut-être qu'un petit lutin le glissera dans la hotte du père Noël » en essayant de faire preuve de subtilité. *À ton avis*, je pensais à quoi en mentionnant un petit lutin et une hotte ?

— Écoute, Becky, dit Luke, le sourire aux lèvres. Ne t'énerve pas. Je considère cette veste comme un cadeau de Noël de ta part. Je l'adore. Et te remercie beaucoup.

Il plante un baiser sur mon crâne et se dirige vers la porte. S'il croit que ma fureur s'est évaporée, il se trompe.

— Tu ne peux pas recevoir ton cadeau de Noël en novembre. Il faut que tu aies un paquet à ouvrir le 25 décembre.

— Offre-moi un after-shave, lance-t-il négligemment.

Un after-shave ? Il se fiche de moi ? Il n'y a pas plus banal que l'after-shave. Le cadeau impersonnel par excellence. Celui qu'on pioche dans le catalogue « Cadeaux pour papa » au milieu d'un choix de balles de golf et de cravates sans intérêt.

Bon, mais d'un autre côté, c'est garanti sans prise de tête.

Je retourne à mon carnet « spécial Noël » et, à la suite d'*Acheter un cadeau pour Luke*, j'inscris *after-shave*. Pas celui qu'il met d'habitude. Non ! Je vais lui en trouver un fabuleux. Et nouveau. Et surprenant.

Minnie joue près de la cheminée avec ses nounours bien alignés et leur raconte une histoire.

— Poupinette, ça va bientôt être Noël. Si tu es gentille, le père Noël va t'apporter un nouveau jouet. Tu crois qu'il va mettre quoi sous le sapin ?

— J'aimerais… une ninette. *S'il te plaîîîît*, une ninette.

Qu'est-ce qu'elle veut dire ? Je ne connais pas de jouet appelé « ninette », mais peut-être… Oui, ce doit être une « dînette », plus élaborée que la sienne, et je peux certainement lui trouver une cuisine complète !

En voilà une justement, avec tous les accessoires possibles et imaginables. Problème résolu ! Ça fera parfaitement l'affaire, cette mini-cuisine et sa dînette ont l'air absolument adorables.

Il n'en reste que cinq en stock. Heureusement, je m'y suis prise à temps ! En plus, comme mes coordonnées sont déjà enregistrées sur le site, la transaction s'effectue en une minute. Voilà, c'est fait !

Quand le mail de confirmation me parvient, j'éprouve une bouffée de fierté. Sur mon carnet, j'écris : *Cadeau de Minnie acheté* et je coche. Formidable ! J'ai la situation bien en main. Il ne reste plus qu'à continuer de cette manière, calme et organisée.

Facile à dire. Dès qu'on veut se comporter de manière calme et organisée, la vie se charge de tout bouleverser. À 7 h 30 le lendemain matin, je ne suis ni calme ni organisée. Je m'agite dans tous les sens pour aider Luke à retrouver un dossier primordial dont il a besoin pour une réunion et qui a « disparu ».

— Tu ne l'aurais pas fourré là-dedans ? râle-t-il en tirant vigoureusement le tiroir d'un meuble de l'entrée.

Remarque qui me hérisse le poil immédiatement. 1. Pourquoi m'accuse-t-il ? 2. Pour quelle raison me donnerais-je la peine de ranger un dossier assommant ?

Mais reste zen, Becky.

— Non !

— Et là ? dit-il en ouvrant les portes d'une armoire. Pourquoi garde-t-on tout ce foutoir ?

À ces mots, un déluge de sacs en toile s'abat sur le sol.

— C'est quoi, ce bazar ? s'énerve-t-il en contemplant la montagne de sacs à ses pieds.

— Euh… ben… des sacs.

— Quels sacs ?

— Des sacs, je te dis ! Des sacs à provisions ! Tes papiers sont peut-être dans la cuisine. Tu devrais aller voir.

J'essaye de me débarrasser de lui mais il fixe sans bouger l'énorme pile de sacs avant de les attraper un à un et de lire ce qui est inscrit dessus.

— Sac réutilisable. Sac réutilisable. Cabas réutilisable. Sac équitable. Tesco. Waitrose… Bordel, Becky, ça rime à quoi ?

Bon, d'accord. Je m'explique. J'achète de temps en temps un sac réutilisable au supermarché, qu'une fois sur l'autre j'oublie quand je pars faire les courses. Je dois alors m'en procurer un nouveau. Ce qui, je vous l'accorde, n'est pas idéal puisqu'ils finissent par remplir les étagères du bas d'une armoire.

Dans la mesure où souvent, avec Luke, l'attaque est la meilleure des défenses, j'agis en conséquence.

— Pour ton information, sache que j'achète des sacs réutilisables car je suis une consommatrice responsable et que j'ai abandonné les sacs en plastique. Mais en suggérant que je pourrais continuer à utiliser les sacs en plastique et polluer ainsi les océans, tu fais preuve d'un sens moral douteux. Un aperçu intéressant de ta personnalité, Luke. Vraiment !

Et pan !

— Tu interprètes mal mes paroles, Becky. Je te conseille simplement l'utilisation d'un seul sac. Comme son nom l'indique, il s'agit d'un « sac réutilisable » et non pas d'un « sac à usage unique à flanquer ensuite dans un placard avant de s'en procurer un autre ».

Sur sa lancée, il ouvre la porte d'un autre meuble qui laisse échapper un autre déluge de sacs. Merde ! J'avais espéré qu'il ne tombe pas sur ceux-là.

— Je rêve ! s'écrie-t-il, sincèrement médusé. Tu en as au moins pour un siècle ! Tu comptes vivre jusqu'à cent ans ?

— Un jour, je m'en servirai, je réplique. Je te signale que ton dossier est toujours introuvable. Et que tu perds du temps…

À cet instant précis, Minnie fait irruption dans l'entrée en poussant le mini-landau de ses poupées. Machinalement, Luke jette un coup d'œil dessus, puis un second.

— Le voilà ! s'exclame-t-il en sortant le dossier du berceau.

— C'est à Minniiiie, papa ! s'offusque notre fille en essayant de le reprendre. Pour le dodo de mes poupées d'amour.

Oui, je sais ! Je devrais lui faire perdre l'habitude de parler comme un bébé. Mais c'est craquant. Elle est bavarde et s'exprime parfaitement bien pour son âge (Miss Lucas me l'a confirmé). C'est juste qu'elle a sa manière à elle de prononcer certains mots. « Dodo » pour « landau », « conquilles » pour « jonquilles », « monte tuc » pour « Monster Truck », etc.

— Ce n'est pas pour ton dodo, ma petite cocotte, explique Luke. Ce sont des papiers importants pour papa.

Il borde Speaky, la poupée de Minnie, avec un sac réutilisable, en ajoutant :

— Il y a en beaucoup d'autres, poupinette. Sers-toi !

Après lui avoir fait deux gros bisous, il me demande :

— Je vais la chercher chez Suze, ce soir ?

— Si ça te convient toujours. Moi, je vais filer en ville après le boulot. Il faut que je m'attaque à mes courses de Noël, j'annonce avec un soupir résigné. Ce n'est pas une mince affaire, cette fête du 25 décembre, tu sais.

— Je sais. Je suis prêt à t'aider. Avant les fêtes, j'ai quelques voyages au programme, mais donne-moi des choses à faire et je m'en acquitterai.

— OK.

Quand il m'embrasse, sa lèvre supérieure n'est pas aussi douce que d'habitude. Tiens…

— Tu ne t'es pas rasé aujourd'hui ?

— Je me laisse pousser la moustache, réplique Luke, un peu gêné.

Première nouvelle !

— Pour l'opération « Movember », une œuvre de charité mondiale dont le but est de lever des fonds pour lutter contre les maladies masculines.

— Mais oui, bien sûr. Bravo !

En vérité, je ne suis pas folle des moustaches. Mais comme c'est pour une bonne cause, je l'encourage.

— Tu vas être superbe. À tout à l'heure ! je dis en l'embrassant à nouveau.

— Amuse-toi bien pendant ta séance de shopping !

Franchement ! Il entend quoi par là ? Il ne saisit pas la nuance ? À moi de remettre les pendules à l'heure.

— Ce n'est pas une séance de shopping normal. C'est la préparation de Noël. Complètement différent. Un vrai travail. Ma liste est longue comme le bras. Cadeaux, déco, bouffe, suppléments…

— Suppléments ?

— Oui, suppléments ! Tu ne connais pas ce mot, Luke ?

Sur le moment, je suis incapable de définir les suppléments en question mais ils existent. La preuve : tous les guides et les articles dédiés aux préparatifs de Noël parlent des « suppléments de dernière minute ».

— Dis-moi, Becky, poursuit Luke en fronçant les sourcils. Tu n'aurais pas déjà fait ton shopping de Noël l'été dernier par hasard ? Tu te souviens, à la campagne, à cette foire d'artisanat où nous sommes allés ? Mais oui ! Tu as acheté cinq coussins en cuir faits à la main en disant qu'ils feraient des cadeaux parfaits. Des coussins qui pesaient une tonne. Je les ai trimballés toute la journée. Où sont-ils passés ?

Je pique un fard. Dommage qu'il ne les ait pas oubliés.

— L'école a demandé qu'on apporte des objets pour sa vente de charité. Je les ai donnés. C'était la chose à faire, non ?

— Tous ?

— Pour une vente de charité, je te dis.

Je me garde d'ajouter qu'ils étaient nuls et qu'ils n'arrêtaient pas de glisser chaque fois que je les mettais sur le canapé.

La faute du type du stand. Un beau gosse charismatique qui m'a persuadée d'acheter ces maudits coussins ainsi qu'un éléphant en cuir.

— Et si on faisait les achats en ligne ? propose Luke. À nous deux devant l'ordinateur, on expédie ça à toute vitesse. Ou alors donne-moi tes ordres. Je peux m'acquitter des décorations de Noël, par exemple. En cinq minutes.

Mon mari, s'occuper des décorations ? Il délire ! La dernière fois qu'il s'en est chargé, on s'est retrouvés avec six boules violettes absolument monstrueuses – que lui trouvait « très jolies ».

— Non merci, je me débrouille. Je préfère examiner les choses convenablement, dans un magasin. Et puis nous devons soutenir le commerce local.

— Tu ne peux pas trouver un endroit plus proche que Selfridges à Londres ?

Autre soupir de martyre.

— Pas de problème ! Il faut bien que quelqu'un s'y colle. À plus tard.

5

C'est fou ce que le shopping à Londres m'a manqué. Sans parler des vibrations de la ville. Je m'en rends compte maintenant.

En poussant les lourdes portes de Selfridges, un ample sac Letherby Hall à l'épaule, je suis aux anges. Ce grand magasin n'est qu'un gigantesque scintillement, du sol au plafond. Bien que nous ne soyons qu'en novembre, l'atmosphère est à la fête. Profusion de lumières et de guirlandes. Énormes boules rouges suspendues au-dessus des escalators. Chants de Noël diffusés par les haut-parleurs. Ambiance parfumée. Je suis partagée entre un sentiment d'euphorie et une sorte de panique. Par où commencer ? Vers où me diriger ? Vers le haut ? Le sous-sol ? Je n'ai pas fait de shopping depuis *une éternité*.

Rectification : je fais des courses en ligne. Mais ce n'est pas pareil. On devrait inventer un mot pour cette activité. Commander par Internet n'est pas vraiment faire du shopping. C'est *acquérir*. On *acquiert* des trucs en ligne. Mais on n'a pas l'excitation de pénétrer dans une boutique, regarder la marchandise, la toucher, ressentir de l'émotion, laisser le charme agir.

J'avance dans le magasin en respirant cette atmosphère unique. Vivre en dehors de Londres est formidable à bien des égards. Mais plus question de passer tous les jours devant les vitrines attrayantes. De s'arrêter devant la boutique Chanel pour admirer une ravissante veste. De faire un saut chez Anthropologie. Chez Zara pour découvrir les nouveautés, ou chez Topshop pour dénicher une bonne affaire.

Et puis, une fois en ville, je suis bien forcée d'être performante. Quand on vit un peu loin, on doit tirer le maximum de chaque expédition. En clair : faire ses achats au pas de course en essayant de ne rien oublier. Car qui sait quand aura lieu la prochaine escapade.

Luke et moi ne partageons pas le même point de vue sur la question. Rien d'étonnant puisque nous ne sommes pas d'accord sur la définition du mot « performance ». Luke prétend qu'acheter chez TK Maxx tout le stock Clarins à prix discount n'a rien de « performant ». Ridicule ! Il ne connaît rien à rien. N'est-il pas capable d'évaluer le temps et l'argent que j'ai gagnés ? Tous mes besoins en produits de soin sont pourvus, pratiquement jusqu'à la fin de mes jours. Et – bonus – ils tiennent dans deux cartons empilés dans le garage. Pas un centimètre cube de plus.

Un seul petit problème – que j'ai passé sous silence car je ne vais tout de même pas lui révéler tous mes petits secrets : quand je les ai rangés dans le garage, je suis tombée sur un carton rempli de pots de crème hydratante L'Oréal à prix réduit dont j'avais complètement oublié l'existence. Aucune importance : on n'a jamais assez de crème hydratante sous la main. C'est le produit de base par excellence.

D'ailleurs, je suis toujours plantée devant le rayon parfumerie. Allez, Becky ! Concentre-toi sur ton shopping de Noël ! Je sors mon carnet spécial. Un seul coup d'œil sur ma liste suffit à me décourager. Hier soir, j'ai été prise d'une frénésie d'écriture. Résultat : une centaine d'idées s'étalent noir sur blanc, depuis *Nouvelles lumières qui ne bourdonnent pas* à *Sets de table décorés de sapins ?* en passant par CHOCOLATS.

Bon, par où commencer ?

Un type terriblement moustachu passe devant moi. Cette vision me déconcentre. Pourvu que Luke ne se laisse pas pousser une moustache de cette taille. Non ! Ne sois pas idiote ! Il n'ira pas jusque-là. De toute façon, c'est pour une bonne cause. Je dois me montrer positive. Un pas, deux pas. Et je suis dans le rayon parfumerie. L'endroit parfait pour lui dégotter un after-shave. Oui. Bon plan.

Derrière un comptoir, un jeune homme en noir fait la promotion d'une nouvelle gamme pour homme appelée Granite. Au passage, j'attrape une mouillette en carton – mais l'odeur me prend à la gorge. Encore un mystère de l'existence : pourquoi tant de parfums chers cocottent-ils autant ? À croire que quelqu'un s'amuse à mélanger dans un même flacon toutes les fragrances invendues avant de le lancer sur le marché sous le nom improbable de « Et vlan ! ».

Luke a toujours porté un after-shave d'Armani mais j'ai envie de lui offrir quelque chose de différent. Je me dirige vers le stand Prada. Impossible de se tromper avec les produits de cette marque, n'est-ce pas ?

Pourtant, après trois minutes, je suis totalement désemparée. Il y a tellement de choix ! Je respire les effluves de L'Homme Prada, puis de Luna Rossa, puis de Marienbad. Je reviens à L'Homme Prada. Un démonstrateur adorable appelé Erik vaporise chaque senteur sur de petites lamelles de carton.

Quand je me retrouve avec huit mouillettes alignées devant moi, je ne sais plus où donner de la tête. Le dénommé Erik me vante la touche ambrée de l'un, la note de cuir de l'autre tandis que j'opine du chef. Mais, en vérité, au bout d'un moment, je dois avouer que tout ça finit par sentir seulement l'after-shave.

— J'aimerais essayer celui-ci encore une fois, je dis en désignant le flacon de Desert Serenade. Et, si ça ne vous ennuie pas, je voudrais tous les sentir à nouveau. Le dernier, là, il ne ressemble pas, un peu mais pas tout à fait, à Babylon ?

— Excusez-moi ! Ça va vous prendre toute la journée ?

L'homme qui vient de m'interrompre porte un manteau gris et une écharpe bleue. Il fronce les sourcils avec impatience.

— J'achète un after-shave pour mon mari, j'explique, tandis qu'Erik recommence sa série de pulvérisations.

— Pourriez-vous vous dépêcher un peu ?

Non, mais quel culot !

— Non, justement ! Je veux choisir le bon, je dis avant de placer sous mon nez la languette de Desert Serenade et de l'écarter.

— Je vois ! ricane le type. Vous faites partie de cette engeance !

Il commence à sérieusement m'énerver.

— Vous sous-entendez quoi par « engeance », je vous prie ?

— Les femmes qui veulent à tout prix offrir à leur mec un after-shave pour Noël.

— Mon mari m'a *expressément* demandé de lui acheter un after-shave pour Noël. J'ajoute que ce ne sont pas vos oignons.

Le type ne se démonte pas.

— Il vous l'a peut-être demandé mais il voulait dire « choisis celui que je porte toujours ».

— Eh non !

— Eh si !

— Vous ne connaissez même pas mon mari !

— Pas besoin. Dans toute l'histoire de l'humanité, personne n'a jamais réussi à choisir le bon parfum pour quelqu'un d'autre. Donnez-moi L'Homme Prada Intense, le flacon de 100 millilitres, s'il vous plaît, demande-t-il au vendeur. Je vais payer à la caisse là-bas.

Erik lui tend une boîte déjà emballée et le type s'éloigne en marmonnant « Joyeux Noël » dans sa barbe.

Les gens sont d'une impolitesse ! Je me retourne vers Erik avec un sourire. *Lui*, au moins, il me comprend.

— J'ai réduit mon choix à ces trois-là, je lui annonce en agitant les mouillettes en question.

— Formidable ! Très bonne sélection. Il va les adorer. Je vous conseille de les essayer sur sa peau. Tout est question de chimie corporelle.

Et c'est *maintenant* qu'il me dit ça ? Et si ces trois senteurs empestaient sur la peau de Luke et le rendaient malade ? Ou me donnaient envie de vomir ?

Malgré moi, je dois admettre que le gars à l'écharpe bleue a raison. Offrir un after-shave est une mission périlleuse. Voire impossible. Ou bien on prend le jus habituel – zéro effort et cadeau lamentable. Ou bien on se lance dans l'inconnu avec le risque que le destinataire le déteste tout en prétendant le contraire. Et pendant le reste de votre existence commune, vous ne saurez jamais s'il a agi par pure politesse. Jusqu'au jour où, sur son lit de mort, il croassera « J'ai toujours haï L'Homme Prada ! » avant de passer l'arme à gauche.

(Scénario ultra-catastrophe.)

— Désirez-vous acheter aujourd'hui ? s'enquiert Erik.

Perdue dans mes pensées, je sursaute. Que faire ? J'abandonne l'idée ? Ou je prends le risque – cher payé – de me tromper ?

Sur ce, le sale type à l'écharpe bleue passe devant nous en se dirigeant vers la sortie.

Sourire sardonique.

— Encore le nez dans les flacons ? Accordez-vous donc une pause-café !

— Il y a des femmes heureuses de se surpasser pour offrir un cadeau à leur mari, je rétorque sur un ton glacial.

Il lève les sourcils d'un air amusé. Un peu vexée, je le regarde s'éloigner. Mais ce petit échange a conforté ma détermination. Je vais épater Luke avec un nouvel after-shave. Il faut juste que je poursuive mes recherches de manière scientifique.

Avec mon sourire le plus charmeur, je me tourne vers Erik :

— Vous auriez des échantillons ?

Trois heures plus tard, je suis de retour à la maison. Et très fière de moi. Personne ne pourra douter de mes efforts. J'ai reniflé tous les after-shave du rayon parfumerie. Mon sac Letherby Hall est rempli de trente et un échantillons que je dois cacher à mon mari. Ah ! Il faut aussi que je dissimule le grand sac brillant de Selfridges qui pend à mon bras.

Trop tard ! Le voilà !

— Ça s'est bien passé ? Tu as l'air crevée, fait Luke gentiment.

— Non, ça va.

— Laisse-moi porter ce grand sac Selfridges, propose-t-il. Il y a quoi dedans ? Des décorations ? Des cadeaux ?

— Des trucs de Noël divers et variés, je bredouille, en serrant le sac contre moi. Je vais le ranger.

Avant qu'il continue son interrogatoire, je me rue au premier.

— Alors, tu as avancé ? dit-il en me suivant dans l'escalier. Il ne reste plus grand-chose à cocher sur ta liste ?

— Euh… oui à peu près.

Je vais vite dans notre chambre, ferme la porte et pose le sac d'échantillons sur le lit. Ensuite, je contemple avec vénération le sac Selfridges, retire précautionneusement l'emballage en papier de soie que je déchire en respirant à grandes goulées. Ce qu'il contient ? Incroyable mais vrai : une robe Alexander McQueen soldée à 70 % à cause d'un fil tiré dans le dos.

D'accord, acheter une nouvelle robe ne figurait pas sur la liste de mon carnet. Mais tout le monde sait que le secret d'une opération shopping réussie, c'est de s'adapter aux situations et de sauter sur les bonnes occasions. Or il se trouve qu'en me dirigeant vers la boutique de Noël, résolue à trouver de nouvelles guirlandes lumineuses pour le sapin, j'ai dû traverser les rayons mode féminine. Il se trouve aussi que je suis passée devant un portant de vêtements de styliste soldés. La sublime robe m'attendait sur son cintre : manches à volants, bretelles ornées de sequins avec, il est vrai, un *léger* défaut – minuscule, en fait : sa taille. Elle est un peu trop juste pour moi.

À peine trop étroite. Presque rien.

Mais voilà : c'était la seule qui restait et à un prix inouï. Comment résister ? Et puis, ce n'est pas comme si je ne pouvais pas rentrer dedans. Non ! Elle est simplement un peu… serrée. Mais, après tout, le jour de Noël, je ne suis pas obligée de respirer à pleins poumons, ni de faire de grands moulinets avec les bras. Et j'aurai sans doute perdu du poids d'ici là.

Peut-être. Oh…

Je jette un coup d'œil anxieux à la robe. On dirait qu'elle rétrécit à vue d'œil. Même en tenant compte du rabais, elle était chère. Il faut absolument que le 25 décembre elle m'aille comme un gant.

Et si j'entamais sans tarder un régime santé-bien-être ? Bouger, boire des jus détox… Je maigrirais et la robe serait à ma taille. En plus, je serais en pleine forme. Excellente résolution !

Après un dernier regard d'adoration, je range la robe dans ma penderie et sors le carnet de mon sac. J'écris *Acheter une nouvelle robe pour Noël* et raye aussitôt la ligne avec le sentiment du devoir accompli.

Je vais maintenant m'occuper du sac d'échantillons. J'ai en tête un plan épatant. Il faut juste attendre que Luke dorme profondément. Je cache le sac dans ma table de nuit et redescends en m'écriant d'un ton joyeux et innocent :

— Luke, c'est la fête ce soir ! On se boit un verre de vin ?

Trois heures plus tard. Dans notre lit, les yeux fixés au plafond, je fulmine. J'ignorais que Luke mettait tant de temps pour s'endormir. C'est *normal* ?

Je n'arrête pas de lui donner des petits coups très subtils pour voir s'il dort. Il n'arrête pas de marmonner des « Hein ? » et des « Quoi ? ». Je n'arrête pas de répondre : « Désolée, je m'étirais. »

Finalement, il ouvre les yeux et se met à râler.

— Becky, mon avion pour Madrid part de bonne heure. Je suis crevé. Peux-tu arrêter de faire des exercices de yoga dans notre lit ?

Je reste tranquille pendant un moment tout en trépignant d'impatience. Enfin, il semble être plongé dans un profond sommeil. La preuve ? Il ne bronche même pas quand je déclare : « Luke, j'entends un cambrioleur. »

J'ai la trouille tout d'un coup. Et s'il y avait *vraiment* quelqu'un dans la maison ? Je descends à pas de loup, munie d'un escarpin à haut talon au cas où je devrais me défendre. J'allume en grand, je fais le tour des pièces, ne trouve aucun cambrioleur, j'éteins toutes les lampes, je jette un coup d'œil à Minnie et me remets au lit.

Soudain, je suis épuisée. Mais j'ai une mission à exécuter. Je récupère en silence le sac des after-shave d'où je retire quatre petits échantillons. Je vaporise un peu de Dior Homme sous l'oreille gauche de Luke, et un peu de Gucci Guilty pour homme sous son oreille droite. Puis j'inscris sur sa peau deux discrets D et G au feutre, pour me souvenir. Je vaporise ensuite son poignet droit avec Quercus et le gauche avec Sartorial. Même opération de marquage au feutre. Pour terminer, je hume intensément les quatre zones et note dans mon carnet. Pour le moment, Sartorial est gagnant. Sublime !

Mon mari dort si paisiblement que je me risque à un autre test avec petite pulvérisation sur le torse de Pacific Lime. Mais au moment où j'appuie sur l'embout, une mite sortie de nulle part me fait gesticuler et crier.

— Aaah ! Qu'est-ce qui se passe ? s'écrie Luke en se redressant, la main sur l'œil. Becky, tout va bien ?

À moitié endormi, il cligne des yeux. L'un est tout ruisselant. Oh naaan ! Je lui ai balancé un jet de Pacific Lime dans l'œil. Pourvu qu'il ne s'en aperçoive pas !

— Tout va bien ! Juste une mite.

— Putain ! J'ai un truc dans l'œil !

Effectivement, son œil est tout rouge. C'est l'horreur ! J'espère de tout mon cœur que je ne l'ai pas rendu aveugle. Je vois d'ici le gros titre du *Daily World* : *Ironie du sort ! Une femme éborgne son mari en testant le cadeau parfait*.

— Je vais te chercher une serviette mouillée. Tu me vois ou c'est flou ?

Je me précipite dans la salle de bains et en rapporte une serviette dégoulinante que je plaque sur le visage de Luke.

Il jure.

— Et maintenant je suis trempé !

— Mieux vaut prévenir que guérir ! Ça s'arrange ? Combien de doigts j'ai ?

— Quatre !

— Faux. Luke, il faut qu'on file aux urgences.

— Non, c'est juste, rétorque-t-il. Un, deux, trois, quatre. Ouvre tes yeux !

Je regarde ma main. Il a raison : je n'ai levé que quatre doigts. Ouf !

— C'est fini.

Il bat des paupières plusieurs fois puis me dévisage, le regard vague.

— Je dormais comme un loir. Que s'est-il passé, bordel ?

— Une mite. Juste une mite.

— Ne me dis pas qu'une mite t'a réveillée !

— Euh… une énorme mite. Tu devrais te rendormir, Luke.

Pourvu qu'il s'assoupisse à nouveau ! Hélas, il observe son poignet et fixe le Q pendant quelques secondes comme s'il essayait de déchiffrer un hiéroglyphe.

— On a marqué un Q sur mon poignet.

— Waouh ! Ça alors, c'est étrange ! Probablement Minnie. Écoute, il est tard…

— Et sur mon autre poignet, un S.

Il sort en trombe du lit et s'approche du miroir.

— C'est fou ! crie-t-il en découvrant les lettres sur son cou.

En tournant la tête vers le lit, il tombe sur le feutre que, comme une *andouille*, j'ai laissé sur la couette.

— Becky ?

— Je suis coupable. J'ai testé plusieurs after-shave pendant que tu dormais. Ton cadeau de Noël, je précise en espérant qu'il va se détendre et me dire : « Oh, Becky chérie, quelle délicate attention ! »

Pas du tout.

— Il est 1 heure du mat' et j'ai des graffitis sur tout le corps. Tu pensais qu'ils passeraient inaperçus ?

— Tu te douches toujours dès que tu sors du lit, je réponds, quand même assez fière de mon stratagème. Et c'est du feutre lavable. Pour moi, ça devait partir sans que tu t'en rendes compte.

Grommellement de Luke :

— Quelle idée cheloue !

Puis, au moment de se glisser sous le drap, il examine à nouveau le feutre.

— Minute ! C'est un marqueur Sharpie. Indélébile !

— Mais non !

— Je t'assure !

— Seuls les noirs sont indélébiles. J'ai écrit avec un bleu.

— Les bleus sont également ineffaçables ! éclate-t-il. Regarde : c'est marqué.

Quoi ?

J'attrape le feutre. Il ne blague pas. Indélébile. Première nouvelle ! J'utilise des Sharpie depuis des années et j'ignorais ça. C'est plutôt rigolo, en fait…

L'expression de Luke m'indique immédiatement que ce n'est pas rigolo du tout, du tout.

D'une voix suprêmement calme, il résume :

— J'ai un G et un D indélébiles de chaque côté de mon cou. Même pas sur les côtés correspondants, en plus. Et j'ai rendez-vous demain avec le ministre des Finances espagnol.

— Désolée. Et si tu mettais une cravate ?

Il ne se donne même pas la peine de répondre (je le comprends !).

Je reprends mes excuses d'une voix humble.

— Je suis réellement navrée, Luke. Je voulais choisir le cadeau de Noël idéal. D'ailleurs, en parlant de ça, tu as une préférence ? Moi, c'est pour celui de ton poignet gauche.

Déception ! Il ne fait même pas mine de le renifler.

— J'aime celui que je porte depuis des années, assène-t-il. On essaye de se rendormir ?

Historique des recherches

En combien de temps pousse une moustache ?
Les plus belles moustaches
Moustache : mauvaise pour la santé ?
Sexe et moustache
Perdre 20 kg avant Noël
Perdre 6 kg avant Noël
Coach en ligne
Coach en ligne cool
Tenues de gym
Tenues de gym Sweaty Betty
Tenues de gym Lululemon
Leggings flatteurs
Leggings ultra-gainants
Leggings minceur
Régime chocolat

6

Au matin, Luke est nettement grognon. Je dis « matin » bien que j'aie l'impression d'être en pleine nuit. On pourrait penser que le boss d'une entreprise, la sienne au demeurant, n'est jamais *obligé* de se lever à des heures indues histoire d'attraper un avion. Eh bien, visiblement, ça ne marche pas comme ça.

Il m'embrasse en partant et la texture velue de sa moustache me fait légèrement tressaillir (c'est pour une bonne cause, je me répète en boucle). Je regarde son taxi démarrer en agitant la main, avec compassion et tendresse. Puis je vais m'affaler sur une chaise de la cuisine.

Moi aussi, je suis de mauvais poil. Je n'ai pas dormi suffisamment et me sens toujours coupable d'avoir presque aveuglé mon mari. Toute l'opération s'est avérée désastreuse. J'ai passé une *journée entière* à collecter des échantillons – pour rien. Luke ne veut pas de nouvelle senteur. Il veut s'en tenir à l'after-shave qu'il porte déjà. Totalement anti-Noël, si vous voulez mon avis. Imaginez ! Si toutes les lettres au père Noël ne contenaient que des choses qu'on a déjà, le pauvre chou ferait faillite.

Tout en branchant la bouilloire, je pense au casse-pieds de Selfridges qui soutenait que mon mari ne voulait pas changer d'after-shave. Il avait raison et ça m'agace. Je reste néanmoins sur mes positions. Certaines femmes *sont* bel et bien heureuses de se surpasser afin de trouver le cadeau idéal pour leur mari. Le bilan en date d'aujourd'hui ? Ratage pour la veste, flop pour l'after-shave. Pas question pour autant de me décourager ! Au contraire, je suis plus déterminée que jamais à trouver un présent qui lui en mettra plein la vue.

(Plein la vue dans le bon sens du terme. Pas comme la fois où je lui ai offert le pull en mohair violet. Cela dit, j'avais gardé le reçu de cet achat, et je continue à penser qu'il lui allait bien. C'est la faute de ma mère, en fait, qui a poussé des cris d'horreur pendant qu'il l'essayait. Comment ai-je pu naître dans une famille aussi hermétique à la mode ? Mystère.)

Je dépose Minnie à l'école et cherche Steph au cas où elle aurait besoin d'une oreille compatissante. Comme je ne la vois pas, je fonce à la boutique. Sur place, munie d'un café, je m'adosse à la caisse en regardant autour de moi, à la recherche d'inspiration. Une fiasque à liqueur ? Je lui en ai déjà offert une. Un coffret de mouchoirs et des chocolats au beurre salé (les derniers m'étant surtout destinés) ? Également.

Je pousse un énorme soupir en me traitant de tous les noms. J'aurais dû réserver la fiasque à liqueur pour Noël.

— Un problème, Bex ?

Suze vient de me surprendre en pleine réflexion.

— Non seulement j'ai mal dormi mais, avec Luke, on a eu une grosse engueulade.

— À propos de quoi ?

— Des cadeaux de Noël, entre autres.

Je tais l'épisode des lettres au marqueur. Trop compliqué à expliquer.

— Oh, les cadeaux de Noël, quelle plaie ! On s'est disputés, Tarkie et moi. Il veut donner à chacun des enfants un agneau, moi, je préférerais un porcelet. Tu n'es pas d'accord ?

— Euh…

Personnellement, je ne voudrais ni de l'un ni de l'autre. Mais ce n'est pas le genre de réponse que Suze espère entendre.

— Et Minnie ? Elle aimerait un porcelet ? fait Suze, l'œil brillant. Je lui en offre un aussi ?

Un porcelet ? Dans notre jardin ? Qui grognerait sans arrêt et déterrerait les bulbes avec son groin avant de se transformer finalement en gros cochon ? J'adore Suze mais, sur certains aspects de la vie, nous avons des divergences.

— Je ne crois pas. Ce n'est pas son truc, les porcelets. De toute façon, j'ai déjà son cadeau. C'est même jusqu'à maintenant mon seul achat ferme et définitif. Elle mourait d'envie d'une dînette et je l'ai trouvée en ligne.

Au lieu de me féliciter ou d'aller y jeter un œil sur Internet, ma copine prend un air dubitatif.

— Tu l'as déjà commandée ?

— Oui ! Pourquoi ?

— Hum ! Ce n'est pas prématuré ? Et si elle changeait d'avis ?

Je n'y avais pas pensé.

— Mais non, j'affirme, plus confiante que je le suis en réalité. Elle me bassine avec ça depuis des mois.

Mais Suze secoue la tête.

— Les enfants sont complètement capricieux. Ils changent d'avis comme de chaussettes. Un jour, ils te réclament à grands cris un bâton sauteur. Et puis juste avant Noël, ils vont goûter chez des amis de classe, tombent sur une pub de jouets à la télé et ne veulent plus qu'une sirène parlante. Mais comme c'est en rupture de stock, il ne te reste plus qu'à l'acheter sur eBay trois fois le prix.

— Minnie ne changera pas d'avis. Elle tient à sa dînette.

— Attends de voir ! fait Suze, avec l'intonation morose d'un vieux pêcheur qui prédit une tempête. Dès qu'elle verra une sirène parlante à la télé, ta dînette sera bonne pour la poubelle.

Là, elle m'énerve carrément.

— Écoute, elle n'aura pas l'occasion de voir une sirène parlante. J'ai interdit la télé jusqu'aux fêtes.

— C'est ça ! ricane Suze. Tu vas aller vivre dans un village amish ?

(Tiens, je devrais regarder s'il existe des communautés amish dans le Hampshire.)

À ce moment précis, Irene surgit, un morceau de papier à la main.

— Becky, bonne nouvelle ! J'ai retrouvé le nom du jeune homme.

— Le garçon au physique *remarquable*, rigole Suze.

— Oui, lui, acquiesce Irene tout à fait innocemment. C'était… voyons voir… Craig Curton.

Et elle me tend le morceau de papier. Craig Curton ? Je suis sidérée.

— Tu le connais, Bex ? me presse Suze.

— En fait, oui. En fait… euh… c'est un ancien petit copain.

— Ah bon ? Tu ne m'en as jamais parlé. C'était quand ?

— Y a des siècles. À la fac.

Pour tout dire, j'avais complètement oublié l'existence de Craig Curton. Enfin, peut-être pas *oublié*, mais je n'ai pas beaucoup pensé à lui pendant toutes ces années.

— Très *frappant*, ma chère Becky, répète Irene, les yeux brillants. Très *séduisant*.

Elle s'éloigne pour accueillir un client. Et Suze m'adresse une grimace pleine de sous-entendus.

— Apparemment, notre chère Irene est tout feu tout flamme pour ton ancien boy friend. Il est canon, ce type ?

— Je ne me fierais pas trop à son jugement, je dis en riant. Il était plutôt du genre bizarre : cheveux teints en noir de jais, teint cadavérique, mauvaises dents. Musicien dans un groupe. C'est ce qui m'a attirée, j'ajoute précipitamment.

— On va le googler. Je veux voir de mes yeux cette sublimité.

— Il n'avait rien de sublime. S'il n'avait pas été musicien, je ne serais pas sortie avec lui.

Au lieu de me répondre, elle garde l'œil fixé sur son téléphone. En faisant une drôle de tête.

— Tu sais quoi, Bex ? Il est assez sublime. Si c'est lui ! Vise-moi le mec !

J'ai un choc en regardant l'écran. Ce gars est canon. *Impossible* que ce soit Craig Curton.

Je contemple l'image en essayant de trouver une explication. Oui, en fait, c'est bien Craig. Avec quelques années de plus. Des cheveux qui, au lieu d'être ternes et moches, retombent en vagues brillantes sur ses épaules. Et puis, il s'est fait arranger les dents. Il est bronzé. Et ces *bras*… !

— Superbe ! fait Suze.

Je retrouve ma voix.

— Il a changé. Crois-moi, il ne ressemblait pas à ça. Pas du tout.

Suze est allée sur un réseau social professionnel.

— Il fait quoi maintenant ? Ah ! Musicien, déclare-t-elle. Son dernier titre s'appelle « Love Underneath ».

— Vraiment ?

Suze m'empêche d'attraper son téléphone.

— Attends ! Je n'ai pas fini de me renseigner. Alors… L'an dernier, il a sorti l'album *Honest*. Il vient de faire une tournée en Allemagne avec Blink Rage. C'est quoi, ça ?

Aucune idée mais pas question de l'admettre.

— Comment, ma pauvre Suze, tu n'as jamais entendu parler de Blink Rage ?

— Bonjour, Becky !

Une voix rauque et virile provient du fond de la boutique. Nous levons la tête. Au secours ! Je vais me trouver mal.

C'est lui. Lui. Il est ici. Alors qu'on vient de le googler. Putain !

— Bonjour, couine Suze dont le téléphone tombe avec fracas. Bienvenue à… Bonjour.

Alors qu'il s'approche de nous, elle récupère en vitesse son téléphone, mais c'est trop tard ! Nous avons tous pu voir le visage du visiteur s'afficher sur l'écran.

Naaan ! Trop *gênant* ! Je pique un fard.

— Salut, Craig, je lance en m'efforçant de paraître décontractée. Quelle surprise ! Nous étions juste en train de... Ça fait combien...

— Des années. Incroyable, non ?

Sa voix éraillée est celle d'une rock star. Il en a l'air, aussi, avec ses cheveux longs, son blouson de cuir élimé et la tête de mort tatouée sur un de ses lobes.

Il me plaque un baiser sur chaque joue, se recule et me regarde avec un sourire confiant. Ça aussi, c'est nouveau. À la fac, il n'était pas du style gracieux. Il me lisait des articles de journaux déprimants en me disant que je devais davantage m'impliquer dans la contestation.

— Craig, je te présente Suze.

Et voici ma Suze qui lui tend la main et le dévisage avec des yeux émerveillés en tripotant ses mèches blondes, comme une gamine de quatorze ans.

— Vous êtes revenu. Comme c'est gentil !

Irene. Voix ravie. Arrivant au petit trot. Murmurant à mon intention un « *remarquable* » qui manque totalement de discrétion.

Le comble de l'horreur.

— Alors, Craig, qu'est-ce qui t'amène par ici ?

— Je vis ici, répond-il, très relax.

— *Ici* ?

— J'ai loué le Lapwing Cottage. Je suis votre locataire, dit-il à Suze.

— J'ignorais qu'il avait été loué.

Ça, on ne peut pas dire que Suze se tienne au courant de ses affaires immobilières ! Les Cleath-Stuart sont à la tête de tellement d'hectares et d'investissements de toutes sortes qu'elle a du mal à suivre. Un jour, alors que nous déjeunions dans un café du coin, la patronne nous a couvertes de pâtisseries et d'amabilités. À notre grand étonnement. Et puis Suze s'est soudain souvenue qu'elle était la propriétaire de l'endroit. Elle avait oublié.

— Vous êtes satisfait ? s'enquiert-elle. S'il y a le moindre problème, parlez-en à Gordon, le directeur du domaine. Il gère tout ça.

— J'aime beaucoup l'endroit, affirme Craig. Charme à l'ancienne, rustique à souhait.

— Comment savais-tu que je travaillais ici ? je demande.

— Un concours de circonstances. J'ai loué le cottage sur Internet. J'avais besoin d'une retraite, d'un refuge à la campagne pour écrire des chansons. Pour décompresser. Un jour, dans le magasin du village, je suis tombé sur une petite annonce écrite sur une carte postale. *À vendre : trois bêches neuves, contacter Becky Brandon, née Bloomwood.* Il ne peut pas y avoir deux Becky Bloomwood, non ? Le type du magasin m'a dit que tu travaillais ici. Sacré hasard !

Suze, impressionnée :

— Waouh !

Craig, curieux :

— Pourquoi *trois* bêches ?

Moi, sur la défensive :

— Comme elles étaient en solde, j'en avais acheté plusieurs. Notre jardin est assez grand et je pensais qu'on en aurait l'usage. Mais je me suis trompée.

— C'est bien toi ! Bon, je dois y aller. C'était sympa de te voir, Becky. Prenons un verre, un de ces quatre. Qu'est-ce que tu as fabriqué pendant tout ce temps ?

J'ai comme un trou dans la tête. Qu'ai-je fait ? Impossible de sortir quoi que ce soit d'intelligent.

— Des tas de trucs, j'articule finalement.

— Cool. Il paraît que tu as un enfant.

— Une fille, Minnie.

— Super.

Et il se tourne vers Suze.

— Dernière chose. Ce n'est pas un problème si j'installe un jacuzzi dans le jardin ?

— Un jacuzzi ? dit Suze, prise au dépourvu.

— J'ai un faible pour les jacuzzis.

Il sourit en montrant ses superbes nouvelles dents. J'ai alors une vision de lui dans un jacuzzi, cheveux mouillés, torse velu, façon Ross Poldark dans la série *Poldark*.

Son nouveau genre : rocker romantique.

— Un jacuzzi ? répète Suze avec un peu de méfiance. Euh… eh bien oui, pourquoi pas ? Généralement, nous n'acceptons pas mais… si vous voulez en…

— Cool. Je songe à organiser une petite fête pour Noël. Je vous enverrai des invitations.

— Merci !

— Alors à bientôt.

Il lève la main en guise de salut et sort de la boutique en chaloupant. Nouveau, cette démarche. Il a dû piquer ça quelque part.

Suze respire un grand coup.

— Waouh !

— Eh oui ! C'est mon ex-fiancé.

— Drôlement cool. Mais toi, tu étais cool à la fac ?

J'ai bien envie de rétorquer : « Pourquoi tu demandes ? Je suis super cool aujourd'hui, non ? » Mais c'est Suze, ma meilleure et plus vieille amie.

— Un *tout petit peu* cool. Pendant un ou deux trimestres.

— Tu étais dans le groupe ?

Je m'éclaircis la gorge avant de répondre. Car cette histoire de groupe est un point sensible. *J'aurais dû* en faire partie. J'avais acheté une magnifique guitare basse rose, appris des tonnes d'accords. D'après Craig, j'étais prête à les accompagner. Mais après la première répétition, les membres du groupe se sont ligués en disant que je n'étais pas assez bonne. Tellement injuste ! Ils n'ont même pas voulu que je joue du tambourin.

Finalement, je résume.

— J'étais sa muse. Une bonne collaboration. C'était le bon vieux temps.

— Pourquoi avez-vous rompu ?

— Le groupe a obtenu un contrat avec une maison de disques et ils ont laissé tomber la fac pour enregistrer un album.

— Incroyable ! C'est super. Tu crois que j'ai déjà entendu une de leurs chansons ?

— Non. Parce qu'ils sont partis dans le Devon pour enregistrer et…

— Toi aussi ?

— Non. Papa et maman ne m'ont pas laissée, j'explique avec une pointe de ressentiment. Ensuite, les musiciens ont commencé à sacrément se disputer pendant les répétitions. L'un a cassé la figure d'un autre. La police a été appelée. Leurs parents sont arrivés à fond de train, les ont obligés à arrêter et à retourner à la fac.

— Oh, s'écrie Suze, très déçue.

Elle aurait préféré que je termine mon histoire par « … et leur album a fait un carton ».

— Craig s'est disputé avec ses parents. Il a refusé de revenir à Bristol. Ensuite le groupe s'est dissous.

— Et lui, il a fait quoi ?

— Il a pris une année sabbatique à Manchester. À ce moment-là, nous avions déjà rompu.

— À cause du groupe. Parce que les musiciens te voyaient comme Yoko pour les Beatles.

— Plus ou moins.

J'hésite mais à quoi bon mentir ?

— Pour être honnête, il n'était pas terrible à l'époque. Plutôt ennuyeux.

Mais assez parlé de mon ancien petit ami ! Histoire de faire diversion, je m'éloigne pour rectifier une pile de chandails.

Suze est sur mes talons.

— Et maintenant, il vit à Letherby. Un peu compliqué pour toi, non ?

— Non.

Ça l'est, mais pas question de l'admettre.

— Si, ça doit faire bizarre, insiste Suze.

— Pas bizarre du tout, j'affirme. Pour quelle raison ça le serait ?

Elle ignore mon objection.

— Il est si différent de Luke. Tu vas accepter son invitation ?

— J'sais pas, je dis au bout d'un moment. Et toi ?

— Naturellement. Il faut y aller. Je parie que ce sera génial, avec plein de musiciens et de gens cool.

Notre conversation s'arrête brusquement : un client a heurté une pyramide de boîtes de métal remplies de caramels qui dégringolent bruyamment. Tandis que je les remets en ordre, je m'efforce d'assimiler le fait que Craig Curton habite à Letherby. Et que son apparence a tellement *changé*. Scs bras ! Ses cheveux épais. Et cette barbe de trois jours qui lui va si bien…

Perdue dans mes pensées, je fais de nouveau tomber les boîtes de caramels.

— Distraite, ma Bex ? ricane Suze.

Je relève le menton avec dignité. Je ne suis pas distraite. Du moins pas prête à l'avouer. Mais quand même, avoir revu Craig me renvoie au passé. Des souvenirs de la fac se bousculent. Ce jean que je portais ! Et ce rouge à lèvres. Quel *goût affreux* j'avais à l'époque !

Au début de notre histoire, Craig m'impressionnait énormément. Je le prenais pour un intello parce qu'il discourait sur Schopenhauer et qu'il buvait une marque de gin dont je n'avais jamais entendu parler. Mais avec le recul et l'expérience, je vois bien qu'il n'y avait aucune raison d'être bluffée. Choisir un gin inconnu et évoquer des célébrités allemandes est à la portée de n'importe qui. Tiens, pas plus tard que l'autre jour, j'ai cité Heidi Klum.

De toute façon, tout ça, c'est de l'histoire ancienne. Par manque de maturité, nous sommes tous et toutes sortis avec des drôles de gens. Luke est bien placé pour en parler. Lorsque je l'ai rencontré, il voyait une fille prétentieuse nommée Sacha de Bonneville. (Pourquoi, tout d'un coup, m'en prendre à mon mari ? Aucune idée...)

Je repose la dernière boîte de caramels. Après quoi je fais bouffer mes cheveux et je me dis que ce n'est rien de plus qu'une étrange coïncidence. Suze a raison : nous devons nous rendre à sa fête de Noël. Il y aura peut-être des gens célèbres. Il jouera peut-être une nouvelle chanson que nous serons les premiers à entendre. Il nous donnera peut-être des billets VIP pour son prochain concert.

J'ai soudain l'impression d'avoir acquis un tout nouveau statut symbolique. Au détour d'une conversation, je pourrai laisser tomber : « J'ai fréquenté un rocker... Oui, j'étais sa muse... Oui, il a écrit une chanson sur moi... »

Je me fige. Et s'il avait *vraiment* écrit une chanson sur moi ?

Historique des recherches

Craig Curton
Craig Curton Becky Bloomwood
Paroles Craig Curton
Chansons Craig Curton inspirées par une mystérieuse fille
Amis célèbres de Craig Curton
Sacha de Bonneville
Venetia Carter
Sirène parlante
Heidi Klum

7

Le lendemain matin, j'ai déjà googlé les paroles de toutes les chansons écrites par Craig Curton. J'en ai écouté des fragments et visionné les vidéos. Impossible de dire si l'une d'elles parle de moi.

Une chose est sûre : je ne figure pas dans sa meilleure chanson. Elle s'intitule « Lonesome Girl », la fille solitaire, et commence par : « Elle est fascinante. » J'ai immédiatement pensé que ça me correspondait parce que, eh bien, je suis assez fascinante, me semble-t-il. Mais la suite m'a prouvé le contraire. « Elle est partout, elle est dans l'air, tu éprouves du chagrin, tu connais la douleur. » Quel chagrin ? De toutes les manières, je ne suis pas une solitaire. Il ne s'agit pas de moi.

Il y en a une autre, « Girl Who Broke My Heart », dont voici le début : « Des lèvres françaises, des baisers à la française, une âme française, un cœur français… » A priori, ce n'est pas moi non plus.

J'espère bien ne pas être à l'origine de « 23rd Century ». « Qu'apprendras-tu d'elle ? De la haine, seulement de la haine, une haine perverse », dit le premier couplet. Pas spécialement joyeux, n'est-ce pas ?

En fait, la musique de Craig est loin d'être gaie. Elle est assez trash et plutôt braillarde. Et ses textes sont déprimants. Je préfère regarder les vidéos en coupant le son (détail que je me garderai bien de lui avouer).

Je l'ai aussi suivi sur Instagram. Et il est *super cool* en effet. Apparemment, il ne porte que des fringues en cuir, des tee-shirts déchirés, des boots cloutées et une barbe de trois jours. Sur son compte : plein de photos de lui dans des bars enfumés, entouré de nanas – toutes canon, le genre avec piercings de nez, tatouages, ombre à paupières bleu électrique. Je me souviens que c'était un fêtard de première. Quand on sortait ensemble, j'ai fait des bringues d'enfer. Et je n'ai surtout *rien* foutu.

Et même quand on n'allait nulle part, on se couchait à pas d'heure. Je me rappelle : on veillait toute la nuit et, allongés par terre, on fixait le plafond en faisant brûler des bâtonnets d'encens. Craig jouait de la guitare en sourdine tout en monologuant sur la politique sud-américaine, un sujet super important à ses yeux. Moi, je ne connaissais pas grand-chose aux gouvernements de ces pays mais, comme je suivais un module d'espagnol à la fac, je laissais négligemment tomber un « *¡Qué pena!* » ou quelque chose du genre. Du coup, je me sentais importante, comme si nous apportions des solutions aux problèmes du monde sur fond de…

— Pardon !

La voix d'une femme d'un certain âge interrompt mon vagabondage dans le passé. Je reviens à l'instant présent. Sur Jermyn Street, avec des hordes de gens qui font leurs courses. Et moi qui bloque l'entrée d'un magasin.

— Excusez-moi, madame !

Je dégage le passage avec une pointe de culpabilité. OK ! Il faut que j'arrête de penser à mon ex-copain. Il faut que je me concentre. Je suis en mission. J'ai posé un jour de congé spécialement. Pour mon *shopping de Noël.*

J'avance de quelques pas en observant les vitrines décorées pour reprendre mes esprits. Les illuminations m'aident, ainsi que « Last Christmas » de Wham, une de mes chansons de Noël préférées, qui sort d'un haut-parleur.

Hier soir, j'ai feuilleté plusieurs magazines dédiés à Noël histoire de plonger à fond dans une ambiance festive. J'ai une passion pour les magazines sophistiqués sur papier glacé. J'adore tourner les pages et admirer dans une sorte d'euphorie somnolente les décorations sublimes et les femmes souriantes qui, vêtues de tops brillants, dégustent du champagne. Je me dis alors que j'aimerais bien être à leur place, qu'il me faut absolument un nouveau haut à paillettes, et j'espère que maman achètera ce même pudding fourré à l'orange.

Mais, bien sûr, cette année, c'est moi qui me charge du pudding. Je suis aux manettes. Une responsabilité qui me donne parfois le vertige. Heureusement que les magazines regorgent de tuyaux utiles. Exemple ? Le « must » de la boule de Noël est désormais un lama brillant au pelage argenté avec les mots PAIX DANS LE MONDE brodés en rose vif sur son flanc. Franchement, j'ignorais qu'il puisse exister un « must » de la boule de Noël. Mais cela figure dans tous les magazines. Du coup, j'en ai commandé six. Notre sapin va être hyper branché.

Les magazines conseillent également de s'inscrire à l'avance pour les livraisons de supermarchés. Je me suis exécutée. Et même à deux reprises. La première livraison arrivera le 23 décembre, avec la dinde et tous les ingrédients importants. La seconde, le 24, au cas où j'aurais oublié des trucs. Vous parlez d'une programmation !

À vrai dire, tous ces problèmes d'organisation me rendaient un peu nerveuse, jusqu'au moment où je suis tombée sur un article intitulé : « N'essayez pas de résoudre dix problèmes en même temps ! » On y expliquait que pour mener ses préparatifs de Noël sans stress, il fallait établir des priorités et s'acquitter des tâches les unes après les autres. Par conséquent, aujourd'hui, je me suis donné un seul but : le cadeau pour Luke.

D'accord, mais *quoi* choisir ?

Je manque d'inspiration. J'ai déjà patrouillé dans tous les grands magasins. Et, oui, j'ai repéré des cadeaux potentiels, mais rien qui m'ait vraiment convaincue. Ensuite, j'ai arpenté Jermyn Street, la chicissime rue des tailleurs pour hommes. Pour me rendre compte que la plupart des vêtements sont faits sur mesure, ce qui est trop compliqué…

Oh, oh ! que vois-je ?

Je stoppe net devant une vitrine. J'ai sous les yeux la plus sublime robe de chambre du monde. Bleu marine, en soie imprimée de guépards. Tout à fait ce que porterait le héros d'un film dont le titre serait *La Robe de chambre*.

J'entre. La boutique, appelée Fox and Thurston, regorge de gilets, de canotiers et de chaussettes raffinées. Je me dirige vers le fond, le rayon robes de chambre. Voici la merveille ! Encore plus somptueuse vue de près. J'ajoute que Luke a absolument besoin d'une nouvelle robe de chambre.

Je l'examine sous toutes les coutures sans trouver l'étiquette du prix. Aucune importance ! Mon principe dans les magasins huppés ? Chercher les prix sur Google au lieu de les demander. Cette astuce me permet de grimacer en privé, loin du regard hautain d'un vendeur. Je sors mon portable, ouvre le site du magasin, clique sur la rubrique « Robes de chambre d'exception », passe en revue différents modèles avant de tomber sur la bleu marine, baptisée « Rêve de guépards ». Précision : elle est en soie de Chine tissée et coûte…

Quoi ?

Incrédule, je fixe le prix affiché : 4 000 livres pour une robe de chambre ? *Pas question.* La ceinture seule coûte 350 livres. Je serre les lèvres pour éviter de ricaner. Qui achèterait une ceinture sans la robe de chambre qui va avec ?

— Bonjour ! Je peux vous aider ?

Une jolie fille, très mince, très souriante, très blonde, s'approche de moi.

Je reste sans voix pendant un quart de seconde. Jusqu'à ce qu'une idée de génie me traverse l'esprit.

Je prends ma voix professionnelle.

— Bonjour ! je dis en tendant la main. Je me présente : Becky Brandon, née Bloomwood. Je travaille dans la promotion de marques. C'est vous qui vous chargez de ces questions ?

La fille ouvre de grands yeux.

— Il vaut mieux que vous parliez à Hamish.

Quelques instants plus tard, un type barbu, en pantalon rouge et gilet rayé, se présente.

— Hamish Mackay, directeur du magasin. Que puis-je pour vous ?

— Bonjour, je réponds en lui serrant la main avec assurance. Je m'appelle Becky Brandon, née Bloomwood. Je suis expert-conseil en représentation de marques. Et j'aimerais savoir qui est l'ambassadeur de la marque Fox and Thurston.

Regard étonné du dénommé Hamish.

— Euh… d'accord ! En fait, pour autant que je sache, nous n'avons pas d'ambassadeur de marque.

À moi de faire mon numéro.

— *Vraiment ?* Quel dommage de rater une telle opportunité marketing. Toutes les grandes marques font appel à des ambassadeurs, vous savez.

À peine Hamish ouvre-t-il la bouche pour protester que je me dépêche de continuer.

— Par chance, il se trouve qu'un de mes clients est disponible : il représenterait vos modèles à la perfection. Bel homme, élégant, respecté dans le monde de la finance internationale. Exactement la personne dont vous avez besoin.

— Excusez ma curiosité mais en quoi cela consiste-t-il ?

— Très facile. Il vous suffit de fournir quelques vêtements, par exemple un costume et une robe de chambre, que votre ambassadeur portera lors de manifestations de premier plan. Un système avantageux pour les deux parties. Tout le monde s'y retrouve.

Pause interloquée. Puis :

— Vous pouvez me rappeler votre nom ?

— Becky Brandon, née Bloomwood. Je peux prendre un article ou deux avec moi tout de suite, si c'est plus simple, j'ajoute en m'emparant de la robe de chambre. Oui, faisons ça et je vous envoie les documents un peu plus tard. Cette personne doit assister très prochainement à une série d'événements médiatiques. L'occasion idéale de montrer vos modèles.

Stupéfaction du directeur.

— Une robe de chambre ? s'écrie-t-il. Comment pourra-t-il porter une robe de chambre lors d'une réunion prestigieuse ?

Ah ! Évidemment ! Je n'y avais pas pensé !

— Eh bien... Au fond, qu'*est*-ce qu'une robe de chambre de nos jours ? je rétorque avec aplomb. Qu'on l'appelle robe de chambre, veste d'intérieur...

— Ce n'est pas une veste d'intérieur, m'interrompt-il. C'est une robe de chambre.

J'ignore sa remarque.

— Toutes les vieilles règles vestimentaires sont dépassées ! Mon client peut l'enfiler sur son smoking... Il peut lancer le look robe de chambre... Il peut la superposer à un manteau...

— Mettre une robe de chambre sur un manteau ? Quelle horreur ! s'exclame Hamish.

— Et pourquoi pas ?

Surtout ne pas penser au moment où je demanderai à Luke de passer une robe de chambre sur son manteau.

— C'est un modèle très cher, fait Hamish en reprenant le vêtement. Je préférerais que vous vous absteniez de poser vos mains dessus. Comment s'appelle votre ambassadeur ?

— Luke Brandon de Brandon Communications, je réponds fièrement.

J'aperçois un déclic dans l'œil du directeur.

— C'est votre mari ?

Pourquoi n'ai-je pas choisi un nom d'emprunt ? Quelle nouille je suis !

— Peut-être, oui. Mais je ne vois pas le problème. Nous sommes complètement professionnels…

— Et vous essayez de vous procurer des vêtements gratuitement.

Quelle insulte ! Des vêtements gratuits ? Il a un sacré culot ! Il devrait se *réjouir* que Luke daigne porter ses fringues.

— Il semble que vous ne compreniez pas le concept de l'ambassadeur de marque.

— Au contraire, je saisis parfaitement. En tout cas, c'était bien essayé ! dit-il avec un air amusé.

Hum ! Il ne va pas me donner la robe de chambre. Mieux vaut filer pendant que j'ai encore l'avantage.

De mon air le plus digne, je lui assène :

— Si c'est ce que vous pensez… c'est votre affaire. Mais, croyez-moi, vous le regretterez. Luke Brandon aurait-il été le parfait ambassadeur de notre marque ? Cette question, vous n'arrêterez pas de vous la poser. En fait, vous ne cesserez de vous demander ce que vous avez manqué. Je vous plains !

Repoussant mes cheveux en arrière d'un fier mouvement de tête, je gagne la sortie avec l'espoir qu'il me rattrape en disant : « Attendez ! Vous avez raison ! Tenez, voilà la robe de chambre ! »

Mais rien de tel ne se produit.

Je referme la porte derrière moi et m'engage à pas pesants dans la rue, d'assez mauvaise humeur. Que faire ? Et si je m'offrais une bonne tasse de thé chez Fortnum ? Mon organisme manquant sûrement de sucre, je pourrais peut-être l'accompagner d'un scone revigorant ?

Je marche au hasard et, sans le faire exprès, je me retrouve devant les vitrines de Piccadilly. Quelque chose attire mon attention. Je m'arrête, le cœur battant.

Ouiiii ! J'ai trouvé le cadeau parfait !

D'abord, c'est un bagage.

Oui, un *bagage*.

J'ai toujours eu un penchant pour les bagages, depuis le jour où Luke et moi avons essayé des valises alors qu'on se connaissait à peine. (D'accord, elles étaient destinées à Sacha de Bonneville. Mais inutile de s'aventurer sur ce terrain. De toute façon, qui au final a épousé Luke, hein ?)

Ensuite, il est superbe. Extérieurement, c'est une valise de bonne taille. À l'intérieur se trouvent un compartiment garde-robe avec des cintres et plusieurs tiroirs. (Il y a un nom pour ce genre de bagage mais impossible de m'en souvenir.) Le tout d'une élégance *rare* et dans un beau cuir brun foncé.

En l'examinant mieux, j'ai comme un coup au cœur. L'objet est doublé d'une étoffe soyeuse griffée « LB ». Les initiales de Luke ! Incroyable ! Sur le côté, un autre « LB » embossé sur le cuir. Et – le top du top ! –, accrochée à la poignée, une breloque « LB » en cuivre. Ça alors ! Par quel miracle un objet aussi sublime est-il tombé sous mes yeux ? Le dieu des cadeaux de Noël m'aurait-il vue venir ?

Je lève le nez pour lire le nom du magasin. Mais ce n'est pas un magasin. Plutôt la vitrine d'un… Un quoi exactement ? Je jette un coup d'œil intrigué à la façade de ce qui ressemble à une maison. Une maison dont la façade est en stuc blanc et la porte d'entrée, recouverte de peinture laquée.

Sur le côté, une plaque en métal indique : LONDON BILLIARDS. En dessous, en petits caractères, est inscrit : *The London Billiards and Parlour Music Club, est. 1816.* Un club privé : j'aurais dû m'en douter. Tout le centre de Londres est truffé de clubs chics. Luke fait partie de l'un d'eux. Il m'y a emmenée plusieurs fois mais l'endroit est mortellement ennuyeux. Ni musique ni mojitos.

(D'ailleurs, Luke est de mon avis, mais il dit que ça peut servir pour ses affaires. Comment un déjeuner de crevettes marinées avalé dans un fauteuil d'un autre âge peut-il avoir une quelconque utilité ? Mystère. Mais bon…)

Peu importe, en réalité. L'important, c'est de pouvoir acheter cette valise-penderie. D'une main décidée, j'appuie sur la sonnette en métal. La porte s'ouvre avec un bourdonnement et me voilà à l'intérieur. Dans un hall d'entrée pavé de carreaux anciens avec, au fond, un escalier recouvert d'un tapis rouge et, derrière un bureau, un homme d'âge vénérable (dans les quatre-vingt-treize ans à vue de nez). Il parle au téléphone (modèle d'autrefois) et s'interrompt, la main sur le récepteur, pour me lancer : « Je suis à vous dans une minute, jeune femme ! », avant de reprendre sa conversation.

Je profite de ce qu'il est occupé pour m'aventurer de l'autre côté du hall. Par l'entrebâillement d'une double porte en bois massif, je découvre une grande pièce avec une cheminée en marbre et une pléthore de sièges antiques, exactement comme dans le club de Luke. À un détail près : comparé à ce que je vois, le club de Luke semble follement animé. D'abord, cette pièce est à moitié vide. Ensuite, les membres semblent avoir quatre-vingt-treize ans. Même les plus jeunes. Pour vous donner une idée du style vestimentaire ambiant, c'est un festival de vestes en tweed à coudières de cuir.

Un serveur ratatiné passe en poussant un chariot couvert de bouteilles. Il s'arrête près d'un fauteuil, se penche pour demander d'un ton funèbre à un jeune de quatre-vingt-treize ans :

— Un verre de sherry ?

Je me mords les lèvres pour ne pas pouffer. Le serveur a l'air encore plus vieux que tout le monde. Je me demande comment il a la force de soulever la bouteille.

— Jeune femme ?

Depuis son bureau, le réceptionniste m'appelle. Je me précipite, le sourire aux lèvres.

— Bonjour. Je me présente : Becky Brandon, née Bloomwood. J'aimerais me procurer la merveilleuse valise-penderie qui est dans la devanture. S'il vous plaît, j'ajoute prestement.

Soupir du préposé.

— Jeune femme…

— Appelez-moi Becky.

— Becky, répète-t-il avec une intonation dédaigneuse.

À croire que c'est la première fois qu'il entend ce prénom et qu'il ne l'aime pas.

— Je crains que cette malle-armoire…

— Voilà, c'est le mot que je cherchais !

— Je crains qu'elle ne soit pas à vendre. C'est le premier prix de notre loterie de Noël.

Une *loterie* ? Typique de ce genre d'établissement.

— Eh bien, je serais ravie d'acheter un billet de loterie. Et même plusieurs.

Oui, je vais acheter autant de billets que mon budget me le permet. Pour mettre toutes les chances de mon côté.

Commentaire dissuasif du préposé.

— La loterie est réservée aux membres.

— Ah ! D'accord, je comprends.

Comment me débrouiller ? Demander à un membre de quatre-vingt-treize ans de m'acheter vingt billets ? Commencer par le complimenter sur ses coudières de cuir et aviser ensuite ?

— Le billet coûte combien ? je demande, l'air de rien.

— Vingt livres.

Comment ? Vingt livres pour un ticket de loterie ? *Vingt livres ?* Inimaginable. Et, selon moi, tout à fait contraire à tous les règlements de la loterie. Si j'étais membre de ce club, je me plaindrais au comité directeur.

— Autre chose ? demande-t-il.

Franchement, quel poseur ! J'ai envie de me faire passer pour une inspectrice déléguée des producteurs de sherry venue m'assurer que ses boissons sont bien conformes au label de qualité. À la place, je réponds :

— Non, c'est tout. Je vous remercie. Ah si, j'ai une question : pourquoi le billard a-t-il pris le pas sur la musique ?

— L'activité musique du club a diminué, explique le préposé d'un ton désapprobateur, sans qu'on puisse dire si sa critique concerne la musique en général ou le fait qu'elle soit supprimée.

Un peu de musique secouerait cet établissement sinistre. À condition que Beyoncé soit au micro et que le club devienne une discothèque.

— Eh bien, au revoir. Et bonne chance avec le billard.

Presque malgré moi, je retourne vers la sortie, l'œil fixé sur la malle-armoire. Quel cadeau parfait ! *Vraiment parfait*… Soudain, une idée jaillit.

— Excusez-moi, je dis en revenant vers le comptoir. Auriez-vous l'amabilité de me fournir les coordonnées de l'artisan qui a réalisé cette malle-armoire ?

Ma formule me plaît assez. Aussi prétentieuse que l'endroit – non ? Visiblement, le réceptionniste essaye, mais sans succès, de trouver une bonne raison pour refuser.

— Très bien, finit-il par lâcher.

Il ouvre un registre, tourne les pages et repère un nom qu'il inscrit laborieusement sur un morceau de papier. Il s'agit d'un certain Adam Sandford, habitant le Worcestershire.

— Merci mille fois, monsieur.

Quelle chance ! Je vais pouvoir commander une malle-armoire sur mesure pour Luke.

Sans attendre, j'envoie depuis mon téléphone un mail à Adam Sandford. Satisfaite de la tournure des événements, je décide d'aller faire un tour chez Hamleys, le célèbre grand magasin de jouets. Je traverse Burlington

Arcade, décorée de sapins couverts de guirlandes et de boules rouges, pour arriver dans Regent Street, joliment éclairée par une rangée d'anges lumineux.

En approchant des légendaires devantures rouges du magasin, je me sens pousser des ailes. Une machine crache des bulles opalescentes dans la rue, des haut-parleurs diffusent des chants de Noël, deux lutins en collants rayés distribuent des paniers. Mon téléphone vibre au moment où j'en prends un. Un mail ! Adam Sandford a déjà répondu.

Ma joie disparaît instantanément.

Chère madame Brandon, née Bloomwood,

Je vous remercie infiniment de votre demande de renseignements concernant la malle-armoire. Je serai tout à fait honoré d'en confectionner une pour votre mari mais vous comprendrez aisément que la réalisation d'un tel bagage requiert de très nombreuses heures de travail. Ayant une liste de commandes en attente, je serai à même de vous livrer votre malle-armoire d'ici à trente-six mois environ. Cela vous conviendrait-il ?

Cordialement,

Adam Sandford

Trente-six mois. C'est-à-dire *trois ans*. À quoi bon ?

— Excusez-moi.

La femme qui m'interpelle porte à bout de bras au moins six sacs Hamleys. Je lui cède le passage et repars d'un pas découragé. Comparés à la malle-armoire, les autres présents me semblent insignifiants. Question : dois-je rendre visite à Adam Sandford pour tenter de le convaincre ? Ou lui demander le nom d'un autre fabricant ? Mais pourquoi recommanderait-il un concurrent ? À moins que son fils soit de la partie…

Et, tout d'un coup, une solution m'apparaît.

Vingt minutes plus tard, me voici revenue devant le club spécialisé dans le billard et la musique de salon, établi en 1816. Mon plan : devenir membre et participer à la loterie. Et si je ne tire pas le gros lot, je persuaderai le gagnant de me le vendre. Parfait ! Je vais probablement avoir besoin de références ou de parrains pour que mon inscription soit acceptée. Pas de problème, c'est dans mes cordes.

La tête haute, je me dirige directement vers le bureau derrière lequel trône le même réceptionniste de quatre-vingt-treize ans. Avant qu'il puisse ouvrir la bouche, je déclare sans mollir :

— Rebonjour. Je suis Becky Brandon, née Bloomwood, et j'aimerais devenir membre de votre club. Mon référent est Tarquin Cleath-Stuart, dont l'ancêtre a inventé le billard en 1743.

C'est plus ou moins un mensonge – mais qui ira vérifier ? Et Tarkie m'appuiera sans problème. J'ajoute, pour faire bonne mesure :

— Cet ancêtre s'appelait Billiard Cleath-Stuart. D'où le nom de billard. Mon autre référent est Danny Kovitz, le styliste bien connu, grand supporter et soutien financier des jeux de billard.

Je demanderai à Danny de créer un tee-shirt orné de l'inscription *J'aime le billard*. Ce sera super.

— Mon troisième référent…

Mais le préposé m'interrompt en levant une main, pas du tout impressionné par ma liste de noms. À vrai dire, il semble hyper pressé de pouvoir placer un mot.

— Jeune femme.

Le ton est irrité.

— Appelez-moi Becky.

— Jeune femme, insiste-t-il, notre club est ouvert uniquement aux hommes.

Je le dévisage, découragée. Un club réservé aux hommes ? C'est tellement *injuste* !

Attendez. Est-ce que je pourrais me présenter à nouveau mais cette fois sous une identité masculine ? Est-ce que je pourrais dire : « En réalité, je ne m'appelle pas Becky – je perds la tête –, je suis Geoff » ?

Non, car ce serait leur donner gain de cause. Ils devraient vraiment accueillir les femmes. Pourquoi n'ont-elles *pas le droit* ?

— Je conteste absolument cette règle, je lance. En tant que femme, passionnée de billard et de musique de salon, je trouve qu'il est discriminatoire de m'exclure de ce club. À qui dois-je adresser ma plainte, je vous prie ?

Le type me lance un regard glacial.

— Le directeur est sir Peter Leggett-Davey, m'informe-t-il au bout d'un moment.

— Merci infiniment, je dis en m'inclinant. Je vous suis très reconnaissante, cher monsieur, et vous adresse mes sincères…

Ça m'est juste sorti de la bouche. Sans aucune raison.

— Au revoir, conclut le préposé.

— Au revoir ! Oh, excusez-moi !

Sans le faire exprès, j'ai cogné mon sac contre son bureau. Comme sortie spectaculaire, c'est raté !

Je me dirige vers l'extérieur tout en composant dans ma tête la lettre bien sentie que je vais envoyer à sir Peter Leggett-Davey. Soudain, une main sur mon bras me fait sursauter.

— Jeune femme, vous êtes exceptionnelle ! s'exclame un homme âgé aux yeux brillants. Il est grand et mince, le visage couvert de taches de vieillesse, avec des cheveux argentés un peu longs et, en guise de cravate, un foulard à imprimé cachemire.

— Je vous ai entendue. Et je suis *tout à fait* de votre avis. On se croirait au Moyen Âge dans ce club. J'ai bien essayé de recruter une femme qui soit prête à bousculer ces règlements mais ma nièce ne s'est pas montrée intéressée.

— Moi, je le suis ! Absolument.

— Je me présente : Edwin, dit-il en me secouant la main. *Très heureux* de faire votre connaissance. Me permettez-vous de vous offrir un verre pendant que nous discuterons de votre campagne de recrutement ?

— Vous voulez dire à l'intérieur ? je demande en désignant la grande pièce.

— Bien sûr. En tant qu'invitées d'un membre, les femmes sont admises.

— Très bien. Mais je ne resterai qu'un petit moment car je dois m'occuper de mon shopping de Noël.

— Juste une petite goutte, alors ! fait-il d'un ton de conspirateur.

Il m'emmène au fond du hall sous le regard désapprobateur du vieux préposé tandis que je souris triomphalement. Puis il me fait passer dans la grande pièce pourvue des sièges hors d'âge, du bar à roulettes et de la cheminée.

— Essayons de trouver un coin agréable pour nous asseoir, propose-t-il en regardant autour de lui.

De chaque fauteuil dépassent des jambes d'homme surplombées d'un journal grand ouvert.

— Tout va bien, lord Tottle ? s'enquiert un serveur en tablier.

— Il n'y a plus de sièges libres, s'agace Edwin. Tout le monde est scotché sur place. Tiens, Baines là-bas a l'air d'avoir passé l'arme à gauche. Vous devez *impérativement* empêcher les membres de mourir dans leur fauteuil, Finch.

— Venez par ici, milord, répond sans se démonter le dénommé Finch.

Il nous fait entrer dans une autre pièce et nous installe près d'un feu de bois.

— Voulez-vous que je vous envoie la table roulante avec le sherry ?

— Pour rien au monde ! Nous voulons des boissons correctes. Un gimlet vous tenterait, Becky ?

— Oui ! Formidable ! Merci !

Il n'est pas encore 11 heures mais peut-être qu'une boisson à base de gin et de citron me donnera des ailes pour le reste de la journée.

— Il est dans notre camp, murmure Edwin dès que Finch s'est éloigné. Nous nous battons depuis une dizaine d'années. En vain. Mais cette fois, j'ai un bon pressentiment. Vous allez y arriver. Je vais soumettre votre candidature et je vous trouverai les trois parrains déjà membres dont vous avez besoin.

— Merci beaucoup.

— Je connais la famille Cleath-Stuart mais j'ignorais qu'on lui devait l'invention du billard.

— Oh, c'est un mythe. Ou plutôt, une légende urbaine.

Une fois nos verres servis, Edwin lève le sien pour porter un toast.

— À votre entrée au club ! déclare-t-il. Au fait, seriez-vous d'accord pour que je rédige le brouillon de votre lettre à sir Peter ? Si ce n'est pas trop vous demander, bien sûr. Je sais exactement quels termes employer pour manipuler ce triste sire.

— Mais oui, je suis d'accord. Encore une fois merci.

— Votre candidature sera étudiée au cours de notre assemblée générale en décembre. Êtes-vous capable de parler en public, Becky ? Je serais ravi d'écrire votre brouillon si vous pouvez vous en acquitter avec enthousiasme.

— Sans problème.

Je remarque à cet instant qu'il porte d'extraordinaires boutons de manchettes en émail rose.

— Merveilleux, dit-il en trinquant à nouveau. Je vous envoie les détails de l'opération. Nous allons monter au créneau ensemble. Je me bats contre l'exclusion, ma chère. Et ça ne date pas d'hier. Je serai très heureux de notre victoire. Quel bonheur de tomber sur une ardente partisane des jeux de billard comme vous ! C'est tellement inhabituel. Tellement revigorant.

Cette histoire de billard m'était complètement sortie de la tête !

— Eh bien, vous savez, le billard, c'est juste… comment dire… le billard a tout pour plaire.

Le voilà qui s'emballe.

— Précisément ! Rencontrer une nouvelle aficionada est toujours un plaisir.

Je remarque que ses chaussettes violettes sont assorties à son foulard.

— J'aimerais vous poser une question, je lance d'un air décontracté. La loterie aura lieu quand ?

— La loterie ?

— La loterie de Noël. J'ai vu un avis dans le hall à ce sujet.

— Ah oui ! En général, ça se passe juste après l'assemblée générale. Avec vin chaud et autres joyeusetés. Un moment festif. Espérons que *nous* aurons à fêter l'événement, ma chère, ajoute-t-il avec un clin d'œil.

Je lui souris et j'avale une gorgée de mon gimlet. Tout semble s'arranger. J'assisterai à l'assemblée générale, je lirai le brillant discours concocté par Edwin, deviendrai membre du club, participerai à la loterie et gagnerai la malle-armoire. Et mon cher mari en tombera à la renverse !

À mon arrivée en gare de Letherby, je rayonne de bonheur. Après-midi on ne peut plus réussi. Pas seulement à cause de mon avancée spectaculaire concernant le cadeau de Luke. Je suis retournée chez Hamleys où j'ai acheté une fabuleuse licorne en peluche que Clemmie va adorer. J'ai une longueur d'avance.

En principe, je dois aller chercher Minnie chez Suze. Mais avant, je vais passer par la maison pour cacher la licorne. Précision : j'ai du mal à la transporter tellement elle est encombrante.

— Becky !

Cette voix rauque et familière me fait sursauter. Craig sort de la station et avance vers moi de sa démarche chaloupée. Il porte toujours sa veste fatiguée en cuir et un jean noir couvert d'un genre de graffiti.

— Salut ! Comment vas-tu ?

— On a dû voyager dans le même train sans le savoir. Donne-moi quelque chose à porter, dit-il en me souriant au-dessus de la tête chevelue de la licorne.

— Merci.

Je me débarrasse de l'imposante peluche qu'il examine d'un œil perplexe. Puis il m'emboîte le pas vers la rue principale.

Il n'a pas le même rythme que Luke. En toute chose, d'ailleurs. Il est plus mesuré. Jamais pressé. Je m'en souviens maintenant (à l'époque, ça m'exaspérait).

Il allume une cigarette.

— Tu en veux une ?

— Non merci !

Je le regarde inhaler et rejeter un nuage de fumée avant de demander :

— La vie à Letherby te plaît ?

— C'est exactement ce qu'il me fallait, déclare-t-il, pensif. Un endroit tranquille. Complètement endormi. Au milieu de nulle part. Où il ne se passe rien. Parfait.

Là, il exagère un peu. Il se passe des choses à Letherby. Il y a le magasin du village et la boutique de Suze. Et le pub qui propose un délicieux déjeuner du dimanche. Mais je me contente d'acquiescer :

— C'est probablement ce dont tu as besoin.

— T'as raison ! Ma dernière tournée a duré deux bons mois. Avant ça, je suis resté à Kiev pendant six mois. Et tu connais Kiev… Ils font sacrément la fête dans cette ville.

Kiev ? La seule référence à Kiev qui me vient à l'esprit est d'ordre culinaire. La recette du poulet à la Kiev. Mais pas question de l'avouer.

— Kiev ? je m'exclame en essayant de me faire passer pour une voyageuse cosmopolite. Bien sûr ! Une tuerie. Complètement dingue.

— C'est le nouveau Berlin, s'enthousiasme Craig entre deux bouffées.

— Ouais ! C'est ce que je dis toujours ! Le nouveau Berlin.

— Maintenant, il y a Tbilissi, ajoute Craig. *Encore* une scène du tonnerre.

— Tbilissi ! Absolument ! Incroyable ! Le nouveau Kiev, hein ?

Tbilissi ? Ça se trouve où, au fait ?

Craig m'interroge, l'air intéressé.

— Tu y as été ? Quand ?

Je plisse les yeux comme si j'essayais de me souvenir – et aussi pour gagner du temps.

— Hum… À vrai dire, je ne sais plus. C'était Tbilissi ou Tenerife ? Peu importe !

Et je m'empresse de changer de sujet.

— T'es toujours en contact avec le groupe ?

— Certainement pas ! J'ai définitivement largué cette bande de ratés. Dis donc, Becky, on part à Varsovie ce week-end pour tester un nouveau club. Avec des gars de Blink Rage et d'autres… Tu veux venir ?

Je suis estomaquée. *Il m'invite à faire la fête à Varsovie avec le groupe Blink Rage ?* Pendant un instant, j'y suis, l'œil maquillé en bleu électrique, avec des chaussures époustouflantes (à me procurer illico), à me trémousser sur une musique de fou dans une boîte de nuit. On m'appellerait la « fille aux paupières électriques », mais en polonais...

Et je reviens sur terre. Minnie a danse le samedi. J'ai promis à Suze de surveiller ses enfants toute la journée de dimanche pendant qu'elle va assister avec Tarkie à une messe en souvenir d'un membre défunt de leur famille. En plus, le supermarché doit nous faire une livraison.

— Ta proposition est super. Mais j'ai déjà des engagements. Une autre fois peut-être ?

— Pas de problème, répond Craig à sa manière détendue.

Quelques mètres plus loin, il reprend :

— J'ai souvent pensé à toi, Becky. Je me demandais ce que tu étais devenue.

— Moi aussi.

Archifaux. Mais je ne peux quand même pas lui balancer tout de go que je n'ai quasiment jamais pensé à lui.

Après quelques pas, j'ajoute :

— Alors dis-moi, Craig : je suis telle que tu l'imaginais ?

— Hum ! Honnêtement ? Je te voyais moins plan-plan. Plus contestataire, plus fiévreuse.

Plus fiévreuse ? Comment ça ?

— Plus contestataire ? Mais je le suis. On ne peut plus fiévreuse.

— Vraiment ? Parce que ce que j'ai sous les yeux, c'est une existence rangée dans un village tranquille, avec mari, enfant, fringues en *tweed* et… (coup d'œil sur la licorne)… ce truc-là.

— C'est une licorne.

— Puisque tu le dis !

— C'est seulement une partie de moi, je rectifie. Je suis toujours totalement rebelle. Je suis… Allez, on casse tout ! Subversion ! Révolution !

Je raconte *n'importe quoi* ! Plus personne ne dit « subversion », sauf quelques vieux hippies cacochymes.

— Mais c'est normal, commente-t-il avec un haussement d'épaules. Les gens s'installent. Ils ont des gamins. Ils se ramollissent.

— Pas moi ! je m'écrie.

Et je repousse mes cheveux en arrière dans un pur style fiévreux. Si seulement j'avais un tatouage à dévoiler, comme ça, mine de rien.

— Cool ! dit-il.

Il sourit mais je ne sais pas s'il me croit.

Au croisement qui mène à son cottage, nous nous arrêtons.

— Tu veux que je transporte la licorne jusque chez toi ?

— Non, pas de souci. Ça va aller. Merci. Et la prochaine fois que tu vas faire la foire à Varsovie, invite-moi. Je suis toujours *la même*, tu sais !

— Madame Brandon ?

Toute pomponnée, Jayne, l'infirmière de l'école, s'approche de nous.

Elle passe une main dans la crinière de la peluche.

— Quelle superbe licorne ! Je suis contente de vous croiser car je ne vous ai pas vue à la sortie des classes.

Je suis désolée de vous annoncer qu'il y a des poux à l'école.

Des *poux* ! Et il faut qu'elle m'en parle juste maintenant.

— Merci de me prévenir. Je…

— Nous demandons donc aux parents d'examiner les cheveux de leurs enfants ce soir. Souvenez-vous ! Les lentes sont *blanches* mais les poux sont *bruns*.

Sourire éclatant à l'adresse de Craig.

— Bonsoir !

— Bonsoir ! répond Craig qui a l'air de s'amuser. Bon, je vous laisse. Salut Becky, à la prochaine !

Il nous quitte de son pas balancé. Quelle poisse ! Une conversation sur les poux, ça vous plombe la plus branchée des personnes. Même Kate Moss n'aurait pas l'air cool en parlant de poux.

Finalement, Jayne termine sa leçon sur l'art et la manière d'utiliser un peigne à poux, puis on se dit au revoir. Je continue mon chemin, la licorne dans les bras. Je suis toute chamboulée. Vous savez quoi ? Même dit en passant, le commentaire de Craig m'a fait de la peine.

De : Myriad Miracle
À : Becky Brandon
Objet : Votre nouvelle inscription !

Chère madame Brandon (née Bloomwood),

Bienvenue dans le programme Myriad Miracle !

Nous vous félicitons d'avoir décidé d'adopter la fameuse méthode Style de Vie et Santé mise au point par les meilleurs experts.

Grâce à notre système hi-tech ultra-perfectionné, notre équipe pourra enregistrer et guider votre séquence quotidienne, en surveillant votre niveau d'activité par le biais de notre application interactive. Nous vous enverrons des messages distrayants et encourageants, des conseils nutritionnels et l'Exercice du Jour.

Tous les jours !

Vous avez sélectionné Ultra Miracle qui est le niveau le plus élevé de notre méthode. Formidable ! Cela signifie qu'en plus de nos mails concernant notre diagnostic Style de Vie et Santé, nous soutiendrons vos efforts par de nombreux textos et en vous donnant la possibilité de suivre nos séances sur Skype.

Madame Brandon, vous êtes une personne exceptionnelle. Profitez de la vie. Profitez de votre capital santé. Profitez de la réussite de notre programme Myriad Miracle.

Bien à vous,

Russ Danbuster
(fondateur)

8

Je suis toujours *fiévreuse*. C'est sûr. Enfin, *presque* sûr ? Non ?

Le lendemain, pendant le trajet vers Shoreditch, impossible de m'enlever de la tête cette conversation avec Craig. Impossible d'oublier son regard apitoyé. En sortant de la voiture, je suis dans un tel état que je pose la question qui me tarabuste.

— Luke, tu penses que je suis toujours dans le coup ?

Réponse distraite de mon mari :

— Non, tu es jolie comme un cœur.

Consternation.

— Donc tu penses que j'ai l'air ringarde.

Il sursaute.

— *Quoi ?* Becky, je viens de te faire un compliment. Pourquoi tournes-tu cet hommage en critique, bordel ?

— Tu as dit que je n'étais pas dans le coup. Être dans le coup, c'est *cool*. Tu entends ? *Cool*.

— D'accord, tu as l'air dans le coup. Si je te croisais dans la rue, je dirais : « Ce que cette femme est cool ! »

Hum ! J'ai comme l'impression qu'il se fiche de moi. Alors que nous nous dirigeons vers l'immeuble, je guette mon reflet dans les vitres des voitures. D'accord : je ne suis plus une étudiante. Je ne fais plus la fête tous les soirs. Mais à part ça, suis-je complètement ringarde ?

Ma nouvelle combi-pantalon en satin est assez tendance. Il faut que je la mette plus souvent (à condition de trouver des bandes adhésives plus collantes). Oui, mais quid de ces boots à gros talons que je porte avec mon jean skinny ? Confortables. Pratiques. Des boots de mère de famille plan-plan. Une horreur ! Je dois changer. Transformer mon look avant qu'il soit trop tard.

— Dis, Luke ? Ça te dirait d'aller passer un week-end à Varsovie ?

— À *Varsovie* ? Pourquoi ? Il y a un nouveau centre commercial là-bas ?

— Pas du tout ! Simplement, on pourrait aller dans des clubs. Pour la scène techno underground. LL Dee passe au Luzztro ce week-end. Tu le savais ? Elle met le feu, il paraît.

— De qui tu parles, Becky ?

Il est perdu, c'est clair. Du coup, je suis carrément frustrée. Voilà que je m'efforce d'être dans le coup et mon mari n'a jamais entendu parler de LL Dee.

Bon, d'accord ! Je n'avais jamais entendu parler d'elle non plus. Jusqu'à ce que j'aille sur Google hier soir. Mais au moins, moi, j'ai fait l'effort.

— Je suis surprise que tu ne connaisses pas LL Dee. Tu travailles dans la com, quand même. Tu devrais être au courant de ce qui se passe dans le monde d'aujourd'hui.

— Je suis dans la communication financière, chérie, réplique-t-il poliment. Les DJ technos ne font pas partie de mes centres d'intérêt professionnels.

Franchement ! Quelle étroitesse d'esprit ! Je suis sur le point de le sermonner mais je m'arrête net. Légèrement perturbée. Comme des centaines de fois depuis qu'il est rentré de Madrid avec une moustache ressemblant terriblement à… une vraie moustache.

J'essaye de me montrer tolérante. Vraiment. Je me dis tout le temps que c'est pour la bonne cause. Mais quel dommage que cette œuvre de bienfaisance ait choisi la moustache !

Celle de Luke n'a pas fini de pousser. L'air de rien, je n'arrête pas de l'examiner pour deviner la forme définitive qu'elle prendra. Style chenille ébouriffée ? Genre filiforme et distinguée ? Je regarde tous les types de moustaches sur Google pour repérer celle que je préfère. Mais vous savez quoi ? Jusqu'à maintenant, je les hais toutes.

— Mamaaan ! Regarde le lapinou, s'égosille Minnie en montrant du doigt une femme aux cheveux teints en rose qui marche énergiquement vers nous avec une poussette. Dans la pouchette, maman ! Dans la *pouchette* !

Minnie a raison. La femme promène un lapin vivant dans une poussette. Doux Jésus ! Je les regarde passer et j'échange un regard avec Luke. Ce n'est pas à Letherby qu'on tomberait sur une bizarrerie pareille.

Se trouver à Shoreditch, où je ne suis allée que quelques fois, c'est comme être catapultée en terre étrangère. Avec ses immeubles en briques rouges, ses murs couverts de graffitis, sa multitude de boutiques originales et ses lapins en poussette, le quartier ressemble davantage au Meatpacking District de New York qu'à un quartier de Londres.

Mes parents vivent dans un endroit plus branché que le mien. À mon avis, c'est contraire aux lois de la nature. Car en principe les parents devraient être *moins* cool que leurs enfants.

Peut-être devrions-nous déménager à Shoreditch. Ou à Dalston, le nouveau quartier incontournable. Et si je cherchais sur mon téléphone *les adresses les plus stylées de la capitale* ? Mais je m'abstiens parce que, au fond, je n'en ai pas envie. Minnie est vraiment heureuse dans son école. Et puis c'est génial d'être si près de Suze. En plus, rien ne m'empêche d'être cool à Letherby – si ?

— Ces cadeaux sont pour tes parents ? interroge Luke après un coup d'œil aux deux paquets que je porte.

— Le champagne, oui ! Mais l'autre est un cadeau de bienvenue pour Jess, je dis en montrant le plus petit pochon carré. C'est une lotion pour le corps aux herbes.

— Un cadeau pour Jess ? Ce n'est pas une entreprise un peu périlleuse ?

— C'est vegan. Fabriqué dans une coopérative. Elle va *forcément* apprécier.

Je sais pourquoi Luke plaisante. Dans le passé, il m'est arrivé de me tromper. Par exemple quand je lui ai offert un mascara ultra-performant. Au lieu de me remercier avec effusion, elle m'a gratifiée d'un sermon sur l'effet délétère des cosmétiques sur l'environnement.

Mais aujourd'hui, je lui ai choisi un cadeau sans risques : vegan, écologique, à la consistance boueuse et couleur vert nature. Je suis assez fière de moi.

— On y est, annonce Luke devant une porte à deux battants. The Group.

C'est le nom de l'immeuble où mes parents habitent désormais. On dirait une usine désaffectée. Avec des encadrements de fenêtre en métal noir, des arches en brique et une peinture murale représentant des éléphants. La façade m'impressionne.

— Eh bien, commente Luke. Tes parents ont fait un bon choix. C'est superbe.

— Étonnant !

Il lit à haute voix un écriteau.

— « Vie, travail, détente. Le co-living d'aujourd'hui. » Tu as vu une sonnette quelque part ?

Je cherche où peut bien se trouver le bouton. Soudain la porte s'ouvre et maman surgit.

— Ah ! Vous voilà ! Bienvenue ! Janice et Martin sont déjà arrivés. Jess aussi, bien sûr. Papa est en train de préparer des espresso martinis.

Des espresso martinis ? Je rêve ! Depuis quand papa connaît la recette de ces cocktails à base de café et vodka ? Je suis sur le point de poser la question quand je remarque la tenue de maman : un pantalon bouffant orange qui pourrait appartenir à un moine bouddhiste. Il est accompagné d'un tee-shirt portant la mention *Bitch Don't Kale My Vibe*.

J'hallucine.

Maman note mon étonnement et s'ébroue.

— Tu aimes mon pantalon, ma chérie ? Je l'ai acheté sur un stand de fripes dans Brick Lane. Mais venez ! Je vais vous montrer notre nouveau chez-nous.

Elle nous entraîne dans le hall : briques apparentes, profusion de rivets métalliques et des inscriptions en néon qui proclament *Work, Play* et *Chill*.

— Ici, c'est un de nos espaces de détente…

Elle nous fait entrer dans une pièce envahie de canapés bas et de *beanbags*, ces poufs remplis de billes de polystyrène. L'éclairage est tamisé et on entend une musique douce. Dans un coin, un jeune à dreadlocks a l'air de dormir. Minnie se rue immédiatement sur un *beanbag* mais Luke l'attrape juste à temps.

— Pardon de te déranger, Kyle, murmure maman, un tantinet théâtrale, en refermant la porte. Ces poufs sont super. Ils soulagent mes cors au pied ! Et maintenant, le jardin des loisirs…

Elle nous fait longer un couloir et ouvre la porte sur une terrasse sympa garnie de canapés d'extérieur, de plantes suspendues et d'une cheminée.

— Waouh !

— Oui, très agréable, acquiesce maman. Il y a des ruches sur le toit. Et de ce côté, un râtelier dans lequel ton père range son monocycle.

— Son *quoi* ?

— Il fait un stage d'initiation dans un cirque local. Très distrayant. Et voici The Space.

Un grand espace éclairé par de multiples velux et occupé par une immense table en bois. Une dizaine de personnes travaillent sur leurs ordinateurs avec des écouteurs. Certains lèvent la main et disent bonjour à maman.

— Salut, Lia, répond maman. Salut, Tariq. Je vous présente ma fille Becky, son mari Luke et ma petite fille Minnie.

— Hello, la compagnie ! je lance en me fendant d'un grand sourire.

— Un petit conseil, mon chou, me souffle maman. Personne ne dit *hello* ici. C'est un peu démodé. On dit *salut*.

— Compris !

— Ils sont dans quel business ? demande Luke.

— Surtout des start-up. D'ailleurs, papa et moi, nous pensons en lancer une petite. Pour occuper notre temps libre. C'est LE truc du moment.

— Bonne idée, commente Luke qui se retient pour ne pas sourire.

— Il est temps de monter, décide maman en nous conduisant dans un vieil ascenseur bruyant. On boit un verre d'abord. Ensuite nous avons une réservation pour le brunch. Jess est impatiente de te voir. Elle en *meurt* d'envie.

— Elle a vraiment dit ça ? Parce que ce n'est pas sa manière habituelle de s'exprimer.

— Peut-être pas dans ces termes, avoue maman. Mais je parie que c'est ce qu'elle pensait.

OK. Quand elles retrouvent leur demi-sœur après une longue absence, *certaines* personnes se précipitent pour l'embrasser. Mais je connais ma Jess par cœur. Quand nous pénétrons dans l'appartement, elle se contente de lever les yeux, puis de tendre la main avec un « Bonjour, Becky » prononcé d'une voix calme et monocorde.

Franchement, elle croit quoi ? Que je vais répondre de la même façon ? Et que nos effusions s'arrêteront là ?

— Jess !

Malgré elle, je la serre fort contre moi. Elle est encore plus maigre et musclée que d'habitude. Et bronzée, avec des cheveux décolorés par le soleil.

— Où est Tom ?
— Il n'est pas là.
— Pour quelle raison ?
À mon grand étonnement, elle tressaille.
— Il avait plusieurs choses à terminer au Chili, explique-t-elle en évitant mon regard. Tu te souviens qu'il travaille pour un organisme de bienfaisance ? Il viendra dès qu'il pourra. Il a hâte de voir ses parents, donc…
Elle s'arrête comme si elle ne savait plus quoi dire. Pas du tout son genre, non plus.
— D'accord ! C'est dommage que vous ne puissiez pas voyager ensemble.
— J'avais déjà accepté de donner une série de conférences à Londres sur les roches ignées, réplique-t-elle. Impossible de changer les dates.
J'opine du bonnet comme si les roches ignées n'avaient aucun secret pour moi.
— Très bien ! Ravie de te revoir sur le sol anglais !
— Tante Jess ! s'enthousiasme Minnie en lui enserrant les jambes pendant que Luke lui plaque une grosse bise sur la joue.
Jess rougit un peu. Elle est plus heureuse de cet accueil qu'elle ne veut bien le montrer. Au fond, elle a peut-être besoin qu'on la force un peu.
— Comment s'est passé ton vol ? je demande. Tu es en plein décalage horaire ? Ah, j'ai un petit cadeau de bienvenue pour toi…
Je lui tends mon paquet. Tandis qu'elle commence à l'ouvrir, je jette un coup d'œil autour de moi. La pièce à vivre comporte de grandes baies vitrées qui courent du sol au plafond, un canapé en velours bleu canard,

de superbes luminaires contemporains disposés çà et là ainsi qu'un bar en cuivre. Mon père, en jean délavé et tee-shirt de sport gris à manches longues, mixe les espresso martinis. Perchés sur des tabourets industriels, Janice et Martin l'observent.

Deuxième hallucination ! À ma connaissance, papa ne porte jamais de tee-shirt à manches longues ni de jean. Généralement, sa tenue la plus relax consiste en un polo à manches courtes.

— Bravo pour votre nouveau nid ! je dis en lui donnant la bouteille de champagne. C'est superbe !

— Tu l'aimes, ma puce ?

— C'est tellement *différent* !

— Ah ça oui, pour être différent, c'est différent, fait remarquer Janice d'une voix tremblante.

Sur le tabouret industriel, son ensemble en tissu à fleurs avec jupe plissée semble assez incongru. Elle-même jette des regards nerveux autour d'elle. On la croirait perdue au milieu du désert de Gobi.

— Goûte-moi cet espresso martini, Martin ! propose papa.

Ledit Martin inspecte son verre avec méfiance avant d'avaler une timide gorgée.

— Très rafraîchissant, déclare-t-il après un instant.

— Pour toi, Minnie chérie, il y a un jus de fruit.

Ravie de l'aubaine, Minnie s'empare du gobelet, s'assied par terre en tailleur et commence à boire.

— Et pour toi, Janice, c'est un gin-tonic, n'est-ce pas ? Quelle sorte de gin tu veux ?

Janice écarquille les yeux comme s'il lui posait une question piège.

— Quelle sorte de gin ? Du Gordon's, comme d'habitude.

— Allez ! Sois plus aventureuse ! la gronde gentiment papa. L'autre soir, nous sommes allés à une dégustation de gin artisanal. Essaye celui-ci : il est distillé au Japon.

— Délicieux, j'en suis sûre.

Tout en regardant papa découper des rondelles de concombre, Janice ajoute :

— Vous nous manquez beaucoup au club de bridge. Tout le monde déplore votre absence, vous savez.

— Nous nous sommes mis au poker, claironne maman en ouvrant un paquet de chips de betterave.

— Au poker ! Seigneur ! s'exclame Janice.

Jess, la bouteille de lotion pour le corps à la main, s'approche de moi.

— C'est gentil, Becky ! me remercie-t-elle.

— Tu es contente ? je demande, impatiente de lire sur son visage des signes de satisfaction. C'est un produit vegan dans un flacon en verre recyclé. Quant à l'emballage, c'est du carton équitable.

Elle approuve d'un mouvement de tête.

Quand même, elle exagère ! Ne pourrait-elle pas, *pour une fois*, manifester un peu de joie et me serrer contre elle ?

— Jess, je sais que tu es contre le consumérisme. Mais pas de problème avec cette lotion : elle est fabriquée par un collectif de femmes.

— Oui, j'ai lu l'étiquette. Bonne initiative.

Je fixe son visage sans expression en espérant qu'elle s'exprime davantage. C'est ridicule de ma part, *je sais*, mais je désire son approbation. Je veux qu'elle s'exclame : « Waouh Becky, quel cadeau parfait ! » Alors je continue mon boniment avec un petit rire nerveux.

— Tu dois admettre que mon choix est respectueux de l'environnement et qu'il coche toutes les cases. Rien à redire.

Elle va pour répliquer puis s'arrête.

— Quoi ? je dis.

— J'apprécie beaucoup ton cadeau, Becky. Tu es généreuse et pleine d'attention. Comme toujours. Je t'en remercie. Quoi de neuf chez vous ? demande-t-elle en posant la lotion sur une table. Minnie aime son école ?

Elle esquive le sujet. C'est clair.

— Jess, dis-moi ce qui cloche avec mon cadeau.

Elle soupire.

— Le packaging pose un problème. Tu as vu le film en plastique qui entoure la boîte ?

— Il est complètement recyclable, j'objecte. Recyclable à 100 %. J'ai vérifié.

Regard impénétrable de ma sœur.

— Nous n'avons pas les moyens de recycler tous les plastiques. À cause de cette surconsommation, la pollution dévaste notre planète. C'est catastrophique. Cela dit, je te remercie. C'était très sympa de ta part.

Je suis consternée. *Génial !* Chaque fois que je me crois à la hauteur de l'engagement éthique et durable de Jess, elle se montre plus radicale encore. Pour Noël, je vais lui offrir un truc tellement écoresponsable qu'elle n'en reviendra pas. Elle en sera… verte !

Le bourdonnement de l'interphone se fait entendre.

— Bonjour, Suzie ! s'écrie maman dans l'appareil. Monte ! Au troisième !

— Eh bien, Luke, je vois que tu ne te rases plus complètement, remarque papa. Très actuel. Tu aimes la moustache de ton mari, Becky ?

Sa question me prend par surprise. Tout le monde m'observe. Merde alors ! Il faut que je me montre solidaire.

— Luke fait ça pour la bonne cause. Une œuvre de bienfaisance formidable, j'explique en évitant de répondre vraiment. On doit soutenir son implication.

— Pour Noël, nous allons t'offrir de l'huile pour moustache, annonce Janice.

De l'huile pour moustache ? Mon sourire se transforme en rictus de dégoût.

— D'ici là, il l'aura rasée, j'avance un peu trop vite.

— C'est ce qui était prévu, dit Luke en lissant timidement sa moustache. Maintenant, si Becky l'aime...

Si je l'aime ?

— Tu aimes sa moustache, ma puce ? s'enquiert maman.

Là, je suis dans l'embarras. Je ne veux pas paraître négative. Mais impossible d'avouer que j'y suis favorable. Un mari et une femme ne doivent jamais parler moustache en public. Sujet trop intime. Manquement total aux règles de la bonne éducation.

— Tu m'as dit l'autre jour que tu aimais bien, dit Luke.

— Oui, oui, j'ai sans doute dit ça.

— Puisqu'on évoque Noël, parlons donc de l'organisation, lance maman en nous tendant nos verres d'espresso martini.

— Attendons Suze ! Les Cleath-Stuart seront avec nous.

— Épatant ! Quelle belle fête en perspective ! Tu entends, Graham ? Pas de cuisine à préparer, pas de décoration à prévoir. Becky se charge de tout.

— De *tout* ?

D'accord, j'ai bien compris que la fête de Noël se déroulera chez moi. Mais maman ne va-t-elle pas participer un peu ? Ou… beaucoup ?

— Ma puce, on ne veut surtout pas être dans tes pattes ! C'est ton Noël.

Avant que je puisse rétorquer : « Mais on peut se partager les tâches », la sonnette retentit et papa ouvre la porte.

— Bienvenue dans notre nouveau foyer, ma chère Suze, dit-il.

Suze inspecte l'endroit, les yeux ronds comme des soucoupes.

— Waouh ! Super waouh ! Quel appartement ! Et Jess, tu es là : quel bonheur ! Et vous, Jane, je vous félicite pour votre tenue ! Et toi, Luke, tu as une *moustache* ? ajoute-t-elle, comme si c'était la surprise du siècle.

— Becky l'aime beaucoup, commente Janice.

— *Vraiment ?* fait Suze, ébahie.

Je m'éclaircis la voix avant de rectifier :

— Pour le moment. Je l'aime en ce moment. Mais on peut aimer les choses pendant un laps de temps et puis changer d'avis. Ça arrive souvent.

— Alors là, réagit Suze, si je m'attendais à… Enfin, bravo, Luke ! C'est vraiment… Euh… Comment dire ? C'est juste… waouh !

Nous nous dirigeons maintenant vers le restaurant où nous avons réservé pour le brunch. Minnie me tient par la main et, avec Suze et Jess, nous sommes un peu à la traîne. Les autres nous ont devancées.

— Tu as vu ce qui est écrit sur le tee-shirt de ta mère ? demande Suze.

Elle semble au comble de la stupéfaction. Un peu comme moi, d'ailleurs.

— Oui. Dieu merci, Minnie ne sait pas lire.

— Et ces espresso martinis !

— Et ces *démonstrations de cirque* !

Juste avant de partir pour le brunch, papa nous a gratifiés de quelques jongleries exécutées avec son nouveau diabolo. Nous avons applaudi et bissé. À noter : quand le diabolo a heurté la tête de Martin, Janice n'a poussé qu'un seul cri.

— Tout le monde devrait s'installer à Shoreditch, déclare Suze. C'est l'endroit où il faut vivre.

Jess, jusque-là silencieuse, lance tout d'un coup :

— C'est vraiment généreux de la part de Jane et Graham de me laisser leur maison. Ils n'étaient pas obligés.

— Ça leur faisait plaisir. En plus, ils sont ravis ici. Pour eux, c'est une aventure. Tu sais quand Tom va arriver ? je poursuis pour alimenter la conversation.

Cette fois encore, Jess tressaille.

— Je n'en sais rien. Dès qu'il… Non, finalement, je n'en sais rien. Rien du tout.

Réponse bizarre. Elle serre les mâchoires et regarde fixement devant elle. Suze a l'air aussi perplexe que moi.

— Comment marche son boulot au Chili ? je demande.

— Bien.

— Du nouveau pour l'adoption ?

— Rien du tout.

Son visage se ferme et ses poings se crispent.

Moi, c'est mon cœur qui se serre. Ma sœur est encore plus laconique qu'à l'accoutumée. Ses yeux sont tristes. Bien que nous ne soyons que demi-sœurs, nous sommes souvent sur la même longueur d'onde. Exemple ? Un jour, nous avons commandé exactement le même placard : le sien pour abriter ses minéraux, le mien pour ranger mes chaussures. Je la connais bien. Et je suis persuadée qu'il y a un malaise entre elle et Tom.

Je la regarde avec inquiétude, et aussi une envie folle de passer mon bras autour de ses épaules et de lui demander ce qui ne va pas. De lui demander s'il y a un problème avec Tom, de la rassurer en lui disant qu'il a toujours été un peu spécial.

Mais comment va-t-elle réagir ? Elle est plutôt du genre mutique, ma sœur. Mieux vaut la prendre avec des pincettes.

— Au fait, Suze, dit Jess en regardant toujours fixement devant elle, je ne t'ai pas vue depuis ta… ton accident. J'ai été désolée de l'apprendre.

— Merci. C'était… tu sais… un des événements que la vie réserve, dit Suze en m'adressant un petit sourire accompagné d'un clin d'œil.

Pendant que nous marchons en silence, je parie que nous pensons toutes les trois à la maternité. « Aurons-nous un jour un autre bébé, Luke et moi ? » je me demande avec une pointe de mélancolie. Et comme je me sens aussitôt coupable vis-à-vis de Minnie, je lui serre fort la main, comme pour lui prouver que je l'aime.

Je me dis soudain que la préoccupation de Jess n'a rien à voir avec l'adoption d'un enfant. Elle est concentrée sur Tom. « Comment vais-je annoncer à la famille que Tom et moi sommes séparés ? » Voilà certainement ce qu'elle pense.

Dérangeante, cette nouvelle ? Oui ! Surprenante ? Pas vraiment. Vivre si loin doit être difficile pour leur couple. En plus, ils bossent dur. Tom est sans doute entouré de jeunes bénévoles sexy en short kaki (je suppose). Il est peut-être tombé amoureux de l'une d'elles.

Ou c'est Jess qui s'est entichée d'un gars en short kaki. Ou d'une *fille* en short kaki ?

Tout est possible en fait.

Dois-je aborder le sujet avec elle ? Non ! Elle vient d'arriver. Sa famille est réunie. Je vais l'emmener boire un verre un de ces soirs et lui parler en tête à tête. Une discussion entre filles, sympa et relax. Elle s'épanchera sûrement.

— Bex, tu n'es vraiment pas en forme. Tu es tout essoufflée, me lance Suze.

— Je pensais à des… trucs.

Jess devine-t-elle l'empathie que j'éprouve à son égard ? Pas évident vu le conseil qu'elle me donne.

— Tu devrais essayer un entraînement de gym intensif, Becky. Et ne pas rater les exercices de cardio.

Mon empathie s'évapore instantanément. Elle a tout faux. Je fais des tonnes d'exercices de cardio.

— Tu te trompes, Jess. J'ai un coach personnel en ligne. J'ai souscrit à un programme d'exercices sur mesure.

— Eh bien, s'exclame Suze, je ne savais pas !

— C'est que, pour Noël, j'ai acheté une nouvelle robe. Un modèle d'Alexander McQueen, pour trois fois rien.

— Alexander McQueen ?

— Oui. Elle est juste un peu trop serrée. Pour pouvoir rentrer dedans, j'ai engagé un coach personnel. Opération à 100 % gagnante. Car *en plus*, c'est excellent pour ma santé.

Froncement de sourcils de Jess.

— Combien coûte ce programme ? Tu ne crois pas que tu aurais dépensé moins en achetant une robe à ta taille ? Ou, mieux encore, en projetant de porter une robe que tu as déjà dans ton placard ?

J'avais oublié la vilaine habitude qu'a ma sœur de poser des questions énervantes et d'attendre les réponses sans un battement de paupières. Dans la foulée, elle va me dire : « Pourquoi ne fais-tu pas une centaine de pompes par jour ? », ou : « Pourquoi ne vis-tu pas de pommes de terre et d'eau fraîche ? »

— La santé n'a pas de prix, je déclare doctement. C'est un investissement.

À l'entrée du restaurant, maman nous fait de grands signes.

— Nous y sommes. Venez par ici !

— Attends, Bex, j'ai un truc à te dire, lance Suze. Jess, ça ne t'ennuie pas d'emmener Minnie à l'intérieur ?

Une fois ma sœur et ma fille dans le restaurant, Suze me demande à mi-voix :

— Tu aimes *vraiment* la moustache de Luke ?

— Non, je la hais ! Mais je soutiens son initiative.

— Compris, Bex !

En entrant dans le restaurant, elle décoche à Luke un magnifique sourire.

— Au fait, Luke, félicitations ! Ta moustache est fabuleuse.

Passer commande nous prend des heures. En partie parce que Janice n'arrive pas à prononcer le mot « chia », que Martin ne veut pas de curcuma dans son smoothie à la mangue, que maman désire une dose supplémentaire de spiruline dans tout, y compris dans son thé. En habitué sûr de son choix, papa demande de la purée d'avocat sur une tranche de pain au levain. Ce qui arrache à maman le commentaire suivant :

— Ton père mange de l'avocat tous les jours, Becky. Tu te rends compte ? Tous les jours !

Finalement, le serveur tourne les talons et nous commençons à boire nos cafés et jus de fruits. Minnie s'affaire sur son livre de coloriage, *Le Grincheux qui voulait gâcher Noël*. Je viens de lui assurer que le Grincheux n'a pas besoin d'être vert mais qu'il peut être rose (nous n'avons pas de crayon vert) quand maman fait tinter sa fourchette sur sa soucoupe pour attirer notre attention.

— Chers tous, bienvenue à Shoreditch et merci de vous être déplacés pour voir notre nouvel appartement.

Applaudissements. Elle poursuit :

— Et maintenant, je vous confie à Becky qui, cette année, nous recevra pour Noël. Becky, ma chérie, c'est ton Noël. Ton jour. Fais ce qu'il te plaît ! Nous ne nous mêlerons de rien. Un seul impératif : nous regarderons le discours de la reine à la télé.

— En tant que républicaine, je boycotterai le discours de la reine ! s'écrie Jess en levant la main. Mais je comprends : vous êtes favorables à la monarchie avec ses traditions aussi toxiques que répressives. Vous me préviendrez quand ce sera terminé.

— Du moment qu'on a de la dinde..., intervient Martin en riant nerveusement. J'adore manger de la dinde le jour de Noël.

— Une année, la sœur de Martin a servi de la tourte au poisson, chuchote Janice sur un ton affligé, comme si elle racontait un meurtre commis dans la famille. De la tourte au poisson au menu de Noël ! Pas croyable, hein ?

J'y vais de mon petit discours rassurant.

— Je vous assure que nous aurons de la dinde. Et pour Jess, je promets même une dinde vegan.

Je l'ai trouvée en ligne. C'est à base de soja et de champignons, en forme de dinde avec les pattes et tout.

— Merci, Becky, c'est une gentille attention, dit Jess.

— Et j'adore la farce. Des quantités de farce. Et des feuilletés à la saucisse, énumère Martin.

— Et de la sauce au pain, continue papa.

Janice ajoute son grain de sel.

— Et des choux de Bruxelles avec des marrons. Dans son émission culinaire, Delia Smith a donné une recette excellente, Becky. Je vais te l'envoyer.

— Non, non, non, rectifie maman. Les choux de Bruxelles doivent être préparés simplement. Juste bouillis et servis avec un peu de beurre.

— Pas de beurre pour moi, prévient Jess.

— Vous aurez tout ça. Et un pudding. Et un gâteau et… euh…

Quoi d'autre ? Je suis à court d'idées.

— N'oublions pas les crackers, lance Suze. Je les achète. À moins que tu veuilles t'en charger, Jess.

— Les crackers de Noël posent un problème, explique Jess sans se démonter. Les petits jouets qu'ils contiennent sont en plastique et contribuent à détruire la faune et notre écosystème. Maintenant, si vous le désirez, j'en apporterai.

— Si tu veux, fait Suze un peu ébranlée. Mais on peut aussi s'en passer.

— Je trouverai des crackers écolos, j'annonce.

— Avec Martin, on a pensé à une pinata, propose Janice. Les enfants adorent !

— Une pinata pour Noël ?

— Nous avons regardé l'émission *Noël autour du monde*. Ça passe l'après-midi sur BBC2. Très instructif. Les Mexicains fêtent Noël avec une pinata. Pourquoi pas nous ?

— Euh...

— On aimerait bien célébrer aussi la Sainte-Lucie, persiste Janice. C'est facile : on se met des bougies autour de la tête, un peignoir blanc, et on chante des chansons suédoises.

— Superbe ! Je suis pour un Noël international ! s'enthousiasme maman.

— C'est de l'appropriation culturelle, grince Jess.

— Ça ne l'est pas si on emprunte les coutumes de *toutes* les cultures, contre-attaque maman.

— Le sapin de Noël est une tradition allemande que le prince Albert a apportée en Angleterre, rappelle papa.

— Justement, les arbres de Noël sont problématiques, assène Jess.

Mais à mon avis, personne n'a fait attention à sa sortie.

— Jésus n'était pas britannique, dit Janice. Loin de moi l'idée de manquer de respect, mais il ne l'était pas.

Elle nous regarde à tour de rôle comme pour tester nos réactions.

— Il est évident que Jésus n'était pas britannique…, commence Luke.

— Eh bien, vous voyez ! triomphe maman. Nous pouvons avoir une pinata. Becky, mon chou, tu sais où t'en procurer ?

— Bien sûr !

J'attrape mon carnet de Noël où j'inscris : *pinata, bougies, chants suédois ?*.

Jess insiste, hausse la voix.

— Les arbres de Noël posent un problème. Il y aurait une meilleure option : décorer un objet qui se trouve déjà dans la maison. Un balai, par exemple.

Et, s'adressant à moi :

— Tu peux le décorer avec du matériel recyclé, comme des vieilles boîtes de conserve façonnées pour leur donner des formes festives.

Un *balai* ? Pas question d'appeler « arbre de Noël » un balai orné de boîtes de conserve. Hors de question !

Voyant ma tête consternée, Luke intervient fermement.

— Je suis sûr que nous pouvons trouver un compromis.

— Et les cadeaux ? demande Suze. Si vous avez des idées, elles sont les bienvenues. Je ne sais *jamais* quoi offrir.

— Moi, j'offre à chacun un relooking, annonce fièrement Janice. D'accord, l'effet de surprise est raté, mais au moins, vous savez que vous serez magnifiques.

J'échange un regard stupéfait avec Suze.

— Waouh, dit-elle, ça a l'air… Tu pourrais être plus explicite, s'il te plaît ?

— Pour les filles, je ferai un contouring. Et pour les hommes, un soin exfoliant et un masque. J'apporterai tout mon matériel.

— Super ! je marmonne. Fabuleux !

Janice m'a déjà gratifiée de son fameux maquillage spécial. D'abord, elle m'a dessiné des espèces de rayures sur le visage comme si elle effectuait le marquage d'une autoroute. Ensuite, elle m'a collé du ruban adhésif sur les yeux pour donner « une ligne bien précise » à mon ombre à paupières. Je précise que dans l'opération j'ai dû perdre quatre épaisseurs de peau.

Mais bon, c'est sympa de sa part. Et puis, elle a peut-être fait des progrès.

— Et vous savez quoi ? complète Janice. Jess et Tom vont nous offrir des présents zéro déchet. Jess m'a mise dans le secret. C'est tellement créatif.

— Dis-nous ce que c'est, Jess !

Impossible de camoufler l'intonation provocatrice de ma voix. D'accord, je ne devrais pas. Mais je veux la prendre sur le fait. Quelle qu'elle soit, je vais qualifier sa réponse de « problématique ». Même s'il s'agit d'un panier en chanvre provenant d'une boutique de charité. Je secouerai la tête d'un air navré en disant : « Mais Jess, tu as pensé aux dépenses énergétiques de cette boutique ? »

— Sans trop en dire, je peux quand même vous révéler ce que c'est. Tom et moi, nous allons vous offrir à chacun… un mot.

Un *mot* ? Alors là, j'en reste sans voix.

— Tu veux dire un mot gravé sur un panneau de bois décoratif ? interroge maman.

— Non, simplement un mot. Nous vous dirons un mot à haute voix et ce sera notre cadeau.

Suze, sidérée :

— Seigneur ! Je n'ai jamais…

— Un peu difficile à empaqueter, plaisante papa.

— Il sera enveloppé d'importance, rétorque Jess sans s'émouvoir.

— Bien sûr, dit papa un peu gêné.

Je retrouve ma voix.

— Vous allez nous offrir quels mots ?

— Les dévoiler serait gâcher l'effet de surprise. Pour chacun de vous, nous avons choisi un mot différent en rapport avec… (Elle regarde autour de la table et hésite.) Enfin voilà ! C'est notre idée.

Quel mot me réserve-t-elle ? Suspense intolérable. Pourvu que ce soit un mot gentil.

Pourvu que ce ne soit pas « facture Visa ».

Non, ça fait deux mots. Ouf !

Subrepticement, Suze s'est approchée de moi, sa tasse de café à la main.

— Un mot comme cadeau ? me glisse-t-elle à l'oreille.

— Oui, tu peux faire confiance à Jess pour remporter le prix du cadeau le plus vertueux.

— Pourquoi, au lieu de jouer la consommation futile, on n'offrirait pas nous aussi des cadeaux zéro déchet ? Tu vois ?

Elle attend ma réponse. Pourquoi n'y ai-je pas pensé avant ?

— Oui ! Mais quoi ? En tout cas, pas un mot. On donnerait l'impression de copier Jess.

— Non, mais peut-être… On pourrait écrire une chanson pour chacun et la chanter. Ça serait notre surprise de Noël.

— Quoi ? T'es folle, Suze ?

— Ou alors créer des choses à partir d'objets trouvés ? Marrant, non ?

— *Marrant ?*

J'essaye d'imaginer une façon aimable de dire à ma copine que son idée n'a rien de marrant. Tout d'un coup, j'ai une inspiration.

— Trouvé ! On va offrir quelque chose qu'on possède déjà. C'est équitable, proactif, minimaliste. Un truc bien, hein ? Pas un nanar dont on veut se débarrasser.

— Bravo, Bex ! Tu es la meilleure !

Silence. Je suis déjà en train de passer mentalement en revue la penderie de Suze. Elle a des tonnes de fringues divines. Et si elle m'offrait son manteau violet entièrement rebrodé ? Non ! Trop précieux ! Mais *peut-être* qu'elle…

Je la regarde : elle a l'air aussi concentrée que moi.

— Suze, dis-moi ce que tu aimerais. Quelle que soit ta réponse, c'est à toi.

— Non ! Pas question de choisir. C'est contraire à l'esprit de Noël.

— Pas même un indice ?

— Non ! Peu importe ce que tu choisiras, Bex ! Je serai ravie de toute façon.

Pourtant elle affiche toujours une petite mine préoccupée. Elle pense à quoi ? À mes nouveaux escarpins argentés ? Ou… non ! Mon sac imprimé léopard ?

Comment savoir ? Je vais peut-être lui offrir plusieurs choses.

Le serveur interrompt nos spéculations.

— Smoothie à la mangue, latte au soja, avocado toast…

— Je ferais mieux de retourner à ma place, dit Suze. Bon appétit, ma Bex !

Tandis que le serveur dépose les plats sur la table, je reprends mon carnet. Avant de tout oublier, je note : *cadeau Suze, farce dinde, sauce au pain, crackers écolos, sapin écolo (mais* PAS de *balai !)*. Puis je reste le stylo en l'air.

Comment on fait la sauce au pain ? Comment transformer la mie en un jus onctueux ? Mystère et boule de farine. À chaque repas de Noël, cette sauce qui accompagne traditionnellement la dinde apparaît comme par miracle à table, dans une saucière. Autre prise de tête : où trouver un sapin green ?

Tant de complications !

C'est le moment que choisit Luke pour tirer une chaise à côté de moi.

— Tout va bien, Becky ?

Je réponds machinalement « Oui » avant de me souvenir des feuilletés à la saucisse et de les ajouter dans mon carnet. J'inscris ensuite *feuilletés vegan*, si une telle chose existe. Et sans le vouloir, je pousse un énorme soupir.

Luke, qui a remarqué mon air soucieux, me tranquillise à voix basse :

— Ne te fais pas de bile, Becky ! Rien de tout cela n'a d'importance. Si on n'arrive pas à trouver des feuilletés à la saucisse, Noël ne sera pas raté pour autant.

Je lui adresse un sourire reconnaissant.

— Mais je veux que tout le monde soit content…

— Tout le monde sera content, je t'assure. Poupinette, prête-moi ton livre de coloriage une seconde, s'il te plaît.

Il ouvre *Le Grincheux qui voulait gâcher Noël* à la page où tous les personnages se tiennent par la main en chantant sans se soucier des méfaits du Grincheux. Ma page préférée.

— Ça, c'est Noël, assure-t-il en désignant la ronde joyeuse des personnages. L'important, c'est la famille et les amis réunis pour le célébrer. Pas les cadeaux. Pas les pinatas. Les gens !

— Je sais mais…

— Qu'importe ce que le Grincheux vole, Noël demeure Noël, affirme-t-il.

Je ressasse cette phrase. Elle me plaît. Il faut que je la garde à l'esprit. Je regarde la page un instant de plus puis, sur une impulsion, j'embrasse Luke.

— Tu as tellement raison ! Merci !

J'aime vraiment mon mari. Même avec sa moustache.

Messages

Janice
Becky, ci-joint la recette des choux de Bruxelles avec des marrons. Délicieux ! Bises. Janice

Maman
N'écoute pas Janice, ma puce. Les choux de Bruxelles n'ont pas besoin de préparation compliquée. Tu les épluches et les fais bouillir. Facile. Bisous. Maman

Suze
Bex, je ne suis pas folle des choux de Bruxelles. On ne peut pas avoir des brocolis à la place ? Je t'embrasse. Suze

Bex
Coucou Jess ! Super ton idée des mots pour Noël ! Pourrais-je te faire une suggestion pour le mien ? Si oui, tu peux dire « branchée ». Juste une proposition en passant. Bx

Bex
Ou alors « cool ». Bx

Bex
Ou encore « la fille aux paupières bleu électrique ». Ça fait plus d'un mot ? Tu as raison. Mais tu peux dépasser, non ? Bx

Jess
Becky, pas un mot sur ton mot. N'insiste pas. Jess

De : Myriad Miracle
À : Becky Brandon
Objet : questionnaire fitness

Chère madame Brandon (née Bloomwood),

Merci d'avoir complété en ligne notre questionnaire fitness. Votre empressement à commencer votre nouvelle méthode Myriad Miracle nous fait très plaisir.

Il semblerait cependant que vous ayez mal interprété certaines de nos questions. Nous vous demandons d'avoir l'amabilité de reconsidérer vos réponses afin que nous puissions les analyser pour finaliser nos exercices sur mesure.

QUESTIONS À REVOIR

N° 12 **Votre objectif spécifique ?**

Votre réponse : Rentrer dans une robe Alexander McQueen.
Réponse type attendue : Bien-être ou forme physique.

N° 13 **Zone de travail à privilégier ?**

Votre réponse : La fermeture à glissière.

Réponse type attendue : Exercices cardio ou masse corporelle.

Nous attendons avec impatience vos corrections.

Joyeux programme !

Debs
(assistante clientèle)

9

Vous savez quoi ? Je suis anticonformiste. Oui ! *Absolument.*

Lundi matin. Je m'inspecte dans la glace avant de partir bosser et je tire sur mon tailleur en tweed Letherby que je viens juste de « modifier ». Pour ce faire, je me suis inspirée des créations de mon ami, le styliste Danny Kovitz. Lui, il prend un sac, l'ajuste, effiloche un ourlet ou deux et en tire une robe époustouflante. Je ne suis pas sûre d'avoir réussi à obtenir *exactement* le même effet.

J'ai défait deux coutures et tailladé les ourlets à l'aide de mes ciseaux à ongles avant d'agrémenter le tout de quelques broches. J'ai aussi changé la forme de la veste grâce à quelques points çà et là – sauf que ça bâille étrangement. Il faut vite que je l'arrange.

— Becky, je m'en vais !

Serviette à la main, Luke fait irruption dans notre chambre. Et s'arrête net.

— Oh, tu as un look… différent, aujourd'hui.

— Le look moderne. J'ai retouché mon tailleur. Pourquoi tu me fixes comme ça ? À cause de mon ombre à paupières ? Oui, j'ai opté pour un maquillage un peu plus voyant.

En rentrant de Shoreditch, j'ai fait un saut chez Boots pour acheter la palette de maquillage « Effets spéciaux ». Et, une fois à la maison, j'ai suivi un tuto sur YouTube : « Look audacieux en bleu-noir ».

D'accord, c'est très spectaculaire pour un lundi matin. Mais pourquoi serait-il *interdit* d'ajouter une couche (ou deux ?) d'ombre à paupières le lundi matin ?

— Je rêve ou j'aperçois une mèche bleue dans tes cheveux ? reprend Luke.

Je hausse les épaules.

— Juste une toute petite.

— Et cette musique ? Elle sort d'où ?

— Spittser. Tu sais, le super DJ. Il était à Gdansk hier soir. Dommage qu'on l'ait raté.

Ma science sort tout droit d'Internet. J'ai passé ma soirée d'hier à télécharger les meilleures pistes des dix principaux clubs undergound.

— *Gdansk ?* Becky, d'où te vient cet intérêt soudain pour les clubs d'Europe de l'Est ?

— Ce n'est pas *soudain*. La musique underground m'a toujours fascinée.

— À Noël dernier, tu nous as fait écouter en boucle tous les hits d'Abba, me semble-t-il.

— J'ai une personnalité éclectique, je réplique froidement. Ça existe, figure-toi.

Je vois qu'il a envie de rire. Mais je décide de l'ignorer. J'ajoute un bracelet de force en cuir à ma tenue et me contemple avec satisfaction. Les yeux de Luke sont fixés sur mes nouvelles bottes noires.

— J'aime beaucoup ces bottes, déclare-t-il.

— Celles-là ? je dis d'un ton désinvolte.

À vrai dire, je ne sais pas si je vais pouvoir marcher avec. Mais elles sont terriblement modernes. Je les ai commandées en ligne avec livraison sous vingt-quatre heures. Talons hyper hauts, œillets, rivets métalliques et petites chaînes à l'arrière.

Luke semble transfiguré.

— Elles sont sexy, ajoute-t-il.

Visiblement, elles lui font de l'effet. Sa voix est rauque et ses yeux sombres lancent des flammes.

— Contente que tu les apprécies, je dis en me rengorgeant.

— Ça oui !

Luke est un genre de fétichiste de la chaussure. J'aurais dû les mettre la nuit dernière. La façon dont il me dévisage me coupe la respiration. Le cœur battant, je plonge mon regard dans le sien.

Au fond, je devrais écrire *Le Guide du mariage selon Becky Brandon, née Bloomwood*. Avec toutes sortes d'observations glanées au cours de ma vie conjugale. La première ? Dans un couple, l'amour ressemble à une de ces courbes qui montent et descendent de manière imprévisible.

Mon amour pour Luke est constant, comme le rythme d'une musique de fond. Et puis arrive le moment grisant du solo de guitare qui tout d'un coup me donne une envie sauvage de lui. (Ça n'arrive qu'à moi, ces pulsions sexuelles ? Il faut que je demande à Suze.)

En voici un exemple parfait. Hier soir, nous avons dîné gentiment *à deux* dans la cuisine. Situation romantique à souhait ? Hélas ! Je ne cessais de lorgner sa lèvre supérieure en pensant : « Tu ne pouvais pas faire une donation au lieu de te laisser pousser la moustache ? » Tandis que maintenant, alors que nous sommes pressés de partir, je n'ai qu'une chose dans la tête. « Peu importe ta moustache, tu es mon dieu d'amour. » En fait, je suis excitée comme une folle. La façon dont il me lorgne me donne des frissons.

— Tu rentres à quelle heure ? Pas de réunion tardive, j'espère ?

— J'annule tout si tu gardes tes bottes !

— Mamaan !

Minnie déboule en courant dans la chambre. Finie l'ambiance coquine. Je cligne des paupières avant d'adresser une grimace éloquente à Luke.

— Mamaaaan ! Où est mon *zardin zen* ?

— Ne t'inquiète pas, poupette. Tout est prêt.

— Je dois filer, annonce Luke avec un air désolé. À tout à l'heure. Oh, l'école vient d'envoyer un mail au sujet d'une invasion de poux.

Franchement ! Chaque fois que je veux sortir de mon image de mère de famille classique, l'école vient me mettre des bâtons dans les roues. Je parie qu'ils le font exprès.

En prenant mon trench-coat dans la penderie de l'entrée, je décide de fourrer mes bottes dans un sac et de porter mes baskets pour accompagner Minnie à l'école. Non pas qu'il soit *impossible* de marcher avec ces talons vertigineux, simplement il risque d'y avoir des flaques de boue dans la rue. Et puis il faut que je fasse mes 70 000 pas aujourd'hui. Pour compenser mon manque d'exercice de ces derniers jours.

Tiens ! Je me demande si le sexe compte. Dépense-t-on des calories lorsqu'on s'envoie en l'air ?

En marchant avec Minnie accrochée à ma main, je prête une oreille distraite à son bavardage tout en surveillant « le jardin » que je porte de l'autre main. À chaque regard, je soupire intérieurement. J'avais vraiment l'intention de réussir ce nouveau projet de travaux manuels mais il m'est sorti de l'esprit. Au retour de l'expédition à Shoreditch, j'ai dû me ruer dans le jardin pour rassembler en vitesse quelques brindilles et baies. Le résultat ? Rien à voir avec un « jardin sur un plateau ». Plutôt un truc merdiquement disposé sur un plateau.

Pendant que j'accroche le manteau de Minnie, Harvey arrive avec sa mère. Steph m'adresse un petit sourire assorti à sa mine défaite.

— Sympa, votre jardin, je dis alors que le leur est encore plus minable que le nôtre.

Un tas grumeleux d'herbe terreuse surmonté d'une feuille marron.

— Ouais ! Qu'importe ! Oh, oh ! Que vois-je ?

Je suis son regard. Une Suze radieuse fait son entrée en tenant le plus merveilleux « jardin sur plateau » jamais vu (sur un total de trois !). Il comporte de la mousse, des branches, de la neige et des glands en forme de personnages en train de pique-niquer. Combien de temps ça lui a pris ?

— Quelle merveille ! s'exclame Miss Lucas. Madame Cleath-Stuart, c'est un véritable nid ?

— Nous l'avons trouvé dans un arbre. Un nid abandonné, précise-t-elle.

— Un véritable nid ! s'écrie Steph avec incrédulité.

Son regard exprime de la fatigue et de la mélancolie.

— Bex ! Je ne t'avais pas vue ! Oh, tes yeux !

— J'ai essayé un nouveau style de maquillage. Tu aimes ?

— Euh… oui. Beaucoup… Je t'emmène à la boutique ?

— Non, il faut que je marche. Je suis en retard de quelques kilomètres.

— Cool. À tout à l'heure. Bonjour, Steph, ajoute-t-elle en passant devant cette dernière.

— Bonjour, marmonne Steph en se tournant de façon à camoufler son pauvre plateau boueux.

Heureusement, Minnie et Harvey n'ont pas remarqué combien le jardin Cleath-Stuart était supérieur aux leurs. C'est ça qu'il y a d'épatant avec les enfants. Et rendons justice à Miss Lucas qui accueille chaque jardin sans le moindre favoritisme.

— Harvey ! Minnie ! Comme ils sont jolis, vos jardins d'hiver.

— Ben voyons ! grommelle Steph près de moi. On vise la sélection du Turner Prize, le plus prestigieux prix d'art contemporain de Grande-Bretagne.

Sa sortie me fait sourire. Jusqu'au moment où je vois des larmes dans ses yeux. Encore une saloperie de son ignoble mari ? J'en mettrais ma main à couper. Mais impossible de l'interroger dans le couloir de l'école.

— Je suis bien contente de vous voir toutes les deux, intervient Miss Lucas. Nous venons de distribuer les rôles pour notre pièce de Noël. Minnie et Harvey vont jouer les Rois mages.

Minnie en Roi mage ! Quel bonheur !

— Le costume est très simple, continue Miss Lucas. Voici le patron…

Elle nous tend à chacune une grosse enveloppe. Ma joie retombe. Un patron ? Un patron de *couture* ?

— Le simple point droit sera parfait. Avec peut-être un plissage. Si vous voulez ajouter des broderies ou des rubans, ce serait formidable mais pas obligatoire.

Sourire rayonnant de sa part.

Du plissage ? Des broderies ?

À la réunion préliminaire des parents d'élèves, je ne me souviens pas d'avoir entendu la directrice dire : « Bien sûr, si vous inscrivez vos enfants dans notre établissement, nous *attendons* de vous une compétence certaine en matière de plissés et de broderie. » Mais je la boucle car le regard que Minnie me lance est plein de confiance.

— Aucun problème, je m'entends déclarer avec assurance. Avec quelques sequins et des détails brodés, le costume sera encore plus réussi.

— Superbe ! applaudit Miss Lucas.

Steph, elle, n'a pas réagi. Elle s'est contentée de glisser l'enveloppe dans son cabas d'un geste machinal.

— À demain, Becky ! lance-t-elle, alors que nous nous dirigeons vers la sortie après avoir dit au revoir aux enfants.

Elle se hâte vers les toilettes pour dames avant que je puisse répondre. Je la suis des yeux et lui emboîte le pas. Juste pour m'assurer qu'elle va bien.

Comme d'habitude, plusieurs mères occupent l'endroit. Surtout, disons-le, par envie d'échanger des ragots. Steph se dirige vers un lavabo, s'examine dans le miroir et commence à rafraîchir son maquillage.

Je vais la laisser tranquille avant de la prendre à part pour lui glisser quelques mots d'encouragement.

Avec ses yeux larmoyants, elle a du mal à appliquer son mascara. Et comme elle n'arrête pas de les essuyer, ça n'arrange rien. Une des mères lui demande :

— Excusez-moi ? Tout va bien ?

— Moi ? Je vais bien, très bien ! réplique Steph en bondissant comme un chat échaudé.

Elle me regarde d'un air désespéré puis s'enferme dans les toilettes. Je me précipite dans la cabine voisine. Et maintenant, je fais quoi ? Je lui envoie un SMS ? Non, il n'y a pas de réseau. Un message codé frappé sur le mur ? Les autres vont dresser l'oreille. Si je chuchote, elles vont forcément entendre…

Idée ! Je pêche dans le fond de mon sac un stylo et un vieux reçu de carte bancaire : l'achat chez Boots de trois sérums en promotion. Hum ! Où les ai-je fourrés, ces sérums ? Qu'importe ! Ce n'est pas d'actualité. Je griffonne : *Ça va vraiment, Steph ? Amitiés, Becky.* Et je fais glisser le papier sous la cloison.

Quelques secondes plus tard, il revient avec les mots : *Non. Pas vraiment.*

Je le savais !

J'écris : *On peut en parler dans ta voiture, si tu veux.* Sa réponse immédiate : *Oui, s'il te plaît. Merci.*

Vingt minutes plus tard, j'en ai appris plus que prévu sur la vie de Steph, celle de son mari Damian et sur leurs dernières vacances abominables à Chypre. Les deux parties d'un couple, si vous voulez mon avis, doivent adhérer l'une à l'autre aussi solidement que deux morceaux de scotch. Si, par un coup de vapeur, il leur arrive de se détacher, elles ne parviennent pas toujours à se recoller.

Aux États-Unis, il y a eu un flottement dans les relations entre Suze et Tarkie. J'ai craint le pire. L'autre jour, Jess faisait une sale tête. Et maintenant cette histoire. Apparemment, Damian ne veut pas entendre raison et refuse de voir un conseiller conjugal. Au début, il jurait qu'il n'y avait personne d'autre – mais il se trouve que c'est faux. Il travaille au service informatique d'une boîte et l'autre femme est dans l'événementiel. Ils sont allés assister à une conférence à Manchester. Et tout a commencé à l'Hôtel Malmaison. (Steph m'abreuve de détails dont je me passerais bien mais je ne veux pas l'interrompre alors qu'elle s'épanche.)

La voiture est garée dans une petite rue. Steph a commencé par déverser un torrent de paroles et désormais, comme prise de paranoïa, elle s'interrompt de temps en temps pour vérifier que personne ne nous voit. Son principal souci, c'est que si quelqu'un est au courant, Harvey risque de l'apprendre. Elle voudrait vraiment que son mari comprenne qu'il s'est conduit comme un imbécile, qu'il rentre à la maison et que leur fils reste dans l'ignorance.

— Damian a raison, fait-elle tristement en regardant par la fenêtre. Je ne suis pas marrante en ce moment. Je ne plaisante plus. Quand on sort, il y a des risques pour que je m'endorme à table. (Elle soupire.) Mais c'est dur de conjuguer les allées et venues à l'école avec les horaires de bureau. En plus, j'ai une grosse charge de travail en ce moment…

Tout en continuant à parler, elle se masse le front comme pour débarrasser son esprit de ses pensées noires.

— Nous avons emménagé depuis six mois et je n'ai toujours pas choisi la couleur des murs de notre chambre. Je n'ai même pas ouvert tous les cartons. On s'est engueulés à ce sujet. Il m'a dit que je lui pourrissais la vie. C'est vrai.

Je pourrais l'assommer, ce gars qui se permet de démolir le moral d'une fille aussi courageuse que Steph. Je l'ai aperçu à l'école l'autre jour. Croyez-moi : il n'avait rien d'impressionnant avec le vieux jean délavé dans lequel il semble vivre. Son téléphone collé à l'oreille, il ne prêtait aucune attention à Harvey qui était agrippé à sa main. Sans parler de son rire exaspérant. Il se prend pour qui, ce sombre connard ?

— Steph, tu ne lui pourris pas la vie ! C'est lui, le cauchemar ! Alors que toi, tu es forte, positive, formidable avec Harvey. Et puis, qui parmi nous a le temps d'être drôle ? Nous sommes bien trop occupées à créer des tableaux en spaghettis.

J'essaye d'alléger l'atmosphère. Finalement, elle me gratifie d'un petit rire. Alors je continue :

— Je te signale que j'ai trois cartons que je n'ai toujours pas défaits depuis notre départ de Fulham. J'ai oublié ce qu'ils contiennent. À propos, si ton mari veut que vos cartons soient ouverts, pourquoi il ne s'y colle pas ?

Nouveau petit rire. Mais ma question reste sans réponse. Vais-je insister ? Non, nous ne sommes pas assez intimes.

— Et ta mère ? Elle pense quoi de la situation ?

— Elle n'est pas au courant. Je ne me suis confiée qu'à toi, Becky.

— Raconte-lui ! je m'écrie bien que j'ignore tout de la mère de Steph.

Elle se mord les lèvres.

— Oui, peut-être ! admet-elle en souriant. Bon, il faut qu'on se bouge. Merci en tout cas.

— Mais je n'ai rien fait, je proteste.

— Si ! Si ! Je t'en suis reconnaissante, Becky. On y va ?

Elle me laisse à l'entrée de la propriété. Je galope le long de l'allée jusqu'à la boutique, prête à expliquer à Suze les raisons de mon retard. Mais c'est Tarquin qui m'accueille.

Je le connais depuis des années. Ce garçon a eu des hauts et des bas. En ce moment, il est en grande forme. Depuis notre retour d'Amérique, il s'est lancé dans le management de Letherby Hall avec une immense énergie. D'après Luke, avec lequel il parle business, il s'est investi dans ce nouveau rôle très sérieusement. Cela dit, il fait toujours preuve d'originalité. Une originalité à la Tarquin. Par exemple, il porte aujourd'hui un maillot de rugby trop petit et tout troué qui doit dater de ses années d'écolier. Sans parler de l'intensité force 10 de son regard.

— J'ai appris que nous allons passer Noël ensemble, Becky. Excellent !

— J'espère que ce sera réussi.

— C'est certainement trop tôt pour entrer dans les détails. Pourtant, je t'informe que le Met va diffuser une représentation de *Parsifal* le jour de Noël.

Je me hasarde à demander si c'est du Wagner. Car Tarkie est fou des œuvres de ce compositeur.

— Son opéra le plus sublime, le plus admirable, poursuit-il. Un chef-d'œuvre. Je me demandais si nous pouvions le regarder tous ensemble à la télévision après le déjeuner. Un spectacle très stimulant pour les enfants.

Un opéra de Wagner ? Le *jour de Noël* ? Quelle horreur !

— Euh… Quelle suggestion… euh… fabuleuse ! J'adore Wagner. Comme tout le monde. Mais je me demande si c'est approprié à la fête de Noël.

— C'est intemporel. Exaltant. Le prélude à lui seul constitue un cadeau pour chacun. *Taa-daaah-daaah-hmm-hmmm…*

Le regard fixé sur moi, il fredonne avec enthousiasme.

— *Taa-daah-daa-dii-daaah…*

— Tarkie !

Ouf ! La voix stridente de Suze l'arrête dans sa démonstration vocale. Elle s'avance, l'air soupçonneuse.

— Tu chantes du Wagner ? Je te *rappelle* que c'est interdit dans la boutique.

— Tarkie me disait que *Parsifal* allait être retransmis à la télévision le 25 décembre, j'explique. Bonne nouvelle, hein ?

Suze est outrée.

— On ne va sûrement pas se taper du Wagner le jour de Noël.

Je soupire de soulagement.

— Je donnais simplement des suggestions de divertissement, se défend Tarkie. L'opéra est une forme d'art qui séduit tous les publics.

— Pas du tout, réplique Suze. C'est une forme d'art tellement ennuyeuse qu'elle transforme la plupart des gens en statues immobiles. Et s'ils essayent de quitter la pièce ou même de bouger une oreille, ils s'attirent les réprimandes furieuses des amateurs. Et, cerise sur le gâteau, ça dure six heures.

— *Parsifal* ne dure pas six heures…

Mais Suze ne tient pas compte de la rectification de son mari.

— Noël, c'est pour les enfants. En fait de distraction, je propose des loisirs récréatifs. On pourrait créer des objets en paillettes, peindre avec les doigts, toutes sortes d'activités artisanales.

Encore des travaux manuels ? Eh, les amis ! On parle de Noël, là ! Rien à voir avec la peinture au doigt. L'après-midi du 25 décembre, on se vautre sur les canapés du salon, on se bourre de friandises en regardant les programmes spéciaux à la télé pendant que les pères s'évertuent à trouver des piles pour les nouveaux jouets. Ils en cassent la moitié en essayant de les faire marcher et les enfants fondent en larmes. *Voilà* la tradition !

— C'est une idée à retenir, Suze. Mais Jess a les paillettes en horreur.

— Alors de la pâte à modeler !

— Pourquoi pas ? je dis en tâchant de montrer un enthousiasme que je suis fort loin d'éprouver. On peut aussi se contenter de regarder la télévision.

— On attend de voir les programmes et on décide, assène Suze. Au fait, je peux passer chercher Hermès et Aphrodite ce soir. Le chariot élévateur est réparé et je demanderai un coup de main.

— Suze, tu n'as pas besoin de prendre ces immondes statues. Vous passez Noël avec nous, un point c'est tout. Tu ne me dois rien.

— Mais si ! J'ai une excellente idée. Nous allons les utiliser pour le prochain Halloween. J'ai déjà trouvé leurs noms : Grotesque et Grotesqua.

J'accepte, tout en me sentant vaguement insultée.

Au moment où j'enlève mon manteau, Suze me touche l'épaule.

— Autre chose, Bex. Avant l'arrivée des clients, je voulais te demander… (Une pause, puis plus calmement.) À ton avis, Jess était dans son état normal hier ? Elle avait l'air tellement tendue et bizarre.

— D'accord avec toi. Elle se comportait curieusement.

— Absolument ! Elle s'est glacée quand nous avons mentionné Tom. Je me suis dit… J'ai eu peur que…

Le visage de Suze est marqué par l'anxiété. Je vois ce qu'elle insinue.

— Les shorts kaki ! je lance sans réfléchir.

— De quoi tu parles ?

— Peut-être que Tom s'est tiré avec une bénévole en short kaki. Ou Jess. Ou… je ne sais pas, moi !

— Seigneur ! C'est exactement ce qui m'a traversé l'esprit. Sauf que je voyais la nana en chino coupé et bandana.

Arrêt sur image. J'imagine Tom en train de rouler une pelle à une fille en chino coupé et bandana rouge. Ensuite, parce qu'elle est trop séduisante, je lui colle un bandana vert horrible et je lui agrandis le nez. Dans la foulée, je change la coupe trop flatteuse du chino et je décide qu'elle se cure le nez. C'est un épouvantail, cette créature ! Pourquoi Tom la préfère-t-il à Jess ?

— Peut-être qu'on se trompe. Peut-être qu'ils ont seulement eu une engueulade monstre ?

— Oui, sans doute. Cette attente sans fin pour l'adoption doit être stressante.

— Terriblement stressante. Et ils sont loin, privés du soutien de leur famille. De toute manière, je pensais emmener Jess boire un verre. Tu viendras avec nous ? Elle sera plus détendue et nous racontera ce qui se passe.

— Elle n'est pas très volubile, objecte Suze. Et puis tu crois qu'elle boit ?

— Dans ce cas, on n'a qu'à aller dans une coopérative bio et manger des céréales équitables. Elle est très fermée sur ses problèmes. On peut l'aider à se décoincer.

Après ma séance avec Steph, je me sens très experte en matière de misères conjugales. Je m'imagine avec Suze en train d'engloutir des flocons d'avoine tout en tenant la main d'une Jess qui s'épanche sur ses malheurs et pleure avant de confier : « Votre présence m'aide tellement, les filles ! Surtout la tienne, Becky ! »

Elle n'est pas obligée de sortir la dernière phrase. Disons seulement qu'elle pourrait.

— Pauvre Jess ! s'exclame Suze pendant que je retire mon imper. J'ai toujours pensé que…

Elle s'interrompt et fixe mon tailleur de tweed retouché.

— Seigneur, Bex ! Qu'est-ce qui est arrivé à ton ensemble ?

Mes modifications n'ont pas tellement l'air de l'impressionner. Quelle déception ! En fait, elle a l'air horrifiée.

— Tu en penses quoi ? je dis en tiraillant ma veste effilochée. Je me suis bien amusée en la transformant.

— Quoi ? Tu as fait ça *exprès* ?

— Oui ! Je l'ai personnalisée.

— Très bien, répond Suze au bout d'un moment. Euh… bravo !

Elle m'observe tandis que j'ôte mes baskets pour enfiler mes bottes à clous.

— Waouh ! Elles sont… comment dire… extrêmes.

— Tu aimes ? je demande, brusquement sur le qui-vive.

Elle les voudrait comme cadeau ? Je viens de les acheter. Mais après tout, Noël, c'est le moment de la générosité.

— Elles t'iraient bien. Tu veux les essayer ?

— Non merci ! Elles sont super sur toi mais…

Sur ces entrefaites, Irene débarque et s'exclame d'un ton désolé :

— Mon Dieu, Becky ! Vos vêtements ! Vous avez eu un accident ?

Franchement ! À croire que *personne* dans ce village ne sait reconnaître un look branché.

— C'est le style coupé à cru ! Hyper *mode*, j'explique.

— Je vois. Très moderne, ma chère. Oh ! s'exclame-t-elle, la main sur la bouche. Et vos bottes !

— Tu as de la teinture bleue dans les cheveux ? s'inquiète Suze.

— Eh oui ! Tu sais combien j'aime mélanger les genres, vivre dangereusement.

En fait, ça n'a rien de dangereux. C'est une teinture non toxique pour enfants et lavable. Mais là n'est pas la question. Je m'avance nonchalamment vers le miroir en faisant attention de ne pas trébucher sur mes talons aiguilles. À quoi je ressemble ? Certainement pas à une mère de famille plan-plan. Ça, c'est sûr ! Je ressemble à…

Bon, en tout cas, on ne peut pas m'accuser de faire mémère.

La matinée passe lentement. Vers 11 heures, mes pieds me *tuent*. Mais pas question de l'avouer à qui que ce soit. Au moment où je vais m'esquiver pour aller grignoter un Kit Kat, un groupe de femmes débarque dans la boutique. Trois, bien fringuées, avec le *Guide de Letherby Hall* à la main. Elles viennent sûrement de visiter la maison.

— Je n'ai pas tellement aimé la Grande Galerie, commente une blonde à queue-de-cheval en inspectant un portant de vestes en tweed multicolores.

Comment ose-t-elle ? Elle divague ! La Grande Galerie est spectaculaire avec toutes ces peintures et sculptures sur lesquelles j'ai l'intention de m'informer un de ces jours. Heureusement que Suze n'est pas à portée de voix ! Cette remarque lui aurait fait de la peine.

— Le Rodin était intéressant, déclare une brune, mais la garce blonde lève les yeux au ciel.

— Complètement surfait ! s'exclame-t-elle.

Surfaite toi-même !

Impossible de lui balancer une vacherie. Ce n'est pourtant pas l'envie qui me manque. J'ai les pieds en marmelade, je suis furieuse mais, comme Suze et Irene ont disparu, je dois bien m'avancer avec un sourire engageant.

— Bonjour, puis-je vous aider ?

Tout en parlant, je lance un bref coup d'œil inquisition/évaluation à Blondie la Mauvaise. Loin d'être fauchée, cette nana : son manteau coûte 800 livres sur Net-a-Porter.

— Merci, nous jetons un coup d'œil, dit l'admiratrice de Rodin.

— Ce tailleur en tweed, c'est un modèle unique ? demande Blondie la Mauvaise en me jaugeant avec le même coup d'œil inquisition/évaluation. Je n'en ai pas vu de semblables sur le portant. Il est à vendre ?

Elle étudie l'effilochement avec attention.

Hum ! Elle est peut-être garce mais elle apprécie mon talent artistique.

— C'est un modèle avec retouches exclusives réalisées sur mesure. Ici, à Letherby Hall, nous pensons que le tweed doit sortir des sentiers battus. Il peut être effrangé, froncé, chahuté, dynamisé, customisé… Les possibilités sont sans limites.

Quelle tchatche ! Tiens, j'y pense, je pourrais devenir porte-parole de l'Association pour la promotion du tweed.

— Vous aimeriez commander un ensemble personnalisé ?

Je m'en occuperai moi-même. Et pourquoi ne pas démarrer un business ? Inventer la marque « Tweed customisé par Becky » ? Les gens diraient…

— Non, fait-elle. Je me demandais pourquoi vous étiez habillée si bizarrement.

Bizarrement ?

Mon excitation retombe. Au lieu de l'assassiner du regard comme j'en meurs d'envie, je m'oblige à dire :

— Je vous souhaite un bon shopping dans notre boutique.

Et je fais semblant d'arranger un étalage de sacs en tweed. Quand le groupe s'éloigne, je jette un regard meurtrier vers le dos de Blondie la Mauvaise. Si elle sort *encore* une vacherie, je…

Le trio examine les savons et les shampooings sans en choisir un seul. Pareil pour les confitures et marmelades. Ces dames s'arrêtent ensuite devant ma jolie présentation d'objets *hygge*.

— *Collection Hygge* ! ricane Blondie la Mauvaise en lisant l'écriteau de présentation calligraphié par mes soins. *Encore ?* Oh mais assez de cette tendance *hygge* ! C'est complètement dépassé !

Ça suffit ! Trop, c'est trop ! Elle traite mes initiatives de « dépassées » ? Elle va voir.

— Désolée, je dis d'une voix doucereuse, en enlevant l'écriteau. Cette information n'est plus valable. En fait, ces objets font partie de notre nouvelle collection *Sprygge*.

Je barre *Collection Hygge*, retourne l'écriteau, inscrit sans mollir *Collection Sprygge* au verso avant de le reposer sur le présentoir.

— *Sprygge* ? s'étonne Blondie la Mauvaise.

— Oui ! Vous n'en avez jamais entendu parler ? Il est vrai que c'est tout nouveau. Le mouvement nous arrive de Norvège. Très ciblé.

Pour être honnête, ce *sprygge* m'est venu spontanément. Totalement inventé. Mais maintenant que je l'ai écrit, il me semble excellent.

— Et ça veut dire ? demande la troisième nana.

— Difficile à exprimer si on ne parle pas norvégien, je réponds pour gagner du temps. Comment dire ? Ce mot suggère une attitude positive. Un sentiment de joie à la fois radieuse et complexe. Plus intense que le *hygge*. Une sorte de turbo-*hygge*, si vous voyez ce que je veux dire.

— Turbo-*hygge* ? répète Blondie la Mauvaise sur un ton sceptique.

— Eh oui ! C'est ce soulagement euphorique qu'on éprouve lorsque ce qu'on pensait être voué à l'échec s'arrange bien. C'est cette sensation !

— Je connais bien cette sensation ! s'exclame la brune.

Elle a droit à un sourire ainsi qu'à une explication :

— Vous voyez ? Vous êtes sur le point de rater votre train. Panique ! Vous courez sur le quai et l'attrapez de justesse. Ce que vous ressentez dans tout votre être, une fois que vous êtes assise à reprendre votre souffle, vous donne la définition de l'esprit *sprygge*.

— J'ignorais qu'il y avait un mot pour ça, intervient la troisième. La linguistique est *tellement* intéressante !

— Exactement ! Et ces produits soigneusement sélectionnés accompagnent cette merveilleuse sensation. Par exemple, ces bougies vous apaisent… ce plaid vous enveloppe de sa plénitude… et ces chocolats disent : « Bravo pour vos efforts, vous méritez une douce récompense. »

Blondie la Mauvaise me fixe d'un air soupçonneux. Ses copines, en revanche, semblent fascinées.

— Je prends une bougie, décide la brune.

— Moi, des chocolats, déclare la troisième. Nous méritons un peu de douceur, non ?

— Et moi, peut-être un plaid, avance Blondie la Mauvaise.

Je n'en reviens pas ! Les trois femmes remplissent allègrement leurs paniers. Même leurs regards deviennent aimables. L'histoire du *sprygge* a marché.

— Je vous laisse faire votre choix. Si vous avez besoin d'aide, n'hésitez pas à m'appeler.

Je me tourne avec fierté vers Suze et Irene qui observent la scène depuis le fond du magasin.

Je lève discrètement le poing à leur adresse, avant de les rejoindre.

— C'est dingue, Bex ! Génial ! me félicite Suze.

— Formidable, chère Bex, renchérit Irene.

— Regarde, elles achètent des tonnes de trucs, murmure Suze. Dis-moi, d'où tiens-tu ces informations sur le *sprygge* ?

Je suis sur le point de lui dire que j'ai tout inventé quand j'aperçois une veste en cuir s'encadrer dans la porte. C'est…

Oui, c'est lui. Craig. Je ne l'attendais pas si vite. Rectification : je ne l'attendais pas *du tout*. Je… Qu'importe ! Il est là. Machinalement, je fais bouffer mes cheveux et m'appuie avec nonchalance contre le comptoir en prenant un air dégagé.

— Tu fais quoi, là ? s'étonne Suze.

Puis elle suit mon regard.

— Oh ! Oh ! fait-elle. Ooooh !

La troisième exclamation a fusé d'une manière différente. Elle me détaille de la tête aux pieds, depuis ma mèche bleue jusqu'à mes bottes cloutées.

— Oooooh ! s'écrie-t-elle pour la quatrième fois, mais encore plus fort.

Pitié ! Pourrait-elle s'abstenir de dire « Oh ! » à tout bout de champ ?

— Eh bien quoi ? je lance en essayant de masquer mon agressivité.

— Tu es à fond rockeuse aujourd'hui. Je me demandais pour quelle raison.

— *À fond rockeuse* ? Qu'est-ce que tu racontes, Suze ? Je suis comme d'habitude. Normale.

— Normale ? Tu appelles ces bottes normales ? Et cette mèche bleue ?

Baissant la voix, elle ajoute :

— Tu essayes d'avoir l'air cool pour le dieu du rock ici présent.

— Absolument pas ! De toute façon, toi aussi, tu joues les filles cool, je réplique, car elle vient de retirer son élastique pour libérer ses cheveux. Mais chut ! Il arrive ! Tiens, bonjour, Craig. Comment était Varsovie ? Et Blink Rage ? Comment était la soirée ?

— Super. Tu aurais dû venir, Becky, dit-il de sa voix éraillée.

— Je ne savais pas que vous alliez à Varsovie, intervient Suze. Comment tu le savais, Bex ?

— Nous sommes tombés l'un sur l'autre à la gare l'autre soir, explique Craig.

— Tiens donc ! s'amuse Suze.

De ses yeux sombres, Craig lui darde un long regard.

— Le cottage me plaît beaucoup. Le jacuzzi est installé. Je ne vais jamais vouloir partir.

— Je suis contente que vous l'aimiez, dit Suze en piquant un fard.

— Je l'adore ! Vraiment !

Puis, tournant son attention vers moi :

— Becky, on devrait boire un verre ensemble un de ces quatre. Quelques shots de tequila, ça te dirait ?

— Sûr. Je suis partante. C'est clair.

— On peut se retrouver au pub. D'accord ? Amène ton mari pour que je fasse sa connaissance. Vous êtes libres ce soir ?

— Euh oui, pourquoi pas ? Mais il faut que je trouve une baby-sitter.

— Je peux garder Minnie, annonce Suze en m'adressant un sourire sardonique. Quand je viendrai chercher les statues, je la prendrai avec moi. Comme ça, vous pouvez sortir.

— Tout roule alors. On dit 19 heures, Becky ?

— Parfait.

— À tout à l'heure, dit-il en me serrant brièvement le bras. Et, au fait, chouettes bottes ! ajoute-t-il avec un clin d'œil.

Tandis qu'il se dirige sans se presser vers la sortie, je m'aperçois que je retiens ma respiration. Je parie que Suze fait pareil.

— Seigneur ! s'exclame-t-elle une fois la porte refermée. C'était quoi, tout ce cirque ?

— Quel cirque ?

— Ces œillades enflammées.

— Tu rêves !

— Je persiste, Bex : tu fondais sous ses œillades enflammées.

— Toi aussi, je rétorque.

Mine embarrassée de Suze.

— Tu as peut-être raison, admet-elle. Mais ça ne compte pas parce que je ne l'intéresse pas du tout. Ce n'est pas à moi qu'il a fixé un rendez-vous galant au pub.

N'importe quoi !

— Ce n'est pas un *rendez-vous galant*. Et je ne l'intéresse pas.

— Et sa main sur ton bras ? J'ai bien noté la tension sexuelle, figure-toi.

Malgré moi, je me rengorge. Pas parce que Craig m'intéresse. Pas du tout. Simplement, si votre ancien petit copain pas spécialement beau mec devient une rock star, c'est assez flatteur qu'il… vous voyez, quoi…

C'est assez humain.

— Tu as parlé de lui à Luke ? interroge Suze.

— Euh…

Je réfléchis. Eh bien, non, je ne lui en ai pas parlé. Bizarre, hein ? Et pourquoi ?

Je me creuse les méninges pour trouver la réponse. C'est juste que ça ne s'est pas présenté. Mais rien de *malsain* dans cette attitude. Je ne *dissimule* rien. Simplement, nous avons tous les deux un emploi du temps très chargé. On ne se dit pas tout, tout le temps. Voilà !

Si je confie ça à Suze, elle va grimper au plafond, penser que je cache des trucs à Luke. Pas étonnant : elle est hyper sensible. Tarkie et elle ont traversé quelques turbulences. Elle lui a *caché* des choses (comme à moi et au reste de la planète). Mais rien à voir.

— Bien sûr que je lui ai dit, j'affirme en croisant les doigts derrière mon dos. Il trouve ça tordant. Nous en avons plaisanté.

— Très bien, alors.

C'est un demi-mensonge. Car je *vais* le dire à Luke. Dès que je le verrai, je lui raconterai tout sur Craig. On en rigolera. Et tout ira bien.

— Amuse-toi bien ce soir, me lance Suze, en faisant une drôle de tête. Profite bien !

— Tu ne veux pas nous rejoindre ? Tu es la bienvenue, tu sais.

— Non ! Pourquoi je viendrais ? C'est ton ami. Fais-moi seulement savoir si tu termines la soirée dans le jacuzzi. Au fait, n'oublie pas de prendre ton bikini !

10

Prendre mon bikini ? Franchement. Elle divague, ma Suze.

Encore que… Peut-être que je devrais. Au cas où.

Non. *Non.* Nous ne finirons pas la soirée dans le jacuzzi. C'est évident. Nous allons boire un verre entre gens civilisés au pub du village.

Installée à la table de la cuisine, je fais du coloriage avec Minnie en attendant le retour de Luke. J'éprouve une vague appréhension à l'idée de balancer d'un seul coup à mon mari que : 1. Craig, mon ex-copain, vit désormais dans le village ; 2. c'est un rocker vrai de vrai ; 3. ce soir, il nous invite à boire un verre avec lui.

Un *problème* ? Non. Juste une avalanche d'informations à sortir comme ça, au débotté. Suze a raison : j'aurais dû lui en parler avant. Pourquoi me suis-je abstenue ? Je l'ignore.

Quand la porte s'ouvre, je retiens mon souffle, prête à sortir ma petite explication. Mais Luke déboule, plein d'énergie, et, sans me laisser le temps d'ouvrir la bouche, vient vers moi et déclare :

— Tes bottes m'ont fait fantasmer toute la journée. Et plus encore maintenant que je les ai sous les yeux. Ce n'est pas l'heure de mettre Minnie au lit ? Je suis sûr qu'elle a sommeil. Hein, ma poupinette chérie, tu as envie d'aller te coucher ?

Son intention est tellement évidente que j'éclate de rire. Je me lève et lui demande comment s'est passée sa journée en espérant embrayer ensuite sur Craig. Mais au lieu de répondre, il m'enlace.

— Et si on partait en voyage, toi et moi, après Noël ? Pourquoi pas Varsovie ? J'ai regardé sur Internet à l'heure du déjeuner. Il y a un excellent hôtel avec spa, tout près du palais présidentiel. Ils font des massages en couple, ajoute-t-il l'œil brillant.

— Formidable idée, je m'empresse d'acquiescer, car je voudrais aborder sans plus tarder le sujet Craig.

— Figure-toi qu'une drôle de coïncidence s'est produite.

Je marque un temps, histoire de réfléchir à ma présentation des faits. Mais Luke n'a pas l'air de m'avoir entendue.

— Ce que tu m'as dit l'autre jour n'a cessé de me turlupiner. Tu as raison, Becky, nous devons nous connecter davantage au monde actuel. Toi au moins, tu expérimentes les nouvelles modes vestimentaires et tu te tiens au courant de la musique. Moi, je me sens dépassé. Alors pourquoi pas les clubs de Gdansk ? Pourquoi pas un week-end à Varsovie ? Tu sais comment on dit « super bottes » en polonais ? *Swietne buty, kochanie*. Ça signifie : « Super bottes, ma chérie. »

Il faut absolument que j'interrompe ce flot de paroles enthousiastes.

— Très bien, Luke ! Mais j'ai quelque chose à te dire.

— Quoi ? fait-il en commençant ses travaux d'approche – mains baladeuses le long de mon dos et sur le haut de mes cuisses. Tu as acheté trois paires de ces bottes que tu as cachées sous le lit ? Pas de problème, ma chérie, du moment que tu les apportes à Varsovie.

— Non, je rectifie avec un rire nerveux. Je…

— Ho, ho ! nous interrompt Suze.

Deux secondes après, la voilà qui surgit, portant une grande boîte en carton.

— Votre porte était ouverte et c'était sur votre paillasson.

— Ah oui ! s'exclame Luke. J'avais l'intention d'aller le prendre mais j'ai été distrait par ma belle épouse.

Suze semble soulagée. Elle pose la boîte sur la table.

— Pardon d'interrompre votre duo de tourtereaux, mes chéris. Je viens chercher les horribles statues.

— Décidément, ma journée s'améliore de minute en minute, s'enthousiasme Luke. Tu veux un verre de vin, Suze ? Nous sommes en train de prévoir une expédition à Varsovie.

— À Varsovie ? Vous y allez avec Craig ?

— Craig ? C'est qui ? demande Luke.

— Ben tu sais, l'ancien petit ami de Bex. Il n'a pas passé le week-end dernier à Varsovie ? Bex t'a parlé de son jacuzzi ? Je suis passée le voir. Énorme, avec places allongées pour plusieurs personnes et tous les équipements. Je ne vais pas oser l'avouer à Tarkie, il sera furieux.

Luke, la bouteille à la main, semble complètement désorienté.

— Son ancien petit ami ?

— En fait, Suze… je n'ai pas encore mis Luke au courant de la présence de Craig.

Je la joue relax mais Suze, elle, a l'air sous le choc.

— Mais tu m'as dit que c'était fait, lâche-t-elle.

Quelle plaie quand elle s'y met ! Pourquoi cette réaction ? D'une taupinière, elle fait une montagne.

— Ce n'est pas grave, je dis en riant. Bon, Luke, ouvre tes oreilles : je suis sortie avec ce garçon, Craig, il y a des siècles quand j'étais à la fac. Il vit en ce moment dans un des cottages de Suze. Et il nous invite à boire un verre ce soir. C'est tout.

— D'accord. Et quel rapport avec Varsovie ?

— Il y était pour le week-end et t'a demandé de venir, c'est ça, hein, Bex ? intervient Suze.

Une drôle d'expression traverse le visage de mon mari.

— Je vois, dit-il. C'est donc pour cette raison que… Passe-moi ton verre, Suze.

— C'est ce qui m'a donné l'idée d'aller à Varsovie, je dis. Il faut absolument y aller, Luke. Il paraît que c'est *the place to be*.

J'essaye de recréer l'ambiance particulière qui régnait quelques minutes auparavant. Pas sûre que ça marche. Luke nous verse trois verres de vin. Quand il lève la tête, il sourit à nouveau. Du Luke tout craché !

— Pourquoi ce mec vit-il à Letherby ?

— Il était crevé après sa dernière tournée, explique Suze. Parce que c'est un rocker. Veste de cuir, boots, tatouages, cheveux longs. Un peu grunge. Rien à voir avec toi. Il est *complètement* différent.

Visiblement, Suze essaye de rassurer Luke. J'espère qu'elle va réussir.

— Je comprends, fait Luke en passant en revue ma mèche bleue, mon tailleur destroy et mes nouvelles bottes.

Pendant un moment il reste silencieux, puis contemple mon visage qui, pour une raison que j'ignore, est tout rouge.

Je le fixe dans les yeux en lui envoyant le message suivant : « Non, tu te trompes ! »

Il se trompe à propos de quoi, au fait ? Pas question d'extrapoler. Pas question de transformer un petit rien en quelque chose, parce que ça n'existe *pas*. Ça n'existe *pas du tout*.

— Bon, il nous demande de venir prendre un verre. Il a envie de te rencontrer. Et Suze s'est proposée pour garder Minnie. On y va ?

— Parfait ! répond Luke tranquillement.

Mes joues picotent. Je sens que Suze me dévisage d'un air entendu mais je me refuse à croiser son regard. Ce que j'aimerais ? Sortir la petite remarque spirituelle qui calmerait le jeu. Hélas ! À ce moment précis, rien ne me vient à l'esprit.

Les rues de Letherby sont glaciales et le village semble tout droit sorti d'un conte de fées. Des lumières douces filtrent à travers les rideaux de chaque petite maison. Un grand sapin de Noël tout scintillant est planté au milieu de la pelouse communale. C'est idyllique. J'adore cet endroit. Même si c'est loin d'être aussi cool que Shoreditch.

Cela dit, ma nervosité m'empêche de savourer l'instant. Depuis que je lui ai appris que nous allions boire un coup avec mon ancien boy-friend, Luke n'a pas dit grand-chose. Son regard est distant, ses mâchoires serrées. Difficile de deviner ce qu'il pense.

Bon, pas la peine d'en faire un drame. Il n'y a vraiment pas de quoi. Nous formons un couple heureux, bien établi dans le mariage. Le fait que Craig soit mon ex n'a pas d'importance. Luke doit avoir l'esprit large. Dans le cas contraire, moi aussi, je saurais me montrer ouverte d'esprit. Promis, juré ! D'ailleurs, j'ai fait preuve d'une grande souplesse quand notre chemin a croisé celui d'une de ses anciennes copines, une dénommée Venetia. Absolument !

(Absolument… jusqu'à ce que nous ayons une crise monstre, mais c'était de la provocation.)

Pour résumer : Craig est un type original et talentueux. Il est notre voisin et nous devons entretenir de bonnes relations avec lui.

— J'imagine que tu as envie d'en savoir plus sur Craig, je dis d'un ton désinvolte.

— Pas vraiment.

— D'accord ! De toute façon, nous sommes à peine sortis ensemble, je bredouille. Donc… c'est à peine un ex.

— Hum, fait Luke comme si cette info n'avait aucun intérêt.

— Dans une certaine mesure, vous avez des points communs. Il voyage beaucoup, comme toi.

Tout de suite me vient à l'esprit l'image de Luke se rendant à l'aéroport en manteau, sacoche à la main, puis je compare cette vision au dernier post Instagram de Craig se prélassant dans son autocar de tournée sous la légende *#gueuledebois*. La preuve qu'ils ne sont *pas aussi* semblables que ça. Mais inutile de m'aventurer sur ce terrain.

Pause à un carrefour. J'en profite pour remonter mes nouveaux collants imprimés de têtes de mort. Achetés sur le même site que mes bottes, ils sont un peu serrés mais vraiment cool. Ma tenue entière est cool. Sous mon manteau ? Tee-shirt gris aux bords déchirés, minijupe en cuir noir. Aux oreilles : nouvelles boucles d'oreilles argent et noir en forme de crâne. Sur les yeux : une bonne couche de maquillage bleu électrique. Et pour compléter le tout : queue-de-cheval attachée haut sur la tête par une lanière de cuir.

Luke a gardé son costume de bureau. Pitié ! On dirait qu'il a rendez-vous avec son banquier alors que nous allons descendre des shots de tequila avec un rocker.

— Pourquoi tu ne déboutonnes pas ta chemise ? je suggère. Allez, relax, Luke ! Détends-toi un peu !

Je décoiffe ses cheveux et défais son bouton du haut, en espérant qu'il se laisse un peu aller. Peine perdue.

— Tu préfères que je rentre à la maison pour enfiler une veste en cuir lacérée ?

— Sois pas bête ! je dis en riant.

Puis, après une seconde d'hésitation, j'ajoute :

— Tu as une veste en cuir lacérée ?

J'ai droit à un autre regard froid. Bon, je comprends le message.

Nous reprenons notre marche. Luke toujours aussi muet. Y aurait-il de l'orage dans l'air ? Ou est-ce le fruit de mon imagination ? Il avance, maxillaires crispés. En arrivant à proximité du pub, j'en suis à me dire que j'ai fait une grosse, une énorme, une colossale erreur.

Suis-je dans le déni ? Existe-t-il une sorte d'attirance sexuelle entre Craig et moi ?

J'avoue : j'ai fait toutes ces expérimentations vestimentaires aujourd'hui à cause de ce que Craig m'a dit l'autre jour. Mais je ne *flashe* pas sur lui.

Ou si ?

Aurais-je envie de lui sans m'en rendre compte ? Est-ce que, dans mon subconscient, je voudrais coucher avec Craig ?

Je marche sans mot dire tout en explorant les recoins les plus intimes de mon cerveau. L'ennui, quand on creuse trop dans son subconscient, c'est qu'il vous envoie bouler en ricanant. Du genre : « Trouve la solution toi-même, espèce de nouille ! »

Et Luke ? Il semble calme. Mais se pourrait-il qu'il bouillonne de rage et de jalousie en silence ? Devant l'entrée du pub, j'ai comme une boule d'inquiétude dans la gorge. Et si j'annulais fissa en proposant de rentrer à la maison ? Oui, mais est-ce que ça ne risque pas d'empirer la situation ?

Et si Luke et Craig se disputaient ? S'ils se battaient en *duel* ? D'où me vient cette image saugrenue ? Je vois soudain Luke dans son costume Armani et Craig dans sa veste de cuir, épées à la main, en train de ferrailler sur le bar et autour des sièges tandis que je m'écrie avec désespoir : « S'il vous plaît ! Ne vous battez pas pour moi ! Vos vies sont trop précieuses ! »

— Ça va, Becky ? On entre ? demande Luke.

Je reviens à la réalité en clignant plusieurs fois des yeux.

— Mais oui ! Entrons !

L'intérieur est chaleureux. Un feu crépite dans la cheminée. Les haut-parleurs diffusent une chanson de Chris Rea qui parle du retour à la maison pour Noël. Ça sent bon le vin chaud aux épices. En enlevant mon manteau, je remarque que la fille derrière le bar détaille ma tenue avec curiosité.

— En route pour un bal costumé ? interroge-t-elle.

Quelle impertinence ! Voilà une question qu'on ne poserait pas à Shoreditch.

— Non, juste une sortie entre amis, je réponds froidement.

Soudain, le sens du mot « amis » me semble occulte, mystérieux. Jouer les femmes fatales n'est pas mon genre. Pourtant j'ai l'impression d'être l'interprète d'un film noir, dans la scène clé du triangle amoureux.

— Luke, tu sais que je t'aime ? je murmure d'une voix tremblante.

— Évidemment, fait-il en me regardant comme si j'étais idiote.

— Je vous sers quoi, Becky ? intervient jovialement Dave, le patron de l'établissement.

Au moment où je m'apprête à répondre, la porte s'ouvre et j'entends la voix de Craig (accompagnée de violons dans ma tête) :

— Becky !

On pourrait se croire dans le film *Casablanca*. À trois exceptions près. La séquence se déroule dans un pub.

Elle n'est pas tournée en noir et blanc. Elle ne se passe pas au Maroc.

— Craig ! je m'exclame en me retournant.

Surprise : il a troqué son blouson de cuir pour une veste. Et il a l'air de s'être rasé.

Il m'embrasse sur les deux joues avant de s'intéresser à Luke.

— Luke, je te présente Craig.

Et là, j'attends quoi exactement ? Une confrontation immédiate ? Évidemment, rien de tel ne se produit. Ils se serrent la main. Luke dit :

— Bienvenue à Letherby.

Et Craig :

— Merci, mon pote ! Il fait froid ce soir. Tu bois quoi ?

Je remballe mon scénario de film noir. Leur dialogue est celui de deux types dans un pub anglais.

— Je vous sers quoi, Becky ? demande à nouveau Dave. Comme d'hab ? Baileys avec glaçons ?

Moment de gêne ! J'en rougis. Le Baileys n'est pas ma boisson habituelle. Il m'arrive juste d'en boire de temps en temps.

— Tequila, merci, je déclare froidement.

Puis m'adressant à Craig :

— On se fait quelques shots, hein ?

— De la tequila ? s'étonne Luke.

Je fais comme si je n'avais pas entendu.

— Pas pour moi, prévient Craig.

— Comment ça ?

— La tequila, c'était une plaisanterie, explique-t-il d'un air chagrin. Depuis mes problèmes d'estomac, je ne la tolère plus. Je m'en tiens au vin. Mais je ne vous retiens pas, les amis.

— Moi aussi, je prends du vin, annonce Luke. On sert un bon malbec ici…

— Du malbec ! Excellent cépage ! J'en ai bu l'autre soir.

Du *malbec* ? Depuis quand les rock stars boivent-elles du vin rouge ?

Déconcertée, je regarde Dave servir nos verres. Les deux mecs commencent à siroter leur vin et, quant à moi, je descends ma tequila cul sec.

Ooooh, c'est fort. Je vois trouble tout à coup.

— Un autre ? s'enquiert Dave.

— Euh… peut-être dans une minute.

Et j'attrape un mouchoir en papier pour tamponner mes yeux.

— Alors, tu t'y connais en vin ? demande Craig à Luke.

— Un peu. Et toi ?

— Moi, c'est récent. Mon pote Mark, le chanteur de Blink Rage, vient d'acheter à une vente de Sotheby's une caisse de Château Lafite 1916, raconte-t-il de sa voix éraillée.

— Oui, j'ai lu ça, commente Luc, enchanté. Apparemment les enchères ont été acharnées.

— Intenses ! J'étais avec Mark. Il enchérissait par téléphone, hyper flippé, le gars. Et si on s'asseyait près du feu ? suggère-t-il, alors que des clients viennent de libérer la place.

— Oui, bonne idée !

Ils ne manquent pas d'air, les deux. Quand je disais que j'espérais qu'ils s'entendent bien, je n'imaginais pas qu'ils allaient disserter sur le vin en *m'ignorant* totalement.

— Becky, tu viens avec nous ? Avec une deuxième tequila ? demande Luke.

Il se fiche de moi ou quoi ?

— Je suis assez grande pour me commander un verre de vin, merci.

Avant de les rejoindre, je demande un verre de vin et un paquet de chips. À ce moment-là, une femme fait son entrée. À peu près mon âge, en manteau ouvert sur un tailleur gris strict qui laisse deviner un décolleté hyper sexy. Longs cheveux raides, bronzage pain d'épices artificiel, sourcils archidessinés et bouche gonflée aux injections. (À mon avis, sans doute à deux reprises. Elle a dû commencer par demander à son dermato : « Que ce soit naturel ! » Et ensuite : « J'adore. Vous pouvez y aller ! »)

Elle zieute mes collants têtes de mort, puis mes boucles d'oreilles, et se mord les lèvres comme pour ne pas pouffer. Après quoi, elle scanne l'intérieur du pub.

— Craig ! couine-t-elle d'une voix nasale.

Le visage radieux, il saute sur ses pieds.

— Ah, mon cœur, tu es arrivée ! Viens là ! Luke, Becky, je vous présente Nadine, ma petite amie.

Sa…

Quoi ?

Pourquoi Craig n'aurait-il pas de petite amie ? C'est normal qu'il en ait une. Je me demande pourquoi je n'ai jamais pensé qu'il pouvait avoir une petite amie. Ce n'est pas une surprise, finalement.

En revanche, ce qui est surprenant, c'est…

C'est elle.

Si on m'avait parlé de la petite amie de Craig, j'aurais imaginé une femme hyper branchée, genre rockeuse. Avec des collants un peu gothiques et un maquillage des yeux bleu électrique, comme les nanas sur son compte Instagram. Nadine est complètement différente.

Je ne peux pas détacher les yeux d'elle tandis qu'elle va se chercher un verre au bar. Incroyable ! Elle ne *peut pas* être avec Craig. Pourtant elle l'est. Elle est impeccable, elle conduit une Fiat et déteste la musique de Craig. Et lui nous raconte ça comme si c'était une *qualité*.

— Elle ne viendra pas m'écouter. Elle ne suivra pas ma tournée. Hein, bébé ? Elle refuse.

— Blink Rage ! Quel drôle de nom ! s'exclame Nadine après une gorgée de prosecco. Vous avez déjà entendu le bruit qu'ils font ? Mais tu es peut-être fan de ce genre de musique, Becky, ajoute-t-elle avec un regard sur mes collants.

— Oh moi, j'ai des goûts éclectiques. Il y a des années, à Bristol, je traînais avec Craig et son groupe. C'est comme ça qu'on s'est mis ensemble. Le bon vieux temps.

Contrairement à mon attente, Nadine ne pose pas de questions. « Hum ! » se contente-t-elle de dire avec un manque d'intérêt évident. Puis elle s'adresse à Luke :

— Je sais tout sur votre société, Brandon Communications. Sacré parcours. Mon but, c'est de réussir comme vous, un jour. Croyez-moi : vous êtes mon modèle.

Elle se penche, ses yeux bleu ciel dardés sur Luke. Et que vois-je ? Mine de rien, elle fait ressortir ses seins d'un mouvement de bras.

— La société de marketing de Nadine marche bien, commente Craig. Elle a un nouveau client. Dans le sportswear.

Il lui tapote le bras avec fierté.

— J'adorerais que vous me fassiez profiter de votre expérience, Luke. Tout me passionne. Vos débuts. Le lancement de votre entreprise. Vous êtes un tel exemple pour moi !

Chaque fois qu'elle ouvre la bouche, elle fait ressortir ses seins encore plus. Je rêve. J'essaye de croiser le regard de mon mari mais il semble tout à fait captivé par cette Nadine.

— Je ne vais pas vous ennuyer avec le long parcours professionnel que j'ai effectué, dit-il en riant.

— Oh mais si, répond-elle en battant des cils. Je veux connaître chaque détail. C'est pour moi une telle occasion d'apprendre.

— Ce n'est pas de la blague, affirme Craig. Elle me bassinait pour être présentée à Luke Brandon. Rencontrer les musiciens de Blink Rage, non ! Aucune envie. Elle voulait te rencontrer. Toi.

— Tu m'en vois flatté, sourit Luke. Un autre verre de vin, Craig ?

— J'y vais pendant que vous bavardez, répond Craig. Becky, ça va ?

Il me lance un bref regard. Et je fais un grand sourire.

— Tout roule. On ne peut mieux.

Rectification. Ça pourrait être mieux. Une heure plus tard, mon sourire s'est figé. Cette soirée ne se déroule *pas du tout* comme je l'espérais.

Luke et Nadine sont plongés dans une conversation sur le marketing aussi assommante que technique et à laquelle, de toute façon, on ne peut pas participer. Au moins mille fois, elle a confié à Luke combien ses succès l'inspiraient, « Croyez-moi, Luke ». (Elle répète cette phrase en boucle, ce qui me rend *dingue.*) Mais Luke est tellement séduit par l'empressement qu'elle lui témoigne qu'il n'a pas l'air de remarquer.

Quant à Craig, il a totalement ignoré mes efforts. J'ai essayé d'aborder tous les sujets : de la scène musicale à Kiev (je me suis renseignée préalablement) jusqu'à notre brunch à Shoreditch. Mais chaque fois il me coupe le sifflet pour dire à Luke à quel point Nadine est un bourreau de travail, combien ses connaissances en haute technologie sont pointues, avec quel talent elle a repensé son site à lui.

— Un autre verre, Luke ? propose Nadine en s'apercevant qu'il n'a plus rien à boire.

Après un coup d'œil à sa montre, il me regarde.

Message reçu.

— Dommage mais on devrait probablement rentrer. J'ai dit à Suze qu'on ne s'éterniserait pas. C'était trop sympa de faire ta connaissance, Nadine.

— Moi aussi, j'étais ravie !

Sa déclaration hautement hypocrite est suivie d'un regard façon rayon laser en direction de mes pieds.

— Ces bottes à talons aiguilles, elles ne te font pas atrocement mal ? Moi, je ne suis fan ni de rock ni de talons hauts. Point final.

Œillade satisfaite vers un Craig transi d'amour.

— Elle sait toujours ce qu'elle veut, ma petite amie, constate-t-il fièrement.

C'est plus fort que moi : je veux savoir.

— Nadine, tu étais à Varsovie le week-end dernier ?

— À Varsovie ? Aucun risque ! Je bossais. Et puis, je ne raffole pas des potes de Craig. Trop agités du bocal à mon goût. En plus, les voyages et moi, ça fait deux.

Alors là, je ne comprends rien à leurs rapports. Elle n'aime pas le rock, elle n'aime pas les musiciens, elle déteste voyager. Qu'ont-ils en commun ?

— Bon, eh bien, à une autre fois ! je lance en me levant. Contente de t'avoir revu, Craig, et bienvenue dans notre village.

— Il faut que vous passiez voir le cottage et essayer le jacuzzi, suggère Craig.

— Le jacuzzi, j'adore ! s'enthousiasme Nadine. Je pourrais y rester toute la journée. Toi aussi, Luke ?

C'est quoi, cette façon de se coller à lui ? Elle croit que mon mari est dur d'oreille ou quoi ?

Quand Luke affirme sans hésiter qu'il adore les bains à remous et l'hydromassage, mon poil se hérisse. Aucune raison précise. Juste la façon dont il le dit. Pourquoi pas « J'adore les câlins dans l'eau chaude ! » pendant qu'il y est ?

Voix rauque, œillade de Nadine.

— Au fait, j'aime beaucoup ta moustache ! J'ai voulu te le dire pendant toute la soirée. Tout à fait dans le style des trois mousquetaires, je trouve.

— C'est pour une œuvre de charité, explique Luke en touchant timidement sa lèvre supérieure.

— Tu devrais la garder, déclare Nadine.

— J'y ai pensé.

— Très seyante. Elle te va *vraiment* très bien.

Qu'est-ce qu'elle raconte ? C'est archifaux. Ferme-la, Nadine ! C'est pas tes oignons. Mais je me retiens. Elle, en revanche, est intarissable.

— Avant de nous séparer, je peux te demander encore quelque chose ? J'ai démarré un site pour un client. Mais j'hésite sur un point…

Elle se met à pianoter sur son portable sous l'œil attentif de Luke. Quant à moi, je bouillonne de fureur.

— Désolé, Becky, j'ai l'impression qu'on t'a un peu laissée tomber, me souffle gentiment Craig à l'oreille.

— Sois pas bête ! je réplique avec un grand sourire machinal.

— Si ! Et je m'en excuse, mais Nadine se réjouissait tellement de faire la connaissance de ton mari, de l'interviewer et tout. Je suis content qu'ils s'entendent bien. On sympathise vachement tous les quatre, hein ? Et puis maintenant on vit très près les uns des autres. On peut devenir proches. Tu es d'accord ?

— Oui, sans doute, je dis en me détendant un peu.

— On va se revoir souvent. Vous allez venir à la maison. Pour profiter du jacuzzi ou juste pour le plaisir de passer un bon moment ensemble. En privé. Seulement nous quatre. Et (main de Craig posée sur mon bras) je te ferais entendre mes dernières chansons. Cool, non ?

Oui, ce sera cool. Du moment que Nadine ne nous saoule pas avec ses histoires de bénéfices, de rentabilité et autres.

— J'adore l'idée ! je clame.

— Eh bien, c'est entendu ! Nadine, j'ai invité Becky et Luke à venir chez nous un de ces soirs.

— Épatant ! exulte Nadine. Luke, j'ai *hâte* de te revoir. Oh ! et toi aussi, Becky.

Pour finir, on s'embrasse et nous quittons le pub. Sur le chemin du retour, Luke reste muet. À quoi pense-t-il ?

— Alors, tu as apprécié cette soirée ? Navrée de ne pas t'avoir parlé de Craig avant…

— Aucun problème. On a passé un bon moment. Et cette fille est sympa.

Cette remarque a le don de m'énerver.

La fille était sympa ou bien le *flirt* ?

Mais je me réprimande. Il faut que j'arrête d'être si soupçonneuse. Si je peux être copine avec Craig, Luke a le droit de se lier d'amitié avec Nadine. Même si ses lèvres gonflées ressemblent à des oreillers.

Oui, vous avez bien compris. Des oreillers.

De : serviceclients@gardendecorations.uk
À : Becky Brandon
Objet : votre commande n° 7654

Chère madame Brandon,

En référence à votre commande n° 7654, nous avons le regret de vous informer que les objets ci-dessous ne sont plus disponibles. En conséquence, nous avons effectué le remboursement de la somme débitée sur votre carte de crédit.

Produit : Lama décoratif argenté **Quantité :** 6

Cordialement,

Le service commercial

Shopping de Noël : comparez les prix !

Fabricant	Produit	Prix	Disponibilité
Decorations.co.uk	Boule lama argentée	6,99 £	Épuisée
Séduisante décoration avec crinière argentée et logo « Paix dans le monde » en rose.			
Treesandtoppers.co.uk	Lama décoratif argenté	5,99 £	Indisponible
Votre sapin étincellera avec ce mignon petit lama !			
AcuratedChrismas.co.uk	Boule lama « Paix dans le monde »	10,99 £	Délai de livraison : 26 semaines
Boule design d'arbre de Noël argent et rose, ruban argent inclus.			

WhatsApp
Groupe "NOËL À LETHERBY"

Becky
Coucou tout le monde ! J'ai créé ce groupe de discussion pour organiser la fête de Noël. Idées et requêtes bienvenues. Bises. Becky

Janice
Mon chou, au brunch j'ai oublié de signaler que pour nous Noël n'est pas Noël sans le mélange de friandises Quality Street.

Martin
Moi j'aime surtout les Matchmakers, les bâtonnets de chocolat à l'orange.

Suze
Tarkie préfère les chocolats en forme de coquillage. J'ai oublié leur nom.

Jess
Ma requête : des chocolats bio ou à défaut un substitut diététique comme des bonbons à la caroube sans gluten.

Suze
Coucou, ma Bex, il y a des guirlandes lumineuses en forme de piments chez Tesco. Tu devrais en acheter.

Janice
Il y en a en forme de bananes chez Sainsbury's.

Martin
Quel rapport entre des bananes et Noël ????

Maman
Papa suggère un thème avocat. Très actuel. Nous venons d'acheter des guirlandes lumineuses en forme d'avocats pour notre soirée gin et cactus.

Janice
Une soirée gin et cactus ? C'est quoi ?

Maman
On boit du gin et on montre sa collection de cactées. C'est la dernière folie de Shoreditch.

Janice
Sûr qu'ils font plein de trucs à Shoreditch.

Jess
Les guirlandes lumineuses posent un problème.

11

Bon, d'accord ! Ce groupe WhatsApp Noël est sans doute une erreur.

Déjà 134 notifications alors que nous n'avons commencé qu'hier au soir. Impossible de suivre les millions de suggestions envoyées par les uns et les autres. Exemple : en une seule demi-heure, le groupe a échangé sur les meilleurs chocolats, les meilleures *mince pies*, ces tartelettes traditionnelles de fruits secs, les meilleurs films de Noël et la meilleure version du grand classique *Un chant de Noël*.

(Pour moi, c'est sans conteste *Noël chez les Muppets*. Bien que papa, qui s'obstine à les appeler « Puppets », ne soit pas d'accord. Il y a environ dix messages sur le sujet.)

Je m'efforce de garder mon calme, de me persuader que « peu importe ce que le Grincheux vole, Noël demeure Noël ». Ce ne sont que des détails. Des bruits de fond. Tant pis pour le type de tartelette. Ou pour la recette de la sauce au cognac qui accompagne le pudding.

Et puis, au fond, ce sont moins les requêtes qui m'embêtent que le ton de la discussion. Pas étonnant que le gouvernement s'inquiète à propos des réseaux sociaux et de leur influence néfaste sur une certaine génération. Tout ça pour dire que maman et Janice n'arrêtent pas de se chamailler par messages interposés.

Maman nous bassine avec les habitudes des habitants de Shoreditch. Elle frime en détaillant son emploi du temps hyper chargé et ses dégustations de gin artisanal. À quoi Janice finit immanquablement par répondre : « Tu es sûre que tu as du temps pour Noël, mon chou, avec ta nouvelle vie mondaine ? »

Et pan ! Mais Janice a raison. Maman était censée m'accompagner à la foire de Noël jeudi. Hier soir à 22 heures, elle s'est décommandée. Ça tombait juste le jour de son atelier de théâtre expérimental.

Le théâtre expérimental, pourquoi pas ? Mais quand même, la fête de Noël approche. Et c'est moi qui suis aux commandes.

À mon arrivée à la boutique, j'ai toujours en tête les messages du groupe WhatsApp.

— Alors ? Alors ? Alors ? me presse Suze, comme si je savais de quoi elle parlait.

— Finalement, je vais choisir la sauce au cognac de chez Waitrose, je dis, un peu confuse.

Elle claque la langue avec impatience :

— Mais non ! Ta soirée avec Craig ! Il s'est *passé* quoi ? Je t'ai envoyé au moins six messages hier soir.

J'essaye de me concentrer.

— Excuse-moi, je suis obsédée par les discussions du groupe WhatsApp. Euh… c'était bien. Sympa. Il a une copine.

— Une *copine* ?

L'espace d'un instant, je suis tentée de prétendre que je le savais depuis longtemps et de lancer : « Comment ? Tu l'ignorais ? » Mais 1. je ne suis pas sûre d'être convaincante et 2. j'ai une grosse envie de potins.

— J'ai été surprise, moi aussi. Et tu sais quoi ? Elle est complètement différente de lui. Le genre business woman, le tailleur impeccable et tout. Elle s'appelle Nadine, elle déteste sa musique, les voyages et tout ce qu'il aime. Bizarre, hein ?

— Ouais ! commente Suze en ouvrant un carton de cardigans.

— Je me demande ce qu'ils ont en commun. Mais on s'est tous bien entendus. On pourrait bien devenir amis.

— Ouais ! répète Suze. Au fait, Bex, tu as laissé tomber le style rockeuse de choc ?

Ce matin, je n'ai pas mis mon tweed « customisé ». Parce que…

D'accord. La vérité vraie ? Quand je me suis réveillée, j'ai regardé le tailleur en me disant que j'avais *perdu la boule*. Il faudra que je l'arrange, un jour. Quant aux bottes, elles m'ont fusillé les pieds. Nadine avait raison : je n'aurais pas dû les porter. Mais je garde ça pour moi.

— Oh, j'ai opté pour un autre style aujourd'hui. À chaque jour son allure.

— Parce que la copine de Craig est habillée très pro, tu fais pareil ?

Sa sortie, accompagnée d'un coup d'œil acéré, me coupe le souffle.

— Absolument pas. Non ! Tu sous-entends quoi, Suze ?

— Tu le sais parfaitement.

Silence. Je *crois* savoir ce qu'elle sous-entend.

Et si elle insinuait autre chose ? Ou même une troisième chose ?

— Allez ! Dis-le !

Elle se met à compter sur ses doigts.

— Tu oublies de dire que ton ex-petit ami vit dans le coin. Tu te fringues pour l'impressionner. Tu vas boire un verre avec lui. Tu m'annonces que cette Nadine et lui ne partagent rien. Par contre, toi oui, n'est-ce pas ?

D'accord. Je *sais* ce qu'elle sous-entend. Mais elle a tout faux.

— Arrête ! Tu es complètement *à côté* de la plaque.

— Tu prétends que Craig ne s'intéresse pas à toi ? Qu'il ne te drague pas ?

— Oui ! Exactement. Tous les deux m'ont ignorée pratiquement toute la soirée. Ils n'en avaient que pour Luke. Surtout Nadine qui ne le quittait pas des yeux. Si quelqu'un a de quoi se faire du souci, c'est *moi*. Oui, *moi*.

— Hum, grogne Suze, pas convaincue pour un penny.

— Tu supposes quoi, là ? Tu penses que je vais avoir une *histoire* avec lui ?

— Je n'ai pas dit ça. Mais… je sais que ça peut arriver. Tu dois faire attention.

Elle regarde ailleurs mais visiblement elle fait référence à son propre moment de folie pendant l'été dernier. Je me drape dans ma dignité.

— Rassure-toi. Mon couple est solide.

Nouveau silence. Suze finit de vider le carton de cardigans que je range sur un présentoir.

— Tu vas aller à sa fête de Noël ? demande-t-elle au bout d'un moment.

Ça y est, j'ai compris, et j'éprouve une pointe de culpabilité. Elle se sent exclue.

— Nous irons tous ensemble. Suze, tu dois te joindre à nous la prochaine fois que nous allons les voir. Et tu ne voudrais pas m'accompagner à la foire de Noël, jeudi ? Maman s'est débinée. Je payerai ma remplaçante à la boutique. On demandera à la nièce d'Irene : elle est toujours partante. Je m'en occupe.

— Désolée, Bex. J'aurais adoré mais j'ai un gros truc en chantier que je voudrais terminer. Je suis obligée de te dire non.

Un gros chantier ? Première nouvelle.

— De quoi s'agit-il ?

— Quelque chose pour la boutique. Tu verras.

— À savoir ?

— C'est un secret. Tu aimeras beaucoup, ajoute-t-elle en souriant. En fait, tu adoreras. Mais j'ai besoin de tout mon jeudi pour mener à bien ce projet.

— OK. Pas de souci.

À qui pourrais-je demander ? Jess se trouve dans la région de Cumbria. Et de toute façon, elle n'aurait pas apprécié la foire de Noël. Elle aurait déambulé en jetant des regards sévères aux exposants et les aurait dissuadés de vendre des piments lumineux pour fabriquer plutôt des bougies à base de piments recyclés, ou bien rester assis dans l'obscurité comme le commande la nature.

Tout d'un coup, une illumination. Janice ! J'envoie aussitôt un SMS.

Coucou Janice ! Ça te dirait de m'accompagner à la foire de Noël jeudi ? J'ai un billet d'entrée en plus. Kiss. Becky

La réponse arrive immédiatement.

Et comment, mon chou ! Oui ! Vivement jeudi. Bisous. Janice

Elle a l'air enchantée. Quelle chance ! Janice est la bonne personne à emmener. Je vais réserver pour le déjeuner. On passera un bon moment.

Je t'enverrai le billet par mail. Rendez-vous là-bas.

Au moment où je range mon téléphone, un autre texto de Janice.

Tu n'y vas pas avec ta mère ? À cause de ce « Shoreditch » qui lui prend tout son temps ?

Oh, ces guillemets ! Un peu agressifs, non ? Mais mieux vaut calmer le jeu. Je réfléchis avant d'envoyer ma réponse.

Elle est occupée. Ça n'est pas grave. Nous, on va s'éclater. À plus. Becky

Il est l'heure. Après un coup d'œil à sa montre, Suze va ouvrir la porte de la boutique. Mais en ce qui me concerne, notre conversation n'est pas terminée.

— Suze ! j'appelle.

— Quoi ?

— Je sais que ça part d'un bon sentiment, mais ne te fais pas de bile. Je ne vais pas coucher avec Craig.

— Oui, abstiens-toi ! réplique-t-elle. Parce que ça bousillerait la fête de Noël.

Bousiller Noël ? Même si je n'ai aucunement l'intention de tromper mon mari, je m'inscris en faux contre cette affirmation.

— N'importe quoi ! Et d'abord personne ne saurait !

— Oh que si ! Tu ne peux pas tenir ta langue, Bex. Tu serais capable d'arriver le jour de Noël en disant : « Que penses-tu de ma jupe "J'ai une aventure" ? Géniale, non ? »

Je ne m'abaisse même pas à répondre à cette pique.

Journée très occupée à la boutique. Pas une fois nous ne prononçons le nom de Craig. J'en déduis que le sujet est clos. Nous vendons beaucoup de cadres à photos (en promotion) réalisés par Suze, deux bâtons de marche, un manteau de tweed, deux paniers à pique-nique et des tonnes de pots de confiture. À l'heure du déjeuner, nous aidons Irene à naviguer sur la toile pour trouver un joli pull destiné à sa nièce d'Australie : après avoir épluché six cents sites, j'ai cru que l'ordinateur allait rendre l'âme et je me suis rendu compte à quel point Irene était indécise.

Finalement, alors que nous approchons de la fermeture, Suze me prend à part et me dit sur un ton faussement joyeux :

— Bex, il y a quelque chose dont je voulais te parler.

Puis, une fois Irene hors de portée de voix, elle s'éclaircit la gorge et me regarde un peu gênée.

— Quoi, Suze ? Qu'est-ce qui se passe ?

— Bon, écoute, je suis allée sur Google pour en savoir plus sur Craig.

— Décidément, il t'obsède, ce gars !

— D'accord. Ça ne me regarde pas. Mais j'ai trouvé cette interview en ligne et… bon, tu dois la lire.

Sur l'écran de son portable s'étale un long texte incompréhensible accompagné d'un portrait de Craig.

Je grimace :

— C'est en quelle langue ?

— Oh, pardon, je t'ai montré l'original. C'est du letton. Il faut activer la traduction Google.

— Le personnage te fascine tellement que je suppose que tu l'as déjà fait.

— Jette un œil là-dessus. C'est en anglais et j'ai surligné certains passages.

Mon Dieu ! Et s'il parlait de moi dans cette interview ? S'il avouait que sa muse n'était autre que son premier amour, Becky Bloomwood, qu'il regrettait d'avoir quittée. Et si j'étais célèbre en Lettonie ?

Mais non. Le nom de Becky n'apparaît nulle part. En revanche, un mot me fait sursauter. Ce mot, c'est *orgies.*

— Oui, orgies, me fait remarquer Suze comme si je ne savais pas lire.

Je lève les yeux au ciel.

— De quoi il est question, Suze ? Il mentionne mon nom ?

— Non. Mais il évoque plein d'autres choses. Continue à lire.

Je laisse échapper une bouffée d'exaspération. Et puis, l'œil rivé à l'écran, je passe d'une phrase surlignée à une autre.

... « je ne crois pas à la monogamie », affirme Craig Curton... un participant régulier des partouzes moscovites... il a rencontré sa petite amie actuelle dans un club échangiste fameux... « le sexe expérimental est la seule manière »... « Depuis quand le sexe à deux est-il réjouissant ? Pour moi, il ne l'a jamais été », assène-t-il en riant...

Je lève la tête et croise le regard de Suze. J'ai un peu le tournis mais j'affecte malgré tout une nonchalance étudiée.

— Bon, sa vie sexuelle est débridée, d'accord. Tu disais quoi ?

— Il a peut-être envie d'expérimenter des trucs salaces avec toi et Luke, fait-elle avec des mouvements de sourcils éloquents. *Avec toi et Luke, Bex !*

— Tu… ?

Je m'interromps brusquement en pigeant ce qu'elle insinue.

— Sûrement pas ! Tu es dingue, Suze ! Qu'est-ce qui te fait penser ça ?

— Eh bien, regardons les faits.

Elle commence à faire les cent pas comme un avocat en grande plaidoirie à l'Old Bailey, le palais de justice de Londres.

— Hier, tu t'es demandé ce que Craig et sa Nadine pouvaient bien avoir en commun. J'ai remarqué qu'il flirtait outrageusement avec toi. Et maintenant, ils tournent tous les deux autour de Luke. En fait… (pause théâtrale)… ils *vous* draguent.

— Tu te trompes !

Non seulement Suze ignore ma réaction mais elle ajoute avec emphase :

— Je t'affirme que ce qui lie Craig et sa copine n'est rien d'autre que le sexe. Le sexe multipartenaire.

— Le sexe multipartenaire ? C'est comme ça que ça s'appelle ?

— Je n'en sais rien. Mais tu comprends ce que je veux dire. Je parie qu'ils se sont rencontrés dans un de ces clubs et qu'ils s'adonnent à ces jeux. Et ils veulent vous faire entrer dans leur partie. Une partie carrée.

— Conneries ! je lance avec véhémence.

— Le jacuzzi, à ton avis, c'est pourquoi ? rétorque-t-elle comme si elle abattait son atout décisif.

— Le *jacuzzi* ?

— Eh oui ! Le jacuzzi. Parfait pour des parties de jambes en l'air à plusieurs.

Après une pause, elle reprend, très châtelaine inquiète :

— On le voit depuis la route, son jacuzzi. Les gens vont déposer des plaintes. Je me demande ce que Tarkie en dira.

Son air outragé me fait pouffer.

— Allez, Suze, je te promets que si Craig nous convie à participer à une orgie, je t'en informe immédiatement pour que tu appelles la police.

— Ah, tu trouves ça marrant ? Attends un peu que Craig te propose de te mettre à l'aise quand tu seras chez lui. Et que Nadine surgisse dans une chemise de nuit transparente en te couvrant de compliments *sexy*. Et qu'elle commence à te déshabiller et… Bref !

Elle s'arrête net. Visiblement, pour ce genre de fantasme, son imaginaire est limité.

— T'es malade, Suze. Stop !

— Non, je suis visionnaire. L'attirance sexuelle entre toi et Craig est palpable. Ils vont vous inviter à partager leurs ébats érotiques dans le jacuzzi.

— En fait, il nous a déjà invités. Dans le jacuzzi, je précise. Pas à une orgie.

Suze agite un doigt triomphant sous mon nez. À croire que je viens de fournir une preuve.

— Tu vois ?

— Non justement, je ne vois pas. Des tas de gens possèdent des jacuzzis. Ils ne sont pas tous amateurs de partouzes pour autant.

Suze se mord les lèvres. J'ai l'impression qu'elle voit tout d'un coup le côté comique de l'histoire.

— En tout cas, dit-elle, tu auras été prévenue.

— Merci à vous, très chère, je réponds en exécutant une profonde révérence. J'apprécie votre sollicitude. À demain !

— Tu refuses de voir la réalité, Bex. Mais j'ai raison.

En me remémorant notre conversation sur le chemin du retour, je me mets à rire. Franchement ! Du sexe à plusieurs. Et quoi encore ? Elle perd la boule, ma copine.

Quoique…

Non, Becky, n'y pense pas !

Trop tard ! Je me souviens très précisément de l'invitation de Craig. De la manière dont il s'est presque collé à moi. De sa phrase : « Pour profiter du jacuzzi ou juste pour le plaisir de passer un bon moment ensemble. En privé. Seulement nous quatre. »

Et sa main sur mon bras. Et son regard, genre chargé d'intentions.

Il ne… ?

Ce n'était pas… ?

Mais non, Becky ! *Bien sûr* que non. Ne sois pas ridicule !

De : Myriad Miracle
À : Becky Brandon
Objet : Pour information

Chère madame Brandon (née Bloomwood),

Nous espérons que vous appréciez notre programme Myriad Miracle.

En effet, notre équipe a remarqué que jusqu'à maintenant votre activité était restée au niveau « Insignifiant ».

Avez-vous des difficultés à vous connecter à notre système interactif ?

N'hésitez pas à contacter notre service clientèle qui vous aidera à mettre à jour vos paramètres de manière à améliorer vos sessions en ligne.

Debs
(assistante clientèle)

12

J'y pense toujours ! Jeudi matin, à 9 h 30, après avoir déposé Minnie à l'école, je me retrouve à la table de la cuisine à couper le tissu de son costume de Roi mage. Mais je suis distraite. La moitié de mon esprit m'ordonne de me concentrer. L'autre me susurre que je n'ai jamais participé à une coucherie à quatre.

Comment ça marche, d'ailleurs ? Je parle du fonctionnement *logistique*. J'ai assez envie d'aller taper sur Google : *sexe à plusieurs mode d'emploi*. Oui, mais si Luke surgissait et en déduisait des choses fausses ? Tiens, justement, le voilà. Je lui en parle ou pas ?

Non, parce que c'est fou. *Complètement* fou.

— Tout roule comme tu veux, Becky chérie ? dit-il en examinant l'océan de soie marine étalé sur la table. C'est joli.

— Tout est sous contrôle, merci ! je réponds en me forçant à m'intéresser au costume de Minnie.

Sans me vanter, j'ai choisi un tissu fabuleux. Une soie somptueuse, bleu nuit avec un gaufrage doré. Pas la solution la plus économique, c'est vrai. Mais je vous le demande : combien de fois une petite fille a-t-elle l'occasion d'être un Roi mage dans une pièce de Noël ? J'ai aussi acheté des rubans en velours doré et des sequins. Elle va être magnifique, ma poupette.

— Il suffit de suivre le patron, j'ajoute prestement.

Je reprends mes ciseaux en essayant d'avoir la dextérité d'une couturière chevronnée. Pas la peine de dire que je découpe le tissu pour la seconde fois. La première fois ? Désastre *sur toute la ligne*. Mais cette fois, j'ai des épingles. Très utiles, les épingles ! Quelqu'un aurait dû m'en parler avant. Et finalement j'ai beaucoup plus de tissu qu'il n'en faut. (Je me suis un peu emballée dans le magasin en pensant que je pourrais me confectionner une robe assortie. Ce qui, honnêtement, s'annonce *assez peu* probable.)

— Je me fais un café à emporter, annonce Luke. Tu en veux un ?

— Oui, s'il te plaît, je dis machinalement en recommençant à couper.

J'aime le bruit des lames des ciseaux qui taillent le tissu. J'ai l'impression d'être une vraie pro. J'aborde l'arrondi de la manche avec mille précautions. Quand je lève les yeux, je rencontre l'expression attendrie de mon mari.

— Quoi ? je dis.

— Rien. Minnie a de la chance.

Son compliment me fait drôlement plaisir.

— Je souhaite qu'elle ait le plus beau costume possible. Évidemment, rien n'est moins sûr. Ce sera peut-être affreux. Dans tout ce qui est loisirs créatifs, je suis plutôt nulle. (Gros soupir.) Pas comme Suze. Si tu voyais les merveilles qu'elle confectionne…

— Becky, tu es toi. Les autres gens sont d'autres gens. Ton costume va être superbe et Minnie sera un magnifique Roi mage. À propos, a-t-elle un texte à apprendre ? Doit-on la faire réciter ?

— Non, non ! Ils devront inventer. Miss Lucas est à fond pour l'improvisation. D'après elle, ça aiguise la créativité des enfants.

— De l'improvisation ? s'étonne Luke. Ce n'est pas une méthode un peu risquée pour des gamins de cet âge ?

— On pourrait le croire, oui. À la dernière répétition, un des bergers a dit à son mouton que s'il ne se magnait pas un peu, il lui flanquerait une sacrée torgnole.

— Bonne chance à Miss Lucas, s'amuse Luke.

Il pose un café devant moi, prend sa tasse à emporter (en bambou, cadeau de Jess) et m'embrasse.

— Amuse-toi bien à la foire !

— Et comment !

Il a presque atteint la porte que je le rappelle.

— Luke ? Au sujet de Craig et Nadine…

— Oui ?

J'hésite à continuer. « Tu crois qu'ils rêvent de faire l'amour avec nous dans le jacuzzi ? » Voilà la question que je meurs d'envie de poser.

Mais non ! Impossible. Trop *grotesque*.

— Rien de spécial ! Juste… c'était sympa de les voir, hein ?

— Oui, très sympa. À plus tard.

La foire de Noël se tient au palais des expositions Olympia à Londres. En chemin, j'essaye de me concentrer. J'ai perdu assez de temps à penser à Craig et à divaguer sur les jeux érotiques dans un jacuzzi. Ça n'a pas de sens et ça m'empêche de me concentrer sur le sujet prioritaire, à savoir : *la fête de Noël qui se passe chez moi*. Le 25 décembre est dans un mois. Ce n'est vraiment pas le moment de se disperser.

Dans le métro, je feuillette un autre magazine spécialisé pour me calmer. C'est l'inverse qui se produit. Les suggestions pratiques des articles me perturbent. Exemple de titre : « Pourquoi ne pas opter cette année pour des guirlandes en papier dentelle ? » Ou encore : « Pour une ambiance festive garantie : décorer un buffet scandinave avec de la vaisselle de fête. » J'ai déjà vérifié en ligne les délais de livraison du mobilier scandinave, avant de me rendre compte que nous n'avons pas la place de caser un buffet suédois à la maison. Sans compter les trois rennes en peluche grandeur nature à poser devant « pour faire local », comme l'indique la double page de référence. Non, je dois rester terre à terre. Réaliste et pleine de bon sens. M'en tenir à ce dont j'ai *besoin*.

On est d'accord : Noël est centré sur la famille et les amis proches. Il se trouve que ma famille et mes amis proches sont assez exigeants. Janice n'arrête pas de demander quel thème je vais choisir pour la déco de ma table. Et moi, je n'arrête pas d'hésiter. Scandinave ? Contemporain tendance métallique ? Écossais ? À chaque page de magazine, une photo *séduisante* me fait changer d'avis.

Cela dit, j'ai ma liste. Elle commence par « Nappe, serviettes de table, bougies ». Aujourd'hui, je vais choisir un thème. Définitivement. *Non*, je ne me détournerai pas de mon but. *Non*, je ne ferai pas d'achats inconsidérés et inutiles.

Facile à dire ! Dans le hall principal règne une sublime atmosphère de réjouissance, éblouissante. À perte de vue s'alignent d'innombrables stands, tous magnifiquement décorés, croulant sous les cadeaux et les guirlandes, les ornements de sapin et les friandises de toutes sortes. La foule se presse dans les allées avec une fièvre contagieuse. J'envoie un texto à Janice pour lui donner rendez-vous dans l'allée A. Puis, avec le souffle court tant je me sens excitée, je plonge dans la mêlée.

Tout est parfaitement organisé pour répondre aux besoins des gens. Mais parfois, on ne découvre ses besoins que lorsqu'on tombe pile dessus. Regardez ce stand, spécialisé dans les tabliers de fête ! Ils sont en lin rustique, imprimés d'adorables dessins : feuilles de houx ou rouges-gorges. Réception de Noël oblige : il m'en *faut* trois pour accueillir dignement nos invités.

Je passe un petit moment à examiner les différents motifs avant de faire mon choix : feuilles de houx pour moi, rouges-gorges pour Minnie, puddings pour Luke. Si on en achète trois, on bénéficie d'un rabais. Une aubaine ! Mon cabas en lin au bras, je quitte le stand d'un pas vif et léger. Voilà, j'ai commencé !

Le stand suivant propose des plats de présentation pour les tartelettes fabriqués à partir de porcelaine vintage. Objets de première nécessité ? Je l'ignorais. Maintenant, ça me paraît évident.

— Voulez-vous que je les dépose à la consigne où vous pourrez les récupérer plus tard ? demande le vendeur lorsque je paye mes achats.

— Oui, s'il vous plaît !

Quel service épatant. Je n'aurai pas à trimballer ces fichus machins fragiles. *J'adore* cet endroit !

En prenant mon reçu, j'aperçois Janice dans la foule. Signes frénétiques. Embrassades.

Elle porte un manteau ceinturé qu'elle a agrémenté d'un col en fourrure prêté par maman. Et un rouge à lèvres d'un mauve assez osé.

— C'est génial, cette foire, non ? Tu as déjà commencé tes achats ?

— Oui ! s'exclame Janice en agitant son cabas. De la poussière d'or comestible et des orangettes au chocolat. Et j'ai repéré une *super* couronne ornée de clochettes rouges.

Oh, oh ! Et si je déclinais le thème clochettes rouges pour ma table ? Je vais tout de suite demander à Janice où se trouve le stand. Mais, comme elle regarde avec insistance une cafétéria toute proche, je lui propose une pause-café-tartelette histoire de se donner de l'énergie.

Aussitôt dit, aussitôt fait. Tout en savourant un cappuccino accompagné d'une pâtisserie, je me délecte du joyeux vacarme ambiant.

— Merci de m'avoir invitée, Becky, fait Janice. Je suis pourtant surprise que ta mère n'ait pas pu venir.

— Elle n'était pas libre, c'est tout.

— Oui, elle a l'air débordée en ce moment, confirme-t-elle, le regard fixé au loin, les paupières frémissantes.

Annonciatrices de larmes ? Je m'attends au pire.

— Elle l'est. Tu l'as beaucoup vue ces temps-ci ?

— Pas vraiment. Sa nouvelle vie dans son fameux « Shoreditch » l'occupe énormément. Elle poste des photos sur WhatsApp, elle se fait mousser. Elle semble avoir complètement oublié ses amis d'Oxshott.

Elle se tamponne le nez avec un mouchoir en papier. Triste ou furieuse ? Peut-être les deux.

— Maman m'a dit qu'elle allait vous convier à des tas d'événements. Elle ne l'a pas fait ?

— Elle nous a invités à une lecture de poésie, raconte Janice au bout d'un instant. Et elle a parlé d'un cours de danse. Mais nous avons refusé.

— Pourquoi donc ?

— Mon chou, ce n'est pas notre genre. Là-bas, tout le monde est jeune. Les gens s'habillent autrement. Et puis toute cette nouvelle nourriture, ces nouveaux mots, ces nouvelles considérations sur la vie… Martin et moi, nous ne pouvons pas nous intégrer. On n'est pas du tout « gin et art », tu sais.

— Mais si ! Il suffit d'un petit rien.

— Non, comment te dire ? Ce n'est pas nous, c'est tout ! persiste Janice. Heureusement, je me suis fait une copine à Oxshott. Elle s'appelle Flore. On prend un café ensemble après la classe de zumba. Tu peux le dire à ta mère.

Consternant. Tout ça, c'est pire que les petites piques sur WhatsApp. Maman et Janice sont-elles sur le point de *se fâcher* ? Impossible. Je n'étais pas née qu'elles étaient déjà amies. Si elles se brouillent, pour moi, ce serait comme si ma famille éclatait.

— Écoute, Janice…

Mais que dire ? Comment parler à la place de maman ? Comment les rabibocher ? Une seule chose est certaine : la situation est grave.

— Allez, on parle d'autre chose ! lance Janice avant que je reprenne mes esprits. Ça avance, tes préparatifs de Noël ? Mes produits de beauté pour les maquillages de fête viennent de m'être livrés. Et un souci de moins, un ! Sauf qu'ils ont envoyé l'effaceur-correcteur dans le mauvais coloris. Incroyable, non ?

Écouter la longue liste de ses commandes en ligne me calme peu à peu. Je dramatise. Maman et Janice ne peuvent pas se fâcher. Leur amitié est trop ancienne. C'est juste une petite dispute. Je vais en toucher un mot à maman et tout sera…

Minute ! Que vois-je à l'horizon ?

Un éclair d'argent familier dépasse du sac de shopping d'une fille. Une crinière argentée. Est-ce… ? Serait-ce une boule en forme de lama comme celles que je convoite ?

J'écarquille les yeux pour mieux voir mais la fille disparaît dans la foule. Tant pis ! C'était sans doute un morceau de guirlande. Gênée, je me retourne vers Janice qui semble avoir abordé un sujet différent.

— Apparemment, il n'y avait pas réfléchi. *Toi*, tu comprends pourquoi j'étais tellement en pétard ?

— Euh, désolée, j'étais ailleurs. Tu disais ?

Soupir de Janice.

— Je disais que Martin avait saccagé mon armoire à cadeaux. Toutes mes étiquettes arrachées, toutes mes listes envolées… Et je fais quoi, maintenant ?

— Tu as déjà mis les étiquettes sur tes cadeaux ? Quelle efficacité !

— Chaque année, je prépare mes étiquettes le 26 décembre, le jour de Boxing Day.

— Boxing Day ?

— En regardant *Oklahoma*. Le 25, nous défaisons les paquets. Le lendemain, je range cadeaux et étiquettes dans l'armoire. Et, au mois de décembre suivant, je les réattribue et les emballe à nouveau. C'est mon système, mon chou. Martin le *sait* parfaitement.

Elle les réattribue ?

— Tu veux dire que tu recycles les cadeaux ?

— Eh bien, oui, comme tout le monde.

— *Un ou deux*, à la rigueur. Mais toi, tu refiles tout ?

— Non, pas ce qui est périssable, fait-elle après un moment de réflexion et une gorgée de cappuccino.

— Mais le reste ? Tu refourgues *absolument tout* ?

— Pourquoi pas ? se défend Janice.

— Ma parole, tu es accro à la fourgue !

— Je fais très attention, confie Janice. Je porte des gants en coton et vérifie l'état de chaque chose. Je ne donne rien de moche ou d'abîmé.

Je prends peu à peu conscience des conséquences de cette découverte. Je savais que Janice aimait prendre de l'avance pour les cartes de Noël, c'est-à-dire les acheter à moitié prix le 24 décembre, les écrire le 1er janvier et les fourrer dans un tiroir pendant le reste de l'année avant de les envoyer. Mais ça, c'est pire.

— Donc tous les cadeaux que je t'offre depuis des années vont tout droit dans ton armoire avant d'être donnés à X ou Y au Noël suivant ?

— Oh, mon chou, ne le prends pas mal ! me console Janice en me tapotant la main. J'adore qu'on me fasse des cadeaux. Mais chaque présent reçu, c'est un de moins d'acheté – tu saisis ?

— Mais ce n'est pas le but, je proteste. Au fait, où est passé le *Guide de maquillage* de Bobbi Brown que je t'ai donné ?

— Chez ma sœur Anne.

Hum ! Je comprends mieux pourquoi Janice n'a pas amélioré sa technique.

— Et le shaker ? Vous avez bien préparé au moins un cocktail avec ?

— Une *réussite* ! On l'a offert à Judy, une nièce de Martin. Elle l'utilise tout le temps.

Tant mieux pour cette Judy. Mais ce que je voulais, c'est que ce shaker serve à Martin et Janice.

— Janice, les gens t'offrent des cadeaux parce qu'ils t'aiment. Pour que tu en profites avec plaisir. Les cadeaux sont symboles de joie et d'affection, pas des objets anonymes qu'on entasse dans une armoire.

— Je sais bien que je devrais les apprécier, dit-elle avec un petit sourire chagrin. Mais je n'y peux rien : mon sens pratique prend le dessus.

Pas la peine de lui faire la morale. Après tout, les malades du recyclage ne sont pas responsables. C'est probablement une pathologie génétique sur laquelle les chercheurs se pencheront un jour. En tout cas, cette année, elle ne *pourra pas* recycler mon cadeau. Tiens, j'y pense ! Pourquoi pas une denrée périssable de luxe ? Un homard. Oh, sa tête quand je lui présenterai un homard vivant ! Je me marre d'avance.

— Pourquoi tu ris, mon chou ? demande-t-elle.

— Pour rien. Viens, on y va ! Opération shopping !

Direction : les comestibles. Cette section présente un avantage : les dégustations gratuites. Chaque stand a une spécialité à vous faire goûter : des caramels aux gâteaux de Noël en passant par de la vodka festive.

— Ça existe, de la vodka festive ?

Janice s'est déjà vu proposer deux petits verres.

— Évidemment, mon chou, assure-t-elle en lampant sa vodka en une seule gorgée. Regarde, la bouteille est ornée d'une guirlande. Si on essayait les vodkas aromatisées ? Au citron et à la cannelle.

C'est vrai que, parfumée à la cannelle, la vodka est drôlement festive. Nous la testons en fredonnant un air de Mariah Carey qui, comme chacun sait, sponsorise une marque de vodka. On se propulse ensuite vers un stand dédié au gin festif, puis un autre voué au traditionnel hydromel aux herbes. Janice fait des allers et retours entre les stands pour réclamer des échantillons supplémentaires. Si je ne lui dis rien, elle va rester au rayon alcool toute la journée.

— Allez, Janice, on se bouge. Tu goûteras au vin chaud aux épices une autre fois. D'accord ?

En lui attrapant le bras, je remarque un stand tout proche dédié au saumon fumé. Or ce délice figure justement sur ma liste. La file d'attente est interminable. Un bon signe. Je prends place et, tandis que je me dévisse le cou pour lire l'écriteau vantant le fumage au bois de pommier, un éclair argenté me tape littéralement dans l'œil. Je me retourne prestement.

Oui ! C'est une boule en forme de lama, suspendue à la poignée de la poussette d'un gamin. Je vous parie mes bottes à chaînes que sa mère se l'est procurée ici même.

Cette fois, pas de temps à perdre.

— Janice, tu peux m'acheter mon saumon, s'il te plaît ? Voilà ma carte bancaire.

Je lui tends ma Visa en murmurant :

— Le code est 4165. Tu payes ce qu'on te demande. Pendant ce temps, je cours faire un autre achat.

— Pas de souci, mon chou. Combien tu veux mettre ? Je ne connais pas les prix…

— Ne t'en fais pas pour ça, mais ne lésine pas sur la quantité. Regarde quand même s'il y a une offre spéciale.

Elle est sur le point de poser une question, mais je la remercie en vitesse et file sur la piste du lama argenté.

Je zigzague à toute vitesse entre les groupes jusqu'à repérer la mère avec la poussette. Le revoici, mon lama d'amour, attaché par un ruban de velours, avec sa crinière d'argent scintillante et les mots PAIX DANS LE MONDE brodés sur le côté. *Sans conteste*, l'ornement de Noël de l'année.

— Excusez-moi ! je m'écrie en touchant l'épaule de la femme.

— Oui ?

— Vous l'avez acheté ici ? je dis en montrant l'objet de mes rêves.

— Oui, sur un stand, là-bas tout au fond, m'informe-t-elle.

— Merci mille fois. C'est le must de la déco de Noël, j'ajoute au moment où elle s'éloigne. Très rare. Impossible à trouver.

Tandis que je galope vers l'endroit indiqué, un texto arrive :

Mon chou, ton saumon, tu le veux fumé au bois de pommier, au bois de chêne ou fumé à froid ?

Prise de tête avant de répondre.

Ça m'est égal. Peut-être pommier ?

Je reprends ma course. Mon téléphone sonne. Cette fois, le visage de Janice apparaît sur l'écran.

— Coucou. Un problème ?

— Au sujet des promos. Ils proposent des lots à 20, 30 ou 40 livres. Tu as dit de ne pas m'en faire pour le prix, mais je préfère que tu décides.

— Le lot à 30. Parfait, merci beaucoup.

À peine ai-je atteint le coin de l'allée qu'un autre texto s'affiche. Janice encore :

Erreur de ma part. Désolée. Le saumon fumé au bois de pommier n'est pas à 30 livres.

Comme si, après quelques verres de Buck's Fizz, quelqu'un allait faire la différence. Je réponds en tâchant de camoufler mon impatience :

Prends n'importe quel lot. Un grand merci. Tu es vraiment hyper serviable. Bises. Bx

Le parcours s'étant miraculeusement éclairci, je pique un sprint, sans même m'arrêter quand mon téléphone bipe. Probablement une autre question sur l'emballage. Janice n'a qu'à se débrouiller toute seule.

Me voici arrivée au bout du hall. Coup d'œil à droite, à gauche… Et c'est lui ! Accroché sur le côté du stand : le lama argenté avec PAIX DANS LE MONDE inscrit en rose sur ses flancs. Victoire !

Reprenant mon souffle, je m'approche en souriant de la dame qui tient le stand. Tout en nettoyant ses lunettes cerclées d'or, elle me retourne un sourire charmant. Elle porte un cordon autour du cou pour tenir ses lunettes et un badge calligraphié à son nom, Yvonne Hanson.

— Superbe stand, je vous félicite.

— J'ai fait de mon mieux. Merci ! Puis-je vous aider ?

— J'aimerais acheter un lama argenté. En fait, j'en voudrais plusieurs. En fait… tout ce que vous avez en stock.

— J'ai bien peur que les lamas soient épuisés. Navrée, dit-elle en remettant ses lunettes.

Comment ça, épuisés ? Il y en a un juste devant moi.

— Dans ce cas, pourriez-vous me vendre celui-ci ? je demande poliment.

— Ah, j'ai bien peur que ce ne soit pas possible. Ce lama est un modèle d'exposition. Il n'est pas à vendre.

— Mais puisque cette marchandise est épuisée ?

— Exactement. Je vous l'ai dit. Nous sommes en rupture de stock.

— Donc je ne peux pas l'acheter ?

— Ce lama est un *modèle d'exposition*, articule-t-elle. Vous comprenez ?

— Justement, je ne comprends pas. Si ces lamas sont en rupture de stock, quel besoin avez-vous d'en exposer un spécimen ?

Elle sourit :

— Parce qu'il fait partie de notre gamme. Un article très demandé.

Quelle entêtée, cette Yvonne !

— Mais vous me dites qu'on ne peut pas en acheter. Que le modèle est indisponible. Donc vous induisez les clients en erreur ! C'est la technique du mirage dans le désert. Vous attirez les gens vers votre stand, vous jouez avec leur espoir. Je vous le demande : est-ce juste ? Est-ce honnête ? Est-ce *humain* ?

Je me rends compte que je parle fort. Quelques personnes me dévisagent, y compris mon interlocutrice dont le sourire s'est figé.

— J'ai peur que le lama soit épuisé, reprend-elle poliment, comme si elle recommençait son discours à zéro. Je peux vous proposer une tortue à la place. Entièrement pailletée, ravissante.

Mes yeux se posent rapidement sur la tortue pailletée – rien à voir avec le lama – puis reviennent sur Yvonne. Je me tais. Je ne suis pas revancharde de nature mais là, je vais me payer ce dictateur en jupon aux lunettes cerclées d'or.

— Auriez-vous l'obligeance de me permettre d'admirer ce lama de plus près ? je demande au bout d'un moment.

Yvonne est manifestement contrariée, mais elle n'a pas de raison de refuser, alors elle obtempère. Elle le décroche de son clou et le pose devant moi.

— Comme je vous l'ai dit, ce modèle est épuisé.

— Bien sûr, je réponds gaiement. J'ai *parfaitement* assimilé le fait que les lamas étaient en rupture de stock et qu'il vous était impossible de me vendre cet exemplaire, même si, à cet instant précis, il se trouve entre mes mains. Croyez-moi : tout cela me paraît *très sensé*.

Pas de réponse. Mais je capte parfaitement son message silencieux : je suis une ennemie.

— Charmant, vraiment ! je m'extasie en passant la main sur la crinière argentée. Tellement joli. Je me demande si l'assemblage des brins est solide.

Tout en caressant l'animal, je tire soigneusement sur une touffe argentée.

— Oh, quelle horreur ! Ce que je suis maladroite ! je m'écrie en affectant d'être désolée.

— Comment ?

Yvonne essaye de me prendre le lama des mains mais je le place hors de portée.

J'ouvre de grands yeux innocents.

— Un terrible accident dont je m'excuse mille et mille fois. Maintenant que ce lama est endommagé, il ne peut plus être exposé. Par conséquent, je suis dans l'obligation de vous rembourser, donc de l'acheter. Au prix fort, naturellement. J'insiste !

— Il n'a pas trop l'air abîmé, intervient une dame âgée qui s'est approchée du stand.

Nous l'ignorons. Entre Yvonne et moi, c'est désormais un combat *mano a mano*.

— Je vous dois combien ? je demande en sortant mon portefeuille.

Pas de réponse. Mais dans ses yeux une lueur de triomphe qui ne présage rien de bon.

— Oh, je ne voudrais pas vous vendre un objet endommagé, fait-elle avec un sourire mielleux. Rendez-le-moi, je vous prie. Je ne peux plus l'exposer non plus.

Vous comprendrez que la présence d'un article en mauvais état nuirait à mes standards de qualité.

Que rétorquer ? En désespoir de cause, je lui rends son lama. Avec réticence.

— Mais il a l'air neuf, insiste la dame âgée.

Inutile de préciser que son commentaire tombe à plat.

Quand même, *je n'en reviens pas* d'avoir trouvé plus maligne que moi. Je fais une dernière tentative.

— Et si je vous l'achetais comme un article soldé pour cause de défaut ? Vous ne jetez pas les objets légèrement abîmés, je suppose.

— Mais si, il me semble en bon état, persiste la dame âgée.

— En juin, j'organise des soldes d'objets comportant des défauts, assène Yvonne. Vous trouverez les détails de la vente sur mon site.

Sur ce, elle enfouit le lama dans une boîte en carton, scelle le couvercle avec du papier collant pour faire bonne mesure. Et termine l'opération en me jetant un regard victorieux.

— Eh bien, je vous souhaite un bon Noël, je lâche d'un air mauvais en espérant qu'elle devinera la suite de ma phrase : « Même si vous ne le méritez pas. »

— À vous de même !

Une réplique lancée avec désinvolture et qui signifie clairement : « J'ai gagné alors je me fiche de ce que tu penses. »

— Je m'occupe de vous tout de suite, madame, dit-elle ensuite à la cliente âgée.

Après un dernier regard furieux, je tourne les talons. Le shopping de Noël est cruel. Oui, *cruel*.

Très abattue, je déambule dans l'allée. Où est Janice ? Je commence à lui écrire un texto quand nous tombons nez à nez.

— Tu es là, Becky ! claironne-t-elle. Voici les dernières nouvelles. J'ai commandé ton saumon, j'ai acheté des *mince pies* et on m'a donné des échantillons de cognac festif.

Je lui arrache pratiquement des mains l'un des deux petits verres qu'elle brandit. Après une dispute avec une vendeuse despotique et bornée, rien de mieux qu'une bonne lampée de cognac festif.

— Divin ! je dis après avoir vidé le verre en une seule gorgée. Exactement ce qu'il me faut. On s'en prend un autre ?

De : malcolm@christmaswholesale.co.uk
À : Becky Brandon
Objet : Re : problème boule de lama

Chère madame Brandon (née Bloomwood),

Tout d'abord, un grand merci pour votre mail.

J'ai été désolé d'apprendre que votre tentative d'achat s'était soldée par un échec. Malheureusement, le stock de boules de Noël en forme de lama est épuisé au siège de notre société, ces articles étant victimes de leur succès.

Je vous souhaite de trouver les décorations de Noël conformes à votre goût et, à cet effet vous envoie ci-joint notre catalogue complet d'ornements de sapin.

En vous souhaitant d'excellentes fêtes.

Cordialement,

Malcolm

De : malcolm@christmaswholesale.co.uk
À : Becky Brandon
Objet : Re : Re : Re : problème boule de lama

Chère madame Brandon (née Bloomwood),

Tout d'abord, un grand merci pour votre mail.

Je me permets de vous assurer que nous ne dissimulons aucun approvisionnement de boules en forme de lama argenté dans le but de créer une spéculation financière semblable à la funeste South Sea Bubble de 1720.

En conséquence, je puis vous confirmer que nous ne jouons pas de « jeu dangereux » comme vous semblez l'insinuer et que nos actions ne mettent pas en péril l'économie mondiale.

En vous souhaitant d'excellentes fêtes.

Cordialement,

Malcolm

WhatsApp
Groupe "NOËL À LETHERBY"

Martin
Becky, mon dos me joue des tours. Je serais sans doute forcé d'apporter mon tabouret orthopédique le jour de Noël.

Becky
Pas de problème.

Jane
Désolée pour ton dos, Martin. Dans notre rue à Shoreditch, il y a un super cabinet de thérapeutes tantriques. Veux-tu que je te prenne un rendez-vous ?

Janice
À Oxshott, nous préférons des médecins professionnels et qualifiés, mon chou.

Jane
Tu essayes de me dire quoi, exactement, Janice ?

Janice
Rien, Jane !

Jane
Mais si, tu insinues quelque chose.

Janice
Pas du tout. TOI, tu sous-entends quoi ?

Martin
Allons, allons, mesdames !

Janice
On t'a pas sonné, Martin !

13

Seigneur ! Mon crâne !

J'ai une telle gueule de bois que je suis obligée de porter des lunettes de soleil. La faute au cognac festif. Ou seraient-ce les pinas coladas festives que Janice a dénichées ? C'est malin de sa part ! (En fait, c'était si délicieux que j'en ai commandé une bouteille.)

Pendant l'alerte des promos du Black Friday, je dormais profondément. Résultat : j'ai raté plein de bonnes affaires en ligne. Je suis en retard. Mais il y a pire : ayant jeté un rapide coup d'œil sur mes achats d'hier, je me suis aperçue que j'avais déraillé. Déraillé grave.

Achats initialement prévus :
Nappe
Serviettes de table
Bougies
Papier cadeau

Achats finalement effectués :
Tabliers de Noël (trois : pour Minnie, Luke et moi)
Présentoir à tartelettes

Saumon fumé
Pina colada festive (une bouteille)
Mojito festif (deux bouteilles)
Couronne de gui gonflable
Boules musicales (douze)
Sapin de Noël en feutre garni de sucres d'orge décoratifs également en feutre (adorables)
Sapin de Noël blanc avec LED et décorations en strass (extraordinaire, tout le monde s'arrêtait pour le regarder)
Sapin de Noël en papier mâché entièrement recouvert d'étoiles en chocolat enrobées de papier métallisé rouge (comment résister à un sapin de Noël recouvert d'étoiles rouges en chocolat ?)

Donc, ça fait trois sapins de Noël. J'ai aussi commandé un véritable sapin norvégien. Impossible d'annuler mon achat : Luke ne cesse de répéter que l'odeur du sapin est ce qu'il préfère à Noël. Ah ! et puis il me faut aussi un arbre écologique pour faire plaisir à Jess.

Ce qui fait… un total de cinq sapins.

Je pose ma brosse à cheveux afin de me concentrer. Cinq arbres de Noël : est-ce bien raisonnable ? Je m'imagine en train de l'annoncer à Luke. Aïe ! Aïe ! Aïe ! C'est… trop, beaucoup trop.

Évidemment, je pourrais les éparpiller dans la maison de façon que personne ne remarque la quantité.

Ou… mais oui, ça y est ! Seul le vrai sapin aura droit à l'appellation « arbre de Noël ». Les autres seront des buissons. Ils formeront une sorte de massif de Noël. Génial ! Et puis…

Ouh là là ! L'heure tourne. Il faut que je me dépêche.

Heureusement, il fait un temps superbe. Le ciel est de ce bleu marine rare qu'il arbore parfois pendant l'hiver. Personne ne va donc me demander pourquoi je porte des lunettes noires. Après avoir déposé Minnie à l'école, je marche jusqu'à Letherby Hall, en me sentant presque comme un être humain. À condition que personne ne fasse de bruit à proximité…

— Bex ! Stop !

Suze se précipite vers moi en agitant frénétiquement les mains.

— Chuuut ! j'implore en reculant. Quel est le problème ? Un incendie ?

— Non. Je veux te montrer ma surprise.

La surprise ! J'avais complètement oublié. C'est probablement juste une nouvelle façon d'exposer les sacs à main. Mais je dois me montrer positive. Dans un effort gigantesque, j'arrive à sourire à ma Suze.

— Enfin ! Montre-moi vite !

— D'accord, mais tu fermes les yeux, s'emballe Suze. Je *parie* que tu ne devines pas ce que…

Je ferme les yeux (un vrai soulagement, en fait) et, me laissant guider par Suze, je manque de me casser la figure sur la marche du seuil.

— Et voilà ! Tu peux regarder.

J'obéis, un peu étourdie. En face de moi, une grande banderole proclamant : *Vive le sprygge, aujourd'hui, c'est vendredi !*

Stupéfaction. Hallucination, même. Provoquée par les mélanges festifs d'hier ?

— Euh… C'est quoi ???

Suze pointe du doigt la table de présentation.

— Regarde bien tout en détail, Bex !

J'obtempère. Sur le comptoir, à côté d'une pancarte EN EXCLUSIVITÉ : NOTRE NOUVELLE COLLECTION SPRYGGE, s'étale un assortiment d'articles hyper *sprygge* : des cartes de vœux avec *Joyeux Noël sprygge !* en caractères gras, une pile de coussins rebrodés de la formule *Sois cool, sois sprygge !*, des mugs avec le slogan *Allez le sprygge !*, un plein panier de porte-clés avec breloques gravées *#sprygge*.

La surprise me cloue le bec. Mais Suze ne remarque rien.

— C'est notre gamme *sprygge*, s'enthousiasme-t-elle. Je travaillais dessus en secret. Quelle réussite incroyable, ma Bex ! Hier, c'était de la folie dans la boutique. Il faut seulement que tu nous dises ce que le mot *sprygge* signifie exactement. Les clients nous ont posé la question. Mais ni Irene ni moi ne pouvions nous rappeler sa traduction. En gros, c'est la sensation d'être heureux – non ? Quelque chose de ce genre ? J'ai vérifié sur Google sans rien trouver.

— Oh, chère Becky, vous voilà, gazouille Irene. Dites-moi : on doit prononcer *sproog-uh* ou *spirgg-uh* ? Ah ! Ah ! On a besoin de leçons de norvégien. Quel succès ! Tellement novateur ! Sommes-nous les premiers à proposer les marchandises *sprygge* ?

— À mon avis, la réponse est oui, affirme Suze. Tant de clients disent qu'ils n'ont jamais entendu parler du *sprygge*.

— Nous avons une longueur d'avance, renchérit Irene. On peut faire confiance à Becky pour dénicher la toute dernière tendance du moment.

— Bex est toujours au courant de tout. Une vraie lanceuse d'alerte.

Mon estomac fait des bonds. Et pas seulement à cause des boissons festives d'hier.

— Suze…

Mais les mots ne sortent pas. Comment lui dire ? *Impossible.*

Il le faut pourtant. D'une manière ou d'une autre.

— Suze, viens par ici, je dis en l'éloignant de la table *sprygge* et des oreilles d'Irene. Écoute, j'ai tout inventé.

— Quoi ? Comment ?

— J'ai fabriqué le *sprygge* de toutes pièces, juste pour clouer le bec à une cliente prétentieuse qui critiquait tout. Le mot m'est sorti automatiquement de la bouche. Il n'existe pas et ne correspond à rien.

Tête consternée de Suze pendant qu'elle digère l'information.

— Non ! Ce n'est pas vrai ! Dis-moi que tu plaisantes.

— C'est la réalité. Je suis désolée.

— Mais ton speech était si convaincant… On y a cru.

— *J'allais* t'avouer que c'était une affabulation mais…

Je fronce les sourcils en essayant de me rappeler pourquoi je ne lui ai rien dit. Et soudain, ça me revient.

— … Craig est arrivé et j'ai oublié, je confesse d'un air honteux.

Le regard de Suze est fixé sur la table *sprygge*. Visiblement, toutes sortes de pensées – pas très sympathiques – tournent dans sa tête.

— Comment as-tu pu inventer un truc pareil ? Comment ?

— Je ne pouvais quand même pas prévoir que tu allais marcher à fond et créer un paquet de coussins brodés *Sois cool, sois sprygge !* je réplique sèchement.

— Mais on enfreint la loi antifraude ! s'exclame-t-elle. On a dit à tout le monde que c'était norvégien. On peut nous poursuivre en justice. On peut nous faire condamner. Nous devons mettre au pilon la collection entière.

Au moment où elle enfouit sa tête dans ses mains, une onde de culpabilité m'envahit.

— Calme-toi, Suze ! Personne ne va nous faire de *procès*.

Arrivent sur ces entrefaites deux premières clientes, des femmes d'un certain âge. Elles se dirigent comme un seul homme vers la table *sprygge*.

— Je dois les prévenir que tout est faux, se lamente Suze.

— Non ! Surtout pas ! Ne détruis pas la collection ! Ce serait un tel gâchis de tout supprimer simplement à cause d'un mot. Ce que tu as créé est sublime. Alors quelle importance si des gens ont des coussins *sprygge* dans leur maison ?

— Mais on prétend que c'est norvégien. C'est malhonnête de notre part.

— Eh bien, ne l'affirmons pas ! Contentons-nous de dire que « certaines personnes croient que cette tendance vient de Norvège ». Une demi-vérité, en somme. Car c'est ce que croient tous les acheteurs d'hier. Et puis, j'y pense ! Le langage évolue constamment. Il n'est pas figé. Chaque année, le dictionnaire s'enrichit de nouveaux mots. L'un d'eux pourrait bien être *sprygge*.

— Explique-toi, Bex !

Je m'efforce de bien lui faire comprendre ma théorie.

— Si nous commençons à utiliser le mot *sprygge*, d'autres gens le feront et il entrera dans le langage courant. C'est ainsi que ça marche, ainsi que la langue *se développe*. Si quelqu'un pose la question, on peut répondre que c'est pratiquement du norvégien. Ou que ça le sera sous peu.

Les yeux brillants, une femme remplit son panier de bols *sprygge*.

— Ma fille va adorer. Tellement original ! dit-elle.

— Oui, vraiment original, renchérit sa copine. On ne les trouve nulle part ailleurs.

— Tu vois, Suze ? Elles sont enchantées. Si on leur avoue la vérité, on sera juste des trouble-fêtes. Une attitude contraire à l'esprit de Noël. Tu es d'accord ? À mon avis, si le mot *sprygge* rend les gens heureux, nous n'avons pas le droit de jouer les rabat-joie.

Suze finit par acquiescer sans enthousiasme.

— C'est un bon mot, en effet.

— Un mot remarquable, tu veux dire. Positif, optimiste. On se moque de son origine.

Soudain, mon téléphone bipe. Un texto s'affiche. Incroyable ! Je le lis une fois, puis une autre.

— Qu'est-ce qui se passe ? demande Suze

— Euh… Rien ! Enfin, si : Craig nous invite ce soir pour boire un verre de vin. Il dit : « Passons une soirée unique, tous les quatre ! »

Suze ouvre de grands yeux scandalisés.

— Une soirée unique à quatre ? Bex, tu *sais* ce que ça veut dire.

Je suis parvenue à la même déduction mais pas question de l'avouer à Suze. Ni à moi-même, d'ailleurs.

— Mais pas du tout. Tu as beaucoup trop d'imagination.

— *Vraiment ?* C'est peut-être toi qui es trop naïve pour voir ce qui crève les yeux.

Et, les mains sur mes épaules, elle ajoute le plus sérieusement du monde :

— Promets-moi que tu vas trouver un signal d'alarme.

— Un signal d'alarme ? je répète en pouffant. Tu divagues ! Tu crois qu'il va nous enfermer dans un donjon ?

— Ça ne m'étonnerait pas. Comment savoir ce qu'il mijote ?

— Il y a un donjon dans le cottage ?

— Non, admet-elle après deux secondes de réflexion. Mais il a peut-être transformé la seconde salle de bains en salle de sport en chambre.

— Tu es dingue, Suze ! Nous allons boire un verre entre gens civilisés. Fin de la discussion. Et maintenant, je vais aller m'occuper de nos clients, car je te rappelle que c'est pour ça que je suis payée.

Je me dirige vers la table *sprygge* quand un nouveau message apparaît sur mon écran.

Pour le jacuzzi, apportez vos maillots.
À moins que vous préfériez le style naturiste… ? ;)

Bon… inutile d'en parler à Suze !

À 18 h 30, je suis fin prête. Habillée de pied en cap. Je devrais dire : en cape. Car, par-dessus mon pantalon noir et ma blouse à col montant bien fermé par une lavallière, j'ai enfilé une cape du soir boutonnée jusqu'au cou. (Achetée en solde par erreur. Mais il s'avère maintenant que c'était une décision utile.)

Assise à la table de la cuisine en face de Minnie, j'essaye de créer sur mon téléphone un code d'alarme. J'ai l'impression de mener une sorte de double vie torride. D'un côté, ma petite fille innocente qui boit son lait, de l'autre, sa mère qui tapote sur son clavier pour trouver un « signal d'alarme ». Dix options pour le moment, comprenant « Chanel », « Dolce » et « Gabbana ».

Question : est-il si facile de placer ces marques dans une conversation banale ? « Hello » ou « eau » ne seraient-ils pas plus passe-partout ? Oui, mais supposons que j'ai envie d'un verre d'eau…

Franchement ! Comment ça marche d'ailleurs, un signal d'alarme ? Pour moi, le mot le plus approprié est « Stop ! ». Ou alors : « Assez ! Je rentre à la maison. Et, au fait, les jeux sexuels à plusieurs ne m'intéressent pas. Je préfère de beaucoup le shopping. » (D'accord, ce n'est plus un code, c'est une phrase.)

Quand Luke fait irruption dans la cuisine, je saute en l'air.

Je bredouille :

— On y va vraiment ?

Luke, surpris :

— Quoi ? Bien sûr, on y va. À moins que tu aies changé d'avis ? Tu ne te sens pas bien ?

Moi, d'une voix aiguë :

— Si, si ! C'est fun. Je suis ravie. Hum ! Craig a dit un truc à propos du… euh… du jacuzzi.

Luke, en rigolant :

— Le *jacuzzi* ? On va voir si on en arrive là.

Il veut dire quoi exactement ? Et si Suze avait raison ? Si, à cause de mon incorrigible naïveté, j'étais incapable de saisir le moindre double sens ?

Mais non ! Mon mari dans un plan à quatre ? Inenvisageable.

Oui ? Non ?

La baby-sitter, Kay, une femme d'une soixantaine d'années très portée sur les potins locaux, vient d'entrer. Tout en subissant le récit de l'opération du chien de ses voisins, nous mettons Minnie au lit. Et puis arrive le moment du départ : nous traversons le village plongé dans l'obscurité en direction du cottage.

Luke me parle de la bouteille de vin qu'il apporte. D'un projet de voyage en France pour une tournée des vignobles de Bourgogne. Je me contente d'acquiescer en hochant la tête sans savoir vraiment de quoi il s'agit. À chaque pas, ma nervosité s'accentue. Alors, je me sermonne intérieurement : « Becky, ne sois pas ridicule. Il ne va rien se passer. »

Mais si je me trompais, je *ferais* quoi ? On est presque arrivés chez Craig. Je devrais peut-être mettre Luke au courant.

Lapwing Cottage est situé à l'écart de la rue principale du village, au bout d'un petit chemin. L'obscurité n'est pourtant pas totale : on aperçoit une sorte de lueur émanant probablement de la maison. À mesure que nous approchons, la lueur se transforme en lumière. Soudain, c'est la surprise. Le cottage est entièrement décoré de guirlandes allumées, certaines blanches, d'autres multicolores, d'autres encore clignotantes. Minnie *adooorerait* !

Quand nous atteignons la maison, Luke laisse échapper un sifflement.

— Voilà le jacuzzi. C'est quelque chose, dis donc !

De l'autre côté de la haie, sur la terrasse arrière, se trouve non seulement un jacuzzi géant, mais un bar style Hawaii, trois matelas de plage, six radiateurs d'extérieur et quelques palmiers en pots.

— Ils ont apporté tout ça ? se demande Luke à haute voix. Ce n'est pourtant pas la bonne période. Quant aux appareils de chauffage, j'ai lu l'autre jour un article sur…

Il commence à me parler de réchauffement climatique mais je n'écoute pas. Ces palmiers m'inquiètent. *Des palmiers*. N'est-ce pas un signe ? Un signe de reconnaissance entre échangistes ?

Mon cœur bat à toute allure tandis que nous sonnons à la porte. C'est vrai. Suze a vu juste. Il faut que j'avertisse Luke sans perdre une seconde.

— Luke, je murmure, paniquée, ils ne veulent pas parler de vin. C'est un leurre.

— Quoi ?

— Je crois qu'ils veulent… tu sais… faire une orgie, je termine dans un souffle.

Il rugit de rire.

— *Quoi ?* Tu n'es pas sérieuse, Becky ?

— Si ! Craig adore les jeux sexuels à trois, à quatre et plus si affinités. Suze l'a lu en ligne. Il fréquente des clubs spéciaux. Et regarde les palmiers ! C'est le signe des échangistes !

— Je suis sûr que le signe des échangistes, c'est le roseau, assène calmement Luke.

— Palmier, roseau, c'est du pareil au même. Il nous faut un *plan*. Des *signaux* d'alerte.

— Ah, salut, les amis ! Vous êtes là.

Venant de nulle part, la voix éraillée de Craig me fait sursauter. Vêtu d'une chemise au col ouvert, il est penché à la fenêtre du premier. Et nous sourit.

Pitié ! Pourvu qu'il ne nous ait pas entendus !

— Bonsoir, je dis d'une voix étranglée. Salut ! Coucou !

— Bonsoir, lance franchement Luke.

— Je descends dans une seconde.

Il disparaît à l'intérieur et s'écrie :

— Nadine, ils sont là !

Un bruit de hauts talons se fait entendre de l'autre côté de la porte. Merde !

— Notre code de secours sera *sprygge*, je bredouille. D'accord ?

— C'est quoi, ce charabia ?

— *Sprygge !* Notre code d'alerte. *Sprygge !*

Avant que j'aie pu ajouter quoi que ce soit, la porte s'ouvre sur une Nadine fortement parfumée au musc et habillée d'une jolie chemise en soie qui laisse voir son superbe décolleté.

— Entrez ! Bienvenue ! dit-elle en nous étreignant tour à tour.

— On vous a apporté un petit quelque chose, fait Luke.

Nadine prend la bouteille et nos manteaux avant de nous entraîner dans une belle grande pièce où un feu de bois crépite dans l'âtre d'une cheminée décorée de guirlandes lumineuses. L'ambiance est à moitié campagnarde, à moitié studio de musique. Il y a des canapés et des fauteuils recouverts de lin mais aussi trois guitares sur leurs supports et une paire d'amplis de taille impressionnante.

— Rebonsoir !

Craig fait son entrée dans son habituel jean déchiré. Il serre contre lui ce qui semble être une bouteille de grand prix (je le devine à la vieille étiquette abîmée).

Il m'embrasse, serre chaleureusement la main de Luke. Après quoi, nous nous installons sur les canapés, contemplant le feu et les lumières qui clignotent. Nadine nous passe des cacahuètes et des olives. Craig met de la musique. Je me détends un peu. On ne dirait pas une partie fine. Cela dit, je n'en ai jamais vu.

— Tu penses quoi de ce vin, Luke ? Encore une goutte ? fait Craig.

— Luke, approche-toi du feu ! susurre Nadine. Ce canapé est assez confortable ? Tu veux que je t'apporte un coussin supplémentaire ? Plus d'olives ?

Instantanément, mon radar commence à s'agiter. Ils tournent autour de Luke, comme au pub l'autre soir. Mais peut-être qu'ils veulent juste faire amis-amis.

— La maison est superbe, je lance pour dire quelque chose. Avec toutes ces lumières, c'est magnifique.

— J'ai demandé à Craig de les installer, se rengorge Nadine. Sur le mode : « Allez, mon cœur, grimpe sur l'échelle. *Et que ça saute !* »

— C'est elle la patronne, approuve Craig en rigolant. Vous devriez la voir diriger son équipe. Encore un peu de vin, Luke ? Vous faites quoi le jour de Noël ?

— On le fêtera chez nous pour la première fois. Becky est la maîtresse d'œuvre.

— Organiser Noël chez soi pour la première fois ! s'exclame Nadine avec une grimace de commisération. Je me souviens de l'épreuve que c'est. À devenir dingue ! Les membres de ma famille n'arrêtaient pas d'exiger ceci ou cela. À la fin, j'ai été obligée de leur rappeler que je ferais les choses à ma manière. Et qu'ils devaient la boucler.

Cette histoire nous rapproche.

— Pareil pour moi ! J'ai créé un groupe sur WhatsApp. Les demandes des uns et des autres me rendent cinglée. Ils ne sont d'accord ni sur les chocolats, ni sur les tartelettes, ni sur les traditions. Ma sœur est vegan, ma meilleure amie veut organiser un atelier de loisirs créatifs pour les enfants, son mari a envie de regarder un opéra et notre voisine Janice réclame une pinata. Contenter tout le monde, c'est mission impossible.

— Combien de gens tu as invités ? demande-t-elle en remplissant mon verre.

— En fait, maintenant que j'y pense, ils se sont invités eux-mêmes.

— Ah bon ?

Je rectifie en vitesse.

— Enfin si, je voulais qu'ils viennent ! Je les adore. La fête sera réussie. Simplement, c'est… beaucoup de travail.

— Je suis d'accord. Un conseil, Becky : tu dois faire preuve de fermeté.

— Trop, c'est trop, je commente avant d'avaler une gorgée de vin. En plus, ma mère et son amie Janice sont en froid alors qu'elles viennent toutes les deux.

— Oh non ! Quelle galère !

— Oui, c'est vrai, je fais en soupirant.

Je ne m'étais pas rendu compte combien cette histoire de Noël me stressait. C'est un vrai soulagement de partager cette tension avec quelqu'un d'extérieur.

Je reprends :

— Passer une belle journée, c'est ce que je souhaite par-dessus tout. J'aimerais que tous goûtent le plaisir d'être ensemble. Au diable la meilleure recette de choux de Bruxelles !

— Eh bien, tu les supprimes du menu, c'est tout, réplique Nadine abruptement. Que les choux de Bruxelles aillent se faire voir !

— Noël n'a rien à voir avec les choux de Bruxelles, renchérit Craig.

Avec son timbre de rock star, on dirait qu'il récite les paroles d'un chant de Noël particulièrement nul. Du coup, je me mets à rire.

— Tu as raison ! Je ne cesse de me répéter que les détails ne comptent pas. L'important, c'est de réunir les amis et la famille autour d'une table. C'est ça, le sens du déjeuner de Noël.

— Buvons à ce concept, fait Craig en levant son verre.

— Bien dit ! renchérit Luke.

— Je suis entièrement de votre avis, clame Nadine d'un ton si chaleureux que je me sens encore plus proche d'elle.

Je m'empresse d'ajouter :

— « Peu importe ce que le Grincheux vole, Noël demeure Noël », c'est la devise que nous avons adoptée.

— J'aime ça, annonce Craig. Et puis vous savez quoi ? Les choux de Bruxelles, ça pue.

Je pouffe. Nadine me tapote le genou.

— Ton 25 décembre avec tes amis et ta famille va être top, Becky. Surtout, n'oublie pas d'en profiter.

D'en *profiter* ? Elle en a de bonnes, Nadine ! Mon but, c'est de m'assurer que cette journée ne tourne pas à la catastrophe. Mais je la remercie avec un grand sourire.

Nous mâchonnons des olives en silence. Craig baisse un peu les lumières. Je passe un bon moment. Je commence même à me relaxer.

Craig s'assied sur le canapé et déplie les jambes.

— Et maintenant…, déclare-t-il avec un mouvement de sourcils à l'attention de Nadine puis de Luke. Bon, les amis, vous avez probablement deviné. Ce soir, nous avons une sorte de… d'ordre du jour.

Je me raidis sur-le-champ. Un ordre du jour ?

Craig se rapproche lentement de Luke en le regardant fixement. Nadine fait de même. L'atmosphère est chargée. Mes joues brûlent. Voilà. Ils nous font du rentre-dedans. *Jamais* je n'aurais dû me détendre et baisser ma garde.

— Un ordre du jour ? s'étonne Luke. Je croyais que c'était une soirée amicale pour mieux se connaître.

Craig se marre.

— Ouais, avant de s'accoupler professionnellement avec quelqu'un, on veut savoir à qui on a affaire.

S'accoupler ? Seigneur !

— J'ignore si tu es ouvert à ce genre de proposition, intervient Nadine d'une voix enrouée en fixant Luke.

Elle secoue ses cheveux. Mon cœur s'emballe mais impossible de dire un mot. La situation est surréelle. Comment va réagir mon mari ?

— Non, je ne crois pas, répond Luke.

Soulagement. J'étais sûre et certaine de ce qu'il dirait.

— Bon. C'est décevant. Mais on peut faire en sorte que tu changes de point de vue.

— J'ai appris un nouveau mot aujourd'hui, j'annonce, une fois ma voix revenue. *Sprygge*. C'est norvégien. *Sprygge*. *Sprygge*, je répète avec des coups d'œil désespérés à Luke.

Comme si je prêchais dans le désert.

— Je croyais que tu avais l'esprit ouvert, Luke, persiste Nadine en se penchant, tous seins en avant. Et je vais être honnête, d'accord ? Ça me tient vraiment à cœur. Je veux *vraiment* te présenter mon pitch.

Pitch ? Serait-ce un mot d'argot sexuel que…

Soudain, j'aperçois un dossier qui dépasse de sous le canapé, aux pieds de Nadine, sur lequel le mot PITCH est inscrit en lettres majuscules.

Minute ! Pitch comme… présentation ?

Bon, que se passe-t-il ?

— Je peux te donner des conseils, Nadine, mais il est hors de question que j'investisse.

— Pourtant tu as des fonds, rétorque-t-elle en battant des cils. Ta boîte peut se développer. Tu as de l'expérience, j'ai du talent.

— Nadine, tu cherches de *l'argent* ?

Elle se tourne vers moi avec un air ennuyé.

— Je cherche un *partenariat*. Rien à voir avec de l'argent. Le but est d'associer savoir-faire et idées.

De canaliser mon énergie vers des débouchés plus excitants. Tu pensais que je cherchais quoi ?

— Un plan cul, je lance sans réfléchir.

Silence pesant. Craig écarquille les yeux. Luke me dévisage avec une expression que je suis trop gênée pour déchiffrer.

— *Un plan cul*, tu dis ? fait Nadine.

Sous son regard ironique, je meurs de honte. Franchement ! Quel besoin a-t-elle de me considérer comme une conne intégrale ?

— Une amie à moi a lu sur Internet que tu étais à fond dans les partouzes, je dis à Craig pour me justifier. À Moscou et ailleurs. Des parties à trois et autres.

Si Nadine n'est pas au courant, pas de chance pour elle. Elle rejoint la confrérie des innocentes. Mais elle ne bronche pas. Ou plutôt, elle lève les yeux au ciel avec un air excédé.

— Ouais ! On fait ça, dit Craig d'un air blasé comme s'il annonçait qu'il jouait au golf pendant les week-ends. Mais ce soir, il n'est pas question de sexe.

— Ce qu'on fait ne regarde que nous, assène Nadine. Mais si tu crois qu'on vous a invités pour…

Elle s'interrompt et contemple mon haut boutonné jusqu'au menton avec un air amusé.

— … Disons que ce n'est pas ton genre.

Pas mon genre ? Je me sens aussitôt insultée. Ils nous *repoussent* ? Pour quels motifs, d'ailleurs ? Pourquoi donc, s'il vous plaît, ce ne serait pas mon genre ?

— Je suis géniale au lit, je déclare avec indignation. Et Luke encore meilleur.

— Merci pour la publicité, Becky chérie, dit Luke en réprimant un sourire. Mais n'est-ce pas un peu…

déplacé ? Merci pour la soirée, ajoute-t-il poliment en reposant son verre. Il est peut-être temps de…

— Tu ne vas pas partir sans même me donner une chance ! s'écrie Nadine. Pourquoi penses-tu que… ?

Au lieu de finir sa phrase, elle sourit et ajoute :

— Mon pitch est au point. J'ai tout préparé. Je le vaux bien, non ?

Luke a la tête du type pris au piège mais il finit par céder.

— Bon, d'accord. Je serai heureux d'entendre ta présentation.

Elle se lève et, avec des mouvements de chevelure, suggère :

— Allons à côté. Ce sera plus tranquille. Emporte ton verre, si tu veux.

En l'emmenant vers une pièce du fond, elle me jette un regard en coin.

— Ne t'inquiète pas, Becky, je ne vais pas lui sauter dessus.

Vous savez quoi ? Cette fille a un sens de l'humour désastreux.

Elle ferme la porte. Craig tisonne le feu. Les bûches crépitent. Nous nous asseyons sans mot dire. L'ambiance est vraiment bizarre – mais Craig ne semble pas s'en apercevoir. À vrai dire, j'ai l'impression qu'il n'est pas conscient de ma présence.

— Ça marche, ta musique ? je demande finalement. Tu as des nouvelles chansons à nous faire entendre ?

— Quoi ? Ah non, pas vraiment.

— Tu prévois quelle destination pour tes prochains déplacements ? Encore des week-ends à Varsovie ?

— Je ne sais pas.

Dans un ultime sursaut d'amabilité, je dis :

— Et… euh… que penses-tu de la situation au Venezuela ?

— Au Venezuela ? répète-t-il. Comment ça ?

Pourquoi cette tête ahurie ? « Le Venezuela, ton sujet de prédilection ! j'ai envie de lui rappeler. Tu nous rebattais les oreilles avec tes histoires de Venezuela. Tu n'arrêtais pas de jouer de la guitare. Et tu étais hyper bavard. » Mais à mon avis, il n'imprimerait pas.

Si Suze nous voyait en ce moment, elle serait obligée de retirer toutes ses prédictions. Une attirance sexuelle entre Craig et moi ? Du flirt ? Vous plaisantez ! Il ne me *regarde* même pas. En revanche, il fixe la porte derrière laquelle Luke et Nadine ont disparu et avale de grandes gorgées de vin. Visiblement, il piaffe d'impatience.

— Je me demande comment ça se passe. Elle a beaucoup de talent, Nadine. Elle mérite de prendre des vacances. Elle travaille dur sur ses business plans. Je lui conseille tout le temps de se relaxer, mais elle ne m'écoute pas. Elle est très déterminée, tu sais. Très motivée.

— Somme toute, elle est assez différente de toi, je commente.

— Oui, c'est ce que j'aime en elle. Elle a un but. Et des stratégies pour y arriver. J'ai jamais connu une nana aussi organisée.

Et moi, alors ? J'ai toujours eu des tas d'objectifs. C'est juste qu'il n'y prêtait pas attention. De toute façon, j'en ai assez de lui parler. Derrière la veste en cuir et la voix rauque, il n'est pas bien intéressant.

— Tu veux regarder la télé ? demande-t-il tout à coup.

C'est le comble ! Il nous invite à boire un verre et maintenant, il veut mettre la *télé* ?

Mais au fond, pourquoi pas ? C'est vrai qu'on s'ennuie terriblement.

Il zappe jusqu'à tomber sur un film de Noël qui raconte l'histoire de Rae, une citadine hyper stressée coincée dans un joli petit village en pleine campagne. Neige, chocolat chaud, beau bûcheron. Pour s'occuper, elle décide de participer au concours du « sapin le mieux décoré ». Chris, le bûcheron musclé, lui propose de couper un arbre…

La porte s'ouvre et Nadine apparaît, suivie de Luke. Toujours plongée dans l'intrigue du film, je cligne des yeux.

— Vous avez fini ? je demande.

— Comme je te l'ai dit, Luke, fait Nadine en m'ignorant, il y a mille façons d'aller de l'avant. Fais-moi confiance, une de mes qualités, c'est l'ouverture vers l'avenir. Vers toutes les déclinaisons de l'avenir. Parce que aujourd'hui *est* l'avenir.

— Absolument, dit Luke, d'un ton neutre.

— Alors tu me rappelleras ?

— N'est-ce pas qu'elle est compétente ? intervient Craig.

— Tout à fait, acquiesce Luke poliment. Mais je dois réfléchir. Le mieux, c'est de laisser reposer les choses et de les reprendre aux heures de bureau.

— En ce qui concerne la rémunération, je suis souple, ajoute Nadine vivement. J'aurais dû être plus claire sur le sujet…

— C'est bon à savoir, j'enregistre, dit Luke.

Craig a baissé le son de la télévision et ne perd pas une miette de l'échange. Quant à moi, je regarde à moitié ce qui se déroule sur l'écran. Rae et Chris se disputent. Elle brandit une hache vers lui tandis que ses cheveux volent très cinématographiquement dans le vent. Pourquoi ? Qu'est-il arrivé ?

La voix énergique de Luke me ramène à la réalité.

— Quoi qu'il en soit, c'était intéressant de prendre connaissance de tes idées, Nadine. Merci pour le vin délicieux mais je crois que notre baby-sitter doit partir de bonne heure. C'est bien ça, Becky ?

J'ai compris : il veut qu'on mette les voiles.

Et si on se dépêche, je peux attraper la suite du film à la maison.

— Et le jacuzzi ? On pourrait poursuivre la conversation en barbotant et en buvant un autre verre, propose Nadine.

— Oui, allons dans le jacuzzi, insiste Craig.

— Désolé, mais je crois qu'on va devoir faire l'impasse, dit Luke. Tu es d'accord, Becky ?

Pas question d'aller mariner dans le jacuzzi en compagnie de Nadine. Ma réponse est un oui franc et massif.

— Oui, nous devons filer. Merci pour cette *bonne* soirée.

Tu parles d'une bonne soirée ! Se farcir un bla-bla professionnel, regarder la télé et, en prime, s'entendre dire qu'on n'est pas fait pour les parties libertines. J'aurais encore préféré une quatre fromages chez Pizza Express.

La soirée est le contraire absolu de ce que j'attendais. Et Craig, ma plus grande déception. De charmeur fascinant, il est devenu… Bof !

Nous faisons nos adieux. Craig et Nadine remercient Luke à profusion, lui serrent la main tant et plus. Craig se fend même d'une grande accolade (mais pas avec moi, je remarque).

Nous nous retrouvons dehors à marcher vers la maison sous une lune brillante. Des chouettes hululent au loin. Cette soirée ressemble à un rêve étrange et pénétrant.

— Bizarre, dit Luke au bout d'un moment.

— Très bizarre. Comment était la présentation de Nadine ?

— *Nulle.*

J'éclate de rire.

— Et même *pénible*, reprend-il. Je n'ai toujours pas compris le sens de son projet, sauf qu'il sous-entendait que Brandon Communications lui verse un gros salaire et lui offre une équipe complète ainsi qu'une voiture de fonction.

— Pitié ! Tu lui as dit non ?

— Je lui dirai la prochaine fois qu'on se parlera. Là, je voulais juste qu'elle s'arrête, mais je vais refuser en douceur. Elle pourrait rencontrer certaines personnes utiles. Je lui dresserai une liste, lui filerai quelques contacts. Vu son manque d'idées originales, je l'admire d'avoir eu le courage de faire son pitch. En fait, elle a beaucoup à apprendre.

C'est tellement sympa de sa part de vouloir quand même aider Nadine. Typique de mon mari. Il y a pourtant un truc qui m'énerve. Pour quelle raison n'avait-elle pas envie de s'envoyer en l'air avec lui ? D'un autre côté, j'aurais évidemment *détesté* qu'ils couchent ensemble. Mais quand même ! Cette fille n'a aucun goût.

Près de la maison, je m'arrête sous un gros buisson de houx et donne à Luke un long baiser. D'accord, d'habitude on s'embrasse sous le gui – mais je ne sais pas où en trouver. (Je devrais absolument trimballer ma boule de gui gonflable partout.) Se rouler des pelles dans la rue, il n'y a rien de plus excitant. Ça me rappelle nos débuts. On devrait s'embrasser dans la rue plus souvent.

Évidemment, la moustache n'est pas idéale. Mais, en dehors de ce détail, l'instant est d'une perfection parfaite.

— On forme un couple hyper sexy, je dis à la fin de notre étreinte. Moi, *j'adorerais* coucher avec nous deux.

— Moi aussi. Ils ne savent pas ce qu'ils ont perdu.

Il tire sur le nœud de ma blouse.

— Ce truc se défait ?

— Peut-être !

Je lui lance un regard malicieux pendant qu'il détache le nœud. Toutes ces histoires de partouze m'ont donné des envies. Dès que la baby-sitter s'en va, j'allume des bougies, tire le tapis en peau de mouton devant le feu, mets une musique appropriée… Mmm…

Oh, j'ai oublié mon film de Noël. La suite de l'histoire de Rae et Chris. Il *faut* que je sache.

Mais non, je regarderai ça en replay. Vous savez quoi ? La technologie, c'est formidable.

WhatsApp
Groupe SUZE ET BEX

Suze
Alors ? En pleine séance crapuleuse avec Craig et Nadine dans le jacuzzi ?

Bex
Non ! Je regarde un film de Noël avec Luke.

Suze
Un film de Noël ? Mais qu'est-ce qu'il s'est passé ?

Bex
Ils ne voulaient pas de partie à trois, ni à quatre. Ni à plus. Rien, en somme.

Suze
Ah bon ? Je te jure que j'ai lu que Craig aimait les partouzes.

Bex
Oui. Mais pas avec nous.

Bex
Ils ont dit qu'on n'était pas leur genre.

Bex
Tu es toujours là ?

Suze
Excuse ! J'ai tellement rigolé que j'ai fait tomber mon téléphone.

WhatsApp
Groupe BECKY ET JESS

Becky
Coucou Jess ! Dis-moi : Tom sera de retour en Angleterre à temps pour le 25 décembre ?

Jess
Oui

Becky
Mais vous avez été séparés pendant un bon moment, n'est-ce pas ?

Jess
Oui

Becky
Ça doit être dur.

Jess
Oui

Becky
On se demandait avec Suze si on pouvait déjeuner toutes les trois un de ces jours ? À la cafétéria vegan de Waste Not Foods, un magasin qui vend ses produits sans emballage. Ça te conviendrait ?

Jess
Oui

Becky
Tu es sûre que tout va bien entre Tom et toi ?

Jess
Oui

Becky
Parce que tu peux tout me dire, tu sais.

Jess
Oui

Becky
Donc, entre Tom et toi, tout roule ?

Jess
Oui

De : Tom Webster
À : Becky
Objet : Pour ton info

Chère Becky,

Jess m'a fait suivre votre échange récent sur WhatsApp. Apparemment tu penses qu'il y a des problèmes entre elle et moi. Aussi, je veux t'assurer que :

Rien ne cloche dans notre couple.

Je répète :

RIEN NE CLOCHE DANS NOTRE COUPLE.

Cordialement,

Tom

De : Anders Halvorsen
À : Becky Brandon
Objet : Re : Un formidable nouveau mot pour votre dictionnaire : « sprygge » !

Chère madame Brandon, née Bloomwood,

Je vous remercie pour votre mail que j'ai trouvé néanmoins un peu déroutant.

En réponse à votre demande, j'ai le regret de vous annoncer qu'il m'est impossible de faire entrer « sprygge » dans le *Dictionnaire national norvégien*.

À ma connaissance, ce mot n'est pas entré dans la langue norvégienne courante, pas plus qu'il n'est sur le bout de la langue de tous nos citoyens.

Par ailleurs, auriez-vous l'obligeance de m'indiquer précisément ce qu'il signifie ?

Cordialement,

Anders Halvorsen
Éditeur
Dictionnaire national norvégien

14

Une semaine a passé. Craig et Nadine me sont sortis de l'esprit. Pour une première raison : il vaut mieux oublier complètement les épisodes gênants, même si votre mari n'arrête pas de vous charrier sur le sujet. Hier, Luke m'a envoyé le texto suivant :

> Mon collègue John et sa femme nous invitent à dîner le soir du réveillon.
> NB : Sûr et certain qu'il s'agit d'un dîner et pas d'une partie fine dans un jacuzzi.

Ah ! Ah ! *Hilarant…*

L'autre raison : je me fais du souci pour Jess à cause du mail de Tom. Personne n'envoie un mail pareil si tout va bien. À vrai dire, il me semble un peu dérangé. D'ailleurs, soyons clairs, il n'a jamais été « dans la norme ». Par exemple, il avait construit une cabane géante dans le jardin de ses parents en déclarant qu'il allait y vivre.

Samedi matin. Je termine la décoration du gâteau d'anniversaire de Minnie. Autant dire que je suis inquiète. Et plus préoccupée encore par ce stupide gâteau. La génoise se désintègre dès que j'essaye de la tartiner du glaçage au beurre, sucre glace et vanille. Je pensais que j'en avais pour dix minutes, que je finirais pendant que Minnie suivait son cours de danse. Mais c'est un désastre.

— Suze, au secours ! je crie quand elle débarque dans ma cuisine. Mon gâteau s'effondre quand j'étale le glaçage.

— Tu l'as d'abord recouvert d'une couche de miettes ?

— Bien sûr que non ! Des miettes de quoi, d'ailleurs ? Et puis comment tu sais ça, d'abord ?

Elle hausse vaguement les épaules, ce qui signifie qu'elle a appris la technique du glaçage dans son école de savoir-vivre. Elle a ainsi toutes sortes de tuyaux pratiques en réserve. L'art et la manière de dresser une table pour un dîner de six plats ou de libeller une enveloppe adressée à un évêque… J'ouvre la bouche pour lui demander s'il est trop tard pour ajouter cette couche de mystérieuses miettes quand Luke déboule.

— Quelle galère ! s'exclame-t-il.

— Quoi ?

— Je viens d'avoir Nadine au téléphone.

Je pose ma spatule.

— Comment ça ?

— Elle m'a appelé au sujet de sa présentation.

— Un samedi ?

— Apparemment, elle n'en pouvait plus d'attendre mon coup de fil. On dirait qu'elle n'a pas bien saisi l'issue de notre entretien de l'autre soir.

— C'est-à-dire ?

— Elle pensait que j'allais lui faire un chèque, lui filer une voiture de fonction et rebaptiser ma boîte « Brandon et Nadine Communications ».

Je suis partagée entre le fou rire et la colère.

— Mais c'est ridicule. Tu n'as rien promis du tout. Tu as juste dit que tu allais réfléchir. Je t'ai entendu de mes propres oreilles.

— Évidemment, je n'ai rien promis ! C'est une sacrée opportuniste. Ou alors elle se berce d'illusions. Peut-être les deux, en fait. Ah ! Bonjour, Suze !

— Bonjour, Luke, répond Suze joyeusement. Alors, si je comprends bien, Craig et Nadine ne sont plus vos meilleurs nouveaux amis ? Dommage !

Elle ne dit pas « Je t'avais prévenue ! », mais, à son ton, je vois bien qu'elle le pense. Pas question pourtant de réagir. Car, si j'aborde le sujet, elle va faire celle qui tombe des nues.

— Elle était assez désagréable au téléphone, poursuit Luke en se préparant un café. Finalement, elle m'a fait comprendre qu'ils ont besoin d'argent.

— Comment est-ce possible ? je demande.

— Elle m'a laissé entendre que Craig est fauché comme les blés. Je te répète ce qu'elle a dit.

— Mais c'est une rock star. Et puisqu'il est allé à Varsovie, il ne peut pas être fauché.

Ricanement de Suze.

— Parce que, d'après toi, les rock stars sans le sou font la plonge et collectionnent les bons de réduction des supermarchés mais ne voyagent pas.

— Ah ! Ah ! Tu me fais rire !

Elle change de registre.

— Bex, je vois que tu as rincé la teinture bleue de tes cheveux. Au fait, où sont passées tes bottes de tueuse ? Mises au rancart à tout jamais ?

— Pour le moment, elles sont rangées, mais je les ressortirai quand l'occasion se présentera.

— J'aime beaucoup ces bottes, intervient gaiement Luke. Surtout ne t'en débarrasse pas ! Vous êtes partantes pour un café ?

— Non merci ! je dis. Nous allons rejoindre Jess pour déjeuner. Tu te souviens que tu vas chercher Minnie ?

— En revanche, ce que tu portes aujourd'hui est super, s'exclame Suze. Nouvel achat ?

— Absolument.

Quand ces boots couleur poil de chameau sont arrivées ce matin, j'avais oublié que je les avais commandées. Je les fais admirer à Suze, de la pointe aux talons. Et soudain, un flash. Serait-ce un appel du pied ?

— Suze, je te les donne. Pour Noël. Tiens, essayes-en une !

— Pas question de prendre des boots que tu n'as jamais mises, s'emporte-t-elle. Allez, rechausse-toi. Il va falloir qu'on parte. Tu fais quoi avec ton gâteau ?

— J'en sais rien, j'avoue en remettant ma bottine.

— Ça, un *gâteau* ? s'étonne Luke en contemplant le tas informe de génoise et de glaçage au beurre qui trône sur le comptoir. Je croyais que… Oh, mais Minnie va l'adooorer.

— Mets-le dans ton congélateur, conseille Suze. Rajoute un max de glaçage. Il n'y en a jamais assez. Et parsème l'ensemble de paillettes comestibles. Le résultat sera parfait. Viens, il est temps d'y aller.

Depuis le temps que je veux découvrir un magasin d'alimentation zéro déchet ! En entrant chez Waste Not Foods, j'ai comme une révélation. Voilà où je dois faire mes courses. *Tout le temps*. Ici ! Et nulle part ailleurs !

Comment le décrire ? Il y a des cageots en bois brut remplis de pommes de terre et de carottes tout juste récoltées. Des œufs fraîchement pondus comme l'atteste le duvet collé sur les coquilles. De grands bocaux en verre, comme autrefois dans les magasins de bonbons, remplis de noix, de céréales. On se sert soi-même. C'est génial.

— Bienvenue, me lance la fille derrière la caisse.

Un anneau orne sa narine et ses cheveux sont attachés avec un bout de ficelle. Elle porte une de ces blouses d'artiste en lin marron que je me suis toujours retenue d'acheter de peur de ressembler à un sac.

Elle ne ressemble pas à un sac.

Enfin si, un tout petit peu, mais ça lui est probablement égal.

— Bonjour, je dis. Vraiment cool, le magasin !

Des chaussettes de Noël en toile de jute sont suspendues près de la porte. Chacune contient une tablette de chocolat du commerce équitable enveloppée dans du papier recyclé, un gobelet à café réutilisable et un exemplaire de *Nous sommes tous condamnés*. Le cadeau parfait pour Jess. Je vais revenir spécialement.

— Suze, tu as des trucs à acheter ?

— Oui, il me faut du riz, dit-elle en sortant de son sac deux boîtes de glace vides, lavées et prêtes à l'emploi. Peut-être aussi des pâtes. Et les patates douces ont l'air super.

Tout en parlant, elle produit un sac de shopping en coton et deux pochons en papier qu'elle déplie.

— Tu les as apportés spécialement ?

— Eh bien oui, bien sûr. Le magasin vend les marchandises en vrac. Ils ne fournissent aucun emballage. Tu dois venir avec tes propres récipients.

D'accord !

Je le savais. Mais…

Pourquoi ai-je oublié d'emporter des boîtes et des sacs ? Je n'ai même pas mon cabas en toile. Quelle idiote ! Mais pas question de l'admettre.

Je parcours l'allée des épices et légumineuses, à la fois ravie et stressée. J'aimerais tout acheter. Oui, mais j'ai besoin d'emballages, de pots, de boîtes, d'étuis et *autres récipients*…

Heureusement, je repère derrière la caisse une rangée de gros bocaux sur une étagère. Parfait ! Je vais m'en procurer un certain nombre et prétendre que c'était mon intention depuis le début.

— Rebonjour ! je dis à la caissière. Ayant *complètement* renoncé aux emballages, je trouve votre magasin formidable.

— Merci !

— Pourrais-je avoir trente de ces bocaux, s'il vous plaît ?

— Trente bocaux ?

— Oui, pour mes achats.

Promis, juré : jamais plus d'emballages. Je vois d'ici ma cuisine, semblable à celles des magazines déco, avec une série de bocaux soigneusement étiquetés et alignés. Magnifique !

Mais la fille fronce les sourcils.

— Je n'ai pas trente bocaux en stock. Et même si je les avais, comment envisagez-vous de les transporter ?

Ah ! Je n'y avais pas pensé.

— La plupart des clients apportent leurs vieilles boîtes en plastique. Nous encourageons le recyclage autant que possible. Vous n'avez rien avec vous ? demande-t-elle en remarquant mes mains vides. Rien du tout ?

Pourquoi ce petit air condescendant ?

— Je suis contre le plastique, en fait, je rétorque sèchement. Donnez-moi six bocaux, je vous prie.

Elle lève les sourcils (d'une manière parfaitement inutile, à mon avis), se retourne et pose finalement six bocaux sur le comptoir.

Vus de près, ils sont énormes. Mais superbes.

Je les case dans un grand panier en osier, m'approche d'un réservoir à légumes secs et remplis un premier bocal. Après quoi je regarde l'étiquette. Tiens, des fèves ! On fait quoi avec des fèves ? Pas de problème : je trouverai des recettes.

Juste avant de garnir un deuxième bocal avec de l'orge, je reçois un texto de Luke : Achète des œufs. On n'en a plus. Après lui avoir prestement renvoyé un : Pas de souci, je m'en occupe, je m'approche du grand plateau où sont disposés les œufs. J'en attrape deux. D'accord, mais maintenant j'en fais quoi ? Dans la mesure où ils ne sont pas vendus en boîte, je me demande comment les trimballer.

— Avez-vous votre boîte à œufs ? demande la caissière qui décidément m'a à l'œil. Nous demandons à nos clients de se munir de leur boîte à œufs habituelle. Autrement, vous pouvez acheter une boîte en bambou réutilisable à 1 livre, mais nous préférons la récupération. Je vous sors une boîte en bambou ou non ?

Son expression méprisante me frappe. Elle veut dire : « Vous voulez polluer davantage la planète, espèce de pauvre conne même pas capable de se souvenir d'apporter une boîte à œufs ? »

— Non merci, je réponds très dignement. J'ai de quoi les transporter.

— Vous ne pouvez pas transporter des œufs dans des bocaux, s'indigne-t-elle.

— Mais si, je peux, justement !

Je place mes deux œufs dans un bocal et referme le couvercle. Puis je répète l'opération dans trois autres bocaux. Il faudra juste que je fasse attention en les portant.

— Bonjour, Becky !

C'est Jess.

— Ce magasin est remarquable, je dis après l'avoir embrassée.

— Tu fais quoi, là, exactement ? fait-elle, le regard fixé sur mes bocaux.

— J'achète des œufs, j'explique en posant mon chargement sur le comptoir.

Et à la caissière :

— Encore moi ! Cette fois, je voudrais payer, s'il vous plaît.

— Pourquoi tu n'as pas acheté une boîte à œufs ? s'étonne Jess.

— Parce que je ne veux pas abîmer la planète avec une consommation stérile.

— Mais la moitié de vos œufs sont déjà cassés, fait remarquer la fille de la caisse.

Et merde !

— Pas de souci, je prévois de préparer des œufs brouillés. Je vous dois combien ?

— 45,89 livres. Vous avez un sac ou vous avez besoin d'en acheter un ?

Je reste muette. Plutôt *périr* que d'avouer que j'ai oublié un de mes (nombreux) sacs réutilisables.

— Je suis contre les sacs, en fait. Ma devise est : « Acheter seulement ce qu'on peut transporter. »

— Mais vous ne pouvez pas transporter tous ces bocaux !

— Ma sœur va m'aider, je réponds du tac au tac. Jess, tu me donnes un coup de main pour déposer ça dans la voiture ? Et toi aussi, Suze, puisque tu es là. Ma conscience écoresponsable requiert tes services.

À trois, nous nous débrouillons pour déposer mes achats dans le coffre de Suze. Puis nous revenons au magasin afin que Suze règle ses emplettes.

— Vous avez oublié votre dernier bocal, me dit la fille de la caisse.

Elle me tend un bocal vide. Soudain me vient l'envie d'impressionner Jess.

— Merci. Je vais de ce pas le remplir de… haricots noirs tortue. J'adore cette variété tellement vegan.

Je n'ai aucune idée de la manière de les préparer mais leur nom me plaît.

Je me dirige vers le distributeur taille mammouth étiqueté *Haricots noirs tortue*, place mon bocal dessous et baisse la poignée. D'un coup d'un seul, avec un bruit d'appel d'air, les haricots se déversent dans mon récipient. Grand sourire à Jess. Quand le bocal est pratiquement plein, je remonte la poignée avec nonchalance.

Elle ne bouge pas. J'essaye à nouveau mais la poignée est bloquée.

Merde !

C'est une horreur. Les haricots rebondissent sur le couvercle de mon bocal et se répandent sur le sol. Je tire de toutes mes forces sur la poignée mais sans succès. Les haricots cascadent de plus en plus vite.

— Mais c'est pas possible ! éructe la caissière. Tournez la poignée ! Vite !

Les regards des clients passent de mes efforts frénétiques au torrent de haricots noirs.

— Mais *j'essaye* ! je crie en piquant un fard. Vous croyez que je fais quoi ?

Elle saute de son siège et se précipite vers moi. Trop tard ! Le clapet se referme avec un bruit sec. Le distributeur est vide. Tous les haricots sont éparpillés par terre. J'entends un gloussement derrière moi. Je me retourne : la main sur sa bouche, Suze s'efforce de refréner un fou rire.

— Je vais tout rembourser, bien évidemment, j'annonce à la caissière avant qu'elle puisse ouvrir la bouche. Tout. De toute façon, les haricots sont tellement utiles pour… cuisiner.

— Vous allez payer pour *tout* ?

— Absolument.

— Hum !

Tempête sous son crâne. Force mouvements de sourcils.

— Comment allez-vous vous y prendre pour les transporter ? Est-ce que par hasard vous auriez besoin d'un sac ?

Encore le coup du mépris. Cette fille qui ne ressemble à rien commence à m'énerver sérieusement.

— Pas du tout, je dis froidement. Comme je vous l'ai déjà expliqué, je soutiens le mode de consommation éthique et je défends la politique zéro déchets. Par conséquent, je vais transporter les haricots dans… euh… dans ma jupe.

(L'idée m'est venue comme ça !)

— Dans votre *jupe* ?

— Eh oui !

Je m'agenouille et bidouille une sorte de hamac – merci ma jupe mi-longue de chez Rixo ! – que je commence à remplir de haricots.

— Vous voyez ? C'est simple.

Suze laisse échapper un nouveau gloussement et se penche vers moi.

— Bex, ton idée est géniale. Mais si tu es d'accord pour accepter un petit compromis équitable… peut-être pourrions-nous utiliser une boîte en carton ?

Hum ! Je continue de penser que j'aurais pu transporter ces haricots dans ma jupe. J'aurais pu en fourrer dans le coffre et dans la boîte à gants et transformer la voiture de Suze en entrepôt de haricots noirs tortue.

D'un autre côté, je suppose qu'il était *en effet* plus rapide de les flanquer dans une boîte en carton, payer et aller déjeuner à la cafétéria. Confortablement installées près d'une fenêtre, nous venons de commander nos plats. Tout en buvant de l'eau, j'échange des regards éloquents avec Suze. Il est temps d'aborder le problème avec toute la finesse et l'empathie dont nous sommes capables.

En manière de préambule, je lance :

— Attends de voir ta dinde vegan le 25, Jess. Je ne te dis que ça !

— Très bien.

Nouvel échange de regards avec Suze. Notre plan est d'aider Jess à se confier. Mais comment procéder ?

Je me hasarde à demander :

— Alors, comment était la vie au Chili ? Pas trop difficile ? Et Tom… ça va ?

— Il va bien, merci. Tout baigne.

Pourtant les muscles de son cou sont tendus. Elle serre fort son verre. Non mais ! Qui espère-t-elle duper ?

Troisième essai :

— Jess, j'ai toujours admiré ta personnalité forte et indépendante. Je veux pourtant que tu saches que… nous sommes là pour toi.

— Nous te soutenons à cent pour cent, confirme Suze.

Moi :

— Au cas où tu aurais…

Suze :

— J'imagine que le processus d'adoption doit être exténuant pour votre couple.

Arrêt sur image. Je retiens mon souffle car les yeux de Jess brillent. Or ses yeux ne brillent jamais. J'ai toujours pensé qu'ils étaient faits d'un granite aussi dur que ses abdos.

Lorsqu'elle reprend la parole, sa voix est étranglée.

— Oui, c'est exténuant. Plus compliqué que nous l'avions pensé. On se croit patients, philosophes, mais…

Silence. Il faut y aller comme sur des œufs. Suze m'adresse une grimace encourageante.

— C'est… Je veux dire… Tu…

Je bafouille. En fait, je souhaiterais qu'elle s'épanche spontanément. Je lui donnerais ensuite un conseil avisé. Et nous terminerions dans l'harmonie sororale, en nous tenant les mains.

Mais elle s'est déjà reprise. Plus la moindre humidité dans ses yeux.

— Et si on demandait du pain ? lance-t-elle en se tournant vers le comptoir.

— Oublie le pain ! Nous sommes ici toutes les trois dans un endroit tranquille. Pourquoi ne pas parler de…

— De quoi ?

— De tout ! Du Chili, de Tom…

En entendant le nom de son mari, Jess prend une grande respiration.

— Encore Tom ? Tu en as après lui, décidément. D'après ce que je sais, il t'a envoyé un mail pour te dire que tout allait bien.

— Oui, c'est vrai.

Je m'abstiens d'ajouter que ce mail a augmenté mon inquiétude. Et je m'empêche de demander la date exacte de son retour en Angleterre.

— Tout va bien, Becky, répète Jess avec un regard noir. Tu attends que je te dise quoi ? Tu insinues quoi ?

— Mais rien. Simplement, si tu veux te confier… Je suis ta sœur, après tout.

Je fais mine de ne pas remarquer son mouvement de recul quand je pose la main sur son bras.

— Et moi, je suis ton amie, intervient Suze en posant sa main sur l'autre bras de Jess. Si tu as envie d'ouvrir ton cœur…

— Elle ne *veut* pas ! N'insistez pas ! Fichez-lui la paix !

C'est la voix sardonique de la fille habillée comme un sac qui semble être passée de caissière à serveuse.

— Mêlez-vous de ce qui vous regarde ! je m'écrie.

Entre-temps, Jess a dégagé ses bras de notre emprise. Elle semble extrêmement mal à l'aise.

— Désolée, Becky, mais elle a raison. Laisse tomber. Arrête d'inventer des problèmes dans ma vie.

— Mais…

— Laisse tomber, je te dis !

Je me sens frustrée. Comment recommander des solutions si elle se refuse à parler ?

J'ouvre la bouche puis je la referme. L'expression résolue de Jess me coupe le sifflet. Je ne veux surtout pas la mettre en colère.

— Si tu dois te faire du souci pour quelque chose, oublie donc mon couple et penche-toi plutôt sur les relations entre ta mère et Janice. Elles sont fâchées au point de ne plus se parler.

— Comment ça, fâchées ? s'affole Suze.

J'ai oublié de la tenir au courant.

— Oui, maman et Janice sont en froid. C'est moche.

— Il s'est passé quoi ?

— Janice se sent négligée, explique Jess. Elle a l'impression qu'en déménageant, Jane et Graham l'ont oubliée.

— Mais ils les ont invités à Shoreditch, je proteste.

— Oui, d'accord ! dit Jess. Tu sais, je ne prends pas parti. Simplement, cette histoire est montée à la tête de Janice. Elle fait un blocage total à propos de Shoreditch. Elle consulte les statistiques des attaques à l'arme blanche. C'est sa nouvelle marotte. Elle dit sans arrêt : « J'espère que ces pauvres Jane et Graham ne se feront pas agresser par un drogué en mobylette. » Ou : « J'espère que ces pauvres Jane et Graham ne seront pas pris dans une guerre entre gangs. »

Son imitation de la voix chevrotante de Janice est si réussie que je souris.

— Bref, elle est bouleversée, conclut Jess.

— Bouleversée ? Peut-être, mais ça ne l'a pas empêchée de se trouver une nouvelle copine, je réplique.

— Ah oui ! Flo ! confirme Jess.

— Qui est cette Flo ? demande Suze.

— La nouvelle meilleure copine de Janice à Oxshott.

— *Inimaginable !* s'exclame Suze. Incroyable !

— C'est moche, renchérit Jess en secouant la tête de dépit.

— Apparemment, tu n'es pas fan de Flo, fait Suze.

Nous arrêtons cet échange car nos plats viennent d'arriver. Au moment où je déplie ma serviette, mon téléphone bipe. Un texto de Luke pour des courses, sans doute. Erreur sur toute la ligne.

— Eh bien, quand on parle du loup…, je dis, une fois remise de ma surprise.

— Quoi ?

— Janice vient de m'envoyer un message.

Je place l'écran sous leur nez.

Heureuse de venir au goûter d'anniversaire de Minnie, mon chou ! Si tu es OK, j'amène mon amie Flo. Bisoux, Janice

De : Anders Halvorsen
À : Becky Brandon
Objet : Re : Re : Re : Un formidable nouveau mot pour votre dictionnaire : « sprygge » !

Chère madame Brandon, née Bloomwood,

Merci pour votre mail auquel je vais répondre le plus clairement possible.

J'ai bien peur que votre définition de « sprygge » n'ait aucun sens à mes yeux.

Contrairement à ce que vous suggérez, le mot « sprygge » ne figure ni dans la mythologie norvégienne, ni dans les « comptines apprises sur les genoux de ma mère », ni dans aucune des plaisanteries, blagues et autres histoires drôles qui circulent dans mon pays.

Une fois encore, je vous confirme qu'il ne m'est pas possible d'inclure le mot « sprygge » dans le *Dictionnaire national norvégien*.

J'ajoute pour finir qu'il est hors de question d'accepter le tee-shirt « Nous aurons toujours le sprygge ! » que vous avez la gentillesse de vouloir m'offrir.

Très cordialement,

Anders Halvorsen
Éditeur
Dictionnaire national norvégien

15

En un mot comme en cent, c'est une déclaration de guerre. Un peu extrême comme jugement ? Oui ! Mais les faits sont là : Janice amène une nouvelle amie sur notre territoire en *sachant* que maman sera présente, en *sachant* qu'il y aura de la tension dans l'air. Elle veut semer la zizanie.

Cela dit, pour le moment, c'est surtout le gâteau d'anniversaire de Minnie qui me préoccupe. Je recouvre sa surface du glaçage au beurre que j'ai préparé en quantité industrielle. Genre, deux bols remplis à ras bord. Comme le gâteau est toujours un peu bancal, je rajoute deux bons centimètres de mixture. Et puis encore une couche. Je râle : « C'est la tour de Pise, ce truc ! » Finalement, je flanque tout le reste du mélange sur le dessus. Comme Suze l'a affirmé, il n'y en a jamais assez. Maintenant, le gâteau doit mesurer trente centimètres de haut. Un chef-d'œuvre pâtissier !

On a commencé à fêter son anniversaire dès ce matin. Minnie a joyeusement ouvert ses cartes de vœux, inauguré son nouveau Monster Truck et joué avec son chaton en peluche interactif (qu'elle avait repéré à la télé et demandé avec insistance, mais, chut, pas un mot à Suze). Cette dernière vient d'arriver avec ses gamins et c'est déjà le bazar. Dans le salon, Minnie et Wilfie font faire des allers et retours bruyants à leurs Monster Trucks. Ernest improvise des airs sur le vieux piano (complètement désaccordé) qui se trouvait dans la maison quand nous avons emménagé. Clemmie, pendant ce temps, s'amuse avec des boules de Noël musicales « Jingle Bells ». D'où une belle cacophonie en fond sonore.

— Ce chaton est incroyable, commente Suze en entrant dans la cuisine avec Jess. Il ronronne, il boit du lait. Tu l'as trouvé où ?

— Oh... par hasard. Bien sûr, j'ai cherché sa version en bois équitable, je précise à l'intention de Jess. Mais le site spécialisé en jouets durables n'en avait pas.

— L'industrie du jouet a beaucoup de comptes à rendre, constate sévèrement ma sœur.

— Et tu sais, Suze, Minnie veut toujours sa dînette. Je lui ai encore demandé hier soir. Elle est décidée. Je savais qu'elle ne changerait pas d'avis.

— Ne te réjouis pas trop vite. Elle peut encore avoir d'autres idées.

— Mais non ! Arrête de me faire peur !

— Noël n'est pas avant plusieurs semaines. Ça en fait, *du temps*, pour changer d'avis !

Puis elle imite la voix d'une petite fille :

— « Mamaaan, je veux une sirène qui parle. Si papa Noël m'aime vraiment, c'est ça qu'il va m'apporter. Il a deviné parce qu'il est maaagique. »

— Stop ! Tu m'énerves !

— « Il m'aime *pas*, papa Noël ? continue Suze de la même voix gnangnan de gamine gâtée. J'ai pas été assez sage ? C'est pour ça qu'il a déposé au pied de l'arbre cette dînette qui ne m'intéresse plus ? »

J'éclate de rire.

— Tais-toi, espèce de diablesse !

— Joli tablier, au fait, note Suze.

— Tu l'aimes bien ? Je l'ai acheté à la… Oooh ! Il te ferait plaisir ?

— Encore ? Écoute-moi, une fois pour toutes, Bex : je refuse que tu m'offres une de tes nouvelles acquisitions.

Et elle explique à Jess :

— Cette année, pour modérer notre consommation, on va s'offrir mutuellement quelque chose que nous possédons déjà.

— Bonne idée, approuve ma sœur.

— Oui, mais le problème est que Suze ne me donne aucune piste, je dis.

— Dans certaines cultures, si vous admirez quelque chose, on vous le donne spontanément, nous informe Jess.

— Dans ce cas, on passerait notre vie à s'échanger nos affaires, rigole Suze. « Super chaussures, Bex ! » « Prends-les ! » « Tes cils sont extra ! » « Tiens, ils sont à toi ! »

Imaginer Suze en pleine fiesta qui arrache ses faux cils pour me les tendre me fait rire.

Réaction stupéfaite de Jess.

— Des cils ? Tu veux dire des faux cils ?

— Euh… oui.

— Tu portes des *faux cils*, Suze ?

— À l'occasion.

— Comme c'est triste que tu ressentes l'obligation de modifier ton propre corps selon des stéréotypes sexistes, assène Jess.

— C'est seulement quand je vais à une fête. Et puis, je crois qu'ils sont bio, dit-elle, pas vraiment convaincue, l'œil fixé au plafond.

Je parie que ses faux cils n'ont rien de bio. D'ailleurs, elle croise les doigts derrière son dos.

La sonnette retentit à point nommé.

— Ce sont tes parents, Bex ? demande Suze.

Sauvées par le gong ! Car j'avais l'impression que, dans la foulée, Jess allait contester l'usage de ma brosse à cheveux, indéniablement sexiste à ses yeux, ou me balancer une remarque du même genre.

Luke va ouvrir. Et j'entends maman souhaiter un joyeux anniversaire à Minnie. Je saupoudre le glaçage de paillettes roses comestibles. Et, pour la touche finale, je pose une fée scintillante au sommet du gâteau avant de couvrir l'ensemble d'un saladier géant en bois, acheté sur Internet. C'était une erreur.

(Et même une erreur de taille ! C'est le problème avec le shopping sur Internet : l'estimation du volume des objets est loin d'être précise. La description disait bien 54 centimètres, mais bon, qui peut visualiser comme ça 54 centimètres ? Pas moi.)

J'enlève mon tablier avant de me précipiter dans l'entrée pour accueillir papa et maman.

Ils ont retiré leurs manteaux. Waouh ! Je cligne des yeux pour faire le point sur le spectacle. Car j'ai tendance à oublier que les parents ont un nouveau look. Quand je pense à eux, je les vois toujours habillés dans le pur style Oxshott chic. Blazer pour lui et robe chemisier à fleurs pour elle.

Vous voulez rire ? Maman porte une robe imprimée de motifs psychédéliques et, dégringolant jusqu'au nombril, un drôle de sautoir qui semble fabriqué à partir de *bandes de magnétophone*. À la place de son sac habituel, une grosse besace de facteur en bandoulière. Et pour papa, un étrange chapeau drapé en laine noire, un tee-shirt avec logo *Rick et Morty* et un jean slim délavé. J'en frémis. D'abord, son jean a l'air atrocement inconfortable. Ensuite, je suis certaine qu'il n'a jamais regardé un seul épisode du dessin animé *Rick et Morty*.

Allons, pas de pensées négatives.

Je les serre chaleureusement contre moi en leur demandant comment va leur nouvelle vie dans leur appartement de Shoreditch. Tout d'un coup, je remarque la blessure de papa.

Son pied gauche est bandé. Et une béquille est posée contre le mur.

— Qu'est-il arrivé ?

— Oh, pas grand-chose ! répond papa en récupérant sa béquille. Juste une petite chute de rien du tout. Ah, voilà Minnie ! Comment va ma divine petite fille ?

Tandis que papa boitille jusqu'au salon derrière Minnie, je demande des explications à ma mère.

— Un sujet délicat, ma puce, chuchote-t-elle. Ton père est tombé de son monocycle.

— Oh non !

— Ce n'était pas sa faute. Il est très à l'aise dessus. Il s'exerçait sur le toit quand une abeille des ruches de l'immeuble l'a piqué. Sous le choc, il a culbuté et s'est retrouvé par terre.

— Pauvre papa. J'espère que mes sandwichs à l'avocat vont le réconforter.

— Oh, Becky, confie-t-elle dans un murmure. Je n'ai pas encore fait le tour des mauvaises nouvelles. (Une pause.) Figure-toi que papa ne tolère plus les avocats.

Son air désemparé me donne envie de rire. *Mauvais* réflexe, bien sûr.

— Oui, le médecin lui a dit qu'il n'avait plus le droit d'en manger. J'ai arrêté aussi, en signe de solidarité.

Elle se gratte le cou et rajuste son collier en bandes magnétiques. Apparemment, son nouveau colifichet n'est pas très agréable à porter.

— Tu as une plaque rouge sur le cou. Ton sautoir t'irrite la peau ? Tu devrais le retirer

— Tu as peut-être raison. C'est une belle œuvre, pourtant, réalisée par Lia, une créatrice de notre immeuble. Il représente le Chaos.

— Ravissant. Tellement… artistique ! je déclare en pensant tout le contraire.

Quand maman enlève le collier pour le ranger dans sa besace, je détecte une expression de découragement sur son visage. Rien d'étonnant. Mes parents sont déçus. Échaudés par les abeilles, le monocycle *et* les avocats. Sous peu, ils vont découvrir qu'ils sont allergiques au gin artisanal.

— Ça va, maman ? Vous aimez toujours votre vie à Shoreditch ?

— Oui, mon cœur ! C'est une superbe expérience. Tous les matins, en nous réveillant, nous nous disons : « Alors, quelle sera la nouveauté du jour ? » Mais nos vieux amis nous manquent.

Attention, terrain miné.

— Je crois que tu manques aussi à Janice.

— Vraiment ? Elle n'est pas souvent venue me voir. Je ne lui en veux pas, remarque. Ça fait une trotte d'Oxshott à Shoreditch. Mais quand je lui laisse des messages, j'aimerais qu'elle me rappelle.

— Quels messages ?

— Des messages sur sa boîte vocale auxquels elle ne répond pas. Elle a sûrement des tas de choses à faire.

— Janice est persuadée que tu es trop occupée pour t'intéresser à elle. Apparemment, tu postes tout le temps sur WhatsApp des photos de tes innombrables activités.

— Mais c'est le *but* de WhatsApp, réplique maman.

Je la regarde pendant un instant. Tout d'un coup, j'ai un déclic.

— Maman, tu confonds avec Instagram.

— C'est pareil, non ?

Il faut absolument que je lui explique la différence. Mais on vient de sonner. J'ai l'estomac noué. Maman sait-elle que Janice amène sa nouvelle copine ? Sait-elle seulement que Janice a une nouvelle copine ? Je vais ouvrir la porte et, effectivement, c'est Janice. Sur le perron, avec un gros bouquet de fleurs roses absolument horribles.

Tout de suite, elle lève le menton d'un air agressif.

— Bonjour, Becky, lance-t-elle en ignorant délibérément maman.

— Janice ! Bienvenue !

Avant même que j'aie le temps de demander où est passée sa copine Flo, maman se précipite en me bousculant et l'enlace.

— Oh, ma chérie, ce que je suis contente de te voir ! Ça fait trop longtemps. J'ai tellement de trucs à te raconter. Tu n'as pas eu mon message concernant la sortie au théâtre ? Dommage que vous n'ayez pas pu venir. On se rattrapera une autre fois. Et maintenant, tu *dois* me dire ce que tu penses de mon idée de dahlia.

Visiblement, elle attend une réponse. Janice, elle, semble au comble de la perplexité.

— Une idée de dahlia ?

— Je t'ai laissé un message, lance maman gaiement. J'étais sur mon tapis de course, alors j'avais sans doute l'air *un peu* essoufflée…

— Je ne l'ai pas eu.

— Pourtant, je t'en ai laissé des tonnes. Je ne suis pas étonnée que tu n'aies fait aucun commentaire sur la nouvelle adaptation de Poirot. Sa tenue était trop négligée. Tu n'as pas trouvé ? D'habitude, Poirot est tiré à quatre épingles. Au fait, où est Martin ?

— À… un déjeuner de son club de golf. Jane, je n'ai reçu *aucun* de tes messages. Pas un seul.

Luke, qui vient d'entendre leur dialogue, se permet d'intervenir.

— En ce moment, le système de messagerie vocale ne fonctionne pas bien. C'est arrivé à un de mes gars au bureau. Ses messages ont tous disparu.

Maman et Janice le dévisagent comme si elles tombaient des nues.

— C'est moi qui ai fait une bêtise ? pleurniche maman.

— Mais non, Jane, c'est le système, la rassure Luke.

Alors qu'il commence à lui donner des explications, Janice l'interrompt :

— Flo est en train de se garer, m'informe-t-elle.

— Flo ? Une amie à toi, Becky ? demande maman.

— Non, à moi, l'informe Janice d'une voix tremblante. Tu n'étais plus là, Jane. Tu ne donnais plus de nouvelles. Alors je me suis dit… Peu importe ! Flo est ma nouvelle meilleure amie.

Un silence lourd s'instaure. Je regarde Luke puis Jess.

— Ta nouvelle meilleure amie ! finit par dire maman d'une voix bizarrement tendue. Ta nouvelle meilleure amie ! Je vois. Eh bien… c'est formidable, Janice ! Je suis impatiente de faire sa connaissance.

La tension qui règne dans l'entrée est surréaliste. L'expression de Luke ? Impénétrable. Jess ? Elle se tripote nerveusement le cou. Maman ? Un sourire radieux illumine son visage mais Dieu sait ce qu'elle pense au fond d'elle-même.

La sonnette retentit, et nous sursautons tous.

— J'y vais, j'annonce avec un entrain forcé.

J'ouvre pour me trouver face à une petite femme très mince à lunettes sans monture, en manteau beige et chapeau assorti.

— Bonjour, dit-elle timidement. Vous êtes Becky ? Je me présente : Flo.

OK. Je sais que je ne devrais pas en faire une affaire personnelle. Mais franchement, comment peut-on remplacer *maman* par une créature mollassonne et timorée comme Flo ? Là-dessus, je suis entièrement d'accord avec Jess.

Quand je les fais entrer dans le salon, Minnie s'exclame :

— Zanice ! Grana ! C'est mon *anniverchaire*. Et c'est mes *cadeaux*.

Janice et maman s'émerveillent devant le chaton. Suze apparaît avec un plateau de boissons chaudes que, comme d'habitude, elle a préparées en un tour de main.

— Bonjour, dit-elle à Flo avec un grand sourire. Je suis Suze, une amie de Bex. Vous voulez du thé ou du café ? Les tasses bleues sont remplies de thé, les blanches, de café. Le lait est dans lc petit pot.

— Oh ! Eh bien… Doux Jésus ! Oui, s'il vous plaît. Si ce n'est pas trop de dérangement… Mais ne faites pas attention à moi.

— C'est là, sur le plateau, précise Suze un peu déconcertée. Thé ou café ? Je vous en prie, servez-vous.

Petit sourire affligé de Flo :

— Le moins compliqué.

— Les deux sont simples. Alors, thé ou café ?

— Ça m'est égal. N'importe.

— À vous de choisir !

— Je ne sais pas, dit Flo qui tend sa main puis la retire.

Apparemment, Suze commence à perdre patience. Je la comprends : les boissons sont en train de refroidir.

— Prenez du thé alors ! Bex, tu donnes une tasse de thé à Flo ?

Nous échangeons un bref regard. Je m'empare d'une tasse de thé et conduis Flo vers un canapé.

— Asseyez-vous, je vous en prie.

Elle inspecte le canapé vide comme si c'était un champ de mines.

— Doux Jésus ! Je m'assieds où ?

— Où vous voulez.

Elle va vers l'extrémité du canapé puis s'arrête en chemin.

— Les autres voudront s'asseoir où ? Je ne veux pas prendre leur place.

Son petit sourire affligé me donne envie de la secouer. De crier : « Assieds-toi donc ! »

— Installez-vous où ça vous fait plaisir. En attendant, je pose votre thé là, sur la table basse.

Je m'en veux de l'avoir brusquée même si c'était seulement en mon for intérieur. Au fond, elle doit être affreusement mal à l'aise au milieu d'inconnus. Quand elle s'installe enfin, je décide de faire un nouvel essai.

— Flo, vous avez vu le nouveau film de Poirot à la télé ?

— Oui.

Son ton est terriblement prudent. À croire qu'elle me suspecte de vouloir utiliser sa réponse contre elle lors d'un procès.

— Et vous en avez pensé quoi ?

— Je ne sais pas. C'est aux experts de décider, non ?

— Oui. Mais vous avez aimé ?

— Je ne peux pas vraiment dire.

Nouveau petit sourire affligé.

J'avais raison depuis le début. Elle est exaspérante. *Comment* Janice peut-elle être amie avec elle ?

Comme si elle lisait dans mes pensées, Janice, tasse de thé à la main, vient s'asseoir à côté de Flo. Une seconde plus tard, maman s'installe en face d'elles. Tout le monde sirote son thé en silence, le regard dans le vague. Ambiance !

— C'est le moment de goûter au gâteau de Minnie ! je lance d'une voix stridente.

Je me rue dans la cuisine, dispose les bougies sur le gâteau, les allume. Puis je l'apporte dans le salon.

Nous appelons les enfants, nous chantons « Bon anniversaire ! Nos vœux les plus sincères… ». Minnie exulte et souffle ses bougies. Je pose le gâteau et m'apprête à le découper tandis que Luke va chercher des assiettes et des fourchettes.

— Quel grand gâteau ! déclare Janice. Avec une forme très originale. Tu as utilisé un moule en forme de dôme, Becky ?

— Non…

Réponse vague car, à cet instant précis, je me concentre sur les tranches. Étrange… Mon couteau s'enfonce dans le glaçage sans rien *couper*.

— Un problème, ma puce ? demande maman. Laisse-moi faire.

Elle attrape le couteau qu'elle enfonce adroitement dans le glaçage. Coup d'œil surpris sur le gâteau.

— Où est la génoise, Becky ?

— Forcément quelque part. Je le sais parce que je l'ai vue et que je l'ai confectionnée.

— Tu as étalé le glaçage dans quelles proportions ? demande Jess à sa manière ultra-scientifique.

— Et si tu prenais plutôt une cuillère ? suggère Suze. D'ailleurs, on pourrait nous aussi déguster ton gâteau à la cuillère. Comme une… mousse.

Luke arrive à la rescousse.

— Tiens, voilà une cuillère, Becky.

— Luke, je chuchote, je ne peux pas leur servir de la crème au beurre aussi compacte. C'est la crise cardiaque assurée. Je ne sais pas ce qui a pu se *produire*.

— Du gâteau ! Du gâteau ! On veut du gâteau ! scandent Minnie et les trois enfants de Suze en tendant leurs assiettes.

Affolée, je regarde le gâteau – ou plutôt la montagne de crème au beurre.

— Je l'emporte dans la cuisine pour voir ce qui cloche, marmonne Luke avant d'ajouter à voix haute : J'ai une annonce à vous faire. Becky a fabriqué un sublime costume pour Minnie qui va tenir le rôle d'un Roi mage dans la pièce de l'école sur la Nativité. Vous devriez voir cette beauté !

Quel amour, mon mari ! Il fait tout pour me redonner confiance. S'ensuit un concert de réactions enthousiastes.

Suze :

— Waouh, Bex ! C'est super.

Papa :

— Bravo, mon cœur !

Suze :

— Montre-le-nous !

— Non, ce sera une surprise. Je vais voir où en est le gâteau…

Sprint vers la cuisine où Luke attaque le glaçage à l'aide d'une spatule.

— Il y a *effectivement* de la génoise là-dessous, constate-t-il. Mais pas beaucoup. Et si on l'extirpait de ce magma pour au moins en donner aux enfants ?

— Mais qu'est-ce qui a pu arriver ? On a l'impression que la génoise s'est dissoute dans la crème au beurre.

— C'est possible ?

— Aucune idée ! Oh ! Qui sonne à la porte ? Vas-y, je m'occupe de la génoise.

Je récupère ce que je peux du biscuit et dispose quatre tas informes sur quatre assiettes. Après tout, les enfants se moquent bien de la présentation. Je flanque l'ensemble sur un plateau que j'emporte vers le salon. En chemin, une voix nasillarde agresse mes oreilles. Cette stridence ne m'est pas inconnue.

Se pourrait-il que ce soit *Nadine* ?

Je pose le plateau par terre avant de me précipiter vers la porte d'entrée entrouverte. Luke et Nadine se tiennent face à face sur le perron. Elle parle avec précipitation tandis qu'il s'efforce de placer un mot. Au moment où je sors, je l'entends dire :

— Navré, Nadine, mais ça ne va pas marcher.

Elle brandit une liasse de feuilles imprimées.

— Regarde au moins ça ! Oh, bonjour, Becky !

Bien que nous soyons dimanche, elle est en tenue de bureau et empeste le parfum. Bizarre, quand même.

— Bonjour, Nadine, quelle surprise de te voir ici !

— Nadine est venue parler business, dit Luke. Je suis en train de lui expliquer qu'il ne me sera pas possible de l'associer à notre entreprise.

Elle semble l'ignorer.

— Tu ne m'as pas donné ma chance. Tu ne peux pas me rembarrer d'emblée, me *rejeter* comme ça.

Malgré sa voix posée, elle semble bouleversée.

— Je ne te rejette certainement pas mais…

— C'est une occasion unique pour nous deux, le coupe-t-elle. Et ma seule chance. Tu ne peux pas refuser comme ça.

— Mais si, je peux. J'ajoute que ce n'est certainement pas ta seule chance…

Nadine le force à prendre le document.

— Lis juste ça ! C'est une nouvelle version de mon projet. J'ai pris en compte tes conseils. Je l'ai modifié. Tu vois ? Ici.

De son ongle soigneusement verni en rose, elle indique un paragraphe sur la deuxième page.

— C'est mot pour mot ce que tu as dit. Tu trouvais que ma présentation n'était pas assez précise, pas assez professionnelle. Cette fois, *c'est* professionnel !

Luke commence à s'agacer.

— Ce qui *n'est pas* professionnel, Nadine, c'est de débarquer chez les gens à l'improviste pendant un week-end. Je t'ai dit que je t'appellerai.

— Pour te débarrasser de moi, oui. Comment tu as dit, déjà ? « Peut-être après Noël. »

— Avant Noël, je serai souvent en voyage et donc difficilement disponible. Mais au début de l'année, je serai heureux de reprendre cette conversation et de te donner quelques conseils...

— C'est ça, des *conseils* ! répète-t-elle avec agressivité.

Je frissonne. Cette fille m'a l'air un peu cinglée. C'est l'anniversaire de Minnie. Je ne veux pas entendre des trucs pareils.

— Nadine, nous sommes occupés en ce moment, je dis. On doit te quitter. N'est-ce pas, Luke ?

— On se mettra d'accord pour un rendez-vous téléphonique et on reparlera de tout ça, conclut Luke.

Arrêt de la bande-son. Nadine semble respirer à pleins poumons. Sa veste cintrée est sur le point de craquer. Si son regard n'était pas aussi hostile, ce serait presque drôle.

Soudain, elle explose.

— Pourquoi croyez-vous qu'on a loué ce foutu cottage ? Uniquement pour te rencontrer, Luke.

— *Quoi ?*

— Vous ne pensez quand même pas qu'on *voulait* vivre dans ce trou-du-cul du monde ?

Non, mais quelle audace !

— Excuse-moi ?

Mais elle est sur sa lancée.

— Un jour, on parlait avec Craig de nos anciens copains et anciennes copines. Il a mentionné une Becky Bloomwood. Ça a fait tilt. Elle ne serait pas mariée avec Luke Brandon, par hasard ? Enfin l'occasion de faire sa connaissance grâce à un contact personnel. Car j'avais déjà écrit deux fois à ta boîte, Luke. Et un de tes sous-fifres m'avait envoyée sur les roses.

Complètement obsédée, cette fille !

— Nadine, tu dois partir, je déclare calmement. C'est l'anniversaire de notre fille. Notre famille et des amis sont venus pour le fêter.

— Oh, *ta précieuse famille et tes chers amis*, ricane-t-elle en me regardant.

— Exactement, ma précieuse famille et mes chers amis !

Elle nous dévisage avec rage. Puis elle semble soudain abandonner.

— Vous me voyez vraiment désolée de perturber cette joyeuse fête, ironise-t-elle. Je vous souhaite une heureuse journée ! Et une belle vie !

Sans mot dire, nous la regardons traverser le jardin. Cet épisode m'a terriblement secouée.

— Eh bien ! s'exclame Luke quand elle a complètement disparu.

J'ai l'impression que je vais m'écrouler.

— Putain, quelle scène !

— Je ne l'ai pas vue venir ! constate Luke.

— Personne n'aurait pu ! Luke, je m'excuse mille et mille fois. Je n'aurais jamais dû te présenter à Craig. Je n'aurais jamais dû faire en sorte que ces deux-là entrent dans nos vies…

« Et je n'aurais jamais dû m'habiller en rockeuse déjantée pour l'impressionner », j'ajoute silencieusement.

— Ne sois pas bête, ma chérie. Tu ne pouvais pas prévoir. Elle est partie. Il n'y a pas eu de dégâts.

Il est si raisonnable, si honnête, si calme. C'est fou comme je l'aime, mon Luke. Notre couple est solide et ce, pour *toujours*. Je le serre contre moi, le regarde avec adoration et, transportée par l'émotion, je m'entends lui avouer :

— J'aime ta moustache.

Minute ! Elle sort d'où, cette déclaration ?

— Vraiment ? dit Luke, l'air sincèrement touché. Oh, Becky chérie !

Il m'embrasse, je l'enlace fort, tout en me demandant pourquoi j'ai dit ça.

Du coup, il ne rasera jamais cette moustache. Je pensais à quoi ? J'étais dans une telle transe amoureuse que les mots se sont échappés de ma bouche.

Luke me contemple avec tendresse.

— Je t'aime, Becky chérie, dit-il en caressant ma joue.

— Je t'aime aussi, mon Luke.

Et si j'ajoutais : « Mais je ne pensais pas du tout ce que j'ai dit au sujet de ta moustache » ?

Non, non, non. Idée nulle.

— On va retrouver les autres ? propose Luke. Mais pas un mot de tout ça, d'accord ? Si quelqu'un demande, on dira que c'était une quête pour une œuvre de charité.

— Tu as raison. Pas la peine d'en rajouter. L'ambiance est déjà assez tendue comme ça.

J'aurais bien aimé lui demander ce qu'il pense de Flo. Mais on doit rejoindre la fête. Et de toute façon, je connais la réponse.

Luke soulève le plateau et regarde les quatre petits tas de gâteau.

— Miam ! Ça m'a l'air délicieux.

Quel cœur ! Je fonds devant la gentillesse de mon merveilleux mari. Jamais je ne lui dirai la vérité à propos de sa moustache. Quelques séances d'hypnose suffiront peut-être à me faire aimer les moustaches. Voilà, excellente idée ! Je vais me renseigner sur Google.

Au moment où j'entre dans le salon, mon téléphone sonne. *Franchement !* On ne pourrait pas me laisser tranquille le jour de l'anniversaire de Minnie ? J'hésite puis je décide de jeter un coup d'œil sur l'écran, au cas où. Edwin.

— Pardon, j'en ai pour deux secondes. C'est au sujet de Noël.

Je retourne en vitesse dans la cuisine et ferme la porte.

— Bonjour, Edwin, comment allez-vous ?

— Très bien, je vous remercie, répond-il de sa voix de vieux monsieur chic. Et vous-même ?

— Très bien, merci.

— Je ne vous retiendrai pas longtemps, ma chère. Malheureusement, je dois me rendre dans le sud de la France. Ce déplacement tombe très mal. Je n'aurai donc pas le temps d'écrire votre discours. Pouvez-vous vous en charger ?

Quoi ? Toute l'idée, c'était justement qu'*il* se chargerait de ce speech !

— Oui, je pense. Je suis censée dire quoi ?

— Oh, vous vous débrouillerez très bien. Parlez de votre passion pour le billard. De votre indignation de ne pas être acceptée dans le club parce que vous êtes une femme. De la justice sociale. De la discrimination. Faites en sorte que ces antiques boursouflures agonisent de culpabilité. J'ai oublié de vous demander : avez-vous eu une enfance défavorisée ?

Là, j'hésite. Maman et papa se trouvent à quelques mètres de moi. Et il semble difficile de qualifier une maison avec jardin à Oxshott de taudis insalubre.

— Peut-être… à quelques égards, je réponds finalement.

— Parfait ! Tartinez joyeusement sur le sujet. Je dois vous quitter, ma chère. Je vous vois à l'assemblée ?

— Comptez sur moi !

Je lui aurais bien demandé quelques renseignements pour la partie billard de mon discours mais il a déjà raccroché.

Je réfléchis pendant quelques secondes. Suis-je capable de pondre un discours sur le billard ? N'est-ce pas au-delà de mes capacités ? Et si j'offrais à Luke son after-shave habituel, ce qui me prendrait trente secondes sur mon ordinateur, et que je laissais tomber la malle-armoire ?

Mais non ! Je suis déterminée, je peux y arriver. Et je le ferai. Pour Luke. Parler de billard ne doit pas être si difficile. C'est un jeu à six boules, non ?

Ou huit boules ?

En tout cas, un certain nombre de boules. Je vérifierai. Mais pour l'heure, place au goûter d'anniversaire.

Je fourre mon téléphone dans une poche et retourne dans le salon. Les enfants sont barbouillés de glaçage. Flo explique d'une voix geignarde que les sucreries, « ce n'est pas vraiment mon truc ». Maman semble sur le point d'exploser. J'essaye de profiter de cette fête, de me détendre et de sourire. Mais j'ai du mal. Trop de soucis. Flo, mon gâteau raté, Nadine, la perspective d'écrire un discours sur le billard… Sans parler de la fête du 25 décembre qui ressemble à une sorte d'examen pailleté que je dois réussir haut la main.

— Je verrais bien une guirlande ici, dit Suze en montrant la cheminée. Ou alors là. Bex, on se demandait avec Jess quand tu allais commencer ta déco de Noël.

Ce n'est que la question d'une amie créative, championne de travaux manuels. Pourtant, je sens la critique poindre sous sa curiosité.

— J'attendais que l'anniversaire de Minnie soit passé.

— Puisqu'on aborde le sujet de Noël, dit maman, tu as reçu la recette de farce que je t'ai envoyée ?

Hum !

Je me creuse la cervelle : parmi les millions de messages WhatsApp dont je suis bombardée, ai-je lu quelque chose à propos de la farce de la dinde ?

— J'ai déjà fait parvenir à Bex une formidable recette de farce, lance Suze. À base d'abricots et de noix. Un régal.

— La mienne comporte des canneberges et des marrons, réplique maman. De vraies saveurs de Noël.

— J'en connais une autre avec de la sauge et des oignons, intervient Janice. Becky, une question : tu crois qu'on pourra faire la traditionnelle promenade malgré la blessure au pied de Graham ? Je me disais, d'abord la promenade et *ensuite* la pinata.

— La pinata est une appropriation culturelle que je désapprouve formellement, grogne Jess. Et dis-moi, Becky, tu n'as pas prévu de feu dans la cheminée, j'espère. Parce que c'est *catastrophique* pour la planète…

— Dans cette alcôve, tu peux faire une déco d'enfer, intervient Suze. Au fait, tu places ton arbre à quel endroit ?

— Euh…

À vrai dire, je n'ai pas encore décidé, mais je me tais.

— Et les chants de Noël ? Tu les as déjà sélectionnés ? demande Janice. Mon préféré, c'est « Le Bon Roi Wenceslas »…

— Bex, tu veux que je vienne t'aider pour l'arbre et les guirlandes ? propose Suze.

Ce concert de suggestions me tape tout d'un coup sur le système.

— Non ! Non merci ! Je m'occuperai de tout à ma façon et en temps voulu. Je choisirai la farce. Nous ne ferons pas de feu. Et je commanderai tout ce que vous souhaitez. D'accord ?

Le souffle court, je me rends compte à quel point je suis stressée.

— Désolée, tout le monde. Je suis juste un peu… Tout ça est un peu…

— Bien sûr, Bex ! s'exclame Suze après un rapide coup d'œil à maman. Allez, ne t'inquiète pas ! Bois ton thé et détends-toi.

Je m'assieds à côté de Flo, m'oblige à respirer tranquillement et retrouve peu à peu ma sérénité. Il n'y a pas de problème. Il faut que j'arrête de m'emballer.

Du coin de l'œil, je vois que maman, Suze et Janice échangent des regards. Grand bien leur fasse ! Je m'en fiche complètement.

En tant que maîtresse de maison bien élevée, je m'oblige à faire un brin de conversation à Flo.

— Où comptez-vous passer le jour de Noël ?

— Oh, vous savez, Noël, ce n'est pas vraiment mon truc.

Elle est *sérieuse* ? C'est bon ! Fini, terminé, plié ! Que quelqu'un prévienne Janice : Flo doit s'en aller séance tenante.

DISCOURS POUR LE CLUB
DE BILLARD DE LONDRES

en vue de l'admission de Rebecca Brandon (née Bloomwood)

Copyright Rebecca Brandon (née Bloomwood)

STRICTEMENT CONFIDENTIEL

À ne diffuser qu'après le 11 décembre

VERSION PROVISOIRE

~~Le billard est très~~
~~Le billard est très~~
Le billard est très

Pitié !

De : Myriad Miracle
À : Becky Brandon
Objet : Re : Re : Pour information

Bonjour madame Brandon (née Bloomwood),

Nous espérons que vous appréciez notre méthode Style de Vie et Santé.

Merci d'avoir suivi nos applications interactives. En surveillant vos progrès, nous avons pu établir que votre activité actuelle est descendue du niveau « Insignifiant » au niveau « Insignifiant proche de zéro ».

Une partie de l'esprit de notre programme Myriad Miracle comporte des séances supplémentaires destinées à renforcer l'enthousiasme de nos adhérentes dont le degré d'activité a baissé.

Par conséquent, nous serions heureux de vous offrir quelques sessions d'exercices physiques sur Skype animées par notre coach Olga Ritsnatsova, la fameuse entraîneuse des lanceuses de poids aux derniers Jeux olympiques. Elle vous appellera très bientôt afin de fixer à votre convenance les horaires de travail destinés à :

- renforcer intensivement vos capacités musculaires,
- améliorer votre endurance (une heure),
- revoir votre programme alimentaire,
- faciliter votre récupération par l'immersion en eau glacée.

En vous souhaitant une très joyeuse forme,

Debs
(assistante clientèle)

De : Myriad Miracle
À : Becky Brandon
Objet : Re : Re : Re : Re : Pour information

Bonjour madame Brandon (née Bloomwood),

Merci d'avoir répondu si promptement.

Je suis désolée d'apprendre que vous vous êtes cassé la jambe.

Olga, notre coach, attend de vos nouvelles de manière à organiser les trois heures de séances Skype dès que vous serez guérie.

En vous souhaitant une très joyeuse forme,

Debs
(assistante clientèle)

WhatsApp
Groupe "NOËL À LETHERBY"

Janice
Chère Becky, ton goûter d'anniversaire était vraiment sympathique. Merci mille fois de nous avoir invitées. J'ai une petite requête : puis-je amener Flo le 25 décembre ?

Suze
Oh my God, Bex ! Tu as vu ? Janice veut venir le jour de Noël avec l'horrible Flo.

Groupe SUZE ET BEX

Bex
Suze ! Tu t'es gourée de destinataire !!!!

Suze
Merde ! Tu crois que Janice l'a vu ?

Suze
Ouais : deux traits bleus. Elle l'a lu.

Groupe NOËL À LETHERBY

Suze
Janice, je suis consternée. J'ai envoyé ce message par erreur. En fait, je parlais d'une autre Flo que j'ai rencontrée à une autre fête où Bex et moi étions – mais pas toi. N'est-ce pas une coïncidence tordante ? En tout cas, je te confirme qu'il ne s'agit absolument pas de ton amie Flo.

Suze
Janice ?

Suze
Hello ??? Je sais que tu as lu mon message.

Suze
OK ! Oublie le précédent message. Je parlais EFFECTIVEMENT de ta nouvelle amie que nous trouvons tous ÉPOUVANTABLE.

16

OK. Pas de panique. *Pas* de panique, Becky. Noël, ce n'est pas la mer à boire. J'essaye en tout cas de m'en persuader. Mais vous savez quoi ? J'ai beau me le dire et me le répéter, je n'y crois plus. Parce que recevoir à Noël, c'est un océan de contraintes.

Beaucoup de choses m'échappent. Quelques échantillons de situation hors contrôle ? 1. Les guirlandes de la cheminée n'arrêtent pas de tomber, que j'utilise du scotch double face, de la patafix, de la ficelle ou même, en désespoir de cause, mes petits haltères de gym. 2. Hier, l'eau de ma boule à neige géante qui contient un village de Noël a fui partout. 3. Ma robe Alexander McQueen est trop serrée et pourtant j'ai fait vingt exercices d'abdos avant de l'essayer, et j'ai retenu ma respiration en l'enfilant.

(Peut-être devrais-je accepter les trois heures de Skype avec l'athlétique Olga ?)

(Non. Le bain glacé ne peut être qu'une très mauvaise *plaisanterie.*)

4. Un problème que je domine encore moins : mes invités. Rien ne va plus entre Suze et Janice. Après sa

gaffe sur WhatsApp, Suze a pris le parti de maman. Elle a critiqué Janice de s'être fait une nouvelle meilleure amie aussi rapidement. Janice en a pris ombrage et menacé de ne pas venir le 25 décembre. Puis elle a changé d'avis en disant qu'elle était invitée par sa « chère Becky », que la fête n'avait rien à voir avec Suze et que, d'ailleurs, *cette dernière* ferait peut-être bien de revoir ses plans pour Noël.

Argh !

Maman joue les martyres en lançant des remarques du genre : « Libre à Janice d'ignorer mes messages téléphoniques ! Je lui souhaite bon vent ! Et je ne pense pas accepter ses cadeaux de Noël. »

(Pour information, Janice n'a pas reçu les messages. Ils se sont perdus dans le cloud. Mais aucune des deux ne tient compte de cette réalité.)

Jess se veut impartiale. En fait, elle ne communique pas. Ces jours-ci, elle est totalement muette et parfaitement inefficace. Dans un mail de deux pages, je lui ai demandé conseil sur la conduite à adopter vis-à-vis des deux belligérantes. Sa réponse : « Je ne sais pas. »

Quand j'ai fait appel à papa, il m'a assuré que l'histoire s'arrangerait d'elle-même. Luke a fait le même commentaire (en plus long, mais ça voulait dire la même chose). D'après lui, je ne devrais pas m'en mêler. « Becky, tu ne peux pas t'occuper de tout. C'est déjà du boulot d'organiser Noël sans que tu aies en plus à ménager la sensibilité de ces dames. »

Ce qui est assez juste, mais je m'interroge. Et si, par exemple, je n'avais pas le choix ? S'il incombait aussi à l'hôtesse d'arranger les susceptibilités de ses invités, au même titre que les serviettes de table et les petits-fours ? Et si, à cause de cette pagaille affective, la fête de Noël n'avait *pas* lieu ? Toute cette agitation et ces messages tournent en rond dans ma tête. Il y a *sûrement* un moyen de réconcilier tout le monde, mais je n'ai pas trop le temps d'y penser car, au milieu de tout ça, je dois aller prononcer mon discours sur ce foutu billard.

En marchant sur St. James Street, habillée d'une robe chic et brushée de frais, je me repasse quelques informations de dernière minute sur le « billard anglais à huit boules ». Je sais déjà que la tige s'appelle une queue. Le reste, c'est du charabia, à base de « total snook », « bande » et « canon ». Je sais que l'arbitre peut déclarer le jeu « pat », mais je ne me souviens plus dans quelles circonstances.

À mon avis, ils ne vont pas m'embêter avec un questionnaire sur les règles du billard. À tout hasard, j'ai néanmoins préparé quelques commentaires pour avoir l'air d'une pro. Genre : « J'ai assisté à une double touche l'autre jour. Un *vrai* cauchemar ! » En vérité, j'espère juste entrer, prononcer mon discours et m'en aller avec la malle-armoire. De toute façon, Edwin s'occupe de mon cas. Il pourra pérorer à loisir sur les casses, les tirs, les fautes non standards.

Pour tout dire, j'ai failli abandonner l'idée de la malle-armoire. Luke avait raison hier soir : on ne peut pas s'occuper de *tout*. Je ne connais rien au billard. Luke n'est pas au courant pour la malle-armoire. Si je lui achète un after-shave, il sera ravi et ma vie simplifiée.

Mais tous ces tracas autour de Noël ont renforcé ma détermination. Peut-être suis-je impuissante à réconcilier maman et Janice. Peut-être suis-je incompétente en matière d'accrochage de guirlandes. Mais discourir sur le jeu de billard devant une assemblée de vieux messieurs en vestes de tweed, ça, c'est dans mes cordes.

Le club est éclairé par des quantités de bougies piquées sur des chandeliers en cuivre. Les membres vont et viennent, un verre à la main. L'endroit semble presque vivant, vibrionnant même. Dès l'entrée, je m'approche du préposé de quatre-vingt-treize ans qui me lance son habituel regard hostile.

— Bonjour ! Je crois que lord Edwin Tottle m'attend.

— Lord Tottle a été retardé, répond-il en examinant une feuille de papier. Il va arriver bientôt.

Consternation. Edwin n'est *pas là* ? Moi qui pensais qu'il allait m'accompagner à l'intérieur et me dire quoi faire…

— Pas de problème, je réplique avec un entrain de commande. A-t-il laissé un message ?

— Oui, dit l'homme avec réticence. Il m'a demandé de vous transmettre ce qui suit. Je cite : « Secouez-leur les puces, Becky ! Je sais que vous en êtes capable. Je serai là dès que possible. »

— Merci. Alors… puis-je entrer ?

— Une dispense spéciale vous a été accordée par sir Peter Leggett-Davey en personne, m'annonce l'antipathique bonhomme du bout des lèvres.

Il me tend un carton sur lequel est inscrit *Passe d'invitée*.

Soudain, je me sens regonflée.

— Merci, je dis en fourrant le laissez-passer dans ma poche. Je vous souhaite une bonne soirée. Comment vous appelez-vous, au fait ?

— Sidney, marmonne-t-il.

— Eh bien, Sidney, moi, je suis Becky, comme vous le savez déjà. À quelle heure commence l'assemblée générale ?

— L'assemblée a commencé à 16 heures. Je crois que votre… *question* est en cinquante-sixième position sur l'ordre du jour. Je vous invite à vous servir en sherry avant d'entrer.

J'attrape un verre et je pénètre dans la grande pièce avec cheminée qui a été réorganisée pour l'occasion. Cinq messieurs de quatre-vingt-treize ans installés devant une très longue table font face à des rangées de chaises. Le public, assez clairsemé, se compose de quelques autres messieurs de quatre-vingt-treize ans assis çà et là. Certains sirotent leur sherry en écoutant. D'autres roupillent.

Je prends place. Un vieux birbe à barbe annonce d'une voix sépulcrale :

— Question numéro 54 : concerne les travaux de la partie basse de la salle à manger intermédiaire. Le comité ayant établi un rapport sur le devis, je voudrais attirer votre attention sur les points suivants…

Il palabre un moment sur le mérule qui attaque le bois. J'ai fermé mes écoutilles et je regarde autour de moi. Et que vois-je là-bas ? Les prix de la loterie exposés sur une table. La malle-armoire, une caisse de sherry et un livre sur le billard. Dès que je suis acceptée comme membre, j'achète les billets. *Sans perdre une seconde*. Mes yeux glissent le long de mon rang. Tiens, cette tête me dit quelque chose ! C'est… ? Qui est-ce ? Le père d'un élève de l'école de Minnie ? Je me creuse les méninges pendant un moment jusqu'à ce que ça me revienne. C'est le type de Selfridges !

Le donneur de leçons à l'écharpe bleue. Il n'a pas quatre-vingt-treize ans. Alors que fait-il là ?

Quand il s'aperçoit que je le regarde, il prend un air étonné et vient s'asseoir plus près de moi.

— Tiens ! Comme on se retrouve ! Alors c'est vous, la femme ?

— Quelle femme ?

— La femme qui essaye de bouleverser deux cents ans de tradition.

— Ah oui, c'est bien moi. Vous êtes membre ?

— Non, j'ai une procuration. Mon père m'a envoyé pour voter contre vous.

Contre moi ?

— Comment pouvez-vous décider à l'avance que vous allez voter contre moi ? Vous n'avez même pas entendu ma plaidoirie, je m'indigne, à voix basse parce que quelques vieillards de quatre-vingt-treize ans ont les yeux fixés sur nous.

— Je n'y ai pas réfléchi. C'est le club de mon père, pas le mien. Je suis venu seulement pour lui rendre service.

— Eh bien, pensez-y deux secondes ! Moi, je suis venue pour défendre l'esprit de modernité. L'esprit de camaraderie. L'esprit du *billard*.

Je lui jette un regard éloquent juste au moment où le vieux birbe à barbe annonce :

— Question numéro 55 : concerne le bulletin de liaison du club. Pour figurer dans la prochaine édition, toute information doit être envoyée à Alan Westhall avant ce vendredi. Question numéro 56 : concerne l'admission de Rebecca Brandon, née Bloomwood.

C'est moi ! C'est mon tour. Le cœur battant la chamade, je me lève tout en plongeant la main dans mon sac pour récupérer mon discours.

Mon discours.

Bordel, où est passé mon discours ?

— Un problème ? s'enquiert l'affreux type à l'écharpe bleue alors que je fouille fiévreusement dans mon sac.

— Aucun problème, merci !

Je suis écarlate. Mon discours se trouve forcément dans mon sac. Mais où ? J'ai inspecté chaque poche, chaque compartiment sans le trouver. C'est bien la *dernière* fois que j'achète un sac muni de compartiments, parce que vous savez quoi ? Dans un sac, le foutoir géant est *infiniment* plus pratique.

À cet instant, les doubles portes s'ouvrent. D'innombrables et vénérables membres aux têtes blanches, sherry en main, font leur entrée en bavardant. Ils remplissent les sièges vides tout en me regardant ostensiblement.

— Que se passe-t-il ? Pourquoi ils arrivent si tard ?

— Pour votre intervention, explique le gars de Selfridges. C'est la seule question intéressante de l'ordre du jour. Courage ! Montrez-leur de quoi vous êtes capable !

J'ai les jambes en coton mais pas question d'abandonner. Je m'approche de la table quand un nonagénaire en veste d'intérieur me tape sur l'épaule.

— Becky ! Je vous cherchais. Je suis John, un ami d'Edwin. Je fais partie de ceux qui vous soutiennent. Bonne chance ! Edwin dit que vous allez faire des merveilles.

— Espérons ! je déclare avec un sourire des plus confiants. Merci !

Au moins, quelqu'un est de mon côté. La mine combative, j'arrive devant le vieux birbe à barbe.

— Bonjour, monsieur. Je suis Becky Brandon, née Bloomwood. Tout d'abord, je voudrais vous féliciter : votre club est *fabuleux*…

— Merci, me coupe-t-il plutôt froidement. Je suis sir Peter Leggett-Davey. À votre tour d'intervenir. Asseyez-vous ici, je vous prie.

Il désigne une chaise sur le côté. Je m'y installe, toute frémissante de ressentiment. Franchement ! Quel besoin a-t-il de se montrer aussi hautain ? Du coup, je suis plus résolue que jamais à entrer dans ce stupide club. Je suis même prête à apprendre à jouer au billard.

— Je souhaite la bienvenue aux nouveaux arrivants, dit sir Peter. La question présente est délicate. Elle concerne la candidature de cette personne de sexe féminin, soutenue par plusieurs membres de notre club présents ici ce soir. Bien évidemment, cette admission imposerait de modifier nos statuts. Ce changement, soumis par lord Edwin Tottle, figure sur le document qui circule parmi vous en ce moment. Permettez-moi de conclure ce préambule en vous disant que je trouve cette idée particulièrement *regrettable*.

Comment ça, regrettable ?

Il continue à disserter sur la spécificité de ce club qui serait ruinée par la présence de femmes, et sur l'antagonisme tenace de lord Edwin Tottle envers lui, comme en 2002, lors du malheureux incident du chariot à sherry.

D'accord. Cet homme a vraiment besoin d'avoir *une vie*.

Quand finalement il se tait, un autre membre de quatre-vingt-treize ans se lève et pontifie sur le caractère sacré des traditions et des « équipements » (autrement dit, les toilettes). Au bout d'un moment, je n'écoute plus. Je préfère vérifier sur Google la signification du terme « canon ». Comment vais-je l'intégrer à mon discours ? Je ne sais pas *exactement*.

— Madame Brandon, c'est à vous de répondre.

Merde ! Déjà ?

— Très bien. Merci beaucoup.

Je me livre à une dernière fouille dans mon sac. Peine perdue. Il va falloir que j'improvise.

Je m'avance lentement vers le centre, me tourne vers l'auditoire et déclare :

— Bonsoir. Je suis Rebecca Brandon, née Bloomwood, grande amatrice de billard.

On entendrait une mouche voler tant la pièce est silencieuse. Ils attendent tous la suite. Même Sidney traîne près de la porte pour ne pas en perdre une miette.

— Je pourrais vous parler de… canons (mouvements de bras désinvoltes). Je pourrais vous parler de la double touche de l'autre jour. Un cauchemar ! (Petit rire de connivence.)

Ensuite, prise d'une inspiration soudaine, j'attaque :

— Mais ce que je voudrais évoquer aujourd'hui se rapporte aux… boules de billard. Nous les estimons. Nous les astiquons. Nous les respectons. Nous les cajolons. Nous jouons avec elles avec amour. J'ajoute que nous avons beaucoup à apprendre d'elles et de leur comportement.

— Quoi ? De quoi s'agit-il ? aboie un vieillard de cent trois ans assis au premier rang.

Et son voisin de quatre-vingt-treize ans lui explique :

— Elle dit que les *boules de billard* ont beaucoup à nous apprendre, sir Denis.

Sur ma lancée, je continue.

— Car finalement, quand une boule en touche une autre, ne s'agit-il pas d'un pur et simple *rapprochement* ? Les boules de billard ne font pas de discrimination. Elles sont tolérantes. Elles sont heureuses de rouler sur la table, d'explorer les bandes, d'entrer en contact avec n'importe quelle autre boule, mâle ou femelle. Ou même intersexuée, j'ajoute après une seconde de réflexion.

— Qu'est-ce qu'elle raconte ? crie sir Denis.

Son voisin de quatre-vingt-treize ans lui répond d'une voix de stentor :

— Elle parle de sexe.

Sir Denis semble impressionné.

— De *sexe* ?

Tâchant de les ignorer, je m'aventure plus avant.

— Les boules de billard veulent s'assembler sans préjugés. Au contraire des clubs de billard (regard sévère à sir Peter). En effet, les clubs de billard proclament que, non, les boules rouges ne peuvent pas rejoindre les boules blanches parce que les boules rouges sont mâles et les blanches, femelles. En conséquence, je vous le demande, qui est gagnant ? *Personne.* Et le monde ne s'en porte pas mieux.

— Merci beaucoup, madame Brandon, fait sir Peter d'un ton glacial.

Je lève la main.

— Excusez-moi, je n'ai pas fini ! Je me tiens donc devant vous et, bien qu'étant passionnée de billard et, je veux le souligner, de musique de salon, une expérience unique m'a été refusée. Oui, j'ai été interdite de candidature dans ce vénérable club. Et pour quelle raison ? À cause d'un vieux règlement démodé et partial qui n'a pas sa place dans le cœur des amoureux du billard. Vous ne *voulez* pas refuser mon admission. Je le vois dans vos yeux. Dans le regard de chacun de vous. De vous tous réunis ici.

Je circule dans les rangs, croisant le regard de chaque membre de quatre-vingt-treize ans en m'attardant tout particulièrement devant un sir Denis absolument radieux.

Je reprends, de manière plus aimable cette fois :

— De quoi avez-vous peur ? Soyez courageux. Agissez conformément à vos certitudes. Et acceptez-moi comme membre de ce club. Je promets de faire de mon mieux pour en être digne. Merci.

Je termine par une petite révérence alors que quelques applaudissements éclatent.

— Bien dit ! s'exclame sir Denis.

Je regagne ma place pendant que sir Peter prend la parole :

— Si nous en avons terminé, je propose que…

Une voix se fait entendre.

— Attendez ! je voudrais m'exprimer.

Une centaine de vestes en tweed se retournent dans une sorte de craquement. À ma grande surprise, le détestable type à l'écharpe bleue se tient debout au dernier rang. Il me lance un clin d'œil avant de déclarer :

— Je me présente, Simon Millett. Mon père m'a envoyé ici pour voter par procuration contre cette candidature. Mais savez-vous ce qu'il m'a dit en même temps ? Il m'a dit : « Je souhaite que tu deviennes membre du club, mon fils. Nous avons besoin de sang neuf. » Pour être franc, je ne suis pas entré dans ce club parce qu'il me semblait régi par des habitudes moyenâgeuses. Un endroit où je me trouverais en désaccord avec tout un tas de comportements et de gens. Mais voici venue l'occasion de changer ça. Si j'ai un conseil à vous donner, messieurs les respectables membres de cet auguste club, faites en sorte que vos petits-enfants soient fiers de vous. Peut-être alors voudront-ils faire partie de votre noble assemblée. J'en ai fini. Merci de m'avoir écouté.

Quand il se rassied, je lui envoie un remerciement silencieux.

S'ensuit une sorte de brouhaha. Sir Peter, la bouche plus pincée que jamais, annonce :

— Il est temps de procéder au vote. Qui est favorable à l'amendement de nos statuts et à l'admission de Mme Rebecca Brandon, née Bloomwood, dans notre club ?

Une forêt de mains se lève. Je commence à compter mais je perds vite le fil. Les votes contre mon admission sont ensuite appelés. Une seconde forêt de mains se lèvent, que je suis également incapable de dénombrer. Je suis tellement tendue que j'ai du mal à respirer. Quel stress ! Pas étonnant que les Premiers ministres aient perpétuellement l'air soucieux.

Silence dans la salle. Les membres du comité d'admission confèrent à voix basse. Puis sir Peter laisse échapper un grand soupir.

— La motion est adoptée, annonce-t-il. Félicitations !

C'est seulement à ce moment-là que je comprends. J'ai gagné ! Je suis acceptée.

Ma première réaction ?

— Il faut que j'achète des billets de loterie. S'il vous plaît. C'est une urgence.

— Laissez tomber la loterie, chère amie, s'exclame Edwin qui vient d'apparaître, cravaté de rose vif et précédé d'une odeur prenante de cognac.

Il me secoue les mains au moins cent fois.

— Vous avez vaincu ! Vous avez pris cette place forte. J'ai entendu votre discours. Extraordinaire ! En cas de doute, on peut toujours opter pour les allusions sexuelles.

Franchement ! Ils se trompent sur toute la ligne, ces vieillards. Mon discours n'était pas *tellement* d'ordre sexuel. Mais je ne le contredis pas : il faut que je m'occupe de la loterie en vitesse.

— C'est bien fait pour sir Peter, exulte Edwin. Vous avez vu sa tête ?

— Qui vend les billets de loterie ? je demande à nouveau.

— Probablement Leonard. Un type en veste d'intérieur bordeaux. Où est-il ? Ah ! John, n'est-ce pas épatant ?

Je saisis l'occasion des retrouvailles d'Edwin et de son grand ami John pour m'éclipser. Je dois mettre la main sur ce Leonard. Hélas, pas la moindre veste d'intérieur bordeaux à l'horizon. Je sors de la grande pièce sous les compliments ou – c'est selon – les regards mauvais de nonagénaires en tweed. Pas non plus de veste bordeaux dans le hall. Avisant quelques ancêtres dans l'escalier, je m'empresse de monter à leur suite.

Mais le palier du premier est vide. Où est passé ce satané Leonard ? Je pousse une énorme porte pour me retrouver dans une grande pièce meublée d'une table de billard où Simon, tout seul, semble s'exercer.

— Rebonjour ! Merci pour votre intervention. Vos paroles ont fait toute la différence.

— Pas de quoi ! Puisque je suis ici, autant essayer cette fameuse table. C'est ce que je me suis dit.

— La fameuse table. Absolument.

— J'ai hâte d'assister à votre démonstration, fait-il tout en envoyant une boule directement dans une poche.

— Quoi ?

— Vous savez bien. C'est une tradition du club. Le nouveau membre joue sa première boule sur cette table. C'est toute une affaire. On prend même des photos. Généralement, il y a un groupe de nouveaux. Mais ce soir, vous êtes la seule.

— Waouh ! je dis en m'efforçant de dissimuler ma consternation. Euh… personne ne m'en a parlé.

Bon. Il faut que je file. J'achète les billets de loterie et je lève le camp. Fissa.

— Les gens s'entraînent toute l'année pour perfectionner leurs coups. Le plus souvent, ils essayent un « trick shot » innovant. Vous avez prévu quoi ?

— Bof ! Un petit truc de mon invention… Mais ma *priorité* pour le moment, c'est d'acheter des billets pour la loterie. Est-ce que par hasard vous auriez vu un dénommé Leonard en veste d'intérieur bordeaux ?

— Non, désolé. Mais tenez ! À vous de jouer ! Je ne veux pas monopoliser la table.

J'attrape machinalement la queue de billard qu'il me tend. Drôlement lourde. Et plus longue que je m'y attendais. Voilà que je regrette de ne pas avoir joué au billard pendant mes années de fac. Dommage. Vous savez quoi ? Je n'ai jamais tenu pareil engin dans mes mains.

— Ah ! vous êtes *là*.

Edwin vient de se matérialiser dans l'embrasure de la porte.

— Et je vois que vous avez déjà une queue. Formidable. Ne bougez pas, Becky. Je vais chercher les autres pour votre démonstration.

Quoi ? Noooon !

— La table est toute à vous, dit Simon en se reculant.

Je regarde cette immensité de feutre vert en réfléchissant aussi vite que je le peux. Je fais quoi maintenant ?

— Ce n'est pas que je veuille vous mettre la pression mais, en cet instant précis, vous représentez la communauté des femmes joueuses de billard. Alors je vous donne un conseil : ne soyez pas trop ambitieuse. Cartonnez mais faites simple.

J'ai l'estomac retourné. Comment je pourrais représenter les joueuses de billard ? C'est dingue. Je dois poser cette queue et fuir. Immédiatement !

Mais, curieusement, mes pieds restent collés au sol. Si je m'enfuis, j'abandonne la possibilité de gagner la malle-armoire. Hors de question. Pas après tous ces efforts.

Question numéro 1 : serais-je capable de jouer un coup ? Question numéro 2 : serais-je naturellement douée pour le billard sans le savoir ?

À titre expérimental, je m'approche de la table et j'aligne la queue comme je l'ai vu faire à la télé. Mais pas moyen de l’immobiliser. Elle est trop *longue* : c’est le problème.

Comme Simon m’observe, je me permets une petite remarque.

— Il faut que je m’habitue à cette queue. Elles sont toutes différentes.

— Vous la tenez par le mauvais bout !

En voyant mon erreur, je pique un fard.

— Oh ! Bien sûr. Je me suis embrouillé les doigts. L’émotion, sans doute.

Je retourne la queue et manque d’asséner un coup à Simon, en pleine figure.

— Putain ! s’écrie-t-il en levant la main pour se protéger. Vous n’avez jamais joué au billard. Vrai ou faux ?

— Si, si, je joue, bien sûr !

Mais, au point où j’en suis, pourquoi continuer de mentir ?

— Bon ! Vous avez raison, j’admets. C’est la première fois.

Il me dévisage sans un mot avant d’aller fermer la porte et de la coincer avec un butoir.

— Vite, ne perdez pas de temps ! Pourquoi tout ce bazar pour entrer au club si vous ne jouez pas au billard ?

— Pour gagner le premier prix de la loterie.

— La loterie ? Vous parlez bien de la *loterie* ?

Franchement ! Pourquoi me regarde-t-il comme si je m’étais échappée d’un asile ?

— Pour le cadeau de Noël de mon mari. Le premier prix est une incroyable malle-armoire. Mais on peut l’emporter seulement si on est membre. C’est pour cette raison que j’ai posé ma candidature.

Simon émet un drôle de bruit : moitié rire, moitié grognement.

— C'est sérieux ? Je croyais que vous lui achetiez un after-shave.

— Non, j'ai changé d'avis. Vous aviez raison, il voulait le même que d'habitude. Mais, de mon côté, je voulais éviter un cadeau trop prévisible et donc…

— Et donc vous avez décidé de bouleverser une institution vieille de deux siècles. Votre mari est au courant ?

— Certainement pas ! C'est son cadeau de Noël. Forcément une surprise.

Un grattement à la porte m'interrompt.

— Hello ? La porte est coincée. Où est Finch ? Finch ?

Ça y est ! Ils sont là ! Je fais quoi ?

— Avez-vous au moins déjà joué à cette variante du billard, le snooker ?

— Non, mais j'ai vu comment on faisait. Regardez !

Je vise soigneusement et lance la queue en avant. Hélas ! je rate la boule et le bout de la queue égratigne rudement le feutre.

Simon récupère la queue en grimaçant.

— Je vous préviens, si vous déchirez le feutre, je ne garantis pas votre salut. Si j'étais vous, je m'inventerais un malaise soudain et je m'en irais.

— Les voilà !

La porte s'ouvre sur Edwin et une foule de nonagénaires.

— Vous êtes prête, Becky ? Nous devons juste attendre sir Peter.

Mon cœur fait des embardées.

— Oui, mais je dois absolument me procurer des billets de loterie. Leonard est avec vous ?

— Non, je ne crois pas, fait vaguement Edwin.

Sir Peter fait son entrée. Il me contemple comme si j'étais une vermine de bas étage puis, d'une voix clairement réprobatrice, il annonce :

— Bienvenue à notre cérémonie d'intronisation ! Je suis heureux d'accueillir notre toute nouvelle membre, madame Rebecca Brandon, née Bloomwood. Madame Brandon, la table est à vous.

Tandis qu'il recule avec un geste de présentation, Edwin laisse échapper un petit cri de triomphe.

J'ai les jambes en coton. Mes mains moites tiennent à peine la queue. Entre-temps, la pièce s'est remplie de vénérables vieillards venus me regarder. Edwin a sorti son téléphone pour filmer l'événement. Et si je me sauvais ?

Soudain, j'aperçois une veste bordeaux dans la mêlée. De quoi me remettre sur pied. Allez, pas le moment de mollir ! Le premier prix est à ma portée. Il faut que je…

Mon imagination vient à la rescousse.

Je prends ma respiration avant de m'adresser à l'auditoire.

— Bonsoir. Je vous remercie de l'accueil chaleureux que certains d'entre vous m'ont réservé. J'aimerais vous dire quelques mots.

J'attends le silence complet avant de continuer :

— Ce soir, j'ai bousculé une longue tradition. Et j'aimerais vous témoigner ma gratitude pour la souplesse dont vous avez fait preuve et pour le soutien que vous m'avez apporté. Nous sommes réunis pour mon coup inaugural.

Sur ces mots, je m'appuie avec nonchalance contre la table et pose une main de propriétaire sur le feutre vert comme si j'étais une super championne.

— Cela dit, il y a une autre tradition que je voudrais remettre en cause. Je ne souhaite pas célébrer mon admission « en expédiant des boules dans les trous » ou « en revendiquant mon territoire ». Cela me semble un peu sexiste, à notre époque.

— *Quoi ?* postillonne sir Peter, visiblement outragé.

— Elle parle encore de sexe ? Décidément, j'aime *beaucoup* cette jeune femme, claironne sir Denis à son voisin.

— Au lieu de jouer, je souhaiterais faire une déclaration.

Je lève la queue, marque une pause de quelques secondes en la considérant et poursuis d'un ton sincère :

— Avec cette queue, je me voue à toi, mon cher club de billard. À l'aube naissante ou à la tombée de la nuit. Billard du matin au soir et pour l'éternité !

Voilà, emballez, c'est pesé, je me dis à moi-même. Mais je me fends malgré tout d'une révérence respectueuse.

Il y a un silence stupéfait suivi d'un tumulte. J'entends Edwin crier :

— Billard pour l'éternité ! Bien joué, chère amie !

Et sir Peter de s'exclamer à l'intention de ses amis :

— Ridicule ! Absolument *ridicule* !

Sans lui prêter attention, je me rue vers la veste d'intérieur bordeaux et son occupant, un homme doté d'un visage violacé (il devrait vraiment choisir une autre couleur pour ses vestes).

— Bonjour ! Vous êtes Leonard, n'est-ce pas ? Pourrais-je acheter cinq billets de loterie, s'il vous plaît ?

Enfin ! Enfin ! Je sors l'argent de mon sac. Mais Leonard secoue la tête.

— Navré, ma chère, la loterie est close.

— *Close* ?

— Oui ! Je vais de ce pas dans le hall pour tirer les numéros. Messieurs, la loterie sera tirée dans deux minutes, tonitrue-t-il.

Les membres commencent à sortir de la pièce. Moi, je reste plantée là sans y croire. Et puis, je me secoue. Au fond, rien n'est perdu. Je peux encore persuader le gagnant de me vendre la malle-armoire. En allant replacer la queue dans le râtelier, je tombe sur Simon.

— Joli discours, dit-il en souriant. Vous avez vraiment frappé un grand coup aujourd'hui. Pourquoi êtes-vous si pressée ?

— Je veux assister au tirage. Je veux acheter la malle-armoire à celui qui l'emportera.

— Vous avez toujours ça en tête ?

— Bien sûr ! C'est même *la raison* de ma présence ici. C'était le but.

Une curieuse expression s'affiche sur son visage. Il me fixe pendant un moment.

— « Il y a des femmes heureuses de se surpasser pour offrir un cadeau à leur mari », dit-il. Vous vous souvenez ? Votre phrase m'est restée en tête.

Où veut-il en venir ? Sur la défensive, je lève le menton.

— Oui, j'affirme. Et c'est vrai.

— Votre performance est impressionnante. Vous vous êtes dépassée. J'espère que votre mari apprécie.

— Merci pour le compliment. Vous savez, c'est juste que je n'aime pas abandonner.

— Bravo !

D'un grand geste, il sort de sa poche un éventail dc billets.

— Je les ai achetés en arrivant. Ils sont pour vous, tous les dix. J'espère que vous tirerez le gros lot.

— Oh, merci mille fois !

En toute hâte, je traverse le palier et dévale l'escalier encombré des membres réunis pour assister au tirage.

Dans le hall, Leonard tient un énorme bol en argent. À côté de lui, Sidney, en jaquette et pantalon rayé, s'apprête à tirer un numéro.

— Et pour le gros lot qui, cette année, est une malle-armoire… Sidney, s'il vous plaît, à vous l'honneur.

Sidney plonge la main dans le bol, remue les morceaux de papier et sort un billet plié en deux.

— Numéro 306, dit-il à haute voix. Le gagnant est… Simon Millett.

J'ai du mal à saisir ce que je viens d'entendre. Simon Millett ? Autrement dit le détestable gars à l'écharpe bleue ?

— C'est moi ! je piaille. Moi ! Je suis la gagnante !

Tout à mon euphorie, je dégringole les dernières marches en slalomant entre les vestes de tweed et les cannes. J'ai gagné ! Je vais offrir la malle-armoire à Luke pour Noël.

Hors d'haleine et brandissant les tickets, je parviens finalement dans le hall.

— C'est moi ! C'est mon billet ! Je suis *tellement* heureuse. Merci beaucoup…

— Attendez !

La voix de stentor de sir Peter Leggett-Davey résonne dans le hall. Il s'avance vers moi, en affichant une évidente hostilité.

— Madame Brandon, je ne vois pas comment vous pouvez être la gagnante, fait-il remarquer sèchement. Le billet est au nom de Simon Millett.

— Oui, mais il me l'a donné.

— Je confirme : je lui ai donné le billet de loterie, explique Simon perché dans l'escalier.

Je lui adresse un remerciement de la main. L'expression de sir Peter ne change pas d'un iota.

— Leonard, avez-vous vendu un billet de loterie à Simon Millett ? Dans la mesure où il n'est pas membre, il n'a pas le droit de participer à cette loterie. Je vous prie donc de le rembourser. Tous les billets en sa possession sont considérés comme nuls et non avenus.

Tout en parlant, sir Peter déchire le billet en mille morceaux.

— Quoi ? s'énerve Simon. C'est de la foutaise ! Je suis venu ici pour voter avec la procuration de mon père…

Sir Peter ne se laisse pas fléchir.

— La loterie n'est pas ouverte aux suppléants. Procédez à un autre tirage, je vous prie.

Non ! *Non !* Il ne peut pas me faire ça !

— Mais j'ai remporté le gros lot ! je proteste. Ce n'est pas juste. Je suis membre et j'ai *gagné.*

— C'est une honte !

La voix loyale d'Edwin s'élève au milieu de la foule des têtes blanches mais, à part lui, personne ne proteste.

— Sidney, veuillez procéder à un nouveau tirage.

— Avec plaisir, sir Peter, dit Sidney qui en profite pour m'envoyer un regard de triomphe parfaitement superflu.

Il sort un autre billet, le déplie et annonce en s'époumonant :

— Numéro 278. Sir Peter Leggett-Davey.

— Comme c'est heureux ! commente ce dernier.

Le gagnant est *sir Peter* ?

Désespérée, je contemple sa face prétentieuse. Voilà ! C'est fini. Terminé. Il ne me vendra jamais la malle-armoire. J'ai perdu. Toutes mes tentatives ont échoué.

Alors que Sidney passe au tirage suivant, je tourne les talons, un peu découragée. Simon a dit vrai. Je me suis surpassée pour trouver à mon mari un cadeau digne de lui. Et puis quoi ? J'y suis presque arrivée et pour finir… j'ai dérapé.

Historique des recherches

Malle-armoire à vendre
Malle-armoire eBay
Cadeau de Noël topissime pour mari
Cadeau de Noël topissime pour mari excepté after-shave
Cadeau de Noël topissime pour mari excepté chaussettes
Boule décorative lama disponible
Boule décorative lama en stock
Sprygge
Sprygge : nouveau *hygge*
Bains glacés
Bains glacés mauvais pour la santé d'après enquête scientifique
Comment organiser fête de Noël avec invités fâchés ?
Le glaçage au beurre absorbe la génoise ?

17

Une semaine a passé et les choses se présentent… Comment, en fait ? Bien et mal, je suppose. Disons que le bilan est inégal.

Commençons par le positif. Je ne veux pas attirer la poisse – touchons du bois ! – mais je dois dire que mes préparatifs vont bon train.

Dans cinq jours, j'aurai *finalement* Noël bien en main. Le costume de Minnie est terminé. La décoration est en place et les guirlandes sont solidement fixées. Tous les cadeaux sont emballés, y compris la fameuse mini-cuisine de Minnie. La dinde vegan sera livrée demain et la dinde normale, le 23. Les bougies parfumées sont éparpillées un peu partout dans la maison. La playlist des chants de Noël est chargée. Les cartes de vœux (la plupart émanant d'agents immobiliers mais tant pis) sont exposées sur un fil comme le veut la coutume anglaise. Des branches de houx ornent les cadres des tableaux. Le massif d'arbustes de Noël est installé devant la baie vitrée de la salle à manger – une réussite esthétique, mais je dois absolument arrêter de manger les étoiles en chocolat sinon il n'en restera plus.

Hier soir, nous avons orné le vrai sapin : le résultat est ravissant, coloré, scintillant, et la maison embaume comme un massif de conifères. Personne ne regrette l'absence de ces stupides décorations en forme de lama. Moi encore moins que quiconque.

(À dire vrai, je suis allée plus d'une fois sur différents sites pour voir si elles étaient disponibles. Elles ne l'étaient pas. J'ai donc tiré un trait définitif sur les boules en forme de lama.)

Vient ensuite un aspect moins positif : je n'ai toujours pas de cadeau pour Luke. Rien que cette pensée me déprime. Je suis toujours sous le choc de ma terrible défaite. D'une certaine manière, je ne me vois pas lui offrir *autre chose* que cette malle-armoire.

D'accord, c'est idiot de ma part. D'accord, c'est seulement un cadeau à mettre sous l'arbre. Hier, je suis tombée sur un pull bleu marine que je lui avais acheté pour un de ses anniversaires il y a des années. Inutile de dire que je l'avais oublié. Il me suffirait de faire un joli paquet et de le lui offrir. Il serait enchanté. Et l'affaire serait dans le sac. Mais je n'y peux rien : je cherche encore la perle rare. Sans savoir quelle forme elle aura, ni où je vais la dénicher.

Et maintenant, la colonne des résultats négatifs. Les membres de ma famille et mes amis sont à couteaux tirés. Plus personne ne communique sur WhatsApp. Même les petites phrases au vitriol ont disparu. Le groupe est muet. Le dernier message provenait de Janice : Oui et JE NE SUIS PAS D'ACCORD, en réponse à Suze qui lui demandait si elle avait lu son mail (quel mail ?). Depuis, rien, *nothing*, *nada*, *niente*.

Comme Suze assiste à une fiesta familiale d'avant Noël quelque part dans le Norfolk où son téléphone ne capte pas, je n'ai pas eu l'occasion de lui en parler. Chaque fois que j'appelle maman, elle me dit d'une voix irritée qu'elle ne reviendra peut-être jamais à Oxshott. Et que sans doute son amitié avec Janice n'était qu'un leurre. Et quand je téléphone à Janice pour bavarder, c'est Flo qui répond. Oui : Flo ! La dernière fois, j'étais tellement furieuse que j'ai seulement demandé à Janice quelle sorte de sauce elle aimait, avant de raccrocher précipitamment. Impossible de me souvenir de sa préférence. D'ailleurs, y a-t-il beaucoup de sauces différentes pour accompagner la dinde ?

(Oui ? Bon Dieu ! J'aurais mieux fait de ne pas recevoir le 25 décembre.)

En désespoir de cause, j'ai regardé plusieurs films de Noël à la suite : un remède parfait à ma frustration qui, du coup, s'atténue petit à petit. Ces films produisent le même effet que le Valium – c'est en tout cas ce que je devine, sans avoir jamais expérimenté le médicament. Ils me calment, me rendent joyeuse et optimiste, car dans toutes les histoires, l'esprit de Noël finit par réunir tout le monde. Un père divorcé accro au boulot et son enfant délaissé ? Réunis par l'esprit de Noël. Un type mal embouché qui déteste les « nouveaux arrivants » et son voisinage d'immigrants ? Réunis par l'esprit de Noël. Le propriétaire d'une usine et ses ouvriers exploités ? Réunis par l'esprit de Noël (dans ce dernier scénario, les travailleurs chantent en chœur pendant que le patron, déguisé en Santa Claus, leur distribue des augmentations de salaire).

Chaque fois que le générique annonce un nouveau film, je me cale au fond de mon fauteuil en soupirant de contentement.

— Tout va bien se passer, dans l'esprit de Noël, je me dis.

Et puis je considère les véritables faits et mon euphorie disparaît. Évidemment, si, comme au cinéma, la scène se déroulait dans un pittoresque village de Nouvelle-Angleterre, on pourrait faire confiance à la neige pour tomber à pic et tout arranger. Dans la *réalité*, en revanche, les chutes de neige ne se produisent qu'à des moments merdiques, comme lorsqu'on conduit sur l'autoroute. Dans la réalité, on ne se rassemble pas pour chanter des cantiques, tous vêtus du même pull orné d'un saint Nicolas, en se disant pour finir que l'esprit de Noël a triomphé et en s'embrassant. Alors, comment se réconcilier ?

Je vous le demande : pourquoi la vraie vie ne ressemble-t-elle pas à un film de Noël ?

J'avais pensé que la représentation de crèche vivante montée par l'école de Minnie serait un bon prétexte pour se retrouver, mais mes parents ne peuvent pas venir car papa a un rendez-vous pour son pied. Au temps pour cette brillante idée ! Hum !

Dans la cuisine. À l'heure du petit déjeuner. Je termine ma tasse de café tandis que Minnie chante « Du *taut* du ciel *ze* viens à vous » de toutes ses forces et en écorchant les paroles. (Pas moyen de la corriger. Elle est assez têtue, ma poupette.)

Ce matin, elle a déboulé dans notre chambre à 5 heures en criant : « C'est la Nativité ! C'est la Nativiiiiité ! »

— Tu es excitée, poupinette ? Moi aussi, tu sais ! J'ai *hâte* d'être à cet après-midi !

Je ne cesse d'admirer son costume suspendu sur un cintre. Sa confection m'a quasiment tuée. Mais, sans me vanter, il est fantastique. La soie ondule, les sequins brillent. Si Minnie n'obtient pas l'oscar des Rois mages, ça signifiera que le monde ne tourne pas rond. (Bon, je sais, ça n'existe pas. Mais je me comprends et c'est le principal.)

— Eh bien, constate Luke, la maison est magnifique, l'arbre décoré. Tout est prêt.

— Mis à part le fait que nos invités sont brouillés, je fais remarquer.

— Oh, ça va se tasser.

Ce petit côté supérieur m'agace. Comment peut-il le savoir ? Il ne va jamais sur WhatsApp.

— Et si ça ne s'arrange pas ? j'objecte.

— Mais si !

— Imagine qu'ils ne s'adressent *pas* la parole ! Ah, si seulement la vie ressemblait à un film de Noël, ce serait bien !

— Hum. Dans quel sens ?

— Dans tous les sens, bien sûr.

Luke ricane.

— Tu veux dire dans le sens fabriqué et totalement utopique de ce genre de guimauve ?

Franchement ! Il devrait regarder plus souvent la chaîne Hallmark. S'il était un personnage de film de Noël, il ne se moquerait pas de moi. Au contraire, il me consolerait : « Mon chou adoré, je vais te servir un verre de cidre chaud. »

— Bon, d'accord, Becky ! Éclaire ma lanterne : que se passerait-il dans un film de Noël ?

— Tout le monde se retrouverait pour une réception joyeuse. Tout le monde porterait des pulls rouge et vert, s'embrasserait et comprendrait que l'esprit de Noël est plus important que…

Je m'arrête dans mon élan.

— Luke, voilà ! Nous allons organiser une réception.

— Mais c'est déjà le cas. Le 25 décembre.

— Une réception *avant* Noël. Pour se rassembler, habillés en rouge et vert, pour sentir l'esprit de Noël, pour se rabibocher. Je vais l'organiser. Et *pas question* d'inviter Flo !

Luke ouvre la bouche pour protester. Mais je l'ignore. Quoi qu'il dise, je sais que j'ai raison. C'est la bonne réponse.

Une soirée dédiée aux cantiques de Noël ? Non : nous chantons faux. Un concours de fendage de bûches ? Non, parce que… honnêtement ? Une balade en luge ? Non : nous ne sommes pas dans le Vermont.

C'est au moment où j'arrive à l'école avec Minnie que j'ai un flash. Nous allons fabriquer des maisons en pain d'épices. C'est amusant. Et si elles sont moches, aucune importance. On se contentera de les manger.

— Minnie, tu aimerais fabriquer des maisons en pain d'épices ?

— Ouiiii !

Je suis ravie. Enfin, je reprends le contrôle de la situation. J'ai un plan.

Dans la classe, les parents venus apporter les costumes bavardent entre eux.

— Regardez le *mien*, Miss Lucas ! Le *mien* ! s'écrient les enfants.

— Oui, c'est merveilleux, s'enthousiasme-t-elle. Zack, j'adore ton masque d'âne !

Aucun souci. À tous les coups, la soie bleu nuit parsemée de sequins l'emporte sur un masque d'âne. Pour la première fois de ma vie, je suis fière de moi. Je me suis surpassée. Tiens, les manteaux de Wilfie et de Clemmie sont accrochés. Ça veut dire que Suze est déjà repartie. Dommage ! J'aurais aimé lui montrer ma prouesse. Mais elle admirera le costume sur scène. C'est même mieux. Je suis vraiment impatiente de voir sa tête.

Tout à ma joyeuse rêverie, j'aperçois Steph qui marche vers l'école. La pauvre a une mine affreuse : teint brouillé, cheveux gras, regard perdu. Harvey essaye en vain d'attirer son attention. Elle est ailleurs. Un ailleurs apparemment détestable.

Il faut que je lui parle. Mais pas devant tout le monde. En tenant Minnie par la main, je me dépêche d'aller à sa rencontre, dans la cour de récréation.

— Steph, je ne t'ai pas vue depuis des siècles. Ça va ?

Elle sursaute comme si je venais de la sortir d'un cauchemar.

— Bonjour, Becky ! Désolée, j'étais débordée ces temps-ci. À peine le temps de venir déposer Harvey et de repartir.

— Ne t'excuse pas. Je voulais juste savoir, tu sais, comment vont les choses.

Au bord des larmes, elle murmure :

— Pas bien. Pas bien du tout.

— Tu… ?

J'hésite. Surtout ne pas être indiscrète. En même temps, je veux lui apporter mon soutien.

— Il a vu un avocat, confie-t-elle d'une voix à peine audible. Il veut divorcer.

— Déjà ?

— Je passe la moitié de mes journées au téléphone avec mon avocat. C'est dingue. Je n'ai même pas le temps de divorcer. Par exemple, juste maintenant, je dois assister à une réunion importante au bureau et je dois aussi rappeler mon avocat. Quant à *Noël* ? Pas la peine d'y penser. Comment les gens *font* ?

Elle rit bizarrement mais s'arrête brusquement. Transportant un énorme costume de mouton en peluche, la mère d'Eva passe devant nous.

— Regardez mon costume ! crie Eva. C'est ma maman qui l'a fait !

Steph, le visage encore plus pâle, se fige.

— Le costume ! Oh non ! Le patron. Où l'ai-je fourré ? C'est aujourd'hui ?

J'acquiesce à contrecœur. La pauvre est paniquée.

— Où est mon costume ? demande Harvey.

Le regard confiant qu'il jette à sa mère me désole. Steph semble être au bord de la nausée.

— Harvey chéri, je vais au… Je te l'apporte… Oh ! je suis en retard.

Elle chancelle sur ses talons. Je prends ma décision sur un coup de tête.

— J'en ai un de rechange. Prends celui-là ! je m'entends dire.

— Un costume de *rechange* ? fait Steph.

— Mais oui ! j'affirme en lui montrant mon sac. Finalement, il ne va pas à Minnie. Je l'ai apporté au cas où quelqu'un en aurait l'usage. C'est parfait, non ? Il y a le nom de Minnie dessus mais tu peux le changer. Harvey, *voilà* ton costume de Roi mage.

— Tu es sûre, Becky ?

Son expression de gratitude ajoutée à sa mine épuisée est presque insoutenable. J'aimerais tellement régler *tous* ses problèmes !

Bon, en voici au moins un d'arrangé.

— Évidemment que je suis sûre. Ne m'attends pas si tu es à la bourre.

— Merci beaucoup, beaucoup, Becky.

Elle se rue dans la classe en tenant Harvey d'une main et le sac de l'autre.

— C'est mon costume ! s'exclame Minnie qui a assisté à la scène avec intérêt. Mon costume. Mon coooostuuuuume !

Ça fait longtemps que poupette n'a pas piqué une crise en public. J'avais oublié comme sa voix est perçante.

— Rends-le moââââ ! C'est mon costuuuuume !

Je m'accroupis pour me mettre à sa hauteur.

— Oui, Minnie, *c'était* ton costume. Mais nous l'avons donné à Harvey. C'est ça, la générosité de Noël, tu comprends ? Tu aimes beaucoup offrir des cadeaux, hein ? Eh bien, nous venons de faire un cadeau à Harvey.

En le disant, je me rends compte de ce que je viens de faire. J'ai travaillé dur sur ce costume. Le couper, le coudre, le recouper, le recoudre. Poser ces innombrables sequins. Fixer les rubans. Ça m'a pris une éternité. Et je ne le verrai même pas sur Minnie. Malgré le grand sourire plaqué sur mon visage, je me sens au bord des larmes.

Je me force à me redresser. Et je secoue la tête. Allons ! Ce n'est pas un drame. Il y a pire.

— Mon cœur, on va faire un saut à la maison pour chercher ton autre costume. Tu sais, ton costume *encore plus joli* ? D'accord ?

On court vers la voiture et, sur le chemin, je me creuse la tête pour trouver une solution en cinq minutes. Dès que nous arrivons, je fonce dans ma chambre et commence à farfouiller dans mes tiroirs à la recherche d'un truc scintillant ou pailleté. Un foulard ? Un châle ? Et si j'utilisais des bijoux fantaisie ?

Minnie m'observe en silence pendant une minute avant de m'imiter.

— Les Rois mazes portent des colliers, remarque-t-elle, en attrapant un sautoir en strass. *Deux* colliers.

On sonne à la porte. C'est bien le moment ! Je me rue au rez-de-chaussée, ouvre. La tête du facteur dépasse d'une pile de boîtes.

— Ah, vous êtes là ! J'allais les déposer là où normalement je…

— Merci !

J'attrape les cartons et ferme la porte d'un coup de hanche. Je les ouvrirai plus tard. Rien ne presse.

Et si je les ouvrais tout de suite ? Juste pour vérifier ce qu'ils contiennent.

Dans le premier, je trouve des gilets pour Minnie. Dans le suivant, des rames de papier A4 pour l'ordinateur. Aucun intérêt. Le troisième paquet est en fait une grande enveloppe matelassée contenant quelque chose de souple emballé dans un papier de soie…

Mes écharpes Denny and George ! Enfin !

Je les déplie. L'une est en soie turquoise, l'autre en tulle rose et la troisième, en velours bordeaux. Elles sont aussi grandes que des châles. Parfait !

Je grimpe les marches quatre à quatre en appelant Minnie.

— Poupinette ! Tu vas avoir le costume le plus sublime de toute la crèche.

J'attrape une robe en coton rouge foncé qu'elle portait l'été dernier, sur laquelle je drape l'écharpe en velours en la fixant avec des épingles de sûreté et des broches. Chaque fois que mes yeux tombent sur l'étiquette Denny and George, je deviens sentimentale.

— Tu sais, tu ne serais pas là sans une écharpe Denny and George, j'explique à Minnie. C'est grâce à eux que papa et maman sont ensemble.

Tout en ajustant son costume, je m'entends raconter à ma fille comment Luke m'avait prêté de l'argent pour que j'achète une écharpe Denny and George. À mon avis, l'histoire lui échappe, mais j'y trouve, moi, un délicieux réconfort.

Je m'agenouille et jette un dernier regard à ma création.

— OK. Superbe ! On va emprunter une couronne dans la malle à déguisements de l'école. Il ne reste plus que la cassette d'or.

Pendant deux secondes, je repense au coffret en carton que j'ai passé deux soirées à peindre et décorer. Mais Harvey en a vraiment besoin alors qu'avec Minnie nous pouvons improviser.

— Et voilà ! je dis en extirpant de mon tiroir du bas une boîte en carton doré qui contient le parfum Gucci

Première. Regarde le *joli* coffret ! Il y a écrit Gucci. Avec un G comme *gold* qui signifie *or*. Tu vois le G de Gucci ?

— Gucci ! répète Minnie, l'air un peu perdue.

— Gu-cci. C'est comme de l'or : précieux et cher. C'est une marque qui fait des chaussures, des ceintures et des sacs, bien sûr. Maman a un beau sac Gucci, quelque part… Mais bon, ce n'est pas le propos. Tu es un *magnifique* Roi mage, ma poupette. Un roi Melchior en écharpe Denny and George.

J'ai inscrit le nom de ma fille sur le costume, je l'ai plié, enveloppé dans du papier, rangé dans un sac et l'ai déposé à l'école en même temps que Minnie. En arrivant à la boutique, je suis déjà crevée alors que la journée vient à peine de commencer. Le problème avec les préparatifs de Noël, c'est que ça n'en finit jamais. Il faut que je trouve le cadeau de Luke, que j'organise l'atelier de maisons en pain d'épices, que je réconcilie mes invités, que je rentre dans ma robe Alexander McQueen, et mille autres choses. Honnêtement, je n'ai qu'une envie : retourner dans mon lit.

À l'inverse, c'est une Suze radieuse qui m'accueille sur le pas de la porte.

— Tu sais quoi ? dit-elle.

— Nan ! C'était bien, le Norfolk ?

— Super. L'habituelle fiesta familiale. Au fait, j'ai remporté la course d'aviron à l'envers.

La course d'aviron à l'envers ? Inutile de demander des précisions. Je devine un genre d'occupation excentrique où tous les participants, habillés n'importe comment, se crient des encouragements à tue-tête, hurlent de rire à des blagues qu'eux seuls comprennent et finissent par chavirer sans piper dans l'eau glacée d'une rivière.

— Autre chose ! fait-elle. Les recettes de la boutique grimpent. Elles sont carrément en hausse. C'est de loin notre meilleure année. C'est l'effet *sprygge*, Bex.

— Vraiment ? Comment tu le sais ?

— Les chiffres sont clairs. La sélection *sprygge* cartonne. Ton invention est géniale !

— Oui, mais c'est toi qui as créé les produits.

— Oui, mais c'est toi qui m'as inspirée. Et c'est nous trois qui les avons vendus. Ça mérite un bonus. Et un cadeau. J'ai récupéré le catalogue de la Maison du chocolat. Viens prendre un café et aide-moi à choisir. Tu vas bien, Bex ? Tu as l'air un peu… stressée.

Je m'efforce de me montrer optimiste.

— Tout baigne. À part… tu sais.

— À part quoi ? demande-t-elle d'un air ahuri.

— *Noël*, bien sûr !

Je ne peux pas m'empêcher d'être un peu irritée. Moi, je me fais un sang d'encre à propos de sa dispute avec Janice tandis que madame canote à l'envers, achète des chocolats et se conduit comme si de rien n'était.

— Tout va bien se passer, déclare-t-elle alors que nous entrons dans la réserve.

— Pas si personne ne s'adresse la parole.

— Bex, tu t'emballes, dit Suze en levant les yeux au ciel. C'est seulement une dispute. Il y a toujours de la rumba dans l'air à Noël. Une fois, chez mon oncle Mungo, certaines personnes étaient fâchées à tel point que c'était écrit sur le plan de table.

— C'est-à-dire ?

— Il était indiqué ceux qui étaient en bons termes et ceux qui ne se parlaient pas. Ma cousine Maud refusait même de *regarder* ma tante Elspeth, donc sa chaise devait être orientée en conséquence. Et mon père avait essayé de faire excommunier l'oncle Mungo de l'Église écossaise, si bien que ce dernier le menaçait avec un couteau à découper. Juste des querelles de famille. Rien de vraiment grave, conclut-elle.

— Mais c'est horrible ! Je ne veux pas de pugilat à mon déjeuner du 25. Je veux une ambiance *harmonieuse*. D'ailleurs, la veille, j'organise un petit événement fédérateur.

— Un quoi ?

— Un genre de goûter-atelier. On fabriquera des maisons en pain d'épices, on portera des pulls de Noël et on raffermira nos liens d'amitié. Je préparerai du chocolat chaud, il y aura un feu de cheminée et…

— Bex, tu es tombée sur la tête !

Elle me fait de la peine. Moi qui pensais qu'elle aimerait mon idée…

Elle poursuit avec fermeté.

— Tu es déjà hyper stressée. Tu en fais dix fois trop. Pourquoi t'enquiquiner avec une *autre* réception ? Détends-toi et tout ira bien.

— Et si tout foire ? je rétorque.

D'accord, je suis énervée, mais la journée a mal démarré. Et maintenant Suze dénigre mon scénario digne du meilleur film de Noël. En plus, j'ai déjà commandé vingt kits pour réaliser des maisons en pain d'épices.

— Écoute-moi, Bex…

Elle marque une pause pour donner du poids au conseil qui va suivre. Au même moment, la tête d'Irene se matérialise à la porte. Une tête inquiète.

— Suze, une cliente réclame la directrice. C'est au sujet du *sprygge*.

— Très bien, j'arrive. Que veut-elle savoir exactement ?

— Tout, en fait.

— Vous lui avez fait le baratin sur la Norvège ?

— Justement ! C'est le problème. C'est l'ambassadrice de Norvège.

Suze ressemble soudain à un chat terrifié. Elle saute pratiquement de sa chaise en regardant Irene avec des yeux ronds comme des soucoupes.

— *De Norvège ?*

— L'ambassadrice de Norvège. Elle dit qu'elle n'a jamais entendu parler de *sprygge* et veut parler à la directrice.

Suze pâlit encore.

— Merde ! Nous sommes bonnes pour le procès.

Elle fixe la fenêtre comme si elle voulait s'échapper. Je l'attrape par le bras.

— Suze, il n'y aura pas de procès, j'affirme avec un aplomb feint. On ne poursuit pas les gens en justice sous ce prétexte. Allez, viens ! On va la saluer.

En sortant de la réserve, nous la repérons tout de suite. Suze a l'air affolée. Je lui flanque un léger coup de coude dans les côtes et la traîne vers la femme blonde habillée d'une parka hyper cool qui se tient devant la table *sprygge*.

— Bonjour, madame. Bienvenue à la boutique de souvenirs de Letherby. Je suis Susan Cleath-Stuart, directrice et propriétaire de… En quoi puis-je vous aider ?

— Je suis Karina Gunderson, répond la femme sans animosité. Votre sélection m'intéresse. D'après votre vendeuse, ces objets sont censés être norvégiens.

Suze a perdu ses moyens. Elle ouvre et ferme la bouche en me jetant des regards éperdus.

Je m'avance à son secours.

— Bonjour, madame. Je me présente : Rebecca Brandon, née Bloomwood. C'est moi qui, la première, ai apporté le concept *sprygge* dans cette boutique. Comment le définir ? Pour nous, *sprygge* symbolise une forme intense de bonheur et de bien-être, une sensation joyeuse et radieuse. Un état euphorique et sublime. Parfois complexe, parfois très simple.

Je souris à Karina en espérant avoir bouclé le sujet. Hélas, elle semble parfaitement insensible à mon boniment.

— Mais, contrairement à ce que vous prétendez, ce concept n'a rien de norvégien, assène-t-elle.

— Nous ne prétendons pas ça, *exactement*. Je me trompe, Suze ? Nous avons seulement relayé l'information. À savoir que certaines personnes pensent que le *sprygge* est originaire de Norvège.

— Quelles personnes ?

Une pause pour reprendre contenance.

— Personne en particulier. Disons, des gens.

— Oui, des gens, lance Suze qui a retrouvé sa voix.

— Des gens, renchérit Irene.

— C'est la stricte vérité, je conclus.

Long silence. Le regard indéchiffrable de Karina Gunderson me met mal à l'aise. Soudain, je trouve une façon de nous sortir de ce mauvais pas.

— Évidemment, *tout le monde* n'est pas d'accord, je dis. Une autre école de pensée affirme que ça vient de… euh… Finlande.

— De *Finlande* ? s'étonne Karina Gunderson.

— Absolument, je dis en évitant son regard bleu. Quid du *sprygge* ? C'est une des grandes énigmes de l'existence. Les recherches n'ont rien confirmé ou réfuté. Mais pendant que le débat concernant le *sprygge* fait rage dans les journaux et ailleurs, nous, à notre humble manière, nous contribuons au bonheur du monde. À travers des coussins et toutes sortes d'objets.

— Les bols sont très demandés, ajoute Irene nerveusement. N'est-ce pas, Becky ? Et les panneaux décoratifs sont épuisés.

— Tenez ! Je vous offre un cadeau, s'écrie Suze en lui mettant un bol sous le nez.

La Norvégienne ne faisant pas mine de le prendre, Suze ajoute :

— À moins que… Enfin, c'est comme vous voulez.

Elle fait une petite grimace. Un autre long silence s'ensuit. Karina Gunderson va-t-elle sourire ? Va-t-elle appeler la police ? Impossible à dire. Je décide de jouer la prudence.

— En fait, par une curieuse *coïncidence*, nous venons de décider de suspendre la vente des articles *sprygge* jusqu'à ce que l'origine géographique du concept soit précisément établie. Tout compte fait, c'était la décision la plus sage. N'est-ce pas, Suze ?

— Oui, une sage décision, déclare Karina Gunderson.

Elle prend le bol et l'examine avec un imperceptible sourire.

— « Don't worry, be *sprygge* ! », lit-elle à haute voix sans qu'on puisse deviner ce qu'elle a en tête.

Elle nous dévisage encore et, se tournant vers Suze, finit par laisser tomber :

— Au revoir, madame. Votre demeure est magnifique.

— Au revoir, répond Suze avec un soulagement manifeste qui me donne envie de rire.

Dès que Karina Gunderson est sortie de la boutique, elle s'écroule dans mes bras.

— Quelle galère !

— Tu peux le dire ! Ne t'en fais pas, elle est partie.

— Bex, on doit arrêter le *sprygge*. Séance tenante. Sinon, on va s'attirer des problèmes.

— Entièrement d'accord. Mais c'est bien dommage. On a encore beaucoup d'objets en stock ?

— Pas tellement, nous renseigne Irene. Une dizaine de bols, trois coussins, quelques porte-clés…

— On va les garder en souvenir, décrète Suze. Prenez ce que vous voulez. Mais on retire tout de la vente. Allez, hop ! On démonte ! Adieu, étalage *sprygge* !

Irene enferme les porte-clés dans une boîte tandis que Suze et moi emballons les bols.

— Quelle aventure ! C'était marrant quand même, non ? je lance avec un brin de nostalgie en faisant courir mon doigt sur l'inscription peinte. Eh bien voilà, *sprygge* n'entrera jamais dans les pages du dictionnaire norvégien.

— Et nous n'irons pas en prison pour escroquerie, tranche Suze.

Franchement ! Il faut toujours qu'elle exagère ! Jamais nous n'aurions été en prison (si ?). D'un autre côté, pour voir l'aspect positif des choses, elle nous a commandé d'énormes boîtes de truffes en chocolat pour célébrer le bref moment de gloire du *sprygge*.

Et nous avons toutes les deux pris notre après-midi pour assister à la crèche vivante de l'école. Mais je vais d'abord passer à la maison. La température a baissé, le ciel est d'un beau blanc uni. Va-t-il neiger ?

Peut-être. Pourquoi pas, d'ailleurs ? Il faut bien qu'il neige de temps en temps. Imaginez qu'il neige abondamment : on aurait l'impression d'*être* vraiment dans un film de Noël. On ferait un bonhomme dans le jardin et tout le monde se souviendrait de mon extraordinaire Noël. « Tu te rappelles ? Il y avait de la *neige* ! »

J'arrive à la maison remplie d'un optimisme béat. Suze a sans doute raison. Je dois me relaxer. Être positive. Image soudaine de ma table de fête. Réunis autour d'une somptueuse dinde, mes amis et ma famille me font mille compliments : « Becky, c'est le Noël le plus réussi de *notre vie*. » Un bruit provenant du salon vient perturber cette vision idyllique. Je pousse la porte et stoppe net. Ces foutues décorations ont encore dégringolé. *Encore*. En glissant, la jolie guirlande en brindilles a entraîné la guirlande dorée. Alors que je les avais calées sous mes haltères. *Qu'est-ce qui a pu se passer ?*

Comment est-on censé faire tenir en place des guirlandes décoratives ? Avec du ciment ? Des foutues poutrelles d'acier ?

En ramassant les brindilles et les boules dorées qui ont atterri tout emmêlées devant la cheminée, je râle :

— La prochaine fois que j'achète une maison, j'en choisis une avec guirlandes incorporées. Tant pis si ça fait bizarre. Pas question de vivre ce cauchemar tous les mois de décembre.

Je flanque les guirlandes sur le canapé. On verra après. Et je m'efforce de me calmer. Je vais trouver un système. Sur Google, je tape *dispositif pour fixer guirlandes en l'air.* Mon portable sonne avant l'affichage de la réponse.

Je réponds. Sait-on jamais. Une marque de guirlandes a peut-être capté mon message et m'appelle pour me donner la solution.

Une voix féminine.

— Allo ? Madame Brandon ? Ve-Gen Foods à l'appareil. Je vous téléphone pour vous signaler que, malheureusement, la dinde vegan que vous avez commandée n'est pas disponible. Désirez-vous commander un autre produit ou préférez-vous être remboursée ?

Il me faut un moment pour digérer l'horrible nouvelle. Elle annule ma dinde vegan ? Mais c'est impossible !

— J'ai absolument besoin de cette dinde. J'ai promis à ma sœur vegan qu'elle aurait une dinde vegan le 25 décembre.

— Beaucoup de nos clients ont opté pour le risotto aux champignons, répond la femme sans s'émouvoir. Ce plat comporte les mêmes ingrédients. Il est aussi festif que la dinde.

Je fixe le téléphone, ma rage de Noël remonte en flèche. Cette bonne femme se moque de moi ? Le risotto aux champignons est *très loin* d'être aussi festif.

— Pourquoi cette dinde n'est-elle pas disponible ? Je dois absolument m'en procurer une.

— Désolée, je ne peux pas vous renseigner. Vous désirez le remboursement ?

Pas question de renoncer.

— Vous en avez peut-être *une* ? Juste *une seule* qui n'a pas trouvé preneur ?

— Non. Le remboursement sera porté sur votre carte. Désolée pour le désagrément. Je vous souhaite un joyeux Noël !

— *Joyeux* ? *Vraiment* ? je rétorque en espérant qu'elle saisira le sarcasme, mais elle a déjà raccroché.

Je suis hors de moi, avec des pensées haineuses et des envies de vengeance, même si ça ne sert à rien. Bon, repartons sur Google. Et je tape : *dinde vegan disponible dernière minute*. Encore une sonnerie. À la porte, cette fois. J'aperçois par la fenêtre un camion de livraison garé dans la rue. Au moins *quelque chose* qui arrive à temps.

Le livreur, très aimable, porte une combinaison blanche.

— Bonjour ! Je vous apporte votre poisson.

Mon poisson ?

— Votre saumon fumé, précise-t-il en consultant son bloc-notes. Commande payée d'un lot. Rebecca Brandon. C'est bien ça ?

Mais oui ! Le saumon fumé de la foire de Noël. Je l'avais oublié.

— Oui ! Parfait. Pile pour les fêtes !

— Exactement. Vous le voulez où ?

Où je le *veux* ?

— Je ne comprends pas. Vous ne pouvez pas tout simplement me le remettre ?

Le livreur me lance un coup d'œil goguenard.

— Quinze filets de saumon ? Pas possible.

— *Quinze filets* ?

— Ben oui, 30 livres. Je vais chercher mon diable, dit-il en retournant vers son camion. Montrez-moi où se trouve le congélateur. Je vous les range dedans.

La stupéfaction me rend muette. Trente livres ? On parle de *poids*, là ? Il doit y avoir erreur.

Je fais défiler avec frénésie mon relevé de factures Visa sur mon téléphone, en essayant de ne pas regarder trop attentivement (49,99 livres chez Marks & Spencer ? Hum ! Pas moi ! Probablement Luke), jusqu'à repérer le montant : 460 livres à Whitson Fish.

Quoi ? *Janice a dépensé 460 livres en saumon fumé ?*

Ça me revient d'un coup ! Elle m'a posé plein de questions pendant que je chassais le lama décoratif. A-t-elle dit « 30 livres » ? Possible. Mais je croyais qu'elle parlait d'argent. Trente livres sterling. Pas 15 kilos. Franchement ! Qui peut avaler 30 livres de poisson ?

Le livreur revient en poussant son diable qui déborde de boîtes en polystyrène.

— Qualité extra. Saumon fumé surgelé. Vous en avez pour votre argent, commente gentiment le gars, la main posée sur le dessus de la pile.

— Oui, mais en fait, il doit y avoir une petite, une minuscule erreur. Je ne pensais pas en commander autant. Pouvez-vous reprendre la marchandise ?

Moins jovial, le livreur, tout à coup. Il secoue la tête.

— Non, non. Nous n'acceptons pas les retours. Voyez ça directement avec la poissonnerie en gros.

En attendant, vous avez un congélateur où je peux déposer le lot ?

Le seul congélateur de cette maison est un tiroir du réfrigérateur, déjà plein du poisson pané de Minnie.

— Pas vraiment, non.

— Le mieux, c'est de les laisser dehors, alors. Où ? Ici ?

Comme je ne réponds pas, il décharge sa cargaison de boîtes, les ouvre et laisse tomber les filets emballés sous film plastique directement sur l'herbe.

— Vous ne laissez pas les boîtes ?

— Non, je les reprends. Emballages durables. Ça fait partie du contrat.

Une fois le poisson déballé, ma signature gribouillée sur le reçu et le livreur reparti, je contemple la pile de saumon fumé qui orne désormais le carré de gazon de mon jardin côté rue. Situation complètement surréaliste. Je fais quoi maintenant ?

Mon téléphone bipe. Un message de Suze que je lis distraitement.

Peu de sièges libres. J'en retiens deux pour toi et Luke mais dépêche-toi !

Il ne manquait plus que ça !

Trouver une solution, et vite. Un éclair de génie soudain : l'isolation.

Je me précipite au premier, j'enlève la couette ours Paddington du lit de Minnie et je redescends dans le jardin aussi sec. J'étale la couette sur le saumon et je borde soigneusement les côtés de façon que le poisson soit entièrement protégé. Quand je relève la tête, je croise le regard horrifié d'une dame âgée qui se tient de l'autre côté de la rue.

— C'est un *bébé* ? demande-t-elle.

Pardon ?

— Non ! C'est du poisson, j'aboie.

Je la suis des yeux jusqu'à ce qu'elle tourne au coin puis j'attrape mon manteau. Je me sens harcelée de toutes parts.

Allons, courage ! Je vais admirer Minnie dans la pièce de la Nativité… et *ensuite*, je m'occuperai du poisson. Et de la dinde vegan. Et des guirlandes. Et du cadeau de Luke (il m'était sorti de la tête, celui-là). Et de la farce de la dinde.

Stop ! Il faut que j'arrête de penser à tout ça et que je reprenne mes esprits.

Je traverse le village au pas de course, manque bousculer six personnes parce que, en même temps, je commande en ligne un congélateur-coffre, livré demain, quelques seaux à champagne en promotion et un livre intitulé *100 façons d'accommoder le saumon fumé*.

Le hall de l'école est déjà bourré de parents. La plupart des sièges sont pris mais je repère deux chaises libres sur lesquelles sont scotchées des feuilles de papier. *Réservé pour les Brandon* a écrit Suze. Soulagée, je m'affale sur l'une et essaye en vain de repérer ma copine. Finalement, je lui envoie un SMS :

Merci pour les sièges. Tu es où ?

Sa réponse :

De l'autre côté.

Et deux secondes après :

Impatiente de voir le costume de Minnie !!!

Suze n'est pas au courant de ce qui est arrivé. Je ne lui ai rien dit. Je commence à écrire un message : En fait, j'ai donné le costume au fils de Steph Richards. Et mes doigts restent en suspens. Je me sens partagée. Suze ne sait pas que je connais Steph. Elle va me poser mille questions, des « Quand ? », des « Pourquoi ? », des « Comment ? », etc.

Je n'arrive pas à repérer la mère d'Harvey dans la foule. Finalement, j'efface le message. Je vais d'abord demander à Steph si je peux mettre Suze dans le secret. Après tout, plus on est, mieux c'est. En plus, je suis certaine que Suze se montrera d'un grand soutien…

— Coucou, Becky, fait Luke, tout souriant, en s'asseyant à côté de moi. Le grand moment, enfin !

— Oui, c'est formidable !

Vais-je ajouter : « Au fait, il y a 30 livres de poisson répandues sur la pelouse, mais ne t'inquiète pas, je viens de commander un congélateur. »

Non. Pas le moment.

— Ce que j'ai *surtout* hâte de voir, c'est le costume de poupinette. Tu as bossé nuit et jour dessus, ma chérie. J'espère que Minnie se rend compte de la chance qu'elle a d'avoir une mère comme toi. Parce que moi, je le sais.

Il y a tant d'amour et de bonté dans son expression que j'en ai le souffle coupé.

— J'ai apporté ma caméra, poursuit-il en la sortant de son étui. Parce que l'occasion le vaut bien !

Il la prend rarement avec lui. C'est un modèle sophistiqué qu'il utilise dans des circonstances exceptionnelles quand il pense que son téléphone ne sera pas assez performant. Ma gorge se serre tout d'un coup. Il faut que je lui avoue.

— Luke, je chuchote à son oreille. Minnie… Elle ne portera pas le costume que je lui ai fabriqué. Je l'ai donné à un autre enfant.

— Quoi ? Tu l'as *donné* ? Mais *pourquoi* ?

— Chut ! Disons qu'il en avait besoin. C'est une longue histoire. De toute façon, c'était la chose à faire.

Luke n'en croit pas ses oreilles.

— Alors que va porter Minnie ?

— Je lui ai bricolé une tenue. Pas de souci. Ça ne la dérange pas.

— Et toi, tu t'en fiches ?

Que répondre ? J'ai cru que ça me serait égal. Mais là, maintenant, dans ce brouhaha joyeux, j'ai du mal à ne pas me sentir un *tout petit* peu…

Non, tout va bien.

Luke m'observe en silence de ses yeux sombres.

— Tu t'es échinée sur ce costume, murmure-t-il si bas que j'ai de la peine à l'entendre. Tu y as mis tout ton cœur.

— Je sais. Mais moi, je suis gâtée par la vie. D'autres n'ont pas cette chance. C'est tout ce que je peux dire.

Au lieu de répondre, Luke me serre la main très fort. Et je me dis : j'ai de la chance. Malgré tous les autres problèmes, j'ai de la chance.

Une demi-heure plus tard, je ne me sens plus si gâtée que ça. D'accord, l'improvisation dynamise la créativité.

Mais est-ce *vraiment* une bonne idée pour une crèche vivante dont les acteurs sont des enfants ?

L'histoire part dans tous les sens. Certains gamins ont été à l'évidence coachés par leurs parents alors que d'autres se demandent ce qu'ils font sur scène. L'un a éclaté en sanglots, un autre a demandé à l'ange Gabriel s'il pouvait aller aux toilettes.

À force d'être assise sur cette chaise en plastique inconfortable, je ne sens plus mes jambes. Cette Nativité semble durer une éternité. Le petit Jésus est né, les bergers (dont Wilfie et Clemmie) sont arrivés et repartis. Tout le monde a chanté « Loin dans une crèche » et « Laisse-toi aller » (hein ?). Tout d'un coup, les acteurs semblent avoir perdu leur entrain.

— Nous n'avons nulle part où aller, entonne tristement la Vierge Marie en serrant contre elle le baigneur petit Jésus. Il n'y a pas d'hôtel.

C'est au moins la trentième fois qu'elle répète la même phrase.

— L'âne est fatigué, lance Joseph, bien que l'âne ait quitté l'étable vingt minutes auparavant pour se déguiser en ange.

— Nous n'avons nulle part où aller, gémit la Vierge Marie. Il n'y a pas d'hôtel.

— Allez, les Rois mages, souffle Miss Lucas avec des signes enthousiastes. C'est à vous !

Un instant plus tard, Minnie et les deux garçons entrent en scène dans leurs costumes brillants. Le public, calcifié par l'ennui, semble se réveiller. Les applaudissements fusent comme si les trois rois étaient des acteurs connus dans une pièce comique.

J'ai un petit coup de mélancolie en admirant Harvey qui est *magnifique*. La soie bleu nuit est spectaculaire. Sans parler des sequins qui étincellent sous les spots. Même sa cassette irradie.

Je me persuade que le costume de Minnie en jette également. Certes, dans un style plus bobo, plus improvisé, mais quand même réussi. Elle agite tout de suite la main vers nous avec une mine ravie. Enchantée d'être en vedette, notre poupette.

— J'apporte de la myrrhe pour l'Enfant Jésus, annonce le premier Roi mage d'une voix monocorde.

C'est George, un garçon flegmatique que sa mère a fait apparemment beaucoup répéter.

— J'ai de l'encens pour l'Enfant Jésus, énonce clairement Harvey avec un gentil sourire destiné à l'assemblée.

C'est maintenant au tour de Minnie. Je ne suis plus qu'une boule de nerfs. Ma fille, jouant dans une pièce devant un public. Avec Luke, nous échangeons des sourires crispés.

Minnie a l'œil fixé sur la cassette d'Harvey – celle que je lui ai confectionnée et qu'elle s'est entraînée à porter à la maison –, puis elle observe sa propre boîte ornée des G dorés. Un peu décontenancée, elle fronce les sourcils, prend sa respiration et puis s'arrête.

— J'ai Gucci pour l'Enfant Jésus, annonce-t-elle finalement.

Rires dans les rangs.

— Gucci ? s'étonne Luke. De la myrrhe, de l'encens et Gucci ?

— De l'or, j'articule silencieusement à l'intention de Minnie – en espérant qu'elle puisse lire sur mes lèvres. De l'or. Pas Gucci !

Elle me jette un regard incertain en brandissant la boîte.

— Oui, j'ai Gucci pour l'Enfant Jésus. Et maman a un sac Gucci, affirme-t-elle sous des éclats de rire plus prononcés. Maman a acheté l'écharpe. Papa avait l'argent. Dans sa poche.

Misère ! Elle se souvient de l'histoire que je lui ai racontée. Que va-t-elle sortir d'autre ?

Dans la salle, les gens se gondolent. Sur scène, George n'a pas l'air content que Minnie se pose en reine du spectacle.

— J'ai de la myrrhe, rugit-il.

— Moi, j'ai *Gucci*, le défie Minnie.

— Au fait, Becky, je te signale que le vicaire est assis juste à notre gauche, chuchote Luke. Au cas où l'info t'intéresserait.

— Chut, je dis en me mordant les lèvres pour ne pas pouffer.

Soudain Minnie semble à court d'imagination. Pour meubler le silence, la Sainte Vierge y va une nouvelle fois de sa complainte.

— Nous n'avons nulle part où aller. Il n'y a pas d'hôtel.

Apparemment, le mot « hôtel » fait tilt dans la tête de Minnie.

Elle se tourne vers Joseph en agitant un doigt accusateur.

— Pas de minibar, réprimande-t-elle. Pas de bonbons. Trop cher.

Hurlements de rire.

— C'est bien vrai ! claironne un père.

— Et ne mange pas le Toblerone ! renchérit un autre.

— Rien en dehors du buffet tout compris ! crie un troisième.

Nouveau tonnerre de rires.

Les spectateurs tournent leurs faces réjouies vers Luke et moi. Je leur réponds de mon mieux. Mais je bous intérieurement. Notre fille se tient dans l'humble étable de la Vierge Marie et de Joseph et leur interdit d'ouvrir le minibar. C'est à *mourir* de honte.

Une fois le spectacle terminé, du vin chaud aux épices et des *mince pies* sont servis aux parents dans le réfectoire. Luke et moi sirotons nos boissons fumantes. Le mot « minibar » est sur toutes les lèvres et provoque toujours des rires. Les gens s'extasient aussi sur le « merveilleux » costume d'Harvey. Et chaque fois, Luke me serre discrètement la main en signe de soutien. Je n'ai pas réussi à localiser Steph. Elle est forcément là : tous les parents viennent admirer leur progéniture dans la crèche vivante.

— Seigneur, Bex, dit Suze, hilare, en arrivant près de moi. « Pas de minibar. » Du pur Minnie ! Et son costume était formidable. Bravo ! Tu t'y es prise comment ? En utilisant un foulard ? Un foulard Denny and George ?

Je connais ma Suze. Elle juge d'une manière aussi bienveillante que possible un costume improvisé en cinq minutes avec des épingles de sûreté. Et j'apprécie son tact. Mais je ne suis que frustration. J'aimerais lui répliquer : « Tu crois vraiment que j'ai sué sang et eau sur ça ? C'est moi qui ai fabriqué le *bon* costume, celui dont tout le monde parle. » Mais je me tais. Trop risqué avec tous les parents autour.

— Merci, je dis du bout des lèvres avant d'avaler une gorgée de vin chaud.

Luke, au téléphone depuis un petit moment, vient m'annoncer avec un drôle d'air :

— Becky, c'était la mairie. On vient de me prévenir qu'il y a un sans-abri dans notre jardin. Apparemment, il s'est installé une sorte de campement avec une couette. Ça te dit quelque chose ?

Oh non !

Moi, furieuse :

— Ce n'est pas un sans-abri ! C'est du poisson !

Luke, sidéré :

— Du *poisson* ?

Moi, exaspérée :

— J'ai acheté du poisson que j'ai enveloppé dans une couette ours Paddington. Voilà tout. Pourquoi faut-il que les gens en tirent immédiatement de fausses conclusions ?

Luke, ébahi :

— Tu as mis du poisson… sous une couette ?

Moi, sur la défensive :

— Il le fallait. Qu'est-ce que je pouvais faire d'autre ?

Silence. Luke et Suze échangent des regards perplexes.

— Ne le prends pas mal, ma Bex, déclare Suze, mais tu as l'air un peu… tendue.

— Ridicule ! Je ne suis pas tendue, je proteste. Je suis tout à fait décontractée. N'est-ce pas, Luke ?

— Si, tu es un peu tendue, dit-il.

Le traître !

— C'est vrai, Bex, confirme Suze en posant une main protectrice sur mon bras. Tu l'es depuis que tu as accepté d'organiser la fête de Noël chez toi. Laisse-moi te donner un coup de main. S'il te plaît. Ça me fait *plaisir* de t'aider. Je peux recevoir à ta place. Pourquoi pas un changement de plan ?

Quoi ? Je rêve !

Pleine d'enthousiasme, elle s'adresse à Luke :

— C'est peut-être la solution. Je peux facilement accueillir tous vos invités à Letherby Hall…

— Tu crois que je suis *incapable* de recevoir pour Noël, c'est ça ? je crie pour couvrir ses paroles.

— Mais non ! Bien sûr, tu en es capable. Je disais seulement… Tu sembles un peu… débordée. Je voulais t'aider…

— Eh bien, si tu avais confiance en moi, ça m'aiderait. Et si tu *défendais* mon idée d'atelier de maisons en pain d'épices, ça m'aiderait aussi.

— Mais c'est une excellente initiative, Bex ! Je la soutiens totalement. Je voulais…

— Eh bien, c'est parfait ! Tout est sur les rails. Tout roule. Je suis hyper détendue. Et mon 25 décembre sera mémorable, je conclus en vidant mon gobelet de vin chaud. Il est donc inutile de se faire du souci !

WhatsApp
Groupe "NOËL À LETHERBY"

Becky
Chers tous, vous êtes cordialement invités le 24 décembre à participer à mon atelier de fabrication de maisons en pain d'épices. Faisons en sorte de resserrer nos liens familiaux et amicaux, d'oublier nos différends. Au programme : vin chaud et ambiance joyeuse. Code vestimentaire : pull de Noël.
Baisers. Becky

De : serviceclients@ramblesons.com
À : Becky Brandon
Objet : marchandise indisponible

Chère madame Brandon,

Veuillez accepter nos excuses concernant le produit manquant suivant :

Dinde fermière

Nous avons essayé de trouver une marchandise de substitution aussi proche que possible de votre commande.

En espérant que vous apprécierez notre offre de remplacement, veuillez recevoir nos plus sincères salutations.

Service clients

Ramblesons Alimentation en ligne

Commande : TSK67468675

Marchandise indisponible :	Quantité :
Dinde fermière 7 kg	**1**
Produit de remplacement :	Quantité :
Paquet Tranches de dinde reconstituée 200 g	**35**

18

Je mentais. Tout n'est pas sur les rails. Tout est loin de marcher comme sur des roulettes.

Récapitulons. Je n'ai pas de dinde. Ni de cadeau pour Luke. Hier les aiguilles du sapin ont commencé à tomber (pourquoi ?). Je ne sais toujours pas quoi donner à Suze. Et je n'arrête pas de me cogner dans le nouveau congélateur installé dans la cuisine, d'où un énorme bleu sur ma cuisse.

Heureusement, j'ai pu faire en ligne une commande de dernière minute. *Heureusement !* J'ai ajouté une dinde sur ma liste et elle sera livrée demain. Mais je ne me sens pas détendue pour autant. Et si je n'avais pas prévu deux commandes ? Oser proposer des tranches de dinde reconstituée deux jours avant Noël, c'est le comble du *sadisme*.

Mon stress continue à monter en flèche. On se croirait dans une de ces séries médicales où les machines sonnent sans discontinuer avec des gens qui s'agitent dans tous les sens. Rectification : personne ne s'agite dans tous les sens car Luke est en voyage d'affaires jusqu'à demain après-midi et Minnie participe à un goûter d'enfants. Il y a uniquement moi et trois kilos de champignons. En dernier recours, j'ai décidé de *faire* moi-même une dinde vegan. J'ai trouvé une recette sur Internet et c'est mon troisième essai. Et mon troisième ratage.

Je n'en peux plus. Ce que j'ai sous les yeux ne ressemble pas *du tout* à une dinde. Juste à un affreux tas de champignons mélangés à de la farine de pois chiches. Je fais repartir en arrière la vidéo YouTube afin de revoir pour la dixième fois la cuisinière qui explique gaiement : « Il est temps maintenant de façonner les pilons avec votre mélange. » J'ai suivi toutes ses instructions : mes pilons refusent de *garder* la forme d'un pilon.

Comment pourrais-je les façonner ? Avec du carton, peut-être. Généralement, les vegan ne mangent pas de carton – je sais. Mais, au fond, on peut considérer le carton comme des petits os. Je peux prévenir mes convives, l'air décontractée : « Attention au carton ! », comme on dit : « Attention aux petits os ! »

Je vais chercher dans la boîte de travaux manuels de Minnie un support en carton de rouleau de papier toilette et je farcis ce tube de mixture aux champignons. Proche d'un pilon de dinde ? Pas le moins du monde. Et si je le peignais ? Toujours dans les affaires de Minnie, j'avise une bouteille de peinture marron (garantie non toxique) et un pinceau. Je me mets à l'ouvrage et pose le pilon sur une assiette.

Résultat ? Je ne peux vraiment pas servir des cartons de papier toilette peints à mon déjeuner de Noël.

À force de repasser la même vidéo encore et encore, je vois flou. J'ai besoin d'air frais. Je vais aller faire un tour au supermarché. Peut-être y trouverai-je une marque de dinde vegan. Pourquoi pas ?

En dix minutes de voiture, j'y suis. Après avoir passé les portes en verre, j'aperçois un gigantesque étalage de papier cadeau sous une pancarte *50 % de rabais sur tous les rouleaux*. Quelle plaie ! La semaine dernière, j'ai acheté du papier cadeau beaucoup moins joli. Alors que celui-là est imprimé de mignonnes rayures vertes et rouges *et* soldé. Je n'arrive pas à décoller. Question : ai-je besoin d'un supplément de papier cadeau ? Réponse : non, vraiment pas.

Une seconde ! J'ai une réponse *bis*. Je peux acheter le papier pour le prochain Noël. Et les suivants. Oui ! Sur le plan financier, c'est une aubaine. Et on a toujours besoin de papier cadeau chez soi.

Immédiatement requinquée, je remplis mon chariot de douze rouleaux, six bobines de ruban décoré de houx et quelques pompons décoratifs. J'en suis à hésiter devant un grand sac de cinq cents étiquettes en forme de flocons (toujours pratique, ça aussi) quand j'entends :

— Salut, Becky !

Je lève la tête et me fige. Craig vient vers moi, tout souriant, en poussant un chariot rempli de paquets. Oui, tout *souriant*. Comme si nous étions les meilleurs amis du monde et que tout était fabuleux. Il ne manque pas d'air !

— Salut, Craig, je dis froidement. Ta copine est venue chez nous sans prévenir l'autre jour.

— Oui, j'ai entendu ça, dit-il.

La logique voudrait qu'il s'excuse à propos du comportement de Nadine. Mais non ! Il se suce les dents et secoue tristement la tête.

— Nadine n'était pas contente. Elle pensait que Luke lui accorderait un peu plus de son temps. Une question de respect, tu vois ?

Il est vraiment *sérieux* ?

— Nous étions en pleine fête de famille quand elle a débarqué. En général, Luke n'accorde pas d'entretien de boulot sans rendez-vous. Surtout à la maison. Spécialement un dimanche. Et particulièrement lors de l'anniversaire de sa fille.

Impossible d'être plus précise mais mes arguments ont l'air de lasser Craig, parfaitement indifférent.

— Oui, continue-t-il sur le même ton rêveur, Nadine était tout à fait en rogne. Et quand elle est furieuse, il faut faire gaffe. Luke s'est fait une ennemie professionnelle, là.

Alors là, c'est sûr que Luke est mort de peur. Je parie qu'ils vont avoir une confrontation, de part et d'autre d'une grande table de réunion avec vue sur le Shard, le gratte-ciel de bureaux construit sur l'emplacement des Southwark Towers.

Je plaisante !

— Quel dommage ! je lance. Bon, je te souhaite un joyeux Noël !

Là-dessus, je repars en poussant mon chariot, mais Craig l'arrête d'une main.

— Vous êtes toujours invités à notre réception de Noël. Luke et Nadine pourront peut-être faire la paix sous le gui.

Son regard plein de sous-entendus me hérisse le poil. À quoi fait-il allusion *exactement* ?

— Ça m'étonnerait, je riposte. Nous sommes déjà pris.

— Dernière occasion de barboter dans le jacuzzi avant notre déménagement, insiste Craig avec force mouvements de sourcils.

— Vous déménagez ?

— Oui. On va se trouver une autre crèche. Ici, c'est un peu calme pour nous. Un peu trop le bout du monde.

Après une hésitation, il ajoute :

— En plus, Nadine a découvert l'adresse de lord Alan Sugar. Elle croit qu'elle peut arriver à le rencontrer.

Finalement, elle est encore plus folle que je le croyais.

— Un projet plein d'avenir, je dis en gardant mon sérieux. Elle a raison. Je parie que d'ici peu elle occupera un poste de grande patronne. D'un jour à l'autre, même.

Craig ne se rend pas compte que j'ironise car son expression s'adoucit.

— Elle est motivée, Nadine. Très décidée.

C'est bien vrai. Plus vite elle décidera de quitter Letherby, mieux on se portera.

— Bonne chance alors !

Deux filles qui viennent d'entrer dans le supermarché dévisagent Craig et se donnent des coups de coude. Soudain, je le vois avec leurs yeux : cheveux longs, barbe de trois jours, regard hypnotique. Les habitants de Letherby n'ont jamais rencontré un rocker plus sexy.

Alors je ris intérieurement. J'étais comme elles quand j'étais étudiante, je fondais sous son regard incandescent. Une vraie crétine !

Pourtant, je suis vaguement émue quand il me fait ses adieux. Je ne le reverrai sans doute jamais. Il a quand même fait partie de ma vie (une partie assez importante). Et puis, il reste quelques questions sans réponse.

En tout cas, une question sans réponse.

— Attends, Craig ! Avant que tu t'en ailles, je voudrais que tu me dises… euh… As-tu un jour écrit une chanson sur moi ? Ou, tout au moins, une chanson où… j'apparais ? Où tu parles de moi ?

Un lent sourire paresseux étire ses lèvres.

— « Girl Who Broke My Heart », répond-il.

Incroyable !

— Mais dans cette chanson, la fille est française. C'était donc un camouflage ? C'était vraiment *moi* ? Je suis cette fille ?

L'instant est dramatique. Ma voix tremble.

— Craig, dis-moi, je t'ai brisé le cœur ?

— Non, rigole Craig. Tu n'es pas cette fille. Mais tu figures à la première ligne du troisième couplet. Au revoir !

Il s'éloigne avec son chariot tandis que je le suis des yeux dans un état second. Puis je me ressaisis. Je prends mon portable et cherche sur Google : *paroles de « Girl Who Broke My Heart » Craig Curton*. Je suis dans une chanson. N'est-ce pas *tellement cool* ?

Les paroles apparaissent sur mon écran au bout de quelques secondes. Vite, la première ligne du troisième couplet ! Je lis :

« Elle avait de plus beaux cheveux que la précédente. »

Qu'est-ce que ça signifie ? Je fixe les mots d'un œil vitreux. Je ne comprends rien. Avais-je de plus beaux cheveux qu'une autre fille ? Cette phrase n'a ni queue ni tête. Typique de Craig d'écrire des trucs incompréhensibles.

Bon, repartons du début. La chanson parle d'une Française. Et « elle avait de plus beaux cheveux que la précédente ».

Alors l'horrible vérité me tombe dessus. La précédente ? C'est-à-dire… la fille avec laquelle il sortait avant ? *Moi ?* Avec des *cheveux moins beaux* ?

L'insulte me fait hoqueter de rage. Il dit que mes cheveux étaient moches ? Archifaux ! Toutes les nanas étaient coiffées d'une certaine façon à la fac. Et puis *lui* alors, il peut parler ! Au fait, qui était cette Française avec des cheveux prétendument magnifiques ? M'est avis qu'elle devait porter un carré bien ennuyeux.

Je regarde par la porte vitrée, presque tentée de le rattraper pour l'engueuler : « C'est quoi, cette histoire de cheveux moches ? » Mais il a disparu. Pfft ! *Jamais* plus je ne sortirai avec un musicien de rock.

Une évidence, ma chère Becky.

Cela va sans dire.

Depuis que je suis avec Luke, j'espère pour la millionième fois qu'il ne peut pas lire dans mes pensées. Parce que, franchement, si c'était le cas, ce serait un désastre.

Toujours très énervée, je m'avance dans les allées du supermarché. *Si seulement* je tombais sur un écriteau annonçant un arrivage de dindes vegan. Hélas, je ne vois que des *mince pies* à prix réduit et des calendriers de l'avent. Double pfft !

Un rire horripilant me fait dresser l'oreille. Je connais ce rire, sans arriver toutefois à le replacer. Intriguée, je pars sur sa trace. Derrière un mur de boîtes de conserve, j'ai la révélation. Tout concorde. La bedaine. Le jean usé. La barbe grisonnante. C'est Damian, le mari de Steph, en pleine conversation devant le rayon traiteur.

Génial ! Un autre emmerdeur ! Serait-ce par hasard la Journée mondiale des emmerdeurs de première ?

Il se déplace d'un pas. À ma grande surprise, son interlocutrice n'est autre que Steph. Se seraient-ils remis ensemble ?

Vu la tête de Steph, c'est hautement improbable. En gesticulant, elle lui balance ce qui ressemble à une série de reproches salés tandis qu'il lève les yeux au ciel, regarde sa montre et lui tapote même l'épaule avec condescendance. Je ne peux pas entendre ce qu'il lui sort, mais je fulmine.

Finalement, il lève ses deux mains comme pour dire « Assez ! » et s'en va. La pauvre Steph s'affaisse lentement. Plantée au coin de l'allée, je suis déchirée. Je n'ai qu'une envie : aller la consoler. Oui, mais imaginons qu'elle me trouve trop indiscrète. Qu'elle préfère que cette scène n'ait pas eu de témoin.

Pendant que je me torture, elle va s'asseoir à une table de la cafétéria. Du coup, je me décide. Dans cinq minutes, je me manifesterai auprès d'elle. Mais en attendant, mue par une irrésistible curiosité, je m'en vais talonner l'infâme Damian.

Je marche derrière lui et tourne juste à temps pour le voir rejoindre une nana qui, elle aussi, pousse un chariot. Il lui plante un baiser sur les lèvres. *Argh*. C'est elle. Inévitablement. Celle qui bosse dans l'événementiel. Celle qu'il a sautée au Malmaison, à Manchester.

Inspection à distance. Dans les vingt ans. Joli balayage. Mais visage pincé. Une fois le glamour du début passé, elle va se montrer vache avec lui, je prédis avec une satisfaction mauvaise. Il le mérite. Sa punition pour avoir préféré cette fille à la mine constipée, au lieu de rester avec Steph.

Il n'arrête pas de lui peloter les fesses. Berk ! Vous parlez d'un comportement adéquat au rayon des pizzas surgelées. J'aimerais bien déposer une plainte auprès du service clients. J'adorerais voir un mec en costume lui ordonner d'arrêter ces gestes dégoûtants.

Je devrais continuer mon shopping. Oui, je devrais. Mais j'ai du mal à quitter des yeux l'horrible couple. Je poursuis ma filature. Devant les vitrines réfrigérées des produits laitiers, elle lui montre les différents yoghourts allégés pendant qu'il continue à lui toucher le derrière. Leur relation a l'air d'être fondée sur des caresses fessières. Eh bien, je lui souhaite de tout mon cœur un bon syndrome du canal carpien !

Je tremble d'indignation (pour être absolument honnête, cette réaction est en partie due à l'attitude de Craig). Je veux sanctionner ce type. D'un autre côté, ce n'est pas mes oignons. En plus, j'ai la dinde vegan à trouver. Et puis de toute façon, comment pourrais-je le punir ?

Laissons tomber ! Il faut que j'arrête de jouer les fées de Noël vengeresses. Et pourtant, je continue de les suivre en me demandant comment je pourrais agir.

À l'approche du rayon viandes froides, j'avise sur une caisse une veste d'uniforme qu'un employé du supermarché a probablement oubliée. Verte, avec le logo du magasin. Personne aux alentours. Une idée se forme dans ma tête. Le genre d'idée qui provoque toutes sortes de réactions. De : *Quoi ?* À : *Nooon ! Impossible*. En passant par : *Oui ! Je peux le faire !*

Dès que j'enfile la veste, je me sens invisible. Je ne suis plus Becky. Je suis une employée de magasin anonyme. Abandonnant mon chariot, je passe devant Damian pour m'assurer qu'il ne me remet pas. Nos enfants ont beau fréquenter la même école, il ne me reconnaîtra pas. Beaucoup trop occupé à jouer un rôle principal pour remarquer les figurants.

Ce qui me va parfaitement.

Au rayon papeterie, j'emprunte quelques accessoires. Planchette, bloc-notes, lunettes pour compléter le déguisement. Dans mon sac, j'ai un cordon comme celui que les employés portent autour du cou. Il est imprimé au nom d'un espace de jeux où Minnie va souvent s'amuser, mais il suffit de le retourner. Enfin, je termine l'opération camouflage par un petit chignon tenu avec un élastique.

Avant de perdre mon courage, je m'approche de Damian, un sourire commercial aux lèvres.

— Bonjour, monsieur, je dis aimablement. Avez-vous trouvé tout ce que vous vouliez dans le magasin ?

— Oui, merci.

— Je mène une étude : nous voulons savoir si nos locaux sont suffisamment adaptés aux gens âgés. Tout vous convient-il parfaitement aujourd'hui, monsieur ? Ou avez-vous rencontré quelques problèmes dont vous aimeriez nous faire part ?

— De quoi parlez-vous ? demande Damian en fronçant les sourcils.

Je réponds d'une voix tout sucre et tout miel :

— Nous comprenons les difficultés auxquelles se heurtent les clients dans votre tranche d'âge. Par conséquent, la direction a décidé d'accorder une attention spéciale à nos aînés. Nous sommes là pour aider à leur mobilité. Nous avons agrandi nos étiquettes afin qu'ils lisent bien les prix et augmenté le volume sonore des annonces. Dans le même ordre d'idées, avez-vous d'autres suggestions, monsieur ?

La demoiselle à la tête constipée laisse échapper un ricanement.

Damian a viré au verdâtre.

— Je ne suis pas *vieux*, proteste-t-il.

— Mais bien sûr, monsieur ! Nous parlons des problèmes dus au vieillissement prochain. Un sujet sensible, je sais…

— J'ai cinquante-quatre ans, éructe-t-il. Cinquante-quatre !

— Comme je vous l'ai expliqué, monsieur, nous désirons adapter nos services aux besoins de votre génération.

Jetant un coup d'œil à Miss Visage Pincé, j'ajoute aimablement :

— Mademoiselle, êtes-vous l'auxiliaire de vie de ce monsieur ? Si vous avez des commentaires, ils sont les bienvenus. Le monsieur dont vous vous occupez semble tout à fait charmant.

Damian est passé au rouge foncé annonciateur d'apoplexie.

— *Auxiliaire de vie* ? Je veux parler immédiatement à votre supérieur. Votre nom ?

Au moment où il va attraper mon faux cordon d'identification, je me recule vivement.

— Toutes mes excuses, monsieur. Vous n'êtes pas désireux de participer à notre enquête, aussi, je vous laisse tranquille. Juste une *dernière* information : les protections pour fuites urinaires sont en promotion cette semaine, au cas où cela vous intéresserait.

Avant qu'il puisse réagir, je fonce dans une autre allée, retire prestement la veste et les lunettes, défais mes cheveux et cours vers mon chariot. Quand je croise à nouveau Damian et sa demoiselle, je suis une cliente comme les autres, tête tournée vers un rayon, en train d'examiner les produits.

En tendant l'oreille, je perçois le commentaire de Miss Visage Pincé.

— Allez, bébé, ne le prends pas mal. C'était plutôt comique.

Je glousse en silence. Comique ? Hilarant, oui ! Je regrette que Steph n'ait pas assisté à la scène.

Je fais vite le tour du magasin pour constater que les dindes vegan brillent par leur absence. Après m'être assurée du départ de Damian et de sa copine, je règle mes emplettes et me dirige vers la cafétéria.

En attendant mon tour dans la queue pour commander un thé, j'adresse de grands signes à Steph. Son visage s'éclaire.

— Viens me rejoindre ! s'écrie-t-elle.

Elle a l'air d'humeur plus gaie que tout à l'heure. Quel soulagement !

— Tu as fait des courses de Noël ? je demande en apercevant des sacs.

Elle grimace.

— Plus ou moins. Juste pour Harvey et moi. Il n'est pas fou de dinde. De toute façon, je ne vais pas cuisiner une dinde juste pour moi. Nous mangerons des saucisses.

— Cool !

Pourtant, la vision de Steph et Harvey attablés en tête à tête le 25 décembre me fend le cœur.

— Tu ne passes pas Noël en famille ?

— Mes parents sont à Leeds. C'est trop loin. Et avec la masse de travail que j'ai en ce moment… Je dois aller au bureau aujourd'hui, même si je ne suis pas censée bosser.

— Au bureau, un samedi ?

— Je sais, je sais ! Je suis passée ici en coup de vent pour faire quelques achats. Harvey est chez la nounou.

— Tu as parlé à ta mère de ta séparation avec Damian ?

Bien que ça ne me regarde pas, j'ai posé la question.

— Pas encore.

Je me mords les lèvres. D'accord ! Ce n'est pas à moi de lui donner des conseils. Mais c'est Noël. Et sa famille ignore qu'elle sera seule.

— Si j'étais ta mère, j'aimerais être au courant.

Steph tressaille. J'ai dû dépasser les bornes. Alors je m'empresse d'ajouter :

— J'ai aperçu Damian dans les allées. Ou j'ai rêvé ?

— Oui. Avec *elle*.

— Elle est vraiment moche, j'assène.

Steph éclate de rire.

— Tu te trompes, Becky !

— Pas du tout, elle est horrible.

— C'est une superbe nana de vingt-trois ans. Tu as vu ses cheveux ? Et ses *fesses* ?

J'aimerais riposter que non puisque les grosses mains de son mari les cachaient. Mais ça avancerait à quoi ? Aussi, je change de sujet.

— Harvey était magnifique dans la Nativité. Son sourire est désarmant.

— Ah oui ? Tu me fais plaisir ! Je n'ai pas pu y assister. Trop de boulot une fois de plus. Mais il y aura un DVD, j'espère.

Elle n'a pas pu admirer son fils sur scène ? Et moi qui me plaignais de ne pas voir Minnie dans le costume que j'avais fabriqué !

— Steph, tu fais quoi demain ? Tu ne viendrais pas, avec Harvey ? J'organise pour mes proches un atelier de maisons en pain d'épices.

Son visage s'illumine.

— Avec joie !

— Parfait ! Je t'envoie l'adresse, l'heure, etc. On va porter des pulls de Noël, confectionner des maisons en pain d'épices et… c'est à peu près tout.

— C'est une tradition familiale ?

— Pas vraiment, non. Disons que c'est une… nouvelle tradition.

Je ne précise pas que c'est une tradition que je viens d'inventer pour réconcilier mes invités du lendemain.

— Merci beaucoup de nous inviter. Tu es vraiment adorable, fait-elle en m'étreignant la main. Je te remercie pour tout ce que tu fais, Becky. Puis-je t'apporter quelque chose ?

— Rien, seulement toi et ton fils.

Elle secoue la tête.

— On dit toujours ça, mais tu souhaites forcément quelque chose. Quel est ton vœu le plus cher ces jours-ci ? Et ne me dis pas « La paix dans le monde » !

— Honnêtement ? Une dinde vegan. Si tu parviens à en trouver une, je t'en serai vraiment reconnaissante.

— Tu es vegan, Becky ?

— Pas moi, ma sœur. Ma commande de dinde vegan a été annulée. J'ai essayé d'en confectionner une…

L'histoire complète y passe. Quand j'arrive au rouleau de PQ peint, Steph rit si fort qu'elle recrache son thé par les narines.

— Pourquoi t'embêter ? Sers-lui le risotto, comme la bonne femme te l'a dit. Prends la vie du côté facile !

— Je prends la vie du côté obstiné ! je réplique. Je veux servir une dinde vegan.

— Dans ce cas, fais-la avec… Eh bien…

— Voilà le problème ! J'ai essayé les champignons et du carton. Un désastre !

— Attends ! s'exclame Steph après un moment de silence.

Elle sort d'un de ses cabas un paquet de beignets, examine l'étiquette.

— J'en étais sûre. Ils sont vegan. Utilise-les !

J'inspecte le paquet à mon tour. La mention *Nouvelle recette vegan* est imprimée en gros caractères.

— Des beignets ? Mais je ne peux quand même pas faire une dinde de Noël à base de beignets ?

— Et pourquoi pas ? Tout le monde aime les beignets.

Elle pouffe de rire. Son hilarité est tellement contagieuse que pendant un moment, nous sommes incapables de parler.

— OK ! Tu as raison. Je vais essayer.

— Et je vais t'aider, propose-t-elle, la mine réjouie. Demain, je viens de bonne heure et j'apporte les beignets. À nous deux, on va faire la plus sublime dinde vegan que la planète écolo ait portée.

Ça fait longtemps que je n'ai pas vu Steph afficher autant d'enthousiasme.

19

Le lendemain matin, en l'attendant, je me sens en pleine forme. La maison est entièrement « noëllisée » : les lumières du sapin clignotent, mes guirlandes tiennent, la pinata est accrochée dans le salon.

Je suis habillée en mère Noël : une tenue fantastique repérée au supermarché. Rouge vif avec de la fourrure blanche et une petite cape comportant une poche brillante de la taille d'un portable. Minnie est *adorable* dans son pull de fête tout décoré de petits nœuds en satin blanc. Elle ressemble à un cadeau.

— Tu es mon cadeau, poupinette, je lui susurre en la serrant contre moi.

Elle se libère en gigotant.

— Les beignets ? demande-t-elle.

OK. J'ai fait l'erreur de parler à Minnie de la dinde en beignets. Du coup, elle a déboulé à 5 heures du matin dans notre chambre en réclamant : « Des BEIGNETS ! Où sont les BEIGNETS ? »

— Ils arrivent, je dis. Harvey et sa maman seront là d'une minute à l'autre.

Et juste à ce moment précis, on sonne. Les voici sur notre paillasson, souriants jusqu'aux oreilles dans leurs pulls de Noël et… Oh, serait-ce un flocon de neige que je vois voltiger ?

— Oui, de la neige ! s'écrie Steph. Enfin presque. J'ai aperçu au moins cinq flocons.

— Cinq valent mieux que rien. Minnie, regarde. Il neige pour Noël !

Regard docile des deux gamins vers le ciel. Nous retenons notre souffle… Mais on dirait que le ciel a fermé boutique.

— Il va peut-être neiger plus tard. Allez vous amuser en attendant !

— Joli costume, madame Noël ! me complimente Steph en entrant.

— Quoi, ce vieux machin ? Bof ! Je viens de l'enfiler.

Je prépare un café pendant qu'elle déchire un sac contenant une invraisemblable quantité de beignets. Elle a aussi apporté des brochettes en bois et des piques de cocktail pour les faire tenir.

Nous trinquons avec nos tasses à café.

— Joyeux Noël. Et à la réussite de notre volatile !

Pendant que Minnie et Harvey jouent à cache-cache, nous élaborons notre œuvre – ce qui s'avère être une thérapie incroyablement calmante. Après avoir mis en place une quarantaine de beignets, nous soufflons pour inspecter le résultat.

— Pas mal du tout, je dis pour me montrer positive. Mais ça n'a pas *vraiment* la forme d'une dinde.

C'est la vérité. Cela pourrait aussi bien être un lapin de Pâques. Ou l'Everest.

— Pas *encore*, rectifie Steph. Mais nous n'avons pas abordé les finitions. Tu as de la pâte à modeler quelque part ?

Dix minutes plus tard, Steph a réquisitionné toute la pâte à modeler de Minnie et mis les deux enfants au travail. D'abord, elle ajoute à la « dinde » des ailes en pâte à modeler orange. Puis des griffes noires. Et, pour finir, des gros yeux protubérants.

Partagée entre effroi et admiration, je commente :

— La dinde me regarde d'un drôle d'air.

— Et maintenant, le bec, annonce Steph en fixant avec précaution une forme pointue en pâte à modeler rouge.

Je dois admettre que la dinde a définitivement pris une forme de dinde. Une volaille terrifiante en beignets et pâte à modeler qui va hanter nos cauchemars jusqu'à la fin de nos jours.

— Bravo, Steph ! Tope là. Tu as une nouvelle carrière devant toi.

Ses joues sont écarlates. Un bout de pâte à modeler est collé sur son menton. Apparemment, elle passe un super moment.

— Oui, je pense que je ferais une assez bonne pourvoyeuse de dindes vegan. Comment on va l'appeler ? Vous avez une idée, les enfants ?

— Peppa Pig, suggère Harvey.

Je pouffe de rire.

— Va pour Peppa Pig, la dinde vegan !

— C'est ta seule et unique dinde pour Noël ? s'inquiète soudain Steph.

— J'en ai une vraie. Elle n'est pas encore là mais elle sera livrée aujourd'hui vers 17 heures.

Et si on me la remplace par trente bocaux de pâté de dinde, je commets un meurtre sanglant. Mais cette remarque, je la garde pour moi.

En faisant très attention, je déplace la dinde sur le comptoir et la recouvre d'un gros carton pour la dissimuler. Puis je déploie les kits de maison en pain d'épices tout autour de la table de la cuisine. Par la fenêtre, je repère un flocon égaré. Me voici *transportée* dans un film de Noël. La joie ! Nous sommes bénis des dieux !

Il reste quelques minutes avant l'arrivée des invités. Je prépare du café et j'empile le reste des beignets sur une assiette. Puis je m'installe dans le salon avec Steph pendant que Minnie et Harvey font rouler les Monster Trucks dans l'entrée.

— Que je te briefe sur ceux qui viennent, Steph ! Il y a Suze et Tarkie ainsi que leurs trois enfants. Mes parents et leurs voisins, Janice et Martin. Ma sœur Jess et son mari Tom, *s'il* arrive du Chili à temps. C'est le fils de Janice et Martin. C'est d'ailleurs comme ça qu'ils ont fait connaissance.

— Waouh ! Vous formez un groupe très soudé !

— Ben oui.

— Ça fait une belle tablée de Noël !

— Tu as raison. Écoute, Steph, viens toi aussi avec ton fiston. On a plein de place. Tout le monde sera ravi de vous voir…

Steph secoue la tête en souriant.

— Tu es un amour, Becky, et je te remercie infiniment de ta proposition. Mais tout va bien. Mes parents et ma sœur viennent ce soir. Ils apportent une dinde et nous allons célébrer Noël ensemble.

— Oh, mais c'est génial !

— Hyper génial !

Steph poursuit en baissant la voix :

— Je leur ai annoncé notre séparation. Immédiatement après notre conversation d'hier, j'ai appelé ma mère et…

Ses yeux se remplissent de larmes. Il lui est impossible de parler.

— Je ne sais pas pourquoi j'ai tant tardé à leur dire, finit-elle par confier. C'était idiot.

— Parce que c'est dur. Avouer à sa famille qu'on a des ennuis est difficile.

— Terriblement difficile. On ne veut pas l'admettre. Je me dis sans arrêt : « Tant que je n'entends pas le mot "séparation" prononcé à voix haute, la situation va peut-être s'arranger. »

Je me mords les lèvres.

— Oh, Steph !

— Mais dès que j'ai craché la vérité, je me suis sentie mieux. Et *plus forte*, aussi. Bref, demain nous serons en famille. Et je suis ravie de rencontrer la tienne aujourd'hui. Ils semblent tous sympathiques.

— Tu sais, ma sœur Jess, la vegan ? je dis avec circonspection. Je crois qu'elle traverse aussi une crise conjugale. Mais elle n'en parle pas. Elle est très réservée et garde tout pour elle. L'aider est très compliqué.

— Sois patiente. Si elle est comme moi, elle se sent probablement vulnérable. J'ai honte que Damian soit parti.

Je suis horrifiée.

— *Honte* ? Pas toi, Steph. *Lui* devrait avoir honte.

— Ce n'est pas rationnel, je sais. Mais on veut que les choses marchent. Et quand elles déraillent, on s'en veut. Désolée pour ta sœur. Ce sont des moments pénibles.

— D'ailleurs, je me demandais si… si en confectionnant ta maison en pain d'épices, tu saisissais l'occasion de bavarder avec elle ? Mais en étant discrète, hein ?

— Compte sur moi. Je n'ai pas de solution miracle mais je comprends ces problèmes. À quelle heure arrivent-ils, au fait ?

— D'un moment à l'autre, je déclare en jetant un coup d'œil à ma montre.

Pour m'assurer que je n'ai manqué aucun texto, mail ou appel, je sors mon téléphone. Un bip m'annonce un SMS.

Chère Becky,

Je suis navrée mais, pour des raisons personnelles, il me sera impossible de venir chez toi, ni aujourd'hui ni demain. Mille excuses pour le mal que tu t'es donné.

Joyeux Noël
Jess (et Tom)

Quoi ?

Elle… *quoi* ?

La déception me coupe le souffle. Je viens de passer toute la matinée à m'échiner sur la confection d'une dinde vegan pour Jess… et elle ne vient pas. Elle *ne vient pas* !

— Becky, que se passe-t-il ? Tu as un problème ?

J'essaye de sourire sans vraiment y parvenir.

— Une sorte de problème, oui. Ma sœur Jess, celle dont je viens de te parler. Celle à qui la dinde vegan est destinée. Eh bien, elle se décommande. Elle annonce qu'elle ne viendra pas. Sans crier gare. Sans prétexte valable. Seulement pour des « raisons personnelles ».

Steph n'en revient pas.

— Elle est du genre fragile ?

— Le contraire. Elle est solide comme un roc. Du vrai *granite*. Elle ne laisse jamais tomber personne. Jamais.

Steph réfléchit. Finalement, elle me fixe droit dans les yeux.

— Elle doit souffrir. C'est en tout cas ce que je pense. Elle ne peut pas affronter le regard des autres. Trop douloureux. Donc elle préfère vous éviter.

— Mais c'est affreux. Que puis-je faire ? Dois-je aller la voir tout de suite ?

— Ça risque de la paniquer. Il faut que l'envie de se confier vienne d'elle. Sinon, elle va se fermer comme une huître.

— Mais elle ne peut pas rester *toute seule* le 25 décembre, je proteste juste au moment où mon téléphone sonne.

— C'est elle ? demande Steph.

Je fais non de la tête.

— C'est ma mère. Je me demande si elle est au courant. Bonjour, maman. Vous êtes en chemin ? Jess vient de m'envoyer un drôle de texto…

— Oh ma puce, m'interrompt maman. Papa et moi sommes malades comme des chiens. Un sale virus. J'ai peur qu'on ne puisse pas venir.

— Ah ? Mais… vous serez sur pied demain ?

— Je ne crois pas, mon cœur. On ne veut pas refiler nos microbes aux enfants. C'est mieux pour vous tous. On se donnera nos cadeaux de Noël un autre jour.

Un autre jour ? Alors là, je suis complètement prise de court ! Noël, c'est *demain*. Nous sommes fin prêts. J'ai les boîtes de Quality Street, le magazine télé *Radio Times* et tout ce qu'il faut.

Mes lèvres tremblent. Pas question, pourtant, de montrer à maman que je suis déçue. Elle est patraque, ça ne serait pas juste.

Je m'efforce de prendre un ton optimiste.

— C'est bien dommage, mais l'important, c'est que vous alliez mieux, tous les deux. Reposez-vous, embrasse papa pour moi et n'oubliez pas de boire beaucoup d'eau.

— Bien sûr, ma chérie. Et je vous souhaite à tous de passer une belle journée de Noël.

— À propos, maman, Jess m'a envoyé un message pour se décommander…

— Ma puce, je dois y aller. Désolée de ne pas te voir. Joyeux Noël !

Avant que je puisse prononcer une autre syllabe, elle a raccroché. Je reste ébahie à fixer le téléphone. Quelle raison a-t-elle de se presser ainsi ?

— Becky ? Parle-moi, implore Steph. Qu'est-ce qui se passe ?

Je m'oblige à me concentrer.

— C'était ma mère. Elle et papa ne seront pas présents demain. Ils sont malades.

— Oh *non* ! C'est vraiment pas de chance !

Mon téléphone bipe une nouvelle fois.

Un SMS de Jess ? Non, de Janice.

Chère Becky, pardon de te prévenir si tard mais Martin et moi avons décidé de passer un 25 décembre tranquille tous les deux à la maison. Je vous souhaite à tous un très joyeux Noël. Bisous. Janice

Incroyable ! Incompréhensible ! Invraisemblable ! La tête me tourne.

— Becky, tu as une sale mine. Tu te sens bien ?

— Je me sens mal. Tout le monde se décommande. En prévenant la veille. Sans préavis. Sans bonne excuse.

— Pauvre Becky ! Après tout le mal que tu t'es donné. Tu peux remettre ta fête ? Réunir tes invités quand ils se sentiront mieux ?

— Tu ne comprends pas ! Pourquoi se désistent-ils tous ?

— Eh bien, avance Steph, tes parents sont malades, ta sœur est dans les difficultés…

— Et Janice ?

— Je n'ai pas d'explication, je ne la connais pas. Désolée.

— Au fond, peut-être qu'ils pensent que je suis incapable d'organiser la fête de Noël.

— Ne sois pas ridicule !

— Suze était persuadée que je ne pouvais pas me charger du déjeuner de Noël, je clame. Elle proposait de le faire à ma place. Elle a peut-être dénigré ma fête auprès de tout le monde, en disant que ça allait être archinul.

— Becky, là tu deviens parano ! Il arrive qu'on tombe malade, qu'on soit obligé de refuser une invitation. OK ?

— Pas trois refus en cinq minutes, je glapis. Ça n'arrive pas. Statistiquement *impossible*. N'est-ce pas ?

Steph ouvre la bouche pour répliquer avant de changer d'avis.

— Tu vas voir que Suze va aussi se décommander, j'annonce.

— Tu es dingue. Bien sûr que non. Ce n'est pas un complot secret, mais un coup du sort. Ta famille et tes amis proches sont bienveillants et solidaires…

— Bienveillants ? Tu veux rire ? Ils sont à couteaux tirés. Ils se disputent sans arrêt. J'ai organisé l'atelier de maisons en pain d'épices en vue d'une réconciliation générale.

— Je l'ignorais.

— Et si c'était la *raison* ? Si la perspective de se retrouver autour de la même table les effrayait ? S'ils n'avaient pas compris que mon ambition était qu'ils fassent la paix ?

Quand mon téléphone sonne, nous bondissons toutes les deux. Même si je m'y attendais, voir le nom de Suze sur mon écran me brise le cœur. Je le montre en silence à Steph.

Elle m'encourage :

— Réponds ! Elle t'appelle probablement pour autre chose.

Je laisse passer deux sonneries supplémentaires en essayant de reprendre contenance avant de presser sur « Accepter ».

— Coucou, Suze, je dis d'une fausse voix enjouée. Vous êtes en train d'arriver ? Prêts pour les maisons en pain d'épices ?

— Coucou, Bex, fait Suze d'une voix tout aussi fabriquée. Euh… désolée, mais je crois que nous allons zapper les maisons en pain d'épices. Une urgence de shopping vient de me tomber dessus.

J'avais raison.

Et pourtant j'aurais tout donné pour me tromper. D'une voix atone, je réponds :

— Pas de problème. Aucune importance. C'était seulement… Écoute, ce n'est pas grave du tout.

— Et pour demain, poursuit Suze très mal à l'aise, comme si elle se tenait sur une jambe avec l'autre enroulée autour (ce qui est sans doute le cas), Tarkie a soudain décidé qu'il voulait finalement aller chez Oncle Rufus. Pardon de te prévenir si tard. Bex, tu ne m'en veux pas trop, j'espère ?

Et donc personne ne vient.

Je me sens à l'agonie. Douleurs dans l'estomac. Yeux brûlants. J'arrive cependant à garder mon sang-froid.

— *Évidemment*, je ne t'en veux pas. C'est une obligation familiale. Amuse-toi bien !

— Ça ne te fait vraiment rien ?

— Mais non ! En fait, c'est un soulagement. Tu avais raison : organiser la fête de Noël est une contrainte cauchemardesque, cinq personnes en moins ça fera donc…

— … *beaucoup* moins de stress pour toi, conclut Suze, visiblement plus détendue.

D'après son timbre de voix, je devine qu'elle a toujours pensé que ma fête de Noël serait ratée. Deux larmes coulent sur mes joues, que je m'efforce d'ignorer.

— Absolument ! Alors, bonne fiesta avec Oncle Rufus. Et on se parle plus tard… dans quelques jours. Joyeux Noël à tous, au revoir, ciao, bye !

Je mets fin à la communication les yeux dans le vague, le souffle coupé, le moral à zéro.

En l'espace de dix minutes, mon Noël s'est entièrement désintégré.

20

Steph fait de son mieux pour me réconforter. Elle me serre fort contre elle. Elle me dit et me répète que ce qui arrive est une coïncidence, que ma famille et mes amis m'aiment *inconditionnellement*. Elle me raconte un Noël désastreux de son enfance et parvient presque à me faire rire.

Là-dessus, nous recevons un mail de l'école nous annonçant qu'une vidéo de la crèche vivante est disponible. Steph propose que nous la regardions sur son iPad pour nous distraire.

Cela fait diversion, mais pas complètement. Car ça me rappelle Noël et sa signification. En regardant les enfants chanter en zozotant « Loin dans une crèche », je me sens devenir sentimentale. Ce qui, comme chacune sait, mène souvent à la tristesse. Et donc à l'explosion imminente d'une bonne crise de larmes avec gémissements et lamentations.

Steph, elle, semble captivée par la pièce. Quand Minnie, Harvey et George apparaissent en Rois mages, elle contemple son fils avec une telle adoration qu'on dirait qu'elle va le croquer.

— Il était formidable, je dis quand la foule d'anges remplace les Rois mages sur scène.

— Ils étaient tous formidables. Minnie était carrément géniale. On se le regarde à nouveau ?

Nous repassons l'entrée en scène de Gaspar, Melchior et Balthazar. Cette fois, Steph se fixe sur les détails.

— Attends ! Attends une seconde !

Elle appuie sur « Pause » et fixe l'écran avec intensité.

— Becky, tu m'avais dit que c'était un costume de rechange.

Elle me prend par surprise.

— Oui ! J'en avais un autre.

— Mais regarde ! Minnie porte une écharpe épinglée sur une robe. Alors que le costume d'Harvey est une œuvre d'art. Rien que ces sequins… Tu nous as donné celui que tu destinais à Minnie, n'est-ce pas ?

— Mais non. De toute façon, on s'en fiche. L'important, ce n'est pas le costume, c'est cette adorable Nativité. Continuons à regarder.

Mais pas sûr que Steph m'écoute.

— Ce jour-là, j'étais une vraie flaque, marmonne-t-elle comme pour elle. Je n'ai même pas percuté… Pourquoi tu transportais un costume de rechange dans un sac ? Ça n'avait pas de sens. Ce que je suis bête ! Minnie aurait dû jouer dans ce costume.

Comme si elle lisait dans nos esprits, Minnie interrompt son jeu et s'approche de l'iPad en montrant du doigt l'image arrêtée d'Harvey.

— Mon costuuuume ! On l'a donné à Harvey.

Franchement ! Rappelez-moi de ne jamais essayer d'échapper à des nazis avec Minnie dans les parages.

Je croise le regard de Steph et hausse les épaules avec un air contrit.

— C'est très gentil à toi, Minnie, dit Steph. Harvey et moi, on te dit un grand merci. Parce que ta maman a travaillé dur sur ce costume. Elle l'a cousu pour toi.

Minnie réfléchit un instant avant de secouer la tête et de déclarer :

— Maman a mis des épingles. Elle m'a piquée. J'ai crié « *Aïe !* ».

— Aïe, répète Harvey en signe de solidarité.

— Aïe ! L'épingle pique, crie Minnie ravie en menaçant Harvey de son doigt. Pique ! Pique !

Ma fille est une telle tragédienne. Je l'ai vaguement effleurée un jour avec une aiguille en lui essayant un vêtement. *Effleurée* !

Les enfants se poursuivent en hurlant « Pique ! Pique ! » jusqu'au salon. Steph pousse un long soupir.

— Becky, je ne sais pas quoi te dire.

Ses yeux sont remplis de larmes. Non ! Non ! Si elle s'effondre, moi, je m'écroule totalement.

— Ce n'est pas grand-chose ! Laisse tomber !

— Au contraire. C'est l'une des choses les plus généreuses qu'on ait jamais faites pour moi.

Je regarde fixement par la fenêtre pour ne pas flancher.

— Oui… eh bien, n'importe qui aurait fait pareil.

— En tout cas, tu ne mérites pas ça, Becky. Tu ne mérites pas d'être *lâchée* de cette façon.

Son téléphone bipe et elle jette un coup d'œil sur l'écran.

— Oh ! Ma famille vient d'arriver. Plus tôt que prévu. Ils sont devant ma porte. Mais je ne veux pas te laisser.

— Vas-y, je t'en prie. Allez ! Passez un joyeux Noël !

— Il n'y a personne que tu pourrais appeler ? Comme…

Elle ne finit pas sa phrase. Je sais ce qu'elle pense. Qui pourrais-je appeler ? Mes meilleurs amis et ma famille ? Malgré l'onde de tristesse qui m'envahit, je m'oblige à sourire.

— Pas de problème. Luke doit rentrer bientôt. Steph, va vite retrouver les tiens. Profite de leur présence.

Sur un dernier regard angoissé, elle se lève et va récupérer son fils.

— Granny est à la maison, Harvey ! s'exclame-t-elle avec entrain. On rentre.

Après les dernières embrassades, ils s'en vont. Je me retrouve seule avec Minnie à attendre Luke. Je lance le dessin animé *Le Bonhomme de neige* et m'affale sur le canapé avec poupinette en espérant me détendre. Mais ni mon cœur ni ma tête ne sont à la fête.

Je me rends compte que le livre de Minnie, *Le Grincheux qui voulait gâcher Noël*, traîne par terre. En le ramassant, j'entends encore la voix de Luke me dire : « Peu importe ce que le Grincheux vole, Noël demeure Noël. » Je le feuillette pour arriver au passage où les personnages se tiennent par la main et chantent. Cette page représente le bonheur d'être ensemble. Elle résume l'esprit de Noël. Je la contemple jusqu'au moment où les illustrations se voilent, où les mots dansent et où ma tête devient lourde.

J'ai les cadeaux, les décorations et même la dinde vegan. Mais me manquent la famille et les amis avec lesquels les partager. L'esprit de Noël n'est plus là.

Je ne peux plus feindre. Je baisse la tête et, penchée en avant, je sanglote silencieusement pour que Minnie ne se doute de rien.

Comment mon premier Noël à la maison peut-il tourner à un tel fiasco ? À quel moment me suis-je trompée ?

Mes épaules se soulèvent, mon nez coule, mes yeux sont fermés… Quand la voix de Luke me parvient, c'est comme dans un rêve.

Il m'enlace.

— Becky ? Que se passe-t-il ?

— Bonsoir, je dis en essuyant mes larmes. Tout va bien. C'est seulement… Euh… Tout le monde se défile pour demain. Je suis un peu déçue mais je vais me reprendre.

— Comment ça, « tout le monde se défile » ?

— Ils se sont décommandés.

— Qui ?

— Tout le monde, je te dis. Maman et papa, Janice, Suze… Jess…

Luke semble incapable de sortir un mot. Puis, sur le ton neutre de parent que nous prenons parfois devant Minnie, il me demande :

— Tu peux venir une seconde dans la cuisine ?

Je le suis et nous fermons la porte.

— Bordel, c'est quoi, cette histoire ? éructe Luke. Commence par le début.

— Eh bien, Jess a été la première à m'envoyer un message disant qu'elle ne viendrait pas, pour des raisons personnelles. Ensuite, maman m'a annoncé que papa et elle avaient attrapé un virus et qu'ils annulaient. Dans son SMS, Janice explique qu'elle préfère passer une journée tranquille avec Martin. Quant à Suze, elle va finalement avec Tarkie et les enfants chez leur oncle Rufus.

— C'est à peine croyable, commente Luke calmement. À peine *croyable* !

Il est tout pâle. C'est rare de le voir aussi livide.

— On ne se décommande pas le 24 décembre pour le lendemain. C'est d'un grossier !

— S'ils n'ont pas envie de venir, on ne peut pas les forcer, je dis misérablement.

— Putain ! Ils nous doivent au moins une explication. Je n'accepte pas ce comportement, Becky. Tu t'es donné un mal de chien pour préparer ce Noël. Ils n'ont *pas le droit* de te traiter de cette manière.

— Tu m'as aidée aussi, je déclare pour me montrer juste.

Luke secoue la tête.

— Non, par rapport à toi, je n'ai rien fait. C'est ta fête. Tu l'as créée. Tu t'y es dévouée. Tu ne mérites *pas* ça.

Il attrape son téléphone et compose un numéro. Au bout d'un instant, il fronce les sourcils.

— Je tombe sur la messagerie, annonce-t-il. Bonjour, Jane. Luke à l'appareil. J'aimerais que vous me rappeliez. Merci.

Il laisse le même message à Suze, Janice et Jess, avant de ranger son téléphone, le visage tendu. Soudain, la cuisine me paraît terne. Sans le moindre éclat de Noël. Quant à moi, je suis vidée.

— Becky chérie, tu veux un verre de quelque chose ? Une tasse de café ?

— Non merci.

En mettant en marche la bouilloire, il remarque la boîte en carton qui sert de couvercle à la dinde. Il la soulève pour se trouver nez à nez avec le volatile en beignets et pâte à modeler.

— Bon sang ! Qu'est-ce que c'est que ce machin ?

— Une dinde vegan. Elle s'appelle Peppa Pig.

— Ah d'accord !

Il essaye d'abord de traiter l'information puis renonce et repose le couvercle.

— Redis-moi comment les choses se sont déroulées, propose-t-il en remuant son café.

— J'ai parlé à Suze et à maman. Suze avait l'air bizarre. Genre fuyante. Pas du tout comme d'habitude. Il y a un truc, je le sens. Ce n'est pas de la paranoïa, mais il s'est produit quelque chose. Les coups de fil et messages se sont succédé à dix minutes d'intervalle. On aurait dit une… frappe coordonnée.

Luke regarde ailleurs en respirant lentement. Maintenant que sa rage s'est calmée, il réfléchit avec une expression soucieuse.

— Mais pourquoi voudraient-ils tous annuler Noël ?

— Je n'en sais rien. Ce n'est pourtant pas faute d'avoir repassé les événements dans ma tête. Est-ce à cause de Flo ? À cause d'une autre dispute ? Communiquent-elles sur un groupe WhatsApp secret ? J'ai le sentiment d'être tenue à l'écart, d'ignorer un fait connu de tous et toutes.

Luke ne pipe pas. Puis tout d'un coup il demande :

— OK ! Qui est la personne la plus franche de ta famille ?

— Sans hésitation : Jess.

— Parfait. On va questionner Jess.

Une fois encore, il tombe sur la messagerie.

— Elle a un numéro fixe ?

— Celui de papa et maman à Oxshott.

Il compose le numéro et tend l'oreille.

— La ligne est occupée. Elle est chez elle.

Il sort de la cuisine et appelle Minnie.

— Poupinette, mets tes chaussures et ton manteau.

Et à mon intention :

— On va immédiatement cuisiner ta sœur. Et nous ne repartirons que lorsqu'elle nous aura craché le morceau.

Une demi-heure après, nous sommes à Oxshott. En approchant de la maison, mon estomac fait des bonds. Je m'attends au pire. Mais, au fait, à quoi peut ressembler le pire ?

Ils vont célébrer Noël ensemble, mais sans nous, parce que, soudainement, ils se sont mis à nous détester. Non, ils nous ont toujours détestés. Notre vie entière n'a été qu'un simulacre et une imposture. Mais non, c'est ridicule. Je ne suis quand même pas dingue à ce point !

Nous sortons de la voiture sans parler. Luke appuie sur le bouton de la sonnette. J'en suis presque à souhaiter que personne ne réponde. Mais, au bout d'un instant, la porte s'ouvre sur Jess.

— Bonjour, fait-elle en nous dévisageant tour à tour. Je ne m'attendais pas à vous voir ici.

— Eh bien, rétorque Luke, nous ne nous attendions pas à ce que nos invités se décommandent pour Noël ! Pouvons-nous entrer, s'il te plaît ?

Acquiesçant en silence, Jess nous emmène dans le salon.

La pièce n'a pas changé d'un iota. On ne devine la présence de Jess qu'à travers quelques livres de géologie posés sur la table basse, un tapis de gym roulé dans un coin et deux énormes haltères. Nous nous asseyons. Je mets sur ma tablette la suite du *Bonhomme de neige* pour Minnie. Et Luke me regarde comme pour m'encourager à prendre la parole.

— Jess, je respecte tout à fait les raisons personnelles qui t'empêchent de passer Noël avec nous. Mais nous trouvons très étrange que tout le monde se soit décommandé en même temps. Drôle de coïncidence, vraiment ! Sans parler de la peine que nous éprouvons. Nous voulons connaître la raison de cette annulation de groupe.

Jess me dévisage comme pour lire dans mes pensées.

— Tu es contrariée, observe-t-elle.

— Évidemment, je suis contrariée.

— Tu n'es pas soulagée ?

— Soulagée ? Ma fête de Noël part en sucette. Pourquoi serais-je soulagée ?

Il y a un autre long silence pendant lequel le regard de Jess passe de moi à Luke comme si elle s'exerçait à une sorte d'algorithme mental. Puis, avec une grimace, elle lance :

— Luke, les choses ont mal tourné. Il faut que tu t'exprimes. Dis à Becky ce que tu as fait. Sois honnête.

Luke ? Luke ?

— Je ne sais pas de quoi tu parles, Jess, réplique l'accusé. Qu'est-ce que j'ai fait ?

— Ton mail.

— Quel mail ?

— Ton mail à Suze. Elle nous l'a fait suivre. Nous l'avons tous eu.

— Mais quel mail à Suze ? Je ne saisis pas. Je n'ai envoyé aucun mail. J'étais en voyage et je suis rentré pour trouver Becky complètement bouleversée. C'est tout ce que je sais. Maintenant, explique-toi.

Troisième silence. Troisième va-et-vient du regard de Jess. Puis elle prend son téléphone, fait défiler ses mails et le passe à Luke.

— Tu n'as pas écrit ce mail ?

Les yeux de mon mari sont sur le point de jaillir de leurs orbites.

— Lukebrandonwork@LBC.com. Pour commencer, ce n'est pas mon adresse. Quel bordel insensé !

Au lieu de regarder l'adresse, je déchiffre fiévreusement le texte.

Chère Suze,

Je ne sais pas comment te présenter cette requête, mais je te demande de te décommander pour Noël avec autant de tact que possible. Trouve, s'il te plaît, une excuse, n'importe laquelle. Becky est exténuée, dans un état lamentable et redoute le jour J. Nous avions décidé de passer un Noël tranquille à trois jusqu'au moment où vous vous êtes tous invités à la maison. Avec toutes les exigences des uns et des autres et ces incessants messages sur WhatsApp, Becky est tellement stressée que je me fais du souci. Clairement, elle n'en peut plus. Elle est en permanence au bord des larmes et vous en veut énormément.

C'est ce que ma famille et mes amis pensent ?

— Jess, je t'assure : je n'en veux à personne. Et je ne suis pas épuisée. Cette personne décrite n'est pas moi…

— Je ne suis pas l'auteur de cette merde ! explose Luke. C'est n'importe quoi…

Je lis jusqu'à la fin :

Surtout, je t'en prie, NE contacte PAS Becky. Ne lui dis pas que je t'ai envoyé un mail. Tu la connais : elle est fière et récusera tout au risque de mettre en péril sa santé. Il faut absolument me croire, Suze : nous devons annuler discrètement le déjeuner de Noël, pour Becky. Je te confie l'affaire.

Je t'embrasse,

Luke

Le cœur battant à toute allure, je fixe les mots. Quelque chose me turlupine. Un détail, une phrase… J'y suis. *Il faut absolument me croire… Il faut absolument me croire…*

J'ai trouvé !

— C'est Nadine ! Nadine a envoyé ce mail.

— Nadine, s'étonne Luke. *Nadine* ?

— Ce n'est pas votre nouvelle amie ? s'enquiert Jess, interloquée.

— Au contraire, c'est notre ennemie. Elle nous hait. Et tu vois, Luke, elle était au courant. Elle savait comment nous atteindre. Nous avons parlé de Noël, tu te souviens ? Je lui ai raconté que j'étais stressée. Que tout le monde s'était invité. Que je croulais sous les WhatsApp. « Il faut absolument me croire » : c'est son expression. En plus, elle est dans l'informatique. C'est elle. Tu as vu la façon dont elle nous a regardés en partant. Elle était prête à se venger salement.

— Bon Dieu ! s'exclame Luke.

Je me rappelle soudain la voix sirupeuse de Nadine, le soir du verre au cottage. *Tu passeras ton Noël avec ta famille et tes amis, Becky.*

Elle savait qu'à mes yeux c'était le présent le plus précieux. Elle a essayé de me le voler. Nous l'avons sous-estimée.

— Elle est pire que le Grincheux, je dis. Le Grincheux pique les cadeaux. Elle s'empare des *gens*.

— Nous n'aurions pas dû nous laisser avoir, gémit Jess. Becky, je suis vraiment désolée…

Le chagrin me rend hargneuse.

— Alors comment ça s'est déroulé ? Vous avez lu le mail et opté pour l'annulation dans la foulée ?

— Pas du tout ! Nous en avons discuté pendant des jours. Et, pour finir, nous avons décidé de nous retirer sous différents prétextes pour ne pas te mettre la puce à l'oreille.

— Vous avez sans doute décrété qu'il fallait éviter de contacter Becky tout de suite, constate sèchement Luke. Par peur de vendre la mèche.

D'une voix plaintive, je continue à bombarder Jess de questions.

— Mais comment se fait-il que vous ayez *cru* à ça ?

— Ça semblait… assez plausible. Ces derniers temps, tu nous avais semblé stressée. À l'anniversaire de Minnie, tu étais très agitée. Et d'après Suze, tu racontais des histoires de poisson emballé dans une couette…

— J'étais agitée à l'anniversaire à cause de l'horrible Flo, je réplique. J'avais raté le gâteau, Nadine a essayé de piéger Luke sur le perron. *Voilà* pourquoi. Et le poisson dans la couette est facilement explicable.

Et puis même si j'étais énervée, je dis en récupérant de l'énergie, quoi de plus *normal* en période de fêtes ? Ce n'est pas une raison pour *refuser* une invitation le jour de Noël. Personne n'a tenté de joindre Luke ?

— Mais si ! Suze a essayé. Sans succès.

— Nadine savait que je voyageais pour affaires, rappelle-t-il.

— Suze t'a pourtant laissé un message, ajoute Jess.

Je me raidis.

— Un message ? Quel message ? Tu as eu un message ?

Vague lueur de compréhension sur le visage de Luke.

— Ah oui… C'est possible. Mais comme il commençait par « Luke, à propos de Noël », j'ai pensé que je pouvais attendre mon retour pour le consulter.

Ma première réaction est de lancer : « Donc tout ça, c'est ta faute ! » Mais je me raisonne. Il n'est pas responsable. Pas plus que Suze ou les autres. Jess et Luke me dévisagent longuement. Je frissonne sous leurs regards inquiets.

— Quand vos annulations sont arrivées en cascade, je ne savais pas quoi penser.

Jess s'approche de moi et pose une main sur mon épaule.

— Nous ne savions pas nous-mêmes quoi penser, dit-elle. Si ça peut te consoler, on culpabilisait. Tiens, jette un coup d'œil sur ce groupe de discussion WhatsApp.

COMMENT VA BECKY ? je lis. Ah, j'avais deviné ! Je n'étais pas parano. Il *existe* bien un groupe secret sur WhatsApp. Je fais défiler les messages. Et, surprise, surprise ! On est loin de ce que j'imaginais.

Janice
Tout est ma faute. Je n'aurais jamais dû amener Flo chez Becky. Je m'en veux terriblement.

Jane
C'est ma faute à moi, ma chère Janice. Nous n'aurions jamais dû déménager à Shoreditch.

Janice
Et mon idée de pinata ! Quelle erreur d'exiger des trucs aussi peu raisonnables !

Suze
Nous avons mis trop de pression sur Becky. Nous faire inviter à cinq n'était pas très malin : je viens de m'en rendre compte.

Jane
Ça me revient maintenant, quand j'ai demandé à Becky de recevoir à ma place, l'idée lui a paru terrifiante. Elle disait que l'organisation de Noël lui donnerait des insomnies. Ce sont SES MOTS, ma chère Janice. « Des insomnies ».

(Je suis sûre et certaine que je n'ai pas parlé d'insomnies. Encore une invention de maman !)

Jane
Quand je pense que je n'ai pas prêté attention au STRESS DE MA PROPRE FILLE !

Janice
Ma chère Jane, ne culpabilise pas ! Nous sommes tous fautifs.

Je relève la tête.

— Jess, cette histoire n'a ni queue ni tête. Il faut rétablir la vérité.

Immédiatement, Jess commence à taper un message sur son téléphone.

— Becky, tu en as assez bavé. On s'occupe entre nous de rectifier les choses. Juste pour vérification… Tu nous attends toujours demain ?

— Oui. Oui. *Oui !*

Je fixe les doigts de ma sœur qui pianotent prestement sur son clavier. Que ces échanges aient eu lieu me sidère.

— Le point positif, c'est que tout le monde se reparle, je commente.

— Encore mieux : en se faisant du souci pour toi, Jane et Janice se sont rabibochées. Et Flo est complètement hors circuit, m'informe ma sœur avec un petit sourire en coin.

— Vraiment ! À quelque chose malheur est bon.

— Je fais du thé, annonce Luke. Minnie, viens m'aider. Tu peux apporter la tablette, ajoute-t-il quand elle ouvre la bouche pour protester.

— Cette Nadine est vraiment – comment dire ? – du type vindicatif.

— Elle est surtout persuadée d'avoir tous les droits. En particulier celui de mettre la main sur l'argent de Luke. En voyant qu'elle n'obtenait pas satisfaction, elle s'est octroyé le droit de nous gâcher la fête de Noël. Mais pas la peine de s'appesantir. Nous avons déjoué sa machination… Bon, ce n'est pas dramatique.

— Heureusement que vous êtes venus, se réjouit Jess avant d'étouffer un énorme bâillement en s'excusant plusieurs fois.

Prise de remords, je demande :

— Tu es fatiguée, Jess ? Tu n'es pas bien ?

Mon obsession de Noël m'a empêchée de faire vraiment attention à ma sœur. Maintenant que je l'ai sous les yeux, je la trouve en mauvaise forme. Pâle et maigre. Un peu fébrile sur les bords. Ses yeux fuyant les miens comme si elle avait de gros problèmes en tête.

— Jess, comment vas-tu *vraiment* ?

— Tu te fais toujours du souci pour moi ?

Elle a de grands cernes sous les yeux. Exactement comme Steph. Et moi, en pure égoïste, je ne me préoccupe que de ma fête alors que *ma sœur* a l'air à bout.

— Franchement, oui ! Ça ne me regarde pas, mais je viens de parler à une amie qui traverse des moments difficiles. Selon elle, tu te sens trop vulnérable pour te confier. Moi, je veux juste savoir si tu as de la peine…

— De la peine ? me coupe Jess d'une curieuse voix étranglée. Tu penses que Tom me trompe ?

Va-t-elle enfin baisser sa garde ?

— Becky, je pensais que les événements d'aujourd'hui t'auraient appris à ne *pas* te fier à des présomptions.

Elle insinue quoi, exactement ? Après une pause, elle semble lâcher du lest. Finalement, elle se lève.

— J'ai quelque chose à te montrer. Nous montons, annonce-t-elle d'une voix forte.

— Tu prévenais qui que nous montions ? je demande alors que nous sommes à mi-étage.

— Tom.

— Tom est ici ?

— Bien sûr. Je t'avais dit qu'il serait de retour pour Noël.

— C'est vrai ! Je n'ai pas oublié.

En vérité, trop de trucs tourbillonnent dans ma tête. J'ai du mal à me mettre à jour.

— Tu es futée, Becky, assène Jess une fois arrivée au sommet de l'escalier. C'est vrai, je t'ai caché quelque chose. À toi et aux autres. Nous avions tellement peur d'attirer la poisse sur nous.

Une sorte d'espoir s'insinue dans un coin de ma cervelle. Mais je ne veux pas l'énoncer, au cas où…

— De quoi tu parles ? Qu'est-ce que tu me caches, Jess ?

— Bonjour, Becky, lance Tom depuis l'embrasure de la porte. Entre, je t'en prie.

Il est bronzé et souriant. Mais des cernes ombrent ses yeux.

Oh mon Dieu ! *Se pourrait-il que… ?*

Tom m'entraîne dans la chambre d'amis. Je m'arrête net, les larmes aux yeux. Allongé sur le grand lit, un enfant aux boucles sombres est profondément endormi.

— Je te présente notre fils, Santiago. Nous sommes arrivés hier soir. Voyage interminable. Mais ça valait la fatigue.

Sans même m'en apercevoir, j'ai agrippé la main de Jess. Mes yeux sont fixés sur Santiago. Il a environ quatre ou cinq ans. Longs cils, peau dorée. Il porte un tee-shirt beige avec l'inscription *Recyclé* imprimée au dos.

— Félicitations ! Félicitations ! Je ne savais pas que c'était imminent, je dis en enlaçant les heureux parents.

L'émotion est à son comble.

— Nous non plus, explique Tom. On nous a prévenus pratiquement à la dernière minute. Et Jess a pris le premier vol pour le Chili.

— Tu as fait l'aller et retour ?

— Ben oui, acquiesce-t-elle sans s'émouvoir.

— Nous avons rempli les papiers, assisté à toutes les réunions nécessaires et avons littéralement sauté dans un avion et…

— Vous n'avez pas beaucoup dormi.

— Nous n'avons pas besoin de dormir, fait Tom en attirant Jess à lui.

Ils sont à la fois épuisés et enchantés, tout comme les parents d'un nouveau-né. Quand même, au moment où je suis entrée, j'aurais dû m'en douter. J'ai tellement d'interrogations en tête que je ne sais pas par laquelle commencer.

— Ça fait longtemps que… Depuis combien de temps… ?

— On nous a contactés il y a un moment, mais nous ignorions quand l'adoption serait finalisée. Et avant d'être sûrs, nous ne voulions pas en parler.

— De toute façon, les conférences de Jess étaient déjà programmées, reprend Tom. Nous nous sommes mis d'accord pour qu'elle aille en Angleterre pendant que je demeurerais au Chili dans l'hypothèse où l'accord définitif interviendrait avant Noël.

— Pas facile d'attendre sans s'énerver, commente Jess.

C'est la raison de son comportement étrange. Je n'avais rien percuté. Comme l'imbécile que je suis.

Mais j'ai aussi des reproches à faire à Suze. Elle m'a beaucoup poussée sur la piste des shorts kaki.

— Jess, excuse-moi. Je me suis trompée sur toute la ligne…

— Ce n'était pas clair, ironise Tom. Tu pensais que j'avais une histoire avec une fille ? Ou que Jess avait un petit ami ?

Jess lève les yeux au ciel d'une manière explicite. Genre : cette pauvre Becky avait tout faux. C'est horriblement gênant ! Vous savez pourquoi ? En partie parce que Tom et Jess ont l'air plus proches et plus amoureux que jamais. Vite, changeons de sujet.

— Janice et Martin doivent être fous de joie.

— Ils ne sont pas encore au courant. Ils sont partis de bonne heure ce matin et nous ne voulons pas le leur dire par téléphone. Alors voilà, Becky, tu es la première à faire la connaissance de Santiago.

— La *première* ? je dis, la gorge serrée par l'émotion. Oh, je suis très honorée.

Impossible de résister : je caresse une boucle des cheveux du petit garçon, tout doucement pour ne pas le réveiller.

— Bienvenue, Santiago, je murmure.

— Il n'entend pas, m'informe Jess. Il est profondément sourd.

— Je vois. Eh bien, nous allons tous apprendre le langage des signes. Nous le lui enseignerons. Nous ferons tout ce qu'il faudra pour lui. Vous me direz ce dont il a besoin.

Décidément, la vie en réserve, des surprises. Il y a une demi-heure, j'ignorais l'existence de Santiago.

Et maintenant, je suis déterminée à tout entreprendre afin de lui faciliter l'existence.

— Quel bonheur ! Je suis si heureuse pour vous. Juste à temps pour Noël. C'est encore plus merveilleux.

— Pas d'accord, me recadre Jess. N'importe quel jour de l'année aurait été tout aussi merveilleux.

Je me mords les lèvres pour ne pas rire. Typique de ma sœur, ce genre de remarque. Elle a raison, c'est vrai. Mais moi aussi, j'ai un peu raison.

WhatsApp
Groupe SUZE ET BEX

Suze
Bex ! Je suis une NULLITÉ !!! Baisers

Suze
Comment ai-je pu gober ce mail ?

Suze
Jamais plus je ne croirai à ce qui est écrit dans un mail. FINI ! TERMINÉ !

Suze
On croyait que tu faisais une dépression !!!

Suze
Nadine est un MONSTRE.

Suze
Ne me dis pas que vous étiez partis pour un plan à quatre avec elle !

Suze
À propos de la partouze, tu peux me dire la vérité, tu sais. Je ne te jugerai pas.

21

Plus tard. En arrivant à Letherby, je me sens vidée. Physiquement et affectivement. J'ai échangé des WhatsApp avec Suze tout le long du trajet. Oui, je lui pardonne de tout mon cœur ! Oui, la fête de Noël aura bien lieu chez nous. Non, il n'y a pas eu de partouze. Oui, le cas échéant, je lui aurais tout raconté.

— Poupinette, je dois faire un achat de dernière minute pour maman, dit Luke dès que nous arrivons à la maison. Nous allons ressortir toi et moi, pendant que maman va se détendre en regardant un film de Noël. Ça te va, Becky chérie ?

— Divin !

Une fois dans le salon, j'inspecte les décorations de fête, les lumières, les cadeaux éparpillés sous l'arbre. Pour la première fois depuis des siècles, je me sens en paix avec moi-même. Le Noël annulé est maintenu. Tout est arrangé. Je peux enfin me relaxer, les pieds en l'air. Bon ! Où ai-je posé la télécommande ? Je regarde autour de moi et, tout d'un coup, un éclair gris passe dans mon champ de vision.

Quoi ?

Non !

L'éclair gris trottine en vitesse devant moi. Impossible de se méprendre ! La terreur me paralyse. Une souris. Une *souris* en chair et en os. *Dans notre maison ?* Le 24 décembre ?

Folle de rage, je m'adresse à elle :

— Tu n'as pas lu le mémo ? Défense de s'agiter ! L'interdiction est aussi valable pour les *souris*. Argh !

Je pousse un cri quand la bestiole passe à quelques centimètres de mon pied. En fait, j'ai très peur des souris.

Quand Minnie déboule, je suis doublement paniquée. Ce serait le comble qu'elle raconte à toute l'école que nous avons des souris chez nous. Trop tard ! Elle l'a vue. Et elle crie de joie.

— Maman, tu vois ? Quand j'aurai ma ninette y aura plus de souris !

C'est quoi, cette histoire ?

La souris revient près de mon pied. Je résiste à l'envie de hurler. Oui, parce que hurler à la vue d'une souris est contraire aux règles féministes.

Minnie court derrière la bestiole en chantant à tue-tête.

— Tu vas voir, souris ! Tu vas voir ! Le papa Noël va m'apporter une ninette et elle te laissera pas rentrer !

Alors que la souris affolée repart dans l'autre sens, Minnie tend les bras comme pour l'attraper. Pendant ce temps, incapable de bouger, je me souviens peu à peu de ses mots.

« Ninette ». J'avais cru qu'elle parlait d'une dînette, mais en fait, elle voulait dire « minette », un petit chat, pendant tout ce temps, avec constance, sans jamais changer d'avis. Une *minette*.

La vérité m'apparaît dans toute son horreur. Nous sommes le 24 décembre. Les boutiques sont sur le point de fermer. Et je découvre à l'instant le cadeau dont rêve ma fille. Au hit-parade des cauchemars de Noël, celui-là vient largement en tête. Pire : il se réalise. Sans m'énerver, je vais dans l'entrée et pousse sans ménagement Luke dans le placard à manteaux.

— Luke. C'est la cata ! Minnie veut un chaton pour Noël.

— Un chaton ? Mais je croyais...

— Oui. D'accord. Écoute, on n'a pas le temps. Pendant que tu l'emmènes, je fais un saut en vitesse pour dénicher une de ces petites bêtes. Un de ces jours, il va falloir qu'on corrige sérieusement son parler de bébé.

— Un chaton ? Oh merde alors ! En même temps, c'est assez drôle.

— Je ne trouve pas ! Nous n'avons pas de minette. Tu ne m'en aurais pas offert une, par hasard ?

Je suis tout à coup pleine d'espoir car, un jour, pour blaguer, Luke a menacé de m'acheter un chat et de le baptiser Ermintrude. Ça aurait pu faire l'affaire !

— Non, dommage ! Allez, Becky, *relaxe*. Les boutiques sont encore ouvertes. Il y a une animalerie sur Ellerton Road.

— OK. J'y cours. Et s'ils n'en ont pas ?

— Ne t'inquiète pas. Toutes les animaleries vendent des chatons. Tu préfères que j'y aille ?

— Non, toi, tu emmènes Minnie. Moi, je pars tout de suite.

— Habillée en madame Noël ? s'enquiert Luke.

— Et *maintenant* tu t'intéresses à mes fringues ? Désolée, ce n'est pas la priorité, mon cher mari.

J'attrape mon téléphone, mon sac et je m'envole vers ma voiture. Une minette ! Une minette ! C'est le bouquet !

En chemin, mon calme disparaît. Comment est-il possible que je me retrouve à faire du shopping en catastrophe ? J'ai commencé mes courses de Noël de bonne heure. J'étais hyper *organisée*. J'ai acheté le cadeau de Minnie en premier. En premier, quand même ! Et me voilà dans la panique totale. Exactement ce que je m'étais juré d'éviter *à tout prix*.

Je me gare, pique un sprint et stoppe net devant la devanture de l'animalerie. Fermée. *Bouclée*. C'est dingue ! Pourquoi fermer une animalerie à la veille de Noël ? Et les achats de bestioles de dernière minute, alors ?

Je cogne à la porte tout en sachant que c'est inutile. Je repars en marmonnant toute seule. En me croisant, une vieille dame qui pousse un caddie me dévisage avec curiosité.

— Il y a une animalerie à Bickersly. Sur Woodford Street. Vous devriez essayer.

— Merci du renseignement !

Où se trouve ce Bickersly ? Aucune idée. Mais je vais mettre le GPS. Je suis un itinéraire compliqué à travers plusieurs villages inconnus pour me retrouver finalement dans une rue secondaire où s'alignent trois magasins. Chez Pete's Pets, les lumières brillent encore. Merci, là-haut !

En me précipitant à l'intérieur, je suis prise d'un doute. La seule animalerie où j'ai mis les pieds, un jour avec Suze, occupait un immense espace impeccable en plan ouvert. Dans celle-ci, je suis accueillie par un gars couvert de tatouages. Le genre qui élève des rongeurs pour des rituels sataniques. Je délire encore ! De toute façon, je n'ai pas le choix. Alors, je souris.

— Bonsoir, madame Noël, dit le tatoué avec un rictus, en inspectant mon costume.

— Bonsoir, j'aimerais…

— Faites vite ! Nous fermons bientôt.

— Pas de problème. Je voudrais une petite chatte. Une boîte de transport. De la nourriture adéquate. Et tout ce qu'il lui faut.

— Parfait. Quel genre de chatte ?

— Ben… une chatte, quoi !

J'ai droit à un drôle de regard. Après quoi, il m'emmène devant une rangée de chatons dans des cages individuelles, qui se tortillent, mâchonnent des croquettes et se livrent à toutes sortes d'activités de chatons.

— Faites votre choix !

— D'accord ! je réponds, en m'obligeant à montrer un enthousiasme que je ne ressens pas.

Parce que, au fond, ces petites créatures sont des boules de poils munies de griffes. Je vais introduire ça chez moi. Oui, mais Minnie va l'adorer. C'est le but de l'opération. Concentre-toi !

Quelle couleur va-t-elle préférer ? Luke pourrait peut-être lui demander avec subtilité. Je sors mon téléphone. Aucune barre ne s'affiche. Merde !

— Oui, le réseau est pourri par ici, m'informe le gars. Alors, vous vous décidez pour laquelle ?

Je les examine en essayant de les voir avec les yeux de Minnie.

— Peut-être celle couleur cannelle.

— C'est une petite persane. Vous voulez la voir de plus près ?

Quand il la met sous mon nez, je m'efforce d'oublier les futurs dégâts qu'elle fera et de la trouver mignonne.

— C'est la première fois que vous adoptez un chaton ?

— Euh… oui. Mais je vais suivre toutes les directives, je m'empresse de répondre. Je prendrai bien soin d'elle. Promis !

Il me fait signe de toucher la créature. Je m'exécute avec prudence. Elle est douce, mais bizarre avec son nez tout écrasé, et elle a des petites griffes vraiment pointues.

— Aaaah ! je m'exclame, tandis que la chatte m'échappe des mains et se met à cavaler sur la table.

— Ne la laissez pas filer, s'énerve le gars qui finalement la récupère.

— Je ne l'ai pas fait exprès. J'ai été surprise.

— Si vous avez des réticences, ne l'achetez pas !

Est-il en train de me dire que je n'entre pas dans la case des propriétaires de chatons ? Que j'ai raté l'examen de passage ?

— Mais non, aucune réticence. Juré !

— Bon, je récapitule. Chaton, boîte, nourriture. Vous avez besoin d'accessoires ?

Des accessoires ? Enfin une proposition amusante.

J'inspecte avec entrain l'étagère d'objets divers et variés. J'ignorais que les chats avaient autant d'équipements à leur disposition. Je choisis une litière super décorée, un arbre à grimper, une balle qui couine. J'hésite devant le coussin en forme de poisson quand une pensée horrible m'assaille : ma commande du supermarché. Ma dinde ! Pitié ! Dans mon agitation, j'ai oublié. Le livreur va arriver dans une demi-heure. Je dois rentrer. Sur les chapeaux de roues !

— C'est bon. J'ai fini, j'annonce.

Je paye, fais plusieurs allers et retours pour déposer mes achats dans la voiture. Ça prend pas mal de place, tout ça. La dernière chose à emporter est la chatte. Au moment de soulever la boîte, je pense à prendre une photo pour l'envoyer à Luke. Ce sera une bonne façon de faire connaissance avec elle. Je m'agenouille et j'attrape aussi fermement que je peux la petite bestiole qui gigote. Elle est vraiment jolie, en fait, avec son nez minuscule. On va lui trouver un nom sympa.

Je prends la photo et la remets avec précaution dans sa boîte.

— Va te faire voir ! vocifère le tatoué dans son téléphone fixe.

Surprise, je sursaute et du même coup, pendant une nanoseconde, je relâche mon emprise. La chatte me glisse entre les doigts et part à fond de train sur le sol. Elle stoppe et me regarde comme pour dire : « Ah ! Ah ! Je t'ai bien eue ! » (D'accord ! D'accord ! C'est sans doute le fruit de mon imagination.)

Que faire ? Je ne peux décemment pas admettre que j'ai encore laissé filer ce chaton. Le gars va me juger inapte et refuser de me la vendre. Je dois la rattraper moi-même. J'essaye mais elle me file entre les doigts. Je tente une prise plus énergique, mais elle décampe aussi sec par une petite porte de côté.

Merde !

En rampant, sans faire de bruit, je suis sa trace. Et me retrouve dans une petite pièce mal éclairée. Je ferme vite la porte et poursuis ma recherche. L'endroit est exigu. Ça ne devrait pas être trop difficile de retrouver cette foutue minette.

Pas un grattement. J'allume la torche de mon téléphone et je balaie la pièce à la recherche de deux petits yeux brillants. Rien.

À ma droite se trouve une boîte de croquettes pour bébés chats. Soudain, une inspiration : j'ouvre la boîte (je l'achèterai plus tard) pour découvrir des petites billes marron à l'odeur prégnante. Probablement du caviar pour chats !

À côté, il y a un grand carton vide. Je le tourne sur le côté et verse à l'intérieur une bonne dose de friandises. Puis je me mets à l'affût, prête à fondre comme l'éclair et piéger l'animal. J'ai l'impression de faire partie de l'équipe de tournage de David Attenborough, grand spécialiste des documentaires animaliers, quand ils attendent pour filmer le lion au bord de sa mare.

Rectification : ces équipes attendent pendant des semaines.

Non, je me trompe sûrement ! Il est probable que le lion assoiffé mette moins de cinq minutes pour arriver au plan d'eau.

Quelques intolérables minutes s'écoulent. À force de rester accroupie, j'ai des fourmis dans les jambes. Mais je n'ose pas changer de position. Les équipes de David Attenborough ne se plaignent jamais, même quand des stalactites se forment au bout de leur nez gelé. Alors défense de geindre !

Cela étant, je suis inconsolable. Comment les choses ont-elles pu ainsi tourner au désastre ? C'était censé être une fête bien *organisée*. Un moment de joie et d'*harmonie*. Pas un Noël où l'hôtesse, à croupetons dans un réduit obscur, attend qu'un chaton ait faim.

Et si c'était une idée idiote ? Je devrais peut-être dire toute la vérité au gars de l'animalerie ? Un petit bruit se fait entendre. Je me raidis. Dans l'obscurité, deux petits yeux brillants me scrutent. Ouiiii ! Mon stratagème fonctionne.

Quand le chaton s'approche de la nourriture, je dois m'empêcher de sauter de joie. J'y suis parvenue ! Je suis la femme qui chuchotait à l'oreille des minettes. Je n'ai plus qu'à…

Minute !

Ce n'est pas *ma* minette. Ce chaton-ci est différent. Roux aussi, mais plus tigré. Il a dû sentir les croquettes et rappliquer dans la réserve.

Et maintenant ? Je réfléchis en observant l'animal qui attrape la nourriture entre ses minuscules dents (c'est très mignon, en fait !). Je fais quoi ? Je coince celui-là ? Mais non. Je veux le *mien*, couleur cannelle et nez écrasé. Où est passé le *mien* ?

Soudain, un autre chaton s'amène. Tout blanc. Combien de foutus chatons se cachent dans la réserve ?

Je suis tentée d'aller prévenir le type de l'animalerie qu'il croule sous les bébés. Mais je m'abstiens. Car si ces deux-là ont été appâtés par les croquettes, peut-être que…

Nouveau léger bruit sur le sol en pierre. Je suis aux aguets, sans bouger une oreille. Oui ! C'est la petite persane qui rejoint ses copains. Elle approche prudemment et s'arrête.

Je l'encourage mentalement : « Vas-y. Avance-toi. Régale-toi. Tu en as envie. »

Elle marque une pause. Je la fixe, mobilisant toute la force de mon pouvoir psychique. « Avance ! Avance ! »

Au bout d'une ou deux minutes, elle se remet en marche. Encore un centimètre. Un autre. Oui ! Elle est dans la boîte. D'un mouvement fluide, j'incline le carton de manière à renverser les trois chatons et leurs croquettes vers le fond. Les voilà proprement attrapés.

J'ai les jambes qui flageolent et le cœur qui bat à toute allure, mais la mission est accomplie. J'ai récupéré ma chatte. Et j'ai encore le temps de rentrer à la maison avant la livraison de la dinde. Tout est bien qui finit bien. Avec un bonus : non seulement je tiens l'animal, mais j'ai *également* une histoire à raconter à Luke. (Toujours regarder le côté positif des choses : telle est ma devise.)

— J'ai vos bébés chats, j'annonce en sortant de la réserve, la boîte en main.

L'endroit est plongé dans le noir. Et parfaitement désert.

Stupéfaite, je regarde autour de moi. La caisse est débranchée. Le panneau *Fermé* est accroché sur la porte. La grille descendue devant la vitrine. Le magasin est *verrouillé*. Il l'a *bouclé* ? Avec moi *à l'intérieur* ?

Les pensées commencent à me tomber dessus comme une pluie de missiles. La dinde sera à la maison dans un quart d'heure. S'il ne trouve personne, le livreur va la remporter. Mais comment sortir d'ici ? Appeler quelqu'un ? Il n'y a pas de réseau.

J'allume les plafonniers et me précipite vers la caisse pour téléphoner avec l'appareil fixe que le tatoué utilisait tout à l'heure. Il n'est plus sur le comptoir. Ni nulle part ailleurs. *Où a disparu ce putain de téléphone ?* J'essaye les tiroirs. Ils sont fermés à clé.

Je tambourine sur la porte en hurlant : « Au secours ! Au secours ! Sortez-moi de là ! » Mais la rue semble déserte. Après cinq longues minutes de coups et de cris, je n'ai plus de voix. Personne n'est apparu. Personne ne m'a délivrée.

D'autres pensées encore plus sinistres me traversent. Et si personne ne passe à proximité du magasin ? Si personne ne me voit ? Luke ne sait pas où je suis. Je peux rester piégée ici jusqu'à demain et plus. Je peux manquer la fête de Noël, enfermée dans un magasin avec des animaux pour seule compagnie.

Prise de vertige, je regarde la rue vide et je me dis que mon affirmation d'il y a quelques heures était archifausse. Le cauchemar de Noël numéro 1, je le vis maintenant. J'y suis même plongée jusqu'au cou.

17 heures. Puis 17 h 30. 18 heures. Dehors, il fait sombre. Il n'y a pas eu un seul passant. Je suis prête à me résigner à mon destin cauchemardesque (si j'avais su que je resterais coincée dans une boutique pendant les fêtes, j'aurais choisi une boutique de *mode*).

Je trace des lignes sur ma main avec un marqueur – cinq toutes les trente minutes. Parce qu'il faut garder le moral. Il faut s'inventer une structure, sinon on risque la folie. J'ai vu *Seul au monde* avec Tom Hanks, alors je sais comment ça peut tourner. Pas question de terminer en dessinant des visages sur des balles pour chiens.

J'ai soigneusement établi une liste des provisions disponibles. Heureusement, un réservoir d'eau réfrigérée destiné aux clients occupe un coin du magasin. Je peux me nourrir de graines de tournesol et, en cas de rupture de stock, me rabattre sur la nourriture pour gerbilles. Et si je dois me rationner, je le ferai.

D'une certaine manière, les animaux, grâce à leur esprit de camaraderie, m'aident à ne pas déprimer. Je suis devenue amie avec tous – même les hamsters et les poissons. Quand tout sera fini, on aura tissé des liens pour la vie.

Toutes les cinq minutes, je vais marteler la porte en criant pour ensuite m'affaisser, de plus en plus démoralisée. Cette rue est morte de chez morte. Les gens doivent tous être chez eux, confortablement installés devant *Noël chez les Muppets*. Ils doivent chanter avec Kermit et Miss Piggy : voilà pourquoi ils ne m'entendent pas.

La gorge serrée, j'attrape une poignée de graines de tournesol que je croque misérablement. Penser à *Noël chez les Muppets* me rappelle tous les films de Noël que je pourrais être en train de regarder chez moi, blottie dans le canapé. *Elfe*. Ou *La Vie est belle*. Ou, si c'est Luke qui choisissait, *Piège de cristal*. Il prétend que c'est un film de Noël mais je ne suis pas d'accord et nous finissons toujours par nous disputer sur le sujet.

C'est le moment d'aller taper sur la porte. Je rassemble toutes mes forces, écrase mes poings contre la vitre et crie aussi fort que possible. La rue déserte ne répond pas. En ménageant une pause avant de recommencer, je réfléchis. Et, bizarrement, c'est justement *Piège de cristal* qui me vient à l'esprit.

Pourquoi ? D'habitude, je ne pense jamais à ce film. Et voilà que soudain il m'obsède.

Je vois Bruce Willis qui traverse une vitre en tirant sur six personnes à la fois. Incapable d'accepter un refus. Sûr de son bon droit et agissant en fonction.

Soudain, je saisis le message que ma cervelle m'envoie : je devrais avoir honte de mon manque de combativité. Je ne devrais pas me résigner à la situation. Ce n'est pas de *Seul au monde* que je devrais m'inspirer. Si Bruce Willis était enfermé dans une animalerie un 24 décembre au soir, il ne resterait pas assis sur ses fesses. Au contraire. Il grimperait dans le conduit d'aération, il explorerait toutes les issues possibles.

Je réagis. Pas question d'être une victime. De me comporter comme une prisonnière. De rester plantée là, à manger des graines de tournesol en guise de festin de Noël en espérant être délivrée. Les mâchoires crispées, je fixe les rongeurs en cage.

— Je vais passer Noël avec ma famille, je leur dis en imitant la voix de Bruce Willis. Et personne ne se mettra en travers de mon chemin.

Sortir de cet endroit, c'est faisable. Après tout, ce n'est qu'un magasin avec une grille métallique qui barre l'entrée principale et une porte blindée dans le fond. Ce n'est pas le moment de jouer les poules mouillées.

Je regarde en l'air : il y a une trappe dans le plafond. Ça doit mener quelque part. Pourquoi n'y ai-je pas pensé avant ?

Il me faut quelques minutes pour dénicher une perche terminée par un crochet, après quoi j'arrive à tirer une échelle de grenier escamotable. J'y grimpe pour me retrouver dans une sorte de débarras plein de tapis minables et de boîtes empilées. Y aurait-il par hasard un panneau indiquant l'issue de secours ?

Non. Pas de panneau. Mais un genre de puits de lumière. Je peux sans doute passer par là. Le loquet n'est pas facile à ouvrir, mais j'y parviens ; je pousse la lucarne, monte sur une vieille chaise et sors ma tête à l'air frais. Je suis dehors. Enfin, presque ! Je respire avidement l'humidité glacée du soir et regarde tout autour de moi avec beaucoup d'émotion. Jamais plus je ne prendrai ma liberté comme un bien acquis. Jamais plus.

Un problème tout de même. L'ouverture est assez étroite. Je peux essayer de passer par la lucarne pour sortir sur le toit. Puis descendre du toit… je ne sais pas comment.

Au prix d'un effort considérable, je me hisse à travers l'ouverture jusqu'aux épaules, puis jusqu'à la taille. Ensuite, j'ai beau me tortiller et me comprimer, ça ne passe plus. Mes hanches vont coincer, c'est évident. Quelle connerie, ce programme Myriad Miracle !

En définitive, je décide de redescendre afin de concevoir une tactique différente. Mais me désengager semble quelque peu… impossible. Après beaucoup d'acharnement à me pousser vers le bas, l'atroce et gênante vérité s'impose : je suis bel et bien bloquée, enclavée à mi-corps dans la lucarne.

Pas de panique. Résumons : je suis immobilisée la veille de Noël dans un puits de lumière à un endroit ignoré de tous. Il doit y avoir une solution. Il y en a toujours une.

J'attends qu'elle se présente mais elle est longue à venir. Mon optimisme baisse. Et… attendez… était-ce un *flocon de neige* ?

Incrédule, je contemple les petits duvets blancs qui tombent sur mes cheveux et s'infiltrent dans mon cou. Je maudis le ciel.

— *Franchement !* Tu choisis ce moment pour réaliser mon rêve de Noël blanc ? Et si j'attrape des engelures ? Si je meurs de froid ? Quelle idiote d'avoir écouté les conseils de Bruce Willis !

Soudain, un flash ! Peut-être une petite, une minuscule possibilité.

Le cœur plein d'espoir, je retire mon téléphone de ma poche. Je le lève aussi haut que ma position le permet, le bras tendu et l'œil fixé sur l'écran. Et le miracle se produit. Le miracle de Woodford Street. J'ai une barre. Je tape immédiatement un SMS :

Luke. Suis chez Pete's Pets. Enfermée. Woodford Street à Bickersly. Au secours ! Bises

J'appuie sur « Envoyer » et attends en retenant mon souffle que « Distribué » apparaisse. Oui ! Chaque particule de mon être pousse un ouf de soulagement. Il va lire mon SMS. Je suis sauvée.

Depuis que j'ai du réseau, une montagne de textos et de messages arrivent.

Becky, on peut se parler ?

Becky, nous sommes effondrés !!!

Ma puce, papa et moi arrivons pour tout t'expliquer.

Bex, OÙ ES-TU ? Nous sommes morts d'inquiétude.

L'émotion me fait monter le rouge aux joues. Si je pensais que ma famille et mes amis ne m'aimaient pas, j'ai ici la preuve du contraire. Dans ce genre de cas, on n'a pas besoin de preuve ? Si vous le dites ! Je vais pourtant conserver ces messages un bon bout de temps.

Pendant que je lisais, j'ai perçu un bruit. Des gens dans la rue. Mes sauveurs ! Un couple avec leur petit garçon, de l'autre côté de la rue. Ils me montrent du doigt, le sourire aux lèvres. Je les regarde avec haine. Pourquoi ils *sourient*, ces imbéciles ?

— Au secours !

Visiblement, ils ne m'entendent pas car ils continuent à sourire. Le père soulève son fils pour qu'il puisse mieux me voir. Je ne comprends qu'au bout d'un instant. C'est mon costume de mère Noël. Ils croient probablement que je suis un mannequin décoratif. Ou une attraction.

Je me mets à hurler.

— Je suis *coincée* ! Je ne suis pas la mère Noël. Je ne peux plus *bouger* !

Ils sont trop loin pour m'entendre. Ils sourient, me font des signes amicaux. Le père prend une photo – quel culot ! – et, sur un dernier au revoir, ils s'en vont.

Bravo ! Vraiment, *bravo* ! Des passants aperçoivent une personne habillée en tenue de Noël sur un toit, le 24 décembre, mais il ne leur vient pas à l'idée d'aller la secourir. Dans quel monde pourri vit-on ? Je vous le demande.

Je suis en train de composer dans ma tête une lettre bien sentie pour le courrier des lecteurs du *Times* quand une voiture freine brusquement juste au-dessous de moi.

Luke en sort. Il se rue vers l'animalerie et frappe de grands coups sur la porte.

— Coucou ! Luke, je suis en haut ! Sur le toit !

Il recule de deux ou trois pas et lève le nez.

— Becky ? Bordel, tu fais quoi perchée là-haut ? Enfin, j'ai réussi à joindre le propriétaire. Quelqu'un vient te délivrer. Ça va ?

— Pas de problème !

Une autre voiture arrive dans un crissement de freins. Suze, Janice, mes parents et Minnie s'en extirpent précipitamment.

— Mon cœur, quelle horreur ! hurle maman. Fais attention à toi ! Ne tombe pas ! Graham, regarde, elle est sur le toit.

— Je ne suis pas aveugle, Jane ! Tiens bon, ma puce !

— Bex, je suis *tellement* désolée ! crie Suze. On ne voulait pas te faire de la peine.

— Nous voulons tous passer Noël avec toi ! s'égosille Janice, dont la voix haut perchée monte dans l'air.

Elle serre la main de maman et celle de Suze et s'inquiète à nouveau :

— Jane, ça va aller, tu crois ? Pourvu qu'elle ne tombe pas !

— Ne vous faites pas de souci. Je suis contente que tout s'arrange ! je réponds.

— Cette Nadine est monstrueuse ! s'indigne papa. Je suis choqué.

— On s'est laissé avoir de A à Z comme de vrais crétins ! braille Suze.

— Nous venons tous demain ! hurle maman. Tous ! Et ne t'inquiète pas pour le menu du déjeuner ou les cadeaux. C'est toi, l'important. Tu entends, ma chérie ? TOI !

Alignés dans la rue, se dévissant le cou et se tenant la main, couverts de flocons de neige, ils ressemblent aux personnages du Grincheux, le livre de Minnie. L'émotion me reprend. Mes soucis s'éloignent à tire-d'aile. Je n'ai pas de dinde, et alors ? La perfection ne sera pas au rendez-vous ? OK. En regardant du haut de mon toit les gens que j'aime… je me rends compte que ça m'est bien égal.

22

J'ai une dinde !

En la sortant du four, toute croustillante et dorée, je n'en crois pas mes yeux. Je suis chez moi. Le 25 décembre. Entourée de toutes les personnes chères à mon cœur. Le déjeuner a l'air succulent et tout le monde est d'excellente humeur…

Et je porte une robe Alexander McQueen qui me va *comme un gant*.

Ce matin, en nous réveillant, nous avons assisté aux débordements de joie de poupinette quand elle a découvert sa minette. Ensuite Luke m'a offert la robe. Sérieux comme un pape, il m'a tendu un paquet bien enveloppé.

— On se donne les cadeaux plus tard mais, si j'ai bien compris, tu adores ce style de robe.

J'ai déchiré le papier et suis restée bouche bée. Il y avait de quoi ! C'était exactement la robe que j'avais achetée en solde – mais deux tailles au-dessus. (Luke prétend qu'il l'a trouvée facilement, ce qui est pratiquement impossible mais, évidemment, il a minimisé ses efforts.) C'est un merveilleux cadeau. Une magnifique attention de sa part.

J'aurais sans doute un peu préféré *entrer* dans la plus petite. Mais, comme l'a souligné le vicaire ce matin à l'église, on doit se souvenir de l'esprit de Noël. L'esprit de Noël, ce n'est pas de porter une taille 34. D'être incapable de respirer, de souffrir. L'esprit de Noël, c'est porter une robe dans laquelle vous vous sentez à l'aise car, ce jour-là en particulier, vous devez pouvoir respirer et bouger les bras tant les exclamations de plaisir, les embrassades, les toasts et les allées et venues entre la salle à manger et la cuisine nécessitent de souffle et de mouvements.

Pendant que je m'admirais dans la glace, Luke m'a offert le plus beau cadeau du monde. Il est sorti de la salle de bains, douché, rasé. Il n'avait plus la même tête. Quelque chose avait changé. Mais quoi ? La moustache avait disparu.

— Ta moustache, Luke. Tu…

— Tu ne m'en veux pas, j'espère, Becky ? Je sais bien que tu aimais ma moustache mais je n'arrivais pas à m'y habituer. Ce n'était pas *moi*.

— Pas de problème, ai-je déclaré généreusement. L'important est que tu te sentes heureux, Luke.

— Tu *l'aimais* vraiment ? a-t-il demandé en croisant mon regard, avec une note taquine dans la voix.

— Bien sûr. Je te l'ai dit, non ?

— Oui, Becky chérie, a-t-il répondu en souriant. Tu me l'as dit.

Je ne sais toujours pas s'il m'a crue mais c'est le résultat qui compte. J'ai un mari sans moustache. Ouais !

Il n'est que 14 heures et j'ai pourtant l'impression que l'après-midi est déjà bien avancé. Nous avons religieusement écouté le pot-pourri des cantiques de Noël du vicaire : un désastre sur le plan vocal heureusement rattrapé par le battement plein d'entrain des tambourins. Les enfants ont attaqué la pinata, en criant de joie quand le déluge de sucreries s'est abattu sur eux. Maman et Janice, couronne de bougies sur la tête, ont entonné des chants suédois. Mais, ces dames ayant le trac, la représentation en l'honneur de sainte Lucie n'a duré que trente secondes. Janice a réalisé son contouring spécial Noël. Du coup, nos visages brillent et sont ornés de stries bizarres.

Nous avons servi du champagne, du Baileys, du sherry doux, des mojitos festifs et du kombucha bio à base de thé noir (pour Jess). J'ai passé à la ronde un assortiment d'amuse-gueules composé de saumon fumé sur toasts, saumon fumé sur crackers, saumon fumé sur blinis et saumon fumé en petites brochettes.

C'est maintenant l'heure de déguster la dinde et ses accompagnements. Je me sens… Comment je me sens, au fait ?

— Je me sens *sprygge*. Complètement, absolument *sprygge*, je confie à Suze, venue m'aider dans la cuisine.

— Moi aussi, répond-elle spontanément. Hier soir, nous étions persuadés que tu avais été kidnappée. J'ai cru que mon cœur allait s'arrêter.

Je couvre la dinde de papier aluminium, comme le préconise Mary Berry, une des papesses nationales de la gastronomie.

— Bon, on laisse reposer, j'annonce comme la parfaite hôtesse du déjeuner de Noël que je suis.

(Je ne suis pas sûre de comprendre cette affaire de « repos », mais Mary Berry a toute ma confiance.)

— *Combien* de farces différentes as-tu prévues ? demande Suze en inspectant l'intérieur du four.

— Trois sortes, sans oublier les falafels aux épices qui sont sur la grille du haut.

— Des falafels aux épices ?

— Tout le monde adore ça à Noël, je réplique. En plus, c'est éthique et solidaire. Allez viens, on va distribuer les cadeaux.

— La dinde a l'air divine, décrète Suze. Comme tout le reste d'ailleurs. On peut dire merci à Steph.

Car c'est Steph qui a sauvé la situation. Quand nous sommes finalement rentrés à la maison après l'épisode de l'animalerie, dans un état proche de l'hystérie (et, dans mon cas, couverte de bleus parce que se faire extraire d'une lucarne est moins drôle que vous le supposez), elle était là. Assise sur les marches du perron. Avec une gigantesque dinde à côté d'elle et le costume de Roi mage de Minnie sur les genoux.

— J'ai réceptionné la livraison. Sois tranquille : cette fois, il n'y a pas de produits de substitution.

— Steph, tu es formidable. Merci mille fois. Mais… et ta famille ?

Elle a esquivé ma question.

— C'était le moins que je pouvais faire, Becky. Luke a appelé pour me dire que tu avais disparu et me demander si j'avais eu de tes nouvelles. Il allait partir à ta recherche et j'ai pensé qu'il fallait qu'au moins vous ayez votre dinde. Alors je suis venue tout de suite. Ma mère était d'accord. Elle… Nous te sommes tellement reconnaissants, Becky.

Bien entendu, Suze a voulu connaître le pourquoi et le comment de la présence de Steph Richards. Pendant un instant, j'ai hésité. Comment expliquer nos liens d'amitié sans en dire trop ?

Mais je n'avais pas besoin de m'inquiéter. Dès que nous sommes arrivées près d'elle, Steph s'est levée et a déclaré :

— Bonsoir, Suze. Je ne sais pas si Becky t'a mise au courant. Mon mari vient de me quitter.

— Oh, non, je ne savais pas. Je suis désolée.

— Au début, c'était un secret que je ne voulais pas divulguer. Plus maintenant. Becky a été une sorte de roc pour moi durant ces dernières semaines. Je lui dois beaucoup.

Elle m'a ensuite tendu le costume en soie bleu nuit.

— Il faut que Minnie le porte le jour de Noël. C'est le sien. Tu l'as cousu de tes mains. Il serait juste que vous en profitiez.

Suze a ouvert de grands yeux.

— Il est à Minnie ? Mais Bex…

Nouvelles explications. Après quoi, Suze a affirmé qu'elle se doutait bien que j'avais confectionné un costume plus élaboré que l'écharpe Denny and George bricolée sur une robe d'été. Pour ensuite se rétracter histoire de ne pas me faire de peine et assurer qu'elle préférait le Denny and George, infiniment plus créatif.

Finalement, Steph a levé le camp, m'a embrassée et chuchoté à l'oreille :

— Je nous souhaite un très heureux Noël !

En la voyant partir, j'ai eu le sentiment que ce serait le cas pour elle.

En ce qui me concerne, je passe le Noël le plus heureux de ma vie, en dépit du fait que la neige ne tombe plus (évidemment !). Chants de Noël en fond sonore. Délicieux parfums de nourriture. Minnie au septième ciel. Maman et Janice complètement réconciliées. La preuve ? Maman porte un tailleur emprunté à sa meilleure amie avec une guirlande en guise de collier. Ce matin, en sirotant son Buck's Fizz, elle m'a avoué : « On *adore* Shoreditch, mon chou, comme on adore des vacances. Mais ce n'est pas… » Elle a touché son cœur sans rien ajouter, mais j'ai compris ce qu'elle sous-entendait.

Cela dit, Janice n'a pas cessé de déclarer qu'elle mourait d'envie de rendre visite à maman plus souvent et de l'accompagner aux « ateliers et événements » de Shoreditch. D'ailleurs, a-t-elle répété une centaine de fois, « avec Martin, nous allons peut-être chercher un appartement là-bas, nous aussi ». On verra comment les choses vont se goupiller. Quant à Flo, son nom n'a même pas été prononcé. À croire qu'elle n'a jamais existé.

La vedette du show, c'est naturellement Santiago. Nous faisons semblant de nous intéresser et de rire aux histoires et blagues des uns et des autres mais nous ne pouvons pas détacher les yeux du petit garçon. En ce moment, il s'amuse parmi les autres avec un jeu de Clemmie où il faut reconnaître des images de chapeaux. Mon cœur fond de tendresse quand je vois la façon adorable qu'ont les autres enfants de l'inclure dans leurs jeux.

— Jess, il est merveilleux, je dis toutes les cinq minutes.

Et il l'est. Vraiment.

C'est aussi un enfant déjà habillé à la mode équitable : maille de bambou et coton recyclé pour les vêtements, cuir vegan pour les chaussures. Et, *en plus*, il a été le seul de la bande à montrer de l'intérêt pour mon arbre écolo. Résultat : il a gagné dans mon cœur quelques points supplémentaires. Au contraire de mon filleul Ernest qui m'a juste déclaré : « C'est quoi, ça ? Je le mets dans la poubelle du recyclage ? » Il est vrai que ma composition (une branche d'arbre du jardin ornée de trois cuillères en bois) n'offre pas un spectacle très impressionnant. Mais Santiago a caressé les cuillères avec ravissement – il a un sourire divin – sous l'œil fasciné de sa mère.

Elle est sur un petit nuage, ma sœur. Il y a une heure, Minnie a enroulé des tas de guirlandes lumineuses et de décorations sur un Santiago enchanté. Craignant que Jess ne pique une crise et quitte la fête, je me suis précipitée pour lui retirer ces démoniaques morceaux de plastique clinquant. Mais elle m'a arrêtée dans mon élan salvateur.

— Attends ! Il est trop mignon. Je vais prendre une photo.

Et elle a immortalisé son fils couvert de décorations en plastique. Oui, Jess, l'ennemie des matières artificielles ! Décidément, son nouveau statut de mère lui a embrouillé l'esprit.

Au moment où, en cognant une fourchette sur mon verre, je proclame ouverte la séance des échanges de cadeaux, Suze s'approche de moi, très agitée.

— Bex, tu peux venir une seconde ?

Dans l'entrée trône un très grand carton, constellé de taches de pluie et de fientes d'oiseaux.

— C'était dans ton jardin, derrière un buisson. Je l'ai découvert en allant jeter les poubelles. Vu son état, il doit être là depuis un moment.

— Probablement un de mes achats en ligne.

— C'est grand ! Qu'est-ce que c'est ?

— Aucune idée ! Mais pas un mot à Luke, hein ?

Je déchire l'emballage, prête à aller cacher ma commande sous notre lit. Mais c'est… du cuir ! Du cuir marron foncé ! En ouvrant davantage le carton, j'aperçois une poignée. Puis une breloque aux initiales « LB ». Prise de frénésie, j'arrache le reste du carton. Et la malle-armoire se matérialise sous mes yeux. *Incroyable !*

— Waouh ! s'exclame Suze. C'est extraordinaire. Ça vient d'où ?

Je suis sans voix. Il doit bien y avoir une lettre, un mot, quelque chose. Soudain je repère l'enveloppe : élégante, en papier épais, doublée. À l'intérieur : une note écrite à la main.

Chère madame Brandon (née Bloomwood),

On me dit que vous avez ouvert la voie aux femmes désirant faire partie du club. Une première qui, cela va sans dire, a mécontenté au plus haut point mon mari, sir Peter Leggett-Davey.

En voyant sa réaction, je me suis dit que, dans mes jeunes années, j'aurais dû moi aussi tenter de forcer sa résistance. J'admire votre courage et votre détermination.

Simon Millett m'a confié que vous aviez à cœur de gagner le premier prix de la loterie du club. Permettez-moi de vous l'offrir avec mes meilleurs vœux et toutes mes félicitations.

Lady Rosamund Leggett-Davey
(née Wilson)

— Ça vient de qui, Bex ?

— Quelqu'un ! Personne !

La surprise m'a laissée K-O. Heureusement, le rire de Luke provenant du salon me réveille de mon étourdissement.

— Suze, aide-moi à faire un paquet !

En cinq minutes, nous l'avons emballée et transportée sous le sapin.

Je réitère mon annonce :

— C'est le moment des cadeaux ! Le festin suivra ! Luke, je commence par toi. Joyeux Noël, mon mari chéri !

— Mais j'ai entraperçu tout à l'heure mon paquet sous l'arbre ! Il était beaucoup plus petit, s'étonne-t-il.

Vite, une explication !

— C'était… un leurre. Ah ! Ah ! Je t'ai bien eu !

Pas de problème. Je lui offrirai le pull pour son anniversaire. Luke déchire le papier. Je l'observe en me mordant les lèvres. Il contemple la malle-armoire, cligne des yeux, s'approche, passe sa main sur le cuir, ouvre et ferme le battant, admire la doublure, la breloque, le pur raffinement de l'ensemble… Puis il lève les yeux vers moi. Complètement dépassé.

— Becky, c'est fabuleux, dit-il avant de m'embrasser. Où as-tu dégotté une telle merveille ?

— Euh…

Je lui raconterai sans doute toute l'histoire un jour mais pas maintenant.

— Je l'ai entrevue dans une vitrine (ce qui est vrai). C'était le cadeau idéal et je me le suis procuré. Voilà !

Et je change prestement de sujet.

— Au tour de Janice ! Pour la remercier de sa générosité et de ses talents de maquilleuse dont nous venons de bénéficier.

Je ne peux m'empêcher de sourire. Car nous avons soigneusement préparé notre affaire. Sur WhatsApp, nous avons créé un groupe de discussion « Cadeaux Janice ». Je suis *impatiente* de voir sa tête !

Suze lui offre une boîte isotherme pleine de chair de crabe fraîchement pêché.

— Je sais que tu aimes ça, Janice. *Surtout* mange-le sans tarder car c'est périssable.

Maman lui présente un paquet tout plat qui renferme un dessin représentant sa maison à Oxshott.

— Regarde bien, mon chou ! Il ne manque aucun détail. J'espère qu'il vous plaît à tous les deux.

Je lui donne une brosse à cheveux avec son prénom gravé au dos. Tom, une théière de porcelaine peinte de son prénom. Et Jess, une boîte de chocolats sur laquelle est imprimé : *À Janice, avec les compliments de sa belle-fille*.

Ravie, elle nous remercie mille et mille fois.

Mais son mari gaffe.

— Janice, et ton armoire alors ? Tu ne peux refiler aucun de ces cadeaux.

— Franchement, Martin ! aboie Janice en piquant un fard.

— Eh oui, ma chère, te voici obligée d'en profiter ! je dis, en ajoutant un clin d'œil pour lui indiquer que je la taquine.

Elle rougit encore plus.

— Je suis comblée ! Merci à vous. Je vais me servir de tout. À commencer par la théière. Vrai de vrai.

— Et maintenant, mon présent à Suze, je déclare. À l'exemple de Jess, qui milite pour le zéro déchet, nous avons décidé de nous donner un cadeau qui sort de nos armoires. Mais comme je n'arrivais pas à choisir, je… Attends une seconde !

Je sors de la pièce, vais chercher le sac fermé par un gros nœud rouge que j'ai caché dans le placard à manteaux et le traîne dans le salon.

— Suze, c'est tout pour toi ! Sélectionne ce qui te plaît. Je pense, en fait, que tout devrait t'aller.

— Bex, j'ai eu la même idée ! s'exclame Suze en allant récupérer trois sacs-poubelle dissimulés derrière le canapé.

Trois sacs remplis des affaires de Suze ? Je ne peux pas rêver mieux. Je plonge la main dans l'un et retire un chandail tout souple en cachemire rose pâle.

Moi, en extase :

— Je l'ai toujours adoré, ce pull.

Suze, enthousiaste :

— Et moi, j'ai toujours envié ton cardigan Ally Smith avec ses boutons si originaux ! Tu es sûre que tu me le donnes ?

— Ouiii ! Mets-le ! Je veux le voir sur toi.

— C'est l'heure de passer à table, nous rappelle Luke. Si vous faisiez plutôt vos essayages après le déjeuner ? Ou même après Noël ? Et je suggère que nous échangions le reste des cadeaux plus tard.

J'accepte à contrecœur tout en remettant un boa en plumes dans un sac, avant de changer brusquement d'avis.

— Non ! Jess et Tom doivent nous donner leurs cadeaux avant la dinde. Toujours un mot pour chacun ?

— Oui, acquiesce ma sœur en rougissant.

La curiosité me tenaille. Pensez ! C'est la *première fois* que je vais recevoir un mot.

— Formidable ! Allez, on commence !

Ils vont d'abord vers papa.

— Moi en premier ? fait celui-ci avec un rire nerveux avant de se taire sous le regard soutenu de Jess et Tom.

Le silence se prolonge. Suspense. Dans un sens, l'instant est assez magique. Je regarde mes invités : ils semblent à la fois impressionnés et perplexes. Comme s'ils assistaient à une cérémonie exceptionnelle.

Tom prend finalement la parole :

— Graham, nous sommes heureux de t'offrir ce mot : « Sagesse ».

— Eh bien ! répond papa, visiblement pris de court. Merci ! Je vous remercie beaucoup.

Comme s'ils avaient répété leur show (ce qui est probablement le cas), Jess et Tom s'avancent d'un pas synchronisé vers Clemmie. Même regard grave mais, cette fois, c'est ma sœur qui présente.

— Clemmie, nous sommes heureux de t'offrir le mot « Rossignol ».

Rossignol ! Une trouvaille géniale car Clemmie chante justement d'une voix claire et ravissante.

— Merci, dit Clemmie, un peu déconcertée.

C'est ensuite le tour de Tarkie.

— Tarquin, déclare Tom, nous sommes heureux de t'offrir le mot « Dynamisme ».

Ça ne peut pas mieux tomber. D'ailleurs, le récipiendaire jubile.

L'air résolus, Jess et Tom arrivent maintenant à ma hauteur. Malgré moi, je suis comme une pile électrique. *Pitié !* Pas le mot « À découvert ». Ou « Barjo » !

— Becky, m'annonce Jess le plus sérieusement du monde, nous sommes heureux de t'offrir le mot « Joie ».

« Joie » ? J'ai récolté le mot « Joie ». C'est ridicule mais je suis folle de… joie. J'adresse un sourire béat à Luke. La joie !

Pendant qu'ils continuent leur tournée, je suis comme envoûtée. Janice a hérité du mot « Beauté ». Pour Luke, c'est « Intégrité » – ce qui le fait rosir de plaisir. Quand chacun a reçu son mot, Tom et Jess se placent en face l'un de l'autre, avec leur fils au milieu. Le moment est solennel.

— Tom, dit Jess, je suis heureuse de t'offrir le mot « Force ».

— Jess, dit Tom, je suis heureux de t'offrir le mot « Détermination ».

Se tournant ensuite vers Santiago, ils communiquent avec lui en utilisant ce que je pense être le langage des signes. Le petit garçon les observe avec intensité. Après une pause pendant laquelle nous retenons notre souffle, ils prononcent à l'unisson :

— Santiago, notre fils. Nous sommes heureux de t'offrir le mot « Amour ».

« Amour ». La gorge nouée par l'émotion, je fais un vœu. À l'avenir, pour Noël, je ne veux recevoir que des mots. Les mots touchent. Les mots gouvernent. Il n'y a pas de meilleur cadeau *au monde*.

Vingt minutes plus tard. Réunis autour de la table, toujours un peu ébranlés par tous ces mots si bien ciblés.

— Mon mot est « Bravoure », ne cesse de clamer Ernie. Ça veut dire courage. Ça veut dire que je suis courageux.

Tout d'un coup, Janice se lève et me tend une petite pochette en papier brillant.

— Becky, j'avais presque oublié. J'ai une autre bricole pour toi. Une babiole que j'ai trouvée à la foire de Noël. Je voulais te la donner en remerciement de cette journée mais ça m'est sorti de la tête. Un petit truc sympa, presque rien…

Au lieu du brillant à lèvres que je m'attends à trouver, mes doigts rencontrent un objet enveloppé d'une sorte de papier molletonné. Je le sors et… quelque chose d'argenté dépasse. Un genre de crinière.

Serait-ce… ?

Non, sûrement pas. *C'est impossible !*

J'arrache littéralement le papier molletonné. Eh si ! C'est la boule décorative en forme de lama. Incroyable ! Janice en avait une en sa possession *pendant que j'en cherchais désespérément* ?

— Comme je t'ai dit, ce n'est pas grand-chose, mais quand je l'ai vue, je n'ai pas pu résister.

— Janice, *je l'adore* ! je dis en l'embrassant.

— Tant mieux ! Joyeux Noël, mon cœur !

Je ne résiste pas à l'envie de me ruer dans le salon pour accrocher mon lama sur le sapin. Je le place bien au milieu et me recule pour admirer l'effet. Vous savez quoi ? Notre arbre est entièrement transformé.

Je me rends ensuite dans la cuisine où je trouve Luke, immobile, l'œil vissé sur son téléphone.

— Comment se porte la dinde ? Bien « reposée » ? Eh, Luke, je te parle ! Ohé, *Luke* !

Il finit par me regarder.

— Becky, je viens de recevoir un mail d'un certain Simon Millett, qui me souhaite un joyeux Noël et m'informe d'un certain nombre de choses.

Quoi ? Il a envoyé un mail à Luke ? L'immonde serpent !

— Oh, je n'accorderais pas trop d'importance à ces détails.

— D'après lui, tu as fait plus « qu'entrevoir mon cadeau dans une vitrine ». Il m'a fait suivre le lien de la lettre d'information d'un club de Londres. Je l'ai bien reçue, d'ailleurs, fait-il d'une drôle de voix, mais je ne me suis pas donné la peine de la lire. Parce que je ne pensais pas tomber sur ma femme en première page.

Effectivement, sur son écran, mains en l'air et bouche grande ouverte, je suis immortalisée en train de m'adresser à une bande de vieillards de quatre-vingt-treize ans. Quelle photo horrible ! *Qui* l'a choisie ? Je parie que c'est sir Peter.

Comme Luke attend une explication, je m'exécute sans trop m'appesantir.

— En fait, oui, je suis devenue membre d'un club. J'avais l'intention de t'en parler. En tant que mon invité, tu peux venir, si tu le désires.

— Toi, dans un club de *billard*, Becky ? parvient-il tout juste à articuler.

— C'est que je voulais absolument la malle-armoire. Il y avait tes initiales dessus.

— Donc tu as changé le règlement de l'un des plus anciens clubs de la ville.

Apparemment, il aimerait me dire beaucoup d'autres choses mais il se retient pour se contenter d'une simple remarque.

— Toujours selon l'ami Millett, tu as enflammé l'auditoire. Dommage que j'aie manqué ça.

— Tu sais, je n'allais quand même pas t'offrir un banal after-shave…

Ensuite, je suis obligée de me taire. Luke m'a enlacée si fort que je ne peux presque plus respirer.

— Tu es unique, Becky chérie, murmure-t-il d'une voix rauque, la bouche enfouie dans mon cou. Unique au monde.

Cette phrase, il me l'a dite et répétée plusieurs fois au cours de notre vie commune. Parfois, je me demande si c'est flatteur ou réprobateur. Mais à cet instant même, sans hésiter, je la prends comme un compliment.

Il relâche son étreinte et je reprends ma respiration. Au fait, ne sommes-nous pas censés attaquer le déjeuner de Noël ? Luke apporte la dinde à table et je le suis avec Peppa Pig, la dinde vegan. Applaudissements !

— Buvons tous à leur santé ! propose Tarkie en entonnant le refrain de « For He's A Jolly Good Fellow ».

Les minutes suivantes sont consacrées au découpage du volatile, à l'échange des plats, au remplissage des assiettes. Quand tout le monde est servi, nous tirons les crackers (issus de l'artisanat durable et imprimés à la main par un collectif de femmes népalaises). Et, dans la meilleure tradition des Noëls anglais, nous coiffons nos têtes réjouies de chapeaux en papier. Le déjeuner peut commencer. La déco de la table est assez réussie : rubans écossais, confettis aux couleurs phosphorescentes et bougeoirs scandinaves (comme vous le voyez, j'ai opté pour un thème « éclectique »). Martin a empilé dans son assiette une montagne de choux de Bruxelles. Suze s'est octroyé une belle louche de brocolis. Chaque convive a pris au moins un beignet. Peppa Pig remporte un sacré succès (penser à inscrire une dinde vegan sur chaque menu de Noël à partir de cette année).

— Un Noël parfait, commente maman qui vient de me révéler qu'elle avait compris de travers le mot que Jess et Tom lui ont attribué.

Il s'agit de « Source » et non pas de « Sauce ». Elle était si étonnée qu'elle a été obligée de leur demander d'éclairer sa lanterne.

Là-dessus, elle se lève et demande le silence en cognant sa cuillère à dessert contre son assiette.

— Juste quelques mots, chère famille et chers amis ! Becky, nous savons que ces derniers jours n'ont pas été faciles pour toi. Mais nous voici réunis, célébrant un merveilleux Noël, dans cette maison joliment décorée. Alors, je voudrais vous dire, à toi, Becky, à toi, Luke, à toi, Minnie, un grand, un immense merci. Je lève mon verre aux Brandon !

— Aux Brandon ! répètent les autres en chœur.

— Née Bloomwood ! précise Suze – ce qui déchaîne des hurlements de rire.

Ensuite l'atmosphère est à la gourmandise. Quant à moi, je me repais du simple bonheur de contempler ceux qui me sont chers – maman qui coupe des petits morceaux de dinde pour Minnie, Suze avec son chapeau qui s'admire l'air de rien dans le miroir, Jess qui vérifie d'un œil suspicieux la brochure accompagnant les crackers. Rien n'est plus festif que Noël. Même quand tout va de travers.

— Tu as pensé quoi des mots de Jess et Tom ? je demande à Luke, assis à ma gauche en bout de table.

— Tout à fait remarquables. Et en même temps inattendus.

— Je suis d'accord. Toi, par exemple, quel mot tu choisirais pour moi ?

— Je n'en sais rien, dit Luke en riant.

— Fais un effort ! Donne-moi un mot ! Un mot pour Noël !

Je plaisante tout en étant au fond assez sérieuse. J'ai soudain très envie d'entendre son mot.

Comme s'il lisait dans mes pensées, Luke pose son couteau et sa fourchette et rive son regard au mien pendant ce qui semble une éternité.

— « Bien-aimée », prononce-t-il doucement.

Je rougis. « Bien-aimée » : tel est le mot que mon mari m'offre.

J'aime ma nouvelle robe. C'est évident. Mais ce mot est le cadeau dont je me souviendrai jusqu'à la fin de mes jours.

— Très bon choix, je commente en essayant de garder mon sang-froid. Merci !

— Avec plaisir, répond-il en recommençant à piocher dans son assiette. À toi, maintenant. Mais, attention, hein, quelque chose de gentil !

Je réfléchis en silence.

— D'accord, je vais te dire un mot.

— Parfait, dit Luke en s'essuyant les lèvres. J'espère que je vais l'aimer.

— Tu vas l'aimer, j'affirme, le cœur battant. Sûre et certaine. Tu es prêt ?

J'attends qu'il pose ses couverts. J'attends qu'il tourne la tête vers moi pour me regarder. J'attends. Et j'attends.

Puis je me penche et lui murmure à l'oreille :

— « Enceinte ».

The London Billiards and Parlour Music Club
Established 1816
St. James Street
Londres SW1

Chère madame Brandon, née Bloomwood,

Je vous remercie de votre lettre demandant l'autorisation de réserver notre salon Prince de Galles pour organiser votre « baby shower », qui est, si je ne m'abuse, un terme typiquement américain.

J'ai peur de ne pouvoir accéder à votre requête. En effet, cette pièce ne semble pas adaptée à l'usage que vous voulez en faire. J'ajoute qu'il ne serait pas souhaitable de remplir une salle du club « de millions de ballons », ainsi que vous le suggérez. Nos membres étant d'un âge assez vénérable, un tel spectacle pourrait les déranger et même leur être fatal.

Avec mes sentiments les meilleurs,

Sir Peter Leggett-Davey
Président

The London Billiards and Parlour Music Club
Established 1816
St. James Street
Londres SW1

COMPTE-RENDU DES MINUTES
DE LA RÉUNION TRIMESTRIELLE
DES MEMBRES

Motion n° 6

A été décidé que Mme Brandon (née Bloomwood) est autorisée à :

1. Organiser une fête prénatale dans le salon Prince de Galles.
2. Orner le salon Prince de Galles de ballons gonflables.
3. Créer un échafaudage de cupcakes.
4. Servir du prosecco.
5. Passer des CD d'une artiste connue sous le nom de « Beyoncé ».

Proposée par Mme Rebecca Brandon (née Bloomwood)
Appuyée par lord Edwin Tottle

Remerciements

Je voudrais remercier mes merveilleux lecteurs – en particulier ceux qui ont si gentiment demandé des nouvelles de Becky. Votre enthousiasme et votre fidélité ont grandement contribué à la rédaction de ce livre.

Et aussi, un merci très spécial à Linda Evans qui est sortie de sa retraite par affection pour Becky.

Composition et mise en pages
Nord Compo à Villeneuve-d'Ascq

Imprimé en Espagne par
Liberdúplex
à Sant Llorenç d'Hortons (Barcelone)
en septembre 2021

POCKET – 92, avenue de France – 75013 Paris

S31629/01